EraEra

Flowerboy

FLOWER BOY

Illustrated by Teodora Novak

Idolfiction

IMPRESSUM

Bibliografische Information der Deutschen Nationalbibliothek: Die Deutsche Nationalbibliothek verzeichnet diese Publikation in der Deutschen Nationalbibliografie; detaillierte bibliografische Daten sind im Internet über dnb.dnb.de abrufbar.

© 2020 Verena V. Biernacki, Schützengasse 5, 01067 Dresden
und Kira Schumacher, Weißeritzstraße 24, 01067 Dresden
und Dorina Köpke, Deubener Straße 12, 01159 Dresden

Herstellung und Verlag: BoD – Books on Demand, Norderstedt

Covergestaltung und Illustrationen: Teodora Novak (elixrai)

ISBN: 9783751923965

*Für Rose,
die BTS in unsere Leben gebracht hat
und ohne die dieser Anfang keiner wäre.*

TRIGGERWARNUNG

Explizite Darstellung von Gewalt
Innerfamiliäre Gewalt
Homofeindlichkeit
Drogenmissbrauch
Mobbing
Sexuelle Nötigung

Außerdem wird eine Vergewaltigung erwähnt.

Vor jedem Kapitel findest du eine konkrete Warnung, welche Trigger in diesem Kapitel enthalten sein könnten.

Wir hoffen, du passt auf dich auf.

Falls es dennoch zu triggernden Situationen kommt, findest du am Ende des Buches eine **After Care** Seite, auf der Hilfsangebote aufgelistet sind.
Bitte nutze sie.

VORWORT

Schön, dass du zu Flowerboy gegriffen hast!

Mit ihm hältst du den ersten deutschen Idolfiction Roman in den Händen, ein Buch über einen schwulen Jungen, der so lang für seine Träume kämpft, bis sie wahr werden, und der so gut rappt, dass selbst Seoul ihm eine zweite Chance einräumen muss.

Damit Kinams Geschichte ganz genauso bei dir ankommen kann, wie sie gemeint ist, haben wir dir ein **Glossar** zusammengestellt, das mögliche Verständnisschwierigkeiten beseitigt. Hoffentlich erklärt dir das die verrückte Welt, in die Kinam so dringend zurückwill.

Ein Grund, warum Kinam so dringend zurückwill, ist die Gang, in der er steckt. Diese Gang ist auch der Grund für die allermeisten der **Triggerwarnungen**, die wir Flowerboy vorangestellt haben. Sie sind dafür gedacht, dass du dich darauf einstellen kannst, dass gleich unangenehme Themen besprochen werden. Deshalb haben wir sie auch nochmal über die Kapitelüberschriften gesetzt.

Sollten dich die Themen während des Lesens dennoch überfordern oder solltest du Angstzustände erleben oder dich anderweitig schlecht fühlen, leg das Buch bitte unbedingt zur Seite und quäle dich nicht. Falls eine Pause nicht reicht, damit du dich wieder besser fühlst, haben wir hinten im Buch eine After Care Seite mit Hilfsangeboten vorbereitet, an die du dich jederzeit kostenlos wenden kannst. Pass bitte auf dich auf.

Wir hoffen, dass Flowerboy dir gefällt – Kinams Geschichte soll uns am Ende allen Mut machen, unsere Träume zu verfolgen. Auch wenn's beim ersten Mal nicht klappt. Davon, wie das so ist, mit den zweiten Chancen, erzählt auch **Zenith**, die Kurzgeschichte ganz am Ende des Buchs – geschrieben von Rose, der Flowerboy gewidmet ist und die nächstes Jahr ihren ersten Roman bei unserem Label GRMY Books veröffentlichen wird!

Falls dir das Buch gefällt und du uns unterstützen möchtest, haben wir hinten im Buch ein paar Möglichkeiten aufgelistet, wie du uns dabei helfen kannst, Menschen auf Flowerboy aufmerksam zu machen – praktisch ein How to stream #Flowerboy.

Jetzt ganz viel Spaß mit der Geschichte und herzlich willkommen in Daegu!

GLOSSAR

-ah/yah – Namensendung für jemanden, dem du nahestehst

Ahjumma – eine mittelalte Frau

Aisch – Ausruf der Empörung

Appa – vertraute Bezeichnung für Vater („Papa")

Banchan – Beilagen

Daegu – eine Stadt im Südosten Südkoreas

D-Boy – ein Jugendlicher aus Daegu

Dongsaeng – ein jüngeres Geschwisterkind (ohne Geschlechtsangabe)

Drunken Tiger – koreanische Hip Hop Group

Ending fairy – das Bandmitglied, auf dem die Kamera am Ende einer Performance für mehrere Sekunden verweilt

Eomma – vertraute Bezeichnung für Mutter („Mama")

Epik High – koreanische alternative Hip Hop Group

Flowerboy – eine Beleidigung für einen Jungen, der sich mit feminin-assoziierten Themen beschäftigt (Mode, Make-Up, ...), gerne abfällig für Idols verwendet („Schönling")

Hagwon – ein Zentrum für Nachhilfe, oft von Schüler*innen besucht, um den Lernstoff zu meistern

Hwang Sunwon – koreanischer Autor

Hyung – älterer Bruder oder enger, älterer Freund, wenn die Bezugsperson männlich ist

Gong Yoo – koreanischer Schauspieler, unter anderem bekannt aus dem Drama *Goblin* und dem Film *A Man & A Woman*

Inkigayo – ein koreanisches Musikfernsehprogramm des Senders SBS

Jagiya – Kosewort wie „Schatz" oder „Liebling"

Jal meog-gess-seumnida – 잘 먹겠습니다 – Dankesworte vor dem Essen, wörtliche Übersetzung: Ich werde es gut essen.

Jopok – die Bezeichnung eines Angehörigen des (koreanischen) organisierten Verbrechens (z.B. Gang)

Kakaotalk – der in Korea am stärksten genutzte Messenger-Dienst, vergleichbar mit WhatsApp

Kimchi – koreanische fermentierte Krautbeilage

Leader – Mitglied der Band, das als Bindeglied zur Agency und für die Öffentlichkeit als Ansprechpartner (z.B. in Interviews) agiert; außerdem damit beauftragt, das Team zu führen

Main Rapper – rappendes Bandmitglied, das die hervorstechendsten Rap-Parts bekommt

Maknae – jüngstes Mitglied einer K-Pop Group

Mnet – ein koreanischer TV-Kanal

naver – die bekannteste koreanische Suchmaschine

-nim – höflichste Namensendung, benutzt für Klienten, Kunden, Gäste oder Fremde, im Besonderen für Personen höheren Rangs oder zu denen man aufsieht

Noona – große Schwester oder eine enge, ältere Freundin, wenn die Bezugsperson männlich ist

Oppa – großer Bruder oder ein enger, älterer Freund, wenn die Bezugsperson weiblich ist

Rookie of the Year – ein jährlicher New-Comer Award

Seongsaeng-nim – Lehrer

Sparrow – ein junges, leicht ersetzbares Mitglied der Gang, das die Drecksarbeit (Geld eintreiben, Denkzettel verpassen, Unruhe stiften, ...) verrichtet, aber nicht in die höheren Strukturen eingeweiht ist

-ssi – Höflichkeitsform, üblich sowohl zwischen Fremden als auch Bekannten

Variety Show – ein TV-Format, in dem Berühmtheiten zu Unterhaltungszwecken verschiedenste Spiele durchlaufen

Yankie – ein koreanischer Rapper

Yun Hyon-Seok – ein schwuler, koreanischer Schriftsteller und Aktivist, der mit achtzehn Jahren Suizid beging

꿈 – *kkum* – Traum
연원히 – *yeonwonhi* – für immer
미래 – *mirae* – Zukunft
꿈을 꾼 남자 – *kkumeul kkun namja* – der Mann, der träumte

Homofeindlichkeit, Drogenmissbrauch

KAPITEL 1

»Fick dich, Kinam-«

Der Aufprall gegen das Wellblech ruckt durch den gedrungenen Körper und abfällig schnippst Kinam ihm den Rest seines Zigarettenstummels entgegen.

Hätte ja sein können, dass er in anderthalb Jahren was dazu gelernt hat.

Aber gut.

Von D-Boys sollte man nicht zu viel verlangen.

»Hast du was gesagt, Junsu?« Er bläst ihm den blaugrauen Rauch in die Fresse. »Hab dich nicht verstanden.«

Schmerz zuckt über Junsus Gesicht, aber sieht schlecht aus, was das Mitleid angeht, das Kinam heute für Sparrows übrig hat. Besonders mit dem Wimmern, das zu Kinams Füßen sein Bestes versucht, sich unter Kontrolle zu bringen.

»Kinam-ssi, bitte«, schluchzt Soyeon leise. »Das ist es nicht wert, lass es-«

Sein Kiefer verhärtet sich. »Halt dich raus.«

Ist vielleicht nicht Junsus Schuld, dass Kinam wieder da ist. Es ist vielleicht nicht mal Junsus Schuld, dass Daegu immer noch das gleiche Drecksloch ist wie vorher. Aber wer die

Farben der Gang trägt, muss damit rechnen, dass ein Jopok-Sohn ihn zur Rechenschaft zieht.

Da kann Junsu seinen winselnden, kleinen Freunden direkt erzählen, dass die Zeit, in der man Mädchen schikaniert, sie durch die Gegend wirft und in den Schneematsch schubst, vorbei ist.

Nur, wenn du aufs Maul kriegen willst.

Gerade im Nasenbrechen hat Kinam jetzt ja Übung.

Junsus Augen zucken, auf der Suche nach Auswegen, die er sich abschminken kann, wenn er sich die Scheißgangsymbole eh schon unter die Haut hat stechen lassen.

Kinam zieht das Blut aus seinem Mundwinkel auf seine Zunge und den Rotz die Kehle hoch. Junsu den roten Schleim entgegenzuspucken, kann was. Dass er ihm vom Auge tropft, kann was. Kann was für den Wichser, der denkt, er könne Kinam als Sparrow mit Füßen treten. Mag ja in Seoul alles anders gewesen sein, aber hier, hier gibt's Regeln, *Hierarchien*.

Er rückt einen Schritt nach und lehnt sich vor, seine Lippen der Haut des Arschlochs so nah, dass Junsu seinen Atem spüren muss. Junsu weicht zurück, aber hinter ihm wartet bloß das Wellblech – kalt und vereist, wo sich der Griff der Garage in sein Fleisch frisst.

»Verpiss dich«, zischt Kinam ihm selbstgefällig ins Ohr, »und vergiss die großen News nicht, wenn du zu den anderen zurückkriechst.«

Mit höhnischer Geduld zupft Kinam Junsu die Kapuze seiner Jacke zurecht, bevor er ihm in die Wange kneift. Abscheu als unverhohlenes Glimmen in seinen Augen stößt Junsu ihn von sich und Kinam lässt sich zurückfallen.

»Fass mich nicht an!«

»Was denn? Angst, dass ich dich anstecke?« Lachend geht Kinam neben Soyeon in die Hocke. Das hilft, um sich dran zu erinnern, dass er ihm ihretwegen den Arsch aufreißt und nicht, weil er der nächste homofeindliche Wichser ist, ohne den die Welt besser dran wär. Kinam ist noch keine Woche wieder hier. Er kann nicht jetzt schon die Kontrolle verlieren.

»Angst, dass du morgen früh vor deinem Appa auf die Knie fällst und ihn darum bittest, seinen Schwanz tief in deinen Rachen zu stopfen, bis zum An-«

»Halt's Maul, Flowerboy!« Junsu tritt unbeholfen in seine Richtung.

»Hab schon drauf gewartet«, frohlockt Kinam, auch wenn's Arbeit ist, ihm entgegenzustrahlen. »So rührend, dass ihr euch extra einen Spitznamen für mich überlegt habt. Und dann auch noch so kreativ. Was für eine fucking Ehre, Mann.«

Seufzend drückt er sich aus der Hocke hoch und in einer anderen Situation wäre es lustig, dass das reicht, um Junsu zurückstolpern zu lassen.

»Aber weißt du was? Mir scheißegal.« Der amüsierte Tonfall versiegt und als Kinam die Hände probeweise zu Fäusten ballt, knacken seine Knöchel zwar noch, aber der Schmerz hält sich in Grenzen. »Flowerboy ist zurück. Und Flowerboy gibt keinen Fick darauf, wie ihr ihn nennt.«

»Brauchst dich gar nicht so aufspielen«, haspelt Junsu. »Das ist'n Mädchen. Da willst du deinen Schwanz doch eh nicht reinstecken.«

Der Spott ist erbärmlich. Trotzdem schenkt Kinam ihm das Lächeln, das sie ihm bei SKYHIGH in die Birne gedrillt haben. »Fass sie nochmal an und ich breche dir beide Handgelenke.«

Schnaubend prellt Junsu ihm den Mittelfinger und stolpert auf den Gehweg zurück. »Schwuchtel.«

»Uhhh, mies«, lacht Kinam ihm hinterher, das Zucken seiner Finger nur ein kurzer Moment der Schwäche. Es wäre leicht genug, ihm nachzusetzen und ihm einen Zahn nach dem anderen auszuschlagen, bis er an seiner homofeindlichen Scheiße erstickt.

Würde hier nicht mal 'nen Unterschied machen.

Aber da hockt ein heulendes Mädchen hinter ihm im Dreck. Die Augen verdrehend spuckt Kinam auf den gebrochenen Asphalt, bevor er sich zu Soyeon herumdreht. Er wischt sich den Rest des Blutes aus dem Mundwinkel. »Bist du okay?«

Durch ihren Pony blinzelnd schaut sie zu ihm auf. »... dann stimmt es?«

Die Kleine gibt sich Mühe, allem Schmerz zum Trotz keinen Ton von sich zu geben, als sie sich vom Boden hochdrückt.

»Bin zurück, falls du das meinst.«

Kinam fingert in der Gesäßtasche seiner Jeans nach der Zigarettenschachtel. Ist leichter, den Blick abzuwenden als zuzusehen, wie ihre Knie zittern. Er würde wetten, dass ihr Knöchel verstaucht ist, aber hey, wenn's nur das ist.

Das Rädchen des Feuerzeugs beißt in die aufgeraute Haut seines Daumens.

»... endgültig?«

»Was? Bin ich hier nicht willkommen?« Schnaubend inhaliert Kinam den ersten Zug. »Hättest du auch lieber, dass ich wieder geh? Bist du in bester Gesellschaft, keine Sorge.«

Als er abascht, riskiert er den Blick zurück in ihre Richtung. Sie ist halb-erstarrt, Augen groß wie Monde in ihrem schmalen Gesicht. »Müsst ihr jetzt durch.« Er bläst den Rauch an ihr vorbei. »Kann auch nichts dran ändern.«

Immerhin klagen sie nicht, hat Jinhwan gesagt. Als wär das ein Grund für 'ne Scheißparty. Als wär das genug, um drüber hinweg zu täuschen, dass Kinam krass verkackt hat.

Dass er zurück am Anfang ist.

Nur, dass es kein Anfang mehr ist.

Immerhin klagen sie nicht.

So ein Bullshit.

Mit dem nächsten Zug greift Kinam nach dem Rucksack, den Junsu Soyeon vom Rücken gezerrt haben muss. Der geschmolzene Schnee hat die Seiten der Schulbücher durchweicht, da hilft auch das ungeschickte Abwischen nichts.

Mittelstufe.

Das heißt, sie ist was, vierzehn? *Fünfzehn?*

Kinam kann sich dran erinnern, wie ihre Eltern auf den Radar der Gang geraten sind. Der kleine Schreibwarenladen hinter der Schule, kein besonders lukratives Geschäft, aber schnell gemachtes Geld. Ein bisschen Drohen hier, eine eingeworfene Scheibe da und der Laden hätte laufen sollen.

Lief aber offenbar nicht.

Gibt nicht viel, was so pervers ist, wie die Vorhersehbarkeit der Gang.

Zahlst du dein Schutzgeld, ist alles rosig.

Zahlst du es nicht, geben sie dir einen Ansporn, es doch zu tun.

Seufzend reicht Kinam ihr den Rucksack. »Soll ich mitkommen?«

»D-das musst du nicht.«

»Würd ich aber.«

»Kinam-ssi!« Erschrocken von ihrem eigenen Nachdruck hält Soyeon inne.

»Was denn? Ist dir ein Flowerboy als Bodyguard nicht gut genug? Weiß nicht, ob du's dir leisten kannst, wählerisch zu sein.« Beschämt schießt ihr Röte in die Wange. »Das ist es nicht. Nur, wenn Hanbin mich so sieht, ... besser, ihr trefft euch nicht. Er ist nicht so gut auf dich zu sprechen.«

»Hanbin, huh?« Kinam schürzt die Lippen. Wär ihm in Seoul nicht passiert, dass ein Teeniemädchen seinen Begleitschutz ausgeschlagen hätte. »Bist du nicht zu jung für einen Lover?«

Aber er ist nicht mehr in Seoul.

Und in Daegu ist Kinam Sohn eines Jopok-Offiziers.

Ob er will oder nicht.

»Außerdem-« Schüchtern drückt Soyeon den Rucksack an ihren Körper, bis Schmerz durch ihre Gestalt zuckt. »Deine Hilfe in allen Ehren, Kinam-ssi, aber würdest du ihm die Hände brechen, würde ihn das nicht davon abhalten, mir auf dem Schulweg aufzulauern. Heißt nur, dass er mich nicht schlagen kann.«

Kinam weiß, wie solche Sätze zu Ende gehen, und muss das nicht hören. Junsu wäre sich nicht zu schade dafür, sie auch zu Boden zu treten.

Erst recht nicht mit gebrochenen Händen.

»Soyeon-ah-«

Sie strafft die Schultern und hebt den Kopf, bevor er sich entschuldigen kann. Das Lächeln, mit dem sie ihn abspeisen will, blendet ihn beinahe, so aufgesetzt strahlt sie.

»Danke, Kinam-ssi.« Soyeon verneigt sich vor ihm und eine Abscheu durchzuckt ihn, die ihn gierig an seiner Zigarette ziehen lässt.

Es ist so erbärmlich, ihr die Wichser vom Körper zu pflücken, wenn's nur verficktes Scheißglück ist, dass er nicht derjenige ist, unter dessen Fäusten sie zu Boden geht.

Soyeon schultert den Rucksack und zögert, als wisse sie nicht, ob sie gehen *darf*.

»Grüß Hanbin von mir. Er soll nächstes Mal besser aufpassen.«

Ihr Lächeln ist schmallippig genug, um keinen Hehl daraus zu machen, wie ätzend der Satz war. Aber Socken über aufgeschlagene Knie ziehen und blaue Flecken überschminken, nur damit der eigene Freund nicht Hals über Kopf in Gangfäuste rennt, ist auch ätzend.

Grob grapscht Kinam nach seinem eigenen Rucksack, den er achtlos in den Maschendraht des anliegenden Grundstücks geknallt hat, und hakt ihn über die Schulter.

Er nimmt einen weiteren Zug von der Zigarette, das glühende Ende ein wütendes Rot gegen den hereinbrechenden Abend, und mit den Schatten, die dichter über den Asphalt kriechen, bleibt ihm nichts anderes übrig, als sich Daegu zu stellen.

Home, sweet home.

Es gibt keinen Grund dafür, die verwinkelten Seitengassen zu nehmen, aber Kinam tut es trotzdem. Schiebt sich zehn, fünfzehn Minuten durch das versiffte Viertel, vorbei an Graffiti und bröckelndem Putz. Vorbei an verhunzten Gang-Tags und den dazugehörigen Fressen. Vorbei an zum Himmel stinkender Hundekacke und über abgebrochene Bordsteinkanten.

Zurück in den Dreck.

Rein ins Verderben.

Er riecht das Gras schon, bevor er die Haustür aufstößt. Was für ein Glück er hat, da ist doch glatt wer zuhause, um über seinen Tag zu sprechen. Unwirsch schlägt Kinam die Tür zurück in den verzogenen Rahmen und tritt sich die Sneaker von den Füßen. Sein Rucksack landet daneben.

»Rollläden hochziehen ist nicht, was, Hyung?«, murmelt er, als er ins dunkle Wohnzimmer schlurft.

»Halt's Maul, kleiner Bruder«, murrt es aus der Küche. Die Worte sind langgezogen und träge. Bekifft am helllichten Tage. Die Arbeitsbedingungen eines Gangbosses müsste man haben.

Abgefuckt tritt Kinam einen leeren Karton aus seinem Weg und folgt der Stimme in das Chaos aus dreckigem Geschirr und Küchenabfällen.

Sungjin hängt über dem Küchentisch, den Kopf in eine Hand gebettet, und starrt ihm entgegen, als könnte er durch Kinam hindurchsehen, wollte er nur. Aus dem offenen Pizzakarton vor ihm stinkt es. Das Fett schwimmt auf der Salami. Wo der Käse Schlieren zieht, färbt sich der Pizzakarton dunkel.

Die Kotze steht Kinam fast im Rachen. »Wenn du so weiter frisst, kann man nur auf den Herzinfarkt hoffen.«

Er zieht die Kühlschranktür auf, aber selbst wenn aus der gähnenden Leere des gestrigen Abends was Essbares geworden wäre, wäre es inzwischen den Munchies seines Scheißbruders zum Opfer gefallen. Die Tür hängt schwer in seiner Hand, wo irgendein Wutausbruch sie aus ihrer Verankerung gebrochen hat.

Sungjins Lachen kommt offbeat.

Kinam ballt die Hand um den Griff. Heute nicht. »Wenn du hier schon alles auffrisst, könntest du wenigstens genug für zwei bestellen, Wichser.«

Hinter ihm knallt der Pizzakarton zu und Kinam muss ihm entgegenhechten, als er im nächsten Moment über den Tisch schlittert. Das Knurren seines Magens verschluckt das Schnalzen seiner Zunge.

»Nicht schlecht.« Spottend schubst Kinam den Kühlschrank mit der Schulter zu. Er hebt den Pizzakarton auf die Arbeitsfläche.

»Dafür, dass du aussiehst, als wolltest du mir gleich von der Marihuanafarm im Keller erzählen, top Reflexe.«

»Hör auf, zu winseln, und iss.« Lakonisch leckt sich Sungjin das Fett von den Fingern, bevor sich sein Gesicht zu einer amüsierten Maske verzieht. »Wem darf ich gratulieren?«

Der erste Bissen brennt auf seiner aufgeplatzten Lippe, aber Sungjins Blick tut es auch, als er den Schleier zerschneidet. »Dachte, Seoul hätte dich gekickt, weil du dich nicht beherrschen kannst.«

Er schnaubt und legt einen Arm über die wackelige Rückenlehne des Stuhls. »Brauchst du jemanden, der dich im bösen Daegu beschützt? Musst du nur sagen«, Sungjin schnipst, »und Sungjin-Hyung ist immer für dich da.«

Kinam verdreht die Augen. »Bei den Waschlappen, die Yohan jetzt als seine Sparrows rekrutiert? Sicher nicht. Oder bist du für den Abschaum verantwortlich, der eure Straßen patrouilliert? Sorry, bin noch nicht wieder ganz auf der Höhe, was die Aufgabenverteilung angeht.«

Wie auf Knopfdruck verfinstert sich Sungjins Miene und vor anderthalb Jahren wär Kinam so scheiße stolz drauf gewesen, seinem Hyung seinen Trip zu versauen. Aber jetzt ist der Trip nicht genug.

»Misch dich nicht ein.« Sungjins Schroffheit beträgt die Ruhe, mit der er langsam den Stuhl zurückschiebt. Muss Donghyuk so richtig abfucken, wie schnell Sungjin zur rechten Hand ihres Vaters geworden ist. »Mir egal, wie du hier rumjammerst. Aber bis Yohan zurück ist, weißt du besser wieder, wann du die Fresse zu halten hast und wo du hingehörst, oder das«, er nickt Kinams aufgeplatzter Lippe entgegen, »ist'n Mückenstich.«

»Wusste nicht, dass dir so viel an diesem hübschen Gesicht liegt, Hyung. Aber bei 'ner Fresse wie deiner ...«

Kinams Handy vibriert in seines Hosentasche und Sungjin grinst wissend, als ihm davon der Atem stockt.

Verräterisches Drecksherz.

»Kotz rum, wie du willst.« Sungjin streckt sich und als er seine Oberarme nach hinten wirft, zeichnen sich unter dem weiten T-Shirt Muskeln ab, an die Kinam sich nicht erinnert. Gähnend fährt er sich durch die schulterlangen, schwarzen Haare. »Am Ende ist's nicht so, als gäb's andere Möglichkeiten für dich. Sonst wärst du nicht hier, machen wir uns nichts vor.«

Bitter kriecht Kinam das Lachen in den Rachen, aber es bleibt ihm in der Kehle stecken. Ohne zurückzublicken, schlürft Sungjin an ihm vorbei.

»Mir egal, was du treibst, aber tu's leise. Ich penn noch 'ne Runde. Wird 'ne lange Nacht.«

Im Lichtschein des TV-Flimmerns lässt Sungjin sich auf die Couch im Wohnzimmer fallen und das war's. Mehr hat er nicht zu sagen, nicht zu einem wie Kinam, und es ist bescheuert, mehr von ihm zu wollen. Das Recht hat Kinam verwirkt, als er in den Scheißnachtbus nach Seoul gestiegen ist.

Einen Bruder gegen eine Rapkarriere.

Kinam muss endlich seinen Kopf aus seinem Arsch ziehen und klarkommen. Daegu ist anders, als er es zurückgelassen hat. Sein Bruder ist anders, als er ihn zurückgelassen hat.

Und jetzt was?

Soll er deswegen heulen? Fuck.

Wütend schlägt Kinam den Pizzakarton zu.

Kinams Matratze ächzt unter seinem Gewicht, als er sich auf das Bett fallen lässt. Mit einem Seufzen fischt er sein Handy aus der Hosentasche und öffnet die App, die seine Anlage steuert. Die Playlist ist schon voreingestellt. Er könnte die Lautstärke einfach voll aufdrehen und Sungjin um den Schönheitsschlaf bringen. Aber das Lied, das anspringt, ist Chans und Kinam hätte diesen Scheißsong schon vor Ewigkeiten aus der Playlist kicken sollen.

Chans Beats sind präzise. Jeder landet, wo er ihn haben will. Und fehlt einer, dann trifft auch das mitten ins Schwarze.

Es ist gar nicht so lang her, dass Kinam stundenlang schweigend neben Chan gesessen hat, während der an den Rädchen geschraubt, Parts neugesampelt und am Ende doch rausgeschmissen hat.

Aber damals hat Chan auch noch auf Kinams Nachrichten geantwortet und sie nicht nur gelesen. Und seit Kinam am Freitagabend aus diesem hässlichen Zug gestiegen ist? – Nichts. Funkstille.

So viel zur Liebe seines fucking Lebens.

Kinam zieht das Kissen vom Kopfende des Bettes und erstickt sich halb damit, während er durch Chans Chatverlauf scrollt. Im Messenger sind neben den Nachrichten die Einsen verschwunden, keine einzige Nachricht ist ungelesen, aber jede einzelne unbeantwortet – ganz egal, wie Kinam sich für Chan demütigt.

Cool.

FREITAG
bin zurück. sehen wir uns?
19:54

bist du heut im studio? ich kann vorbei kommen.
11:04

Chan?
13:23

???
14:49

dein ernst??
20:50

Gelesen.

Als Kinam sich nach hinten in die Laken fallen lässt, knallt sein Kopf mit einer solchen Wucht gegen die Wand, dass im Bücherregal neben dem Bett der Yun Hyon-Seok Gedichtband umfällt. Natürlich. Das einzige Drecksbuch in diesem Zimmer, das Chan ihm geschenkt hat.
 Bisschen mehr schwule Aktivisten lesen, die sich am Ende killen, weil sie ihre Träume nicht leben dürfen – davon wird die Welt sicher besser. Vielleicht sollte Kinam ihn mit Zitaten beballern, bis Chan zugibt, ein verfickter Heuchler zu sein.

SONNTAG
ich versteh, dass du wütend bist.
23:58

> MONTAG
> aber lass es mich erklären.
> 00:01
>
> ich will mich wenigstens entschuldigen dürfen, ok?
> 00:02
>
> das ist doch scheisse.
> 04:37
>
> Gelesen.

Danach zeugen nur noch Ausrufezeichen und *Diese Nachricht wurde gelöscht* von seinem kleinen Ausbruch in der Mittagspause. Nicht, dass er ein Recht darauf hat, Chan einzufordern, schon klar, aber dass Chan aufsteht, sobald Kinam in die Mensa kommt und dann den Rest des Schultags schwänzt, nur um nicht im selben Klassenzimmer mit ihm sitzen zu müssen?

War vielleicht scheiße, sich an ihren alten Tisch zu setzen.

War vielleicht scheiße, weil Chan jetzt vielleicht mit wem anders an diesem Tisch sitzt.

Aber wenn er ihm nicht antwortet ...

Der Wechsel des Beats lässt Kinam feucht auflachen. Es ist so abgefuckt, dass sein Herz mit diesem Dreckslied immer noch wie synchronisiert ist. *Scheiße.* Dabei hat er keinen Anspruch mehr auf diesen Beat, seine Worte haben keinen Platz mehr in dieser Melodie. Die TH13V3S sind auch ohne ihn vollständig.

Scheiß auf die drei Monate, die Kinam diesen Song gelebt hat. Scheiß auf die fünf verschiedenen Versionen, die er für seinen Rap-Part geschrieben hat, bis der Producer zufrieden gewesen ist. Scheiß auf die Tanzproben. Scheiß auf die sechs, sieben, acht, neun Durchgänge, auf »Nochmal von vorn«, nur weil eine

Fußspitze zu weit vorgeschoben wurde, weil ein Kopf nicht weit genug geneigt wurde, weil eine Landung nicht synchron genug den Boden erzittern ließ.

Scheiß auch auf die fucking Schmerzen in jedem Scheißknochen seines Scheißkörpers. Scheiß drauf, dass das Klettern in sein Hochbett so unerträglich war, dass er lieber auf dem Boden geschlafen hat.

Scheiß drauf, Kinam. Immerhin verklagen sie dich nicht.

Fuck, es wär ihm lieber, sie hätten's einfach getan. Hätten sie ihn verklagt, hätte er sich entschuldigt, hätte er sich verschuldet, hätte er um Verzeihung bitten können. Dann hätte er vielleicht bleiben dürfen – vielleicht nicht bei den TH13V3S, sondern als Trainee, aber egal.

Kinam hätte nicht zweimal drüber nachdenken müssen, ob er das Daegu vorzieht.

Aber Riko hat Kinam geoutet, weil Kinam ihm seinen Scheißschwanz nicht lutschen wollte, und weil Kinam ihm dafür die Fresse poliert hat, kann er jetzt froh sein, dass sie nicht klagen.

Kinams Nachttischlampe fällt zu Boden, als er sein Handy zur Seite wirft, und ihm soll's egal sein. Sie hatten die Scheißpromofotos schon geschossen, aber was soll's. TH13V3S hatte ein Gesicht und es war seins, aber was soll's.

Sitzt er eben hier, in seinem Dreckszimmer, und lernt, wie man die Demo seines eigenen Debütsongs hört, ohne sein Zimmer in Brand setzen zu wollen.

Was soll's.

Mobbing, Homofeindlichkeit, innerfamiliäre Gewalt

KAPITEL 2

»Hey, Flowerboy – hab gehört, für 'nen Zehner machst du's mit der Hand.«

Junsu tritt hart genug gegen Kinams Stuhlbein, dass der Stuhl nach hinten rutscht. Süffisant verzieht er die Mundwinkel und Kinam bereut es, ihm die Nase nicht schon gestern auf der Straße gebrochen zu haben.

Dowons schallendes Lachen lenkt Junsus Aufmerksamkeit ab. »Alter, Bro, was ist denn dein Problem?«

Junsu hievt die Hälfte einer Arschbacke auf Kinams Tisch. »Am Ende ist 'ne Hand 'ne Hand. Bin nicht wählerisch. Oder willste dich anbieten, Dowon?«

»Fick dich, okay. Frag lieber die Schwuchtel.« Dowon lehnt sich auf seinem Stuhl zurück und Kinam kann sich an den schüchternen Jungen erinnern, der immer zu Junsu aufgeblickt hat, aber nicht an den, der hier hockt und die Augen verdreht, als wäre er besser als Junsu. »Hat sicher ganz zarte Hände von den ganzen Schönheitsbehandlungen in Seoul.«

»Das ist'n Punkt.« Junsu legt seinen Kopf zur Seite, sein Blick scharf, wo sich Geilheit und Ekel treffen. »Na, was sagste, Kinam? Ein Freundschaftsangebot für deinen alten Bro?«

»Schau an, wie mutig er ist.« Kinam setzt sich auf, bis er die Hände von unten gegen den Tisch drücken und die Platte weit genug kippen kann, dass Junsu das Gleichgewicht verliert. »Gestern noch die Fresse poliert bekommen, heute direkt wieder in den Sattel, die nächste dicke Lippe kassieren, läuft bei dir, Junsu.«

Zwei Reihen vor ihm schabt ein Stuhl über den Boden, aber Kinam kann nur schnauben. »Versteh schon, unterfickt sein kackt dir ins Hirn, aber würd ich lassen, wenn ich du wäre.«

Junsu funkelt ihn an. Wenn er's sich leisten könnte, würde er auf Schulregeln scheißen und Kinams Fresse in den Tisch rammen, keine Frage. Aber am Ende des Tages sind alle, die den Scheißspatz mit alter Tinte unter die Haut gejagt bekommen haben, Feiglinge.

Genauso wie Chan, der da zwei Reihen vor ihm über der Lehne seines Stuhls hängt und Blicke wie Salven auf Kinam abfeuert.

Das Kratzen in Kinams Hals macht es leichter, den Blick auf den Schlappschwanz vor ihm zu richten.

»Cute von euch, dass ihr euch so auf meine Rückkehr gefreut habt, aber bevor ihr euch einjizzt, weil Flowerboy zurück ist, wuhu«, er erhebt sich in einer fließenden Bewegung von seinem Stuhl und das reicht, um Junsu zurückstolpern zu lassen. *Feigling*, »wär's besser, ihr würdet euch dran erinnern, wessen Stadt das hier ist.«

Mit der Zunge schnalzend zieht er seinen Stuhl mit der Ferse wieder an den Tisch heran und lässt sich in das abgeriebene Sitzfeld fallen. »Ich mein ja nur. Wird nachts ziemlich dunkel hier und jetzt stellt euch mal vor, wie Eomma heulen würde, würde euch was zustoßen.«

»Wenigstens würde jemand um mich heulen.« Junsus Gesicht fleckt sich rot. »Spuckst große Töne, dabei weiß jeder, dass dein Vater dir selbst gerne den Schwanz abhaken würde!«

Autsch.

»Junsu!«, warnt Dowon.

»Fresse«, beißt Junsu zurück und Chans Blicke werden zu Dolchen, aber nach vier Tagen Stillschweigen ist das verfickt nochmal naiv – und idealistisch. Dabei hätte ihnen schon ein bisschen Realismus das hier erspart.

Junsu stemmt seine Hände auf die abgefingerte Platte des Tisches, stellt seine eingerissenen Nägel, die aufgeplatzten Knöchel zur Schau, als wären sie ein fucking Abzeichen für das, womit der Drecksack sich seine Freizeit vertreibt.

»Ist so, Flowerboy.« Junsu zieht den Rotz seine Kehle hoch. »Jeder weiß, dass Yohan den größten Hass auf seinen Jüngsten schiebt und dass Sungjin jedem die Visage eintritt, der es wagt, darüber was zu sag-«

Junsus Röcheln schneidet ihm die Worte ab, als Dowons Hand sich in seinen T-Shirt-Kragen gräbt, nur um an seine Kehle weiterzuwandern.

Feurigrot hinterlassen Junsus Fingernägel Striemen auf Dowons Händen, aber er lässt nicht von ihm ab, bis er Junsu auf seinen eigenen Stuhl zurückgedrängt hat. Wo der Ärmel seiner Uniform verrutscht, blitzen die Tattoos hervor.

Natürlich.

»Mach den Kopf zu«, drängt Dowon. »Wenn du nicht aufpasst, bist du der Nächste, bei dem Sungjin auf der Matte steht. Du weißt ganz genau, dass Yohan seine Augen und Ohren überall hat.«

»Weil du es ihm petzen würdest oder was?!«

»Sei nicht bescheuert – natürlich würde ich das!«

Junsu starrt seinem besten Freund entgegen oder wenigstens dem, was von ihm übriggeblieben ist. Kühle Abgebrühtheit, wo's mal stumme Bewunderung gab. Kinams Lachen ist fies. Zeit ist 'ne Bitch.

Aber hey, der Dowon, der Junsus Kragen loslässt und kaum einen Blick übrig hat, für den Freund, der da aus seinem Stuhl aufspringt, die Fäuste gehoben, um ihm die Fresse zu polieren, der wird's bestimmt weit bringen in der Gang.

Als sich die Tür des Klassenzimmers öffnet, zucken die Blicke von zwanzig Mitläufern synchron zu Seonsaeng-nim Kim herüber. Ihr Literaturlehrer betritt den Raum und muss seine Schüler nicht mal ansehen. »Junsu, Dowon, auseinander!«

Dowon gehorcht, aber Junsu ist nicht so leicht von seinem Verlangen nach Rache abzubringen. Nicht, dass ihm Rache was bringen würde. Kinam kann sich Chan abschminken und genauso kann Junsu sich Dowon abschminken, und ist das nicht schön.

Der Beginn einer wundervollen Freundschaft, an deren Ende Kinam darüber hinweg sieht, dass Junsu ein homofeindlicher Dreckskerl ist, der kleine Mädchen schlägt, um sich stark zu fühlen, und Junsu sich die Handcremes von Kinam ausleiht, damit sein Wichsen nicht mehr so scheiße unbefriedigend ist.

Sollte man das nächste Drama draus machen. Ein bisschen Rep für die Queer Community. Damit Trottel wie Jinhwan, die schwul sind und trotzdem Idol werden wollen, auch wenn sie sich dafür die Lippen blutig beißen, irgendwann tränenreich gestehen dürfen, dass sie auch einer von denen sind, und dann von denen in Liebe ertränkt werden, die sie zuvor auf den Scheiterhaufen hätten schleifen wollen.

Seonsaeng-nim Kim reißt das Fenster auf und in der ersten Reihe bibbern sie, als käme der Winter in Daegu überraschend. Als würde er sich nicht schon seit Monaten mit klammer Nässe ankündigen.

»Kinam-ssi, der Test vom Montag ist unterirdisch.« Seonsaeng-nim Kim lässt die Schnallen seiner Umhängetasche aufschnappen. »Man sollte denken, du hast genug damit zu tun, den Stoff nachzuholen. Hör auf, Unruhe in mein Klassenzimmer zu bringen.«

»Genau, Kinam.« Junsu lässt sich in seinen Stuhl fallen. »Bevor du zurückgekommen bist, gab's keine Probleme, Mann.«

Resignation verzerrt die Gesichtszüge seines Lehrers, als Kinam bloß mit den Schultern zuckt. Ist nicht seine Schuld, dass hier alle ein bisschen durch den Wind sind, weil der Schwule zurück ist.

Im Gegenteil.

Er sollte eine fucking Medaille dafür kriegen, dass er noch niemandem tiefblaue Male in den Körper gehämmert hat, obwohl sie ihm alle Nase lang den perfekten Anlass dazu liefern. Hat in Seoul nicht funktioniert, aber das muss nichts heißen.

Ist schließlich Daegu.

Gibt hier andere Regeln.

Gibt hier keine Träume, die Kinam sich ruinieren könnte.

Gibt hier gar nichts mehr, das Kinam sich ruinieren könnte.

Kinam lehnt sich in seinem Stuhl zurück und Seonsaeng-nim Kim wirft White Board und Beamer an. Am Nebentisch trommelt Dowon seine Finger über den Tisch. Aber Kinam hat kein Interesse, zu hören, was auch immer die Läufer der Gang, die Überbringer schlechter und schlechterer Nachrichten, ihm zu sagen haben könnten.

Zwei Reihen vor ihm hat Chan sich immer noch nicht wieder umgedreht.

»Fangen wir an. Wer kann mir sagen, welche Bedeutung den Kindern in Hwang Sunwons Kurzgeschichte zugeschrieben wird?«

Chans Blinzeln verrät ihn. Natürlich kennt er die Antwort. Aber die Hand hebt er trotzdem nicht.

Stattdessen blickt er nur stur an seinen Klassenkameraden vorbei, sodass sich sein Blick tief unter Kinams Haut brennen kann. Kinam will die Augenbrauen heben, will ihm so nonverbal wie möglich zu verstehen geben, dass er seinen abschätzigen Scheißblick nehmen und dahin stopfen kann, wo er schon die letzten vier Tage steckte. Aber es ist Chan.

Hinter dunkel umrandeten Gläsern, unter scharfen Wangenknochen, hinter der betonten Kieferpartie ist er noch immer der Einzige, den Kinam sehen will. Er trägt seine Cap nicht, trägt sie in der Schule nie, aber Kinam will sie ihm trotzdem vom Kopf pflücken, selbst aufsetzen und sie ihm erst zurückgeben, wenn sie an einen Ort gerannt sind, an dem er ihn küssen kann. Oder wenigstens eine Umarmung abgreifen.

Fünf Minuten. Zehn, wenn Chan ihn je geliebt hat. Um zu erklären, was in Seoul passiert ist. Vielleicht sogar, um zu hören, dass es okay ist. Dass Kinam so einen Scheiß nicht ertragen muss.

Während Jinhwan ihn angeschrien hat, weil er so scheiße dumm ist, ihren Plan zu ruinieren – und den hatten sie, einen Plan! Sie hatten einen Plan, Kinam, du dumme Sau –, wollte er nur von Chan in den Arm genommen werden. Von Chan, der nicht wütend auf Kinam wäre – sondern auf Riko.

Chan, der verstehen würde, dass Seoul der Ort sein sollte, an dem Kinam endlich sein kann, wer er ist, und nicht nur ein weiterer Ort, an dem er das verstecken muss, weil sie ihm sonst den Schädel einschlagen.

Der Schauer, der Kinam den Rücken hinabfährt, lässt ihn die Hände in den Ärmeln seines Schulpullovers verstecken.

Nur kurz bleibt Chan an der aufgeplatzten Lippe hängen, aber die besorgte Wärme kommt nicht. Anderthalb Jahre nach ihrem letzten Treffen sieht Chan ihn nur noch an, als täte er es lieber nicht.

Chan dreht sich zum White Board um und hebt die Hand. Seonsaeng-nim Kims Blick erhellt sich. »Ja, Chan-ssi. Rette die Würde deiner Klassenkameraden. Ich bitte dich.«

Wie immer ist es bestimmt super klug, was Chan da so zu Hwang Sunwons Kurzgeschichte zu sagen hat. Die, die Kinam nicht gelesen hat, weil er auf seinem Bett lag und Nachrichten an Chan geschrieben hat, die der gelesen, aber ignoriert hat.

Auch jetzt kann Kinam nicht die notwendige Konzentration aufbringen. Literatur ist die letzte Stunde des Tages. Es ist der einzige Kurs, den er mit Chan gemeinsam hat. Den ganzen Dreckstag hat er sich darauf gefreut, weil Chan den Literaturunterricht liebt. Genug, bestimmt, um drüber hinweg zu sehen, dass er Kinam nicht mehr liebt.

Aber dann kam Junsu. Und aus Kinams Plan wurde das hier.

Was an Kinam ist so gruselig, dass er ihm jetzt nicht mal sagen kann, dass er seine Meinung geändert hat? Dass sein *Immer* auf Kinams *Wartest du auf mich?* an jenem Nachtbussteig gut gemeint war, aber dass man auf das Immer eines Siebzehnjährigen einfach nicht zu viel geben sollte.

Natürlich bricht es ihm sein Drecksherz, Chan zu verlieren, Chan und seinen eindringlichen Blick, der Kinam keinen Bullshit durchgehen lässt, Chan und seinen blöden lila Hoodie,

Chan und das Haus in der Vorstadt, Chan und seine Mütter, Chan und sein Lächeln, das, das man ihm so leicht entlocken kann, weiß man nur, wie ...
Chan und die Nächte, die er Kinam geschenkt hat.
Chan und den Rap, den er Kinam geschenkt hat.
»Notiert euch, welche Stilmittel Hwang Sunwon erwähnt und wo er sie in der Geschichte umsetzt.«
Das Video, das über das White Board flackert, lässt Kinam zusammenzucken. Um ihn herum lehnen sich seine Mitschüler auf den Tischen vor, die Ellenbogen aufgestützt, das Kinn faul in ihren Händen abgelegt, während die, die am Rand sitzen, die Vorhänge zuziehen.
Kinam schlägt seinen Block auf, aber anstatt sich Stilmittel zu notieren, schreibt er in raumgreifenden Buchstaben *Nach der Stunde. Studio. Red mit mir!* in die Mitte des Papiers, unterstreicht das *Red mit mir!* einmal, zweimal, *dreimal* und will gerade die Seite herausreißen, als sich der Fokus seines Lehrers wie ein Fadenkreuz über ihn legt.
Kinam wäre das Nachsitzen egal. Aber er ist nicht der Einzige mit Seoul-Träumen. Und nur weil er verkackt hat, heißt das nicht, dass Chan seine Chance nicht bekommen sollte. Einer von ihnen muss es schaffen.
Für irgendetwas müssen sie gut gewesen sein.
Kinam knüllt das Papier in seiner Faust zusammen, anstatt es über den Raum hinweg gegen Chans Kopf zu pfeffern. Chan kann sich einen Eintrag in seiner Schulakte nicht leisten, wenn er von den renommiertesten Musikhochschulen auch nur in Betracht gezogen werden will. Die Arme auf dem Tisch verschränkend lässt Kinam sich mit der Stirn voraus darauf fallen.

Er wird ihn einfach nach der Stunde abfangen und dieses Mal wird er ihm nicht ausweichen, dieses Mal wird Kinam sich ihm in den Weg stellen, wenn er muss – wenn es hier zu Ende geht, dann wird er sich wenigstens verabschieden.

Aber Chan springt von seinem Stuhl auf, bevor das Schrillen der Schulklingel überhaupt durch die Flure schallt. Hat seine Tasche schon gepackt, als es schließlich kommt, und presst sich gerade noch eine Entschuldigung zwischen die Zähne, bevor er an Seonsaeng-nim Kim vorbeieilt.

Kinam hat noch nicht mal seinen Stuhl zurückgeschoben, da fällt schon die Tür hinter Chan ins Schloss. *Nicht schon wieder.*

Achtlos stopft Kinam Block und Kugelschreiber in die Tasche, schlingt sich den Träger über die Schulter und tritt zwischen den Tischen hervor. In der Reihe vor ihm streckt sich Junsu, aber er ist zu langsam.

Bevor Kinams Fuß an dem Bein hängen bleiben kann, das Junsu ihm in den Weg schiebt, ist Kinam schon darüber hinweggesprungen. *Wichser.*

»Junsu-ssi, sind wir hier im Kindergarten?«

Kinam blickt zu Seonsaeng-nim Kim herüber. Soll er sich mit Junsu herumschlagen. In zwei, drei Schritte schlittert Kinam aus dem Klassenzimmer auf den Schulflur.

Gegenüber von ihm öffnen sich Türen und spucken erste Schüler in den Flur, die allesamt auf den einen Ausgang zu stürmen. Fluchend schiebt er sich in den Strom schwitzender Pupertierender. Chan und sein Kacktiming.

Aber am Ende des Gangs biegt ein schwarzes Haarbüschel ins Treppenhaus ab. Kinam ist egal, in welchen Weichteilen er seine Ellenbogen vergräbt, während er sich in der Menge Lücken schafft, um ihm zu folgen. Im Treppenhaus nimmt er mit jedem Schritt zwei Stufen und obwohl er dreimal fast das Gleichgewicht verliert, stößt er die Türen zum Schulhof mit solcher Wucht auf, dass eine Mädchentraube neben ihm spitz aufschreit. Er wirft ihnen eine Entschuldigung hin, aber bleibt nicht stehen, presst sich stattdessen durch die Nichtsnutze, die den Eingang versperren und-

Nein.

Körper prallen in seinen Rücken, wo sich seine Füße in Betonblöcke verwandeln. Der Van ...

Der Van, in den Chan am anderen Ende des Schulhofs einsteigt, ...

»Aisch! Was zum-«

»Aus dem Weg, Flowerboy!«

»Hast du was an den Ohren? Verpiss dich, hab ich gesagt!«

Kinam schüttelt die Hände ab, die ihn vorwärts schubsen. Unmöglich. Das ... *Das kann nicht sein.* Aber das Nummernschild, das keines ist, hat sich ihm ins Gedächtnis gebrannt. Registriert auf einen Namen, der aus Daegu fort, aber nirgendwohin führt, war es zu oft alles, was Kinam zu sehen bekommen hat, wenn man ihm mit dem Gesicht zuerst in die Karosserie geschubst hat.

Sungjin sammelt Chan am Eingang der Schule ein und Chan – *Chan steigt ein.*

Als wäre nichts dabei.

Als wäre das-

Chan gleitet auf den Sitz des Vans und Kinam stolpert einen Schritt vor. Aber bevor die schwarz getönten Scheiben ihn verschlucken, dreht er den Kopf – weit genug, um zu sehen, wie er Kinam mitten auf dem Schulhof die Luft aus den Lungen prügelt.

Zu spät reißt Kinam den Arm hoch. Viel zu spät. Die Tür schlägt zu und der Motor springt an. Sungjin zieht den Wagen aus der Parktasche und-

Dieser Wichser.

Dieser *fucking* Wichser.

»Fuck«, bricht es sich aus seiner Kehle frei, als er die Tasche von seiner Schulter wirft und über den Schulhof kickt. »Fuck, fuck, fuck!«

Wenn sie auch nur Hand an Chan gelegt haben.

Wenn sie ihn auch nur-

»Fuck!«

📁 Rapnotes

wtf, chan.
sag mir, dass das nicht stimmt.
ich versteh irgendwas falsch.
sag mir, dass du mir nicht antwortest, weil ich ein scheißidiot bin.
sag mir, dass du mich nicht sehen willst, weil du dich für mich schämst.
weil ich daegu trash bin, mit dem du nichts zu tun haben willst.
sag's mir.
du kannst nicht zur gang gehören, hörst du?
das macht keinen sinn.
und ich-nein.
alles, aber nicht das.
hass mich, wenn du musst.
verachte mich.
nimm alles zurück.
jedes versprechen, jede nacht, jeden beschissenen blick.
sie können alles haben.
aber nicht das.
hast du mich gehört?
nicht dich.

Sein Herz stolpert, als er den Schlüssel im Schloss hört. Vor den Fenstern hängt die Nacht schwer auf der Welt. Kinam hat den ganzen verfickten Nachmittag auf ihn gewartet und die Kälte, die draußen den Asphalt frieren lässt, hat sich mit jeder Stunde tiefer in seine Knochen gefressen. Die zuckenden Lichter vorbeifahrender Autos haben ihn hundertmal ans Fenster getrieben, aber kein Gangvan weit und breit. Kein Verräterbruder.

Bis jetzt.

Endlich.

Kinam schnappt sich das Mathebuch vom Couchtisch und seine Knöchel protestieren. Löcher in Wände schlagen ist nur halb so befriedigend wie Kiefer brechen. Aber als Training reicht's.

Mondlicht schmiegt sich um Sungjins Silhouette, als die Tür aufspringt. Doch in der Dunkelheit des Wohnzimmers bringt ihm das nichts. Geschieht diesem Dreckskerl recht.

Geschieht ihm recht, genauso überrascht zu werden, wie Chan überrascht wurde.

Es ist ganz egal, wie er heute in den Van gestiegen ist: Es muss ein erstes Mal gegeben haben. Ein erstes Mal Sungjin auf seiner Türschwelle. Ein erstes Mal Chan statt in seinem Bett zu Boden gebracht von Fäusten – *Tritten.*

Zum ersten Mal zurückgelassen in einer unbeleuchteten Gasse einer Vorstadt, die nicht in CCTVs investiert, weil sie es sich leisten kann, so zu tun, als reiche der Gestank der Verbrechen nicht bis hierher.

Ein erstes Mal Chan in einem Gangvan.

Sungjin wird dafür bezahlen.

»Fuck!« Schmerz explodiert in Sungjins Stimme.

Die Deckenlampen flackern und Sungjin hält sich die Nase. Wenigstens zielen kann Kinam noch.

Das Mathebuch liegt zu Sungjins Füßen, aber Sungjins Faust, die vom Lichtschalter zurückzuckt, mischt sich blutig mit dem Hohn auf seinen Lippen.

»Frustriert?« Sungjins Knöchel sind genauso aufgeplatzt wie Kinams. »Wenn du Nachhilfe brauchst, musst du es nur sagen, Brüderchen.«

Wenn Chan irgendwo am anderen Ende dieser Stadt den aufgeplatzten Wangenknochen hat, der zu diesen Knöcheln passt, bringt Kinam ihn um.

»Seit wann?« Kinam tritt hinter dem Sofa hervor. »Seit wann hast du's so nötig, dass du Leute in die Gang holst, die mit dieser Scheiße nichts zu tun haben?«

»Ah.«

Erkenntnis zuckt über Sungjins Gesicht und seine Mundwinkel zerren sich in ein Lächeln, das seine dunklen Augen nicht erreicht. »Natürlich. Darum geht's.«

Er wendet sich ab und läuft davon, als wäre das hier etwas, bei dem er entscheiden kann, jetzt keinen Bock drauf zu haben. Kann er vergessen, dass er sich jetzt mit einem Bier für erledigte Scheißarbeit belohnt.

»Seit wann, Sungjin?«

Die Bierdose zischt. »Geh ins Bett.«

Wichser.

Das Licht aus dem Kühlschrank ist die einzige Lichtquelle in der Küche und Sungjin ist halb in Schatten getaucht, wie er sich da das fucking Bier an seine Schläfe presst. Kinam fegt es ihm mit solcher Wucht aus der Hand, dass es polternd in der Spüle landet und gluckernd auszulaufen beginnt.

»Seit wann, Hyung? Seit wann Chan?!« Feuer brennt in seinem Blick. »Ich bin nicht mehr da, also sucht ihr euch den nächsten? War's so?!«

Bitter steigt Kinam Galle in den Rachen und er ist so kurz davor, sie Sungjin ins Gesicht zu spucken. Aber er braucht diese Antwort. Muss wissen, was er tun muss. Wen er zum Heulen bringen muss, zum Wimmern, zum Betteln, Gang-Style, genauso wie Yohan es ihm beigebracht hat.

»Ist es, weil ich wieder da bin, hm? Ist das euer kranker Anreiz?«

Sungjins Hände rucken nach vorn, umschließen seinen T-Shirt-Kragen, ballen sich darin zu Fäusten. Er presst Kinam den Atem aus den Lungen, als er ihn gegen den Kühlschrank schleudert. »Was hast du denn gedacht, was passiert, sobald du dich verpisst?«

Der Spott seines Bruders gleitet wie ein Dolch zwischen seine Rippen, während sich seine Knöchel tief in seine Halsschlagadern graben. Der Schmerz lässt Panik durch sein Herz rasen, aber immerhin ist Schluss mit den Illusionen – den Hyung, den Sungjin ihm vorgespielt hat, seit Kinam nach Daegu zurückgekommen ist, streift er ab wie eine Maske.

»Dass Vater das einfach so zulässt? Dass er nicht anfängt, rumzufragen? Dass er mich nicht losschickt? Weil irgendjemanden muss es ja gegeben haben, nicht wahr, irgendeinen kleinen Spatz, der dir Hoffnung und Träume ins Hirn geschissen hat, über Seoul und das Musikbusiness. Jemand, der dich reingezogen hat, jemand aus dieser Rapcrew vielleicht, ... und siehe da. *Byun Chan.*«

Sungjins Lippen sind ein grimmiger Strich. Heiß tropft Blut aus seinem Knöchel auf Kinams Haut. »Wollte ihm eigentlich nur 'ne Lektion erteilen. So, wie sich das gehört. Frage des Respekts, wenn man so will.«

Unter dem perversen Lächeln sieht Sungjin so sehr aus wie Yohan, dass es Kinam für den Bruchteil einer Sekunde aus seinem Körper katapultiert und er wieder wimmernd im Türrahmen hockt und dabei zusehen muss, wie Yohan Sungjin am Hals in die Höhe hebt und wieder und wieder und *wieder* gegen den Kühlschrank donnert.

»Aber dann gab's noch andere Gerüchte und bei so 'ner Scheiße muss man gründlich sein, weißt du, Bruderherz? Damit sich das nicht wiederholt. War relativ schnell klar. Hab nur abwarten müssen, lauern, wie Byun Chan auf die Gesprächsfallen reagiert.«

So schnell Sungjins Hände gekommen sind, sind sie auch wieder weg und Kinam stolpert vor, kann das Bier in Sungjins Atem riechen, als er sich Kinam wieder in die Fresse schiebt.

»Kannst du dir vorstellen, wie Yohan ausgerastet ist? Sein Jüngster und diese Spermahalde? Niemand verwandelt seinen Sohn in einen Flowerboy und kommt ungeschoren davon. Du solltest dankbar sein, dass er in meinem Van sitzt, Kinam, und nicht aus der Müllhalde der Stadtreinigung gegraben wurden.«

Fahrig greift Sungjins Hand an Kinam vorbei und reißt den Kühlschrank wieder auf. Kinam stolpert in den Tisch hinein, über den Sungjin gestern noch Pizza geschoben hat. Eine neue Dose zischt. »Was hast du eigentlich erwartet, du kleiner Scheißkerl?«

Schuld dreht ihm den Magen um. »Fick dich.«

»Hättest ihn vielleicht mal aufklären sollen, bevor du dir von ihm den Schwanz lutschen lässt. Das ist dein eigenes verschissenes Werk, Kinam, friss es.«

Kinam schnaubt. Ist so klar, dass die Gang denkt, er ist der, dem der Schwanz gelutscht wird. Nicht auszudenken, dass ein Yoo auf die Knie geht. Oder die Beine spreizt. Sich auffingern lässt, bis er Schwänze in seinem Arsch erträgt. Kinam? Gegen Wände gefickt? In Matratzen genagelt? Unmöglich.

»Chan hat mich zu gar nichts gemacht. Ich bin, was ich bin, und wenn ihr damit so ein Scheißproblem-«

Sungjin würgt ihn ab.

Erstickt drängt die Überraschung über Kinams Lippen, aber Sungjin drückt bloß zu, bis das Pulsieren seines Blutes gegen seine Schädeldecke hämmert. »Halt's Maul.«

Einatmen.

Gegen die Hand, die seinen Hals gepackt hat.

Jetzt.

»Hier sagst du sowas besser nicht, kleiner Bruder. Hier sagst du's besser nie. Besser, du erstickst, bevor du's auch nur denkst.«

Seine Hände schließen sich um Sungjins, zerren an ihnen, aber der Winkel stimmt nicht. Er bekommt sie nicht weg. Säure steigt Kinam die Luftröhre hoch und sein Kehlkopf zuckt unter dem Druck, der immer noch fester wird, fester, fester, *fester*.

Seine Augen quillen aus ihren Höhlen.

Er kann nicht atmen.

Er kriegt keine Luft.

Fuckfuckfuck.

»*Problem?!*«, zischt Sungjin, fast fassungslos, bevor er seine Hand zurückreißt. »Du hast keinen verfickten Schimmer, was du da überhaupt redest.«

Als die Luft zurück in seine Lunge strömt, wird Kinam beinahe schwarz vor Augen. Mit rasendem Herzschlag und zittrigen

Knien stützt er sich an der Wand hinter ihm ab. *Schwächling*, brüllt Sungjins Blick und mischt sich in das Schnauben, mit dem er Kinam stehen lassen will.

Aber mit ein bisschen Würgen ist es nicht getan. Hätte vor Seoul vielleicht funktioniert, aber Kinam hat längst mit dem Wissen gelebt, keinen Bruder mehr zu haben. Dass er bereit ist, ihm wehzutun, wer hätt's gedacht. Ein Yoo? Mit Neigung zur Gewalt? Noch nie da gewesen.

Aber nicht Chan.

Keuchend drückt Kinam sich von der Wand weg. »Ihr könnt aufhören, so 'ne Show abzuziehen.«

Seine Kehle ist rau, aber er senkt die Schultern und verlagert sein Gewicht gleichermaßen auf beide Beine, drückt die Knie durch und hebt eine tonnenschwere Augenbraue. »Wenn ihr mich so dringend dabei haben wollt, mein Gott – bin ich halt wieder dabei.«

»... alles für das Boytoy, was?« Freudlos lacht Sungjin auf und wischt sich das Blut unter der Nase weg. »Du hast nichts gelernt.«

Ungnädig schiebt er Kinam aus dem Weg und ist aus der Küche, bevor Kinam seinen Händen befehlen kann, nach ihm zu greifen.

»Vielleicht lebt man in Seoul hinter'm Mond. Vielleicht kann man im Blingbling der Hauptstadt vergessen, welches Blut in seinen Adern fließt. Aber dass du so dumm bist?« Mit jedem Schritt wird das Gesicht seines Bruders leerer. »Geh ins Bett, Mann. Du hast morgen Schule.«

Kinams Kiefer knackt. Ist'n guter Plan, kann er ihnen lassen. Wird funktionieren, weil Kinam so ein verdammter Flowerboy ist. Und weil Chan in keiner Welt den Preis dafür zahlt, dass Kinam eine Enttäuschung ist.

In keiner Scheißwelt.

Sollen sie ihn nennen, wie sie wollen, und wenn sie hören müssen, wie er's tut – bitte, stellt er sich auf ein fucking Hausdach und brüllt es in die Welt.

Yoo Kinam, Flowerboy.

Yoo Kinam, Gangtrash.

Yoo Kinam, personifizierte Platzverschwendung.

Aber am Ende des Tages ist er ein Yoo genau wie Sungjin. Ist er ein Yoo genau wie Yohan.

Seine Hand zittert nicht, als er den Kühlschrank öffnet. Das Bier zischt unter seinen Fingern. Er ist kein Scheißsparrow, keiner von denen, die am Schulhofstor eingesammelt und erst wieder in den eigenen Vorgarten gespuckt werden, wenn ihre Hände blutig oder dreckig oder beides sind.

Einen Jopok-Sohn gegen einen Vorstadtproducer. Sollten sie nicht lange überlegen müssen. Aber für den Fall, dass doch ...

Kühl rinnt der herbe Geschmack seinen Rachen hinab, bevor er das halbleere Bier auf der Theke stehen lässt.

Ein Comeback für Daegu.

Sein Comeback als D-Boy.

Flowerboy ist zurück.

Und ihr werdet euch noch wünschen, er wär's nicht.

Gewalt, Drogenmissbrauch

KAPITEL 3

Heute haben sie Schwierigkeiten damit, den Flowerboy in ihm zu sehen. Heute ist da nichts, an dem man sich aufgeilen kann.

Kein Junge, der nach Seoul geht, um sich Make-up ins Gesicht zu klatschen. Kein schwächlicher Schöngeist. *Handcremes für flutschende Handjobs?* Ausverkauft.

Kinam lässt seine Nackenwirbel knacken. Inzwischen sollten es genug in die Mensa geschafft haben. Ein Publikum für seinen kleinen Stunt.

»Jetzt, Kinam-ssi.«

Seonsaeng-nim Koo beäugt ihn aus dem Türrahmen, wie sie ihn immer schon beäugt hat und wie sie jeden beäugt, der in dieser Stadt zu früh tätowiert wird.

Gangtrash, sagt der Zug um ihren Mund.

Gefährlich, sagen ihre Augen und Kinam widerspricht ihr nicht. Stattdessen gleitet seine Hand in die Tasche seiner Uniform. Das Messer schmiegt sich vertraut in seinen Griff. Kann losgehen.

Als er an Seonsaeng-nim Koo vorbei aus dem Labor tritt, zeigt er ihr die kleinen Beißerchen. Geht vielleicht als Lächeln durch, aber es verblasst mit dem Hallen seiner Schritte durch den leeren Schulflur – und verschwindet mit dem Aufstoßen der Tür zur Schulmensa.

Der Trubel, der ihn empfängt, klingt hier auch nicht anders als in Seoul. Nur, dass er bei diesem Anblick Jinhwans Wut zum ersten Mal versteht. *Ich bin hier nicht mit euch eingesperrt*, möchte Kinam ihnen genauso entgegenrotzen, wie Jinhwan es getan hat, *ihr seid hier mit mir eingesperrt*. Es ist egal, dass es aus einem amerikanischen Comic ist.

Denn Kinam weiß aus den Worten etwas Größeres zu machen.

Auch in dem hektisch summenden Bienenschwarm ist es nicht schwer, Junsu ausfindig zu machen. Hätte Kinam sich denken können, dass sich die Sparrows in der hintersten Ecke zusammenraffen, als könnte sie das zu den coolen Kids machen.

Seine Hand wieder aus der Tasche ziehend schlendert Kinam zwischen den Tischen hindurch. Erst folgen ihm nur die Blicke weniger Schüler, aber lange lassen die anderen nicht auf sich warten. Was für einen Unterschied es doch machen kann, die Schultern nicht mehr zu krümmen. Sich Zeit zu lassen, das Starren als die Aufmerksamkeit zu begrüßen, die sein Status, nicht seine Sexualität ihm auferlegt.

Heute ist er ein Yoo.

Und in dieser Stadt lässt das jedes Gespräch verstummen, will er es nur.

Auf den letzten Metern schüttelt er seine freie Hand aus und es ist gut für den dramatischen Effekt, dass Junsu ihm den Rücken zugewandt hat, weil das heißt, dass er sie nicht kommen sieht: die Hand, die vorschnellt und seine Fresse in den dampfenden Reis presst.

Sein Schmerzensschrei ist Musik in Kinams Ohren.

Dieses Mal ist es nicht Dowon, der auffährt. Kinam kennt ihn nicht, aber er sieht zu jung aus, um hier umgeben von Schlägern und Geldeintreibern zu hocken. Mit einem Seufzen lässt Kinam Junsus Kopf los.

»Was?«, krakeelt der gerechtigkeitsliebende Lulatsch, während Junsu sich den klebrigen Reis aus den Augen kratzt. »In der Mensa? Ernsthaft?!«

Träge reißt Kinam den Blick herum. Die Müdigkeit hat er sich von Sungjin abgeguckt, die Verachtung zwischen jede Wimper geklebt. »Problem?«

Der Lulatsch macht einen Satz auf Kinam zu und was für ein Glück für Junsu, so hörige Minions zu haben. Kinam lässt sich zurückschubsen. Der Lulatsch ist eh zu langsam, um sofort nachzurücken, und als er's tut, ist das Messer schon aufgesprungen. Verborgen in Kinams Jackentasche bohrt sich die stählerne Härte zwischen seine Rippen.

»Was denn, Loverboy?« Kinam legt den Kopf schief und lässt die Klinge zwischen Zeigefinger und Daumen den Widerstand des Jacketts und der darunter liegenden Haut testen. »Zunge verschluckt?«

Ein verächtliches Lachen mischt sich in die Süße seines Tonfalls, bevor er die Nase kräuselt und mit den Schultern zuckt. »Nee, versteh ich schon. Kam jetzt überraschend. Kann man ja auch nicht wissen – dass sich Leute wehren. Ihr habt's ja mehr so mit den wehrlosen, kleinen Mädchen.«

Die freie Hand lässt Kinam zurück in Junsus Haar sinken und drückt ihn noch einmal vorwärts. »Aber Junsu und ich, wir haben was zu besprechen. Würd also vorschlagen, du setzt dich wieder hin, bevor noch was Dummes passiert, du weißt schon, du was tust, das du bereuen könntest.«

Hektisch blinzelnd sinkt der Großkotz auf seinen Stuhl zurück und Junsu stemmt sich gegen Kinams Griff.

»Immer so ungeduldig, Junsu-yah.« Mit einem Tritt gegen Junsus Stuhl dreht Kinam ihn zu sich herum.

»Was, fühlst du dich jetzt stark, Flowerboy?«, funkelt Junsu zu ihm auf.

Kinam lacht, als er das Messer aus der Jacketttasche zieht. »Stark? Großes Wort. Gut? Hm, vielleicht. Inspiriert? Das schon eher.«

»Was willst du, Mann?!« Junsus Augen kleben an der Klinge, aber die Plastiklehne knarzt unter seinem Gewicht, als er – *wieder einmal* – vor Kinam zurückweichen will. »Spuck's einfach aus.«

»Oh, Jagiya, dachte schon, du fragst nie.« Er schnalzt mit der Zunge und lehnt sich vor, bis er sanft Junsus Wange tätscheln kann. »Musst gar nicht so zittern.« Hart gräbt er die Finger in Junsus Kiefer. »Ich will doch nur spielen. Ist auch eins deiner Lieblingsspiele, versprochen.«

Kinam zieht den Kopf zurück, aber nachdem sein Blick sich in Dowons gebohrt und den Großkotz an sein Redeverbot erinnert hat, prickelt sein Blut vor lauter Vorfreude. *Es funktioniert.*

»'s heißt, den Boten zur Botschaft machen. Du erinnerst dich? Spielst es oft mit Soyeon und wenn du gewinnst, zücken ihre Eltern den Geldbeutel. Ist ein tolles Spiel. Kreativ. *Und so effektiv.*«

Jenseits seiner Tasche wiegt das Messer schwerer, aber dass sie hinter ihm nach Luft schnappen, beflügelt ihn. Das hier ist ganz genau die Show, die man sich von einem Jopok-Sohn erhofft, und als der Entertainer, der er ist, seinem Publikum zu gefallen? *Unbezahlbar.*

»Okay, aber genug davon – du siehst ein bisschen unentspannt aus.« Kinam wischt sich das Lächeln von den Lippen, als er die Klinge in die Reste des Babyspecks drückt, die noch unter Junsus Augen hängen. »Jetzt mal kurz nicht bewegen, okay? Sonst sieht's nachher nicht gut aus.«

Die Augen zusammengekniffen hebt Kinam Junsus Kinn, bis ihm gefällt, in welchem Winkel die Klinge unter die erste Hautschicht rutscht.

Viel Druck braucht es nicht, aber als er das Messer zurückzieht, quillt ein dünner Faden Blut aus dem Schnitt. Rechts von ihm fällt scheppernd ein Tablett zu Boden. Ein Stuhl rutscht zur Seite. Jemand weint.

Junsu wimmert.

Seine Lider fallen zu und wo Kinams Atem seine Haut streift, sprießt Gänsehaut. »Nicht doch, Jagiya.« Langsam gibt Kinam Junsus Kinn frei, richtet sich halb auf und überlegt es sich doch anders.

Zieht seinen Daumen über den Schnitt, bis er das Blut wie hellroten Rouge über seinem Wangenknochen verteilen kann.

»Guck an«, raunt Kinam und gibt ihm noch einen letzten Klaps, bevor er die Hand sinken lässt. »Wenn man ein bisschen nachhilft, kann man aus dir ja ein richtig hübsches Ding machen.«

Mit dem Zuschnappen des Butterflys tritt er einen Schritt zurück. »Erinner doch Eomma mal, was für ein Tag heute ist, wenn sie dir nachher ein Pflaster aufklebt, ja?«

Den nächsten Schritt schmückt er mit einer Kusshand, die er Junsu zuwirft. »Wir warten.«

Kinam verlässt die Mensa genauso, wie er sie betreten hat. Den Kopf erhoben, die Schultern breit – und zu einem Raunen in seinem Rücken. Mit einer Hand stößt er die Tür zum

Chemietrakt auf, mit der anderen fährt er sich durchs Haar. *So ein Wichser.*

So ein kleiner Wichser.

Hoffentlich pisst er sich heut Nacht ein, vor lauter Angst, Flowerboy könnte kommen, um ihn zu holen.

Verächtlich kratzt ihm das Lachen in der Kehle – und bleibt stecken, als sich im Rücken seiner Jacke eine Faust ballt.

Aber anstatt ihn zurückzureißen, stoßen die Hände ihn vorwärts, über die Schwelle, in den Flur. Noch im Stolpern reißt Kinam sich los, aber als er herumwirbelt, presst es ihm allen Atem aus den Lungen.

»Was für eine verdammte Scheiße.« Mit aller Kraft schubst Chan ihn von sich, gegen die Tür zum Chemielabor, die aus ihrem Schloss springt und Kinam zwischen den hohen Sitzreihen landen lässt.

Krachend rauscht die Tür in ihre Scharniere. Vor Wut bebend steht Chan vor dem Lehrerpult und starrt ihn an, gleißende Verachtung im Blick.

Fuck.

Wie albern er jetzt klingt, sein kleiner Peptalk, bevor er die Schule betreten hat. *Ist egal, wie Chan dich anguckt. Gangtrash im Tausch gegen sein Leben, das ist ein guter Deal. Der Beste, den du kriegst, also tust du, was du musst.*

Also-

»Ein Messer in der Mensa zücken?!«

Das warme Braun von Chans Augen steht in Flammen und es gibt keine Welt, in der sich das nicht anfühlt, wie bei lebendigem Leibe verbrannt zu werden. Der unverzeihliche Shit stapelt sich als Kinams Scheiterhaufen zwischen ihnen.

»Hast du den Verstand verloren?!«

Heute trägt Chan die Cap. *Sie haben sie gemeinsam gekauft.* Im selben Laden, aus dem auch die Dog Tags sind.

Chan trägt sie noch immer.

So wie Kinam.

Hier und jetzt ätzen sie sich ihm in die Haut seines Brustbeins, weil's nichts gibt, auf der Welt, das er mehr will, als Chan bei seinem blöden Hemdkragen packen, bis er einen Finger unter die Kette der Dog Tags haken kann, um ihn näher zu sich ziehen, um ihn-

Kinams Finger zucken. Steht ihm nicht mehr zu. Fuck. *Fuck.*

»Chill, Chan.« Seine Stimme bebt, als er sein Jackett richtet und ihm im Gang entgegentritt. »Warum so überrascht? Drecksarbeit für die Gang ist dir doch nichts Neues.«

»Drecksarbeit?!« Chan weicht einen Schritt zurück, aber wie er da seinen Kopf neigt, überrascht es ihn nicht, dass Kinam Bescheid weiß. »Das soll das gewesen sein, ja? *Drecksarbeit.*«

Kinam wendet den Blick nicht ab, obwohl er das nicht sehen will – die Härte seines Kiefers, wie schmal Chan die Lippen zusammenpresst. Da wütet ein fucking Sturm in Chans Brust und fuck, er will's nicht hören, will die Bilder nicht, die Schuld nicht, die Anklage nicht, *die Strafe nicht.*

Aber es ist besser, Chan knallt ihm die ganze Scheiße an den Kopf, als dass er daran erstickt.

Chan reißt sich die Cap vom Kopf und furcht mit seiner Hand so grob durch die dunkelbraunen Strähnen, dass es wehtun muss. Nur bricht sich da nichts los. Da ist nur der Schleier, der zurückkommt und den Sturm im Keim erstickt, und-

Chan strafft die Schultern und Kinam denkt nicht nach, denkt nicht klar, sollte ihn einfach gehen lassen, Chan muss ihm nicht dankbar sein, dass er ihn rausholt, das ist verdammt nochmal das Mindeste, also sollte er ihn einfach gehen lassen, er sollte-

Stattdessen schließt er zu ihm auf, zwei, drei Schritte und er steht ihm gegenüber. Nah genug, um ihm die Cap aus der Hand zu reißen, wenn er wollte, nah genug, um seine Schultern zu packen und zu schütteln, bis alle Härte aus seinen Zügen fällt.

»Du bist so-«

»Sag mir, dass du's nicht für mich machst.«

Chans leise Worte brechen in seine Brust und füllen Kinam bis zum Überlaufen mit einer fucking Traurigkeit über Dinge, die er nicht zurücknehmen kann, egal, was er tut. Machtlos sinken seine Arme an seine Seite zurück.

»Sie hätten dich da nie mitreinziehen dürfen. Sie wollen eh mich, nicht dich-« Schwer schluckend schlägt er den Blick zu Boden.

»Bullshit.«

Kinams Kopf zuckt hoch.

»*Bullshit*«, wiederholt Chan und lacht so leer, dass es Kinam egal ist, was es kostet: Was seine Abwesenheit ihm angetan hat, wird seine Rückkehr wiedergutmachen. »Hätten sie dich gewollt, nicht mich, hätten sie sichergestellt, dass du es erfährst – *alles davon*. Damit es auch schön wehtut. Aber du hattest keinen blassen Schimmer.«

Chans Blick sinkt zu seiner Kehle. Die sich blau verfärbenden Fingerabdrücke sind Sungjins und Chans stockender Atem verrät, dass er die Signatur erkennt. Kinam will nicht wissen, wie oft Chan dieselben Wunden getragen hat. Jedes Mal ist zu viel.

»Du checkst es einfach nicht, oder?«, reißt Chan den Blick wieder hoch. Der Sturm ist zurück. »Hör auf, mir helfen zu wollen, verdammt.«

»Ich check's nicht? *Ich?!*«

Könnte er einfach nach seinen Händen greifen, so wie vor Seoul, wüsste Chan, warum es sein muss – die Messer in der Schulmensa, die Würgemale, die Knochen, die er brechen wird.

Aber wie kann er nach ihm greifen, wenn er der Grund für alles ist, das sie ihm angetan haben?

»Chan, du kapierst offensichtlich nicht, was hier auf dem Spiel steht. Egal, was für 'ne Scheiße die dich machen lassen, das ist erst der Anfang und-«

»Geh zu Sehun. Er wartet. Das weißt du.«

»Die Crew kann sich ficken, bis die Gang dich nicht in Ruhe lässt. Und wenn's über meine Scheißleiche ist. Ein Strafregister macht sich nicht gut auf Collegebewerbungen.« Kinam räuspert sich gegen die Worte, die ihm die Kehle verätzen. »Die haben mich sowieso. Keine Zukunft für Yoo Abkömmlinge, wer hätt's gedacht. Aber für dich-«

»Du warst weg.« Die Kälte in Chans Stimme knallt Kinam den Stopp rein. »Anderthalb Jahre. Dachte, in Seoul wär das sowas wie ein halbes Jahrzehnt. Jetzt bist du zurück? Gratulation. Kein Grund, dich zum Retter aufzuschwingen.«

Die Cap landet wieder auf Chans Kopf, aber der Junge, der sie einst getragen hat, verblasst. Macht einem Mann Platz, den Kinam nicht kennt.

»Ich brauch dich nicht.«

Hinter Chan fällt die Tür in einer Endgültigkeit ins Schloss, die schmerzt, als hätte er seine Faust in Kinams Magengrube gerammt. In der Stille, die über das Chemielabor fällt, schiebt er die Hände in die Taschen seines Jacketts. Er ertastet die Umrisse des Messers, aber es ist ein miserabler Anker.

Nicht, dass er einen bräuchte.

In seinem stockenden Herzschlag hallt sein Peptalk nach, *Gangtrash im Tausch gegen sein Leben, das ist ein guter Deal.* Chan muss ihn nicht brauchen. Chan muss ihm nicht mal vergeben. Chan muss ihn nie wieder ansehen, wenn er nicht will.

Als Kinam mit dem Pausenklingeln die Tür des Chemielabors aufreißt, knallt sie ungebremst in die Wand. Und die Schüler, die auf dem Weg zu ihren Klassenzimmern vor ihm zurückweichen, machen den Dingen Platz, die er tun muss.

Die er tun wird, ganz egal, wie Chan ihn dafür ansieht.

Noch immer flimmert Angst im Blick der jungen Frau. Dabei ist das Schlimmste ausgestanden. Ihre Finger zittern, als sie die Tür schließt, kaum, dass er den ersten Schritt zurückgetreten ist, das Geld sicher in seiner Hosentasche verstaut. Das Baby gluckert ein letztes Mal, bevor das Schloss greift und Kinam damit aussperrt – in die Eiseskälte, die er so rücksichtslos in das Zuhause dieser kleinen Familie gebracht hat.

Er schlägt die Kapuze seines Hoodies hoch. *Eines Hoodies.* Eines Hoodies, den Kinam zurückgeben sollte, weil's Chan bestimmt nicht passt, dass Kinam ihn noch trägt, drauf geschissen, dass lila ihm besser steht.

Scheiße.

Eine Katze schmiegt sich zwischen seinen Beinen hindurch und den Schauer unterdrückend, den der beißende Wind seinen Rücken hinunterschickt, sinkt Kinam in die Hocke. Gibt nichts Besseres gegen taube Fingerspitzen als das warme Fell eines Streuners.

»Na, du Hübsche.« Die Katze schnurrt, als er sie zwischen den Ohren krault, und damit ist sie wohl die Einzige im ganzen Land, die ihn gerne sieht. Kinam kann sich nicht an sie erinnern. Weiß nicht, ob sie zu denen gehört, die im letzten Winter auf ihn gewartet haben. Auf das Futter aus dem Cornerstore, das er für sie rausgestellt hat, weil jemand an diejenigen denken muss, die kein Zuhause haben, in das sie vor der Kälte fliehen können.

Mit Nachdruck stößt sie ihren Kopf gegen sein Knie und irgendwo in ihm bröckelt eine Mauer. Ihr leises Miauen lässt ihn beinahe heulen.

Er hasst das. Was es aus ihm macht, wieder auf diesen Türschwellen zu stehen. Wie sie ihn ansehen, voller Angst und voller Hass, und dass sie Recht haben. Kinam ist ihr schlimmster Albtraum.

Er ist zurück in Daegu und genau der Gangtrash, der er nie sein wollte. Neunzehn Jahre verschwendet, jedes Beteuern verschwendet, *ja, das ist meine Familie, aber ich bin nicht so, ich tue so etwas nicht, würde ich nie* – würde er. Hat er.

Und wird er jederzeit wieder, wenn es Chan hier rausholt.

»Scheiße, Mann. Hätt ich mir denken sollen.«

Kinams Blick fliegt hoch. Das muss ein Witz sein. Irgendein beschissener Prank des Universums. Erschlagen lässt er die Schultern fallen. »Sehun-Hyung.«

»Gangshit 101, dass sie dich hierher schicken.«

Sehun überquert die Straße, die Schultern bis unter die Ohren gezogen. Er sieht schlecht aus. Älter, als anderthalb Jahre dich werden lassen sollten. Die abgewetzte Baggy ist dieselbe. Aber sonst?

Das Zigarettenetui, das er hervorzieht, okay. Die abgegriffenen Initialen ihrer Rapcrew, ja, aber die Dellen sind neu. *Fuck.* Die Initialen *seiner* Rapcrew. Sehuns Rapcrew. Nicht mehr Kinams. Nie mehr Kinams.

Shit.

Ein letztes Mal gleiten seine Finger durch das Fell der Katze, bevor er sich aus der Hocke hochdrückt. »Wär nur mehr ihr Style, hätten sie mich direkt zu deiner Haustür geschickt.«

Tief vergräbt er die Hände in den Taschen des Hoodies. Kann jedem mal passieren. Er hat die Initialen in mehr Nächten, als er zählen kann, an die Wände verlassener Gebäude und Zugtunnel gesprayt. Da sitzt die Assoziation tief. *Kann jedem mal passieren* – er kann's sich halt nur nicht leisten. »Oder kommt das noch, Hyung? Bist du hier, um Schulden zu begleichen?«

»Und dann was? Reißt du mir die Wange auf, mit deinem geliebten Butterfly?« Ein raues Lachen stiehlt sich über die aufgebissenen Lippen. Sie treffen sich auf dem Gehweg und Sehun hält ihm das Etui hin.

Den Kopf neigend friemelt sich Kinam eine Zigarette hervor. »Das hat schnell die Runde gemacht.«

»Ganz nach Plan, nehm ich an.«

Er begegnet dem Seitenblick Sehuns, als er das Feuerzeug aufzüngeln lässt. Wortlos klemmt er sich die Kippe in den Mundwinkel. Sehun lässt ihn. Die Crew schlägt sich mit ganz Anderem herum als angeritzten Wangenknochen.

»Dass du dich so schnell wieder hierher verirrst, hätt ich aber nicht gedacht.« Sehun zieht die Nase hoch, bevor er selbst einen Zug nimmt. »Dachte, sei wieder ein Gerücht. Gab viele davon, in den letzten Monaten.«

»Schon gehört. War stadtweit Lieblingsthema.« Kinam stößt den Rauch aus. »Was eine Ehre.«

Als Sehun zum Abaschen den Kopf senkt, blitzt in seinem Nacken ein neues Tattoo hervor. Selten ein gutes Zeichen – letztes Mal hat's Nahtoderfahrungen gebraucht. Ist Kinam immer noch ein Rätsel, wie sie in jener Nacht ohne Tote davongekommen sind. Aber es war auch ein Wunder und von denen gibt es in einer Stadt wie Daegu nie genug.

Sehuns Blick ist gestochen scharf. »Dachte mir, ich frag, ob du okay bist.«

Mit zugeschnürter Kehle kann Kinam bloß leise schnauben. Wenn Chan Sehun auf ihn angesetzt hat ...

Ist so bescheuert, wie sehr Chan an seinem Rap hängt. Was soll er bei Sehun? Kinam kann nicht zurück.

Du gehst nicht mal eben nach Seoul und wenn's der Idol-Rapper nicht wird, ja, dann fröhliches Weiterrappen in der Underground-Rapcrew deines Vertrauens. *Fuck.*

Es hat einen Grund, warum Kinam Sehun nicht geantwortet hat. Was soll er in diesem Scheißindustriebau am Rand der Stadt, was soll er denn mit dieser schäbigen Bühne, außer sich das fucking Herz aus der Brust reißen, weil er so nah dran war, so verfickt nah dran, dass-

»Er hat's verdient, weißt du«, unterbricht Kinam das Rasen seiner Gedanken selbst. »Riko. Ich weiß, sie nennen ihn den Rosenritter und er zwinkert, während er Küsse in die Kamera wirft, und du denkst dir: Echt? Der? An den verschwendet sich Kinam? Das ist doch bloß 'ne halbe Portion, aber Gott, ich schwör's. Er hatte es so verdient, die Fresse poliert zu bekommen.«

Kinam spuckt die Übelkeit, die in ihm aufkeimt, auf den Boden. Aber es ist nicht nur Riko, der zwischen ihm und dem Rap steht.

»Hättest du ihm mal die Nase gebrochen.«

Kinam seufzt. »Wusstest du's? Das mit Chan.«

»Jeder weiß es.« Irgendwo in der Plattenbausiedlung hinter ihnen heult ein Säugling so kläglich, als wüsste der Wurm schon, was seine Zukunft für ihn bereithalten wird. »Sie haben sich alle Mühe gegeben. Damit auch ja niemandem entgeht, was passiert, wenn man sich zu sehr einmischt. Oder was auch immer sie denken, dass wir in der Crew sonst so tun.«

Die Magensäure steigt ihm bis in den Hals. Sehun hätt's ihm gesagt. Hätte Kinam als Trainee Recht auf ein Handy gehabt, er hätt's wissen können, rechtzeitig- Er hätte es beenden können, bevor- »Irgendwer muss Sungjin Chans Namen verraten haben.«

»Ist nicht nur das, Kinam.«

»Was?«

Sehun blinzelt gegen den Nebel, der sich mit der hereinfallenden Nacht über die Stadt senkt. »Goya ist draußen.«

»*Was?!*«

»Wohnt jetzt bei mir.«

»Sungjins Goya?«

Sehun sieht ihn nicht an. »Will nicht sagen, dass sie mehr wiegt als der kleine Bruder und wer ihn zum Idol gemacht hat, aber ich sage, dass es Gründe dafür gibt, warum Chan in Sungjins Van landet und in keinem anderen.«

»'Ne Frage des Respekts«, echot Kinam Sungjins Worte, weil ihm keine eigenen einfallen. Er kann sich kaum an einen Sungjin ohne Goya erinnern. Will sich gar nicht vorstellen, wie die Gang gerudert hat, als Goya sich ihr entzogen hat. Kein Wunder, sprießen Sparrows wie Ungeziefer aus dem Boden.

Goya ist draußen.

Fuck.

Goya schläft bei Sehun.

Wohnt bei ihm.

Fuck!

»'Ne Frage von Stolz, vielleicht. Die Gang gibt sich tausend Kodexe und schwört auf Ehre, aber irgendwie bleibt am Ende ganz zufällig immer genug Raum für Rache.« Sehun schnippst seine Kippe auf die Straße. »Kann eigentlich froh sein, dass ich noch atme.«

Kinam füllt seine Lungen mit Rauch. »Fuck.«

»Was ich damit sagen will, Kinam, ist: wir haben ein Auge auf Chan.«

»Könnt ihr das denn?«

»So gut es eben geht.«

Kinam beißt die Anklage zurück. Sehun schuldet ihm nichts. Ist nicht seine Schuld, dass Kinam naiv genug war, zu glauben, er habe Seoul verdient. »Denk mir, ihr habt mit Goya genug zu tun, oder seh ich das falsch?«

Abgefuckt lacht Sehun auf. »Goya ist fein raus. Sie hat ihren Preis gezahlt.«

»Sie hat-« *Fuck.* »Du meinst-« *Fuck.* Er kennt die Regeln der Gang. Jeder auf dieser Seite der Stadt kennt die Regeln der Gang.

Ein Leben für ein Leben.

Aber wenn's einer durchzieht, dann Goya. Wenn die Gang dir einen Spitznamen verleiht, musst du das Zeug zur Mörderin haben. Sogar Yohan kannte ihren Namen und das lag nicht daran, dass Sungjin nicht von ihr ablassen konnte.
Am Ende nicht mehr.
»Fuck.«
Sehun schweigt. Würde Kinam auch, müsste er sich die Albträume geben, die sie garantiert hat. Die du haben musst, wenn du das Leben eines anderen in den Händen gehalten und es ausgelöscht hast.
»Ich mein's ernst, wenn ich sag, wir haben ein Auge auf Chan.«
Sind nur vier Jahre, die Sehun ihm voraushat, aber Kinam glaubt ihm trotzdem. »Hyung, ich-«
»Und ich mein's auch ernst, wenn ich sag, ich weiß, wie dein Vater unterwegs ist, Kinam. Hab Sungjin oft genug in Aktion erlebt, um zu wissen, aus was er gemacht ist. Aber ich hab keine Angst. *Wir*«, betont er, »haben keine Angst. Angst hat hier nichts zu sagen. Wir haben ein Auge auf Chan und wenn der Rap noch da ist, dann-«
»Nein.«
»*Komm schon.*« Die Härte um Sehuns Kiefer wird ungnädig, aber Kinam zuckt zurück, als er nach ihm greifen will. »Wer rappt, wie du rappst, der-«
»Lass es.« Kinam wirft die halb abgebrannte Kippe beiseite. »Ich rappe nicht mehr.«
»Erzähl keinen Scheiß. Dein Rap ist nichts, das man einfach so tot stiefelt. Hundert Kröten, dass der noch in dir brennt.«
»Hyung.« Allein die Vorstellung macht ihn krank.
Noch einmal auf der Bühne stehen und den Rausch schmecken. Der Menge noch einmal alles abverlangen und es doppelt,

es dreifach zurückzuzahlen. Noch einmal sein, wer er hätte sein sollen. Hätte sein können.

Wer er ist.

Wer er war – ist vorbei. So wie er einst Daegu für Seoul zurückgelassen hat, muss er jetzt Seoul für Chan zurücklassen.

»Danke für die Kippe.«

»Mann, Kinam. Will doch nur, dass du weißt, dass du bei uns immer eine Bühne hast. Shit! Kinam!« Sehun hebt die Hände, als er an ihm vorbei stürmt. Und die Stimme, als er ihm hinterher brüllt: »Open Mic, gleicher Ort, gleiche Zeit!«

Das Ding ist, dass Kinam will.

Rappen, ja, auch, aber vor allem herumwirbeln und zurückschreien; es in die Welt schreien, dass er sich geschämt hat, als er aus dem Zug gestiegen ist. So sehr, dass er wollte, nichts mehr wollte, als vom Daeguer Bahnhof direkt ins Industrieviertel zu tingeln. Sich ins Blackout trinken, sich in Selbstmitleid ersaufen. Wenigstens eine Weile lang.

Wenigstens, bis ihm jemand auf der Stage so den Arsch aufgerissen hätte, dass er's nicht auf sich sitzen lassen könnte.

Aber in all diesen Bildern ist Chan an seiner Seite. Weil's okay wär, *okay*, wenn's nur Daegu wär, wär's mit Chan, aber Chan guckt ihn nicht mal mehr an. Weil Chan geschlagen wird. Weil Chan gezwungen wird, andere zu schlagen. Weil Chan-

»Du weißt, wo du uns findest!«, ruft Sehun. »Das hier ist immer noch dein Zuhause – du musst es nur wollen, Mann.«

Abrupt hält Kinam in der Bewegung inne. Seine Schultern krampfen. »Nicht dein Ernst. *Ich muss es nur wollen?*«

Sehun schließt zu ihm auf. »Du musst es nur wollen.«

»Fick dich.«

In welcher Scheißwelt ist es mit Wollen getan?

In welcher Scheißwelt hat Kinam es nicht genug gewollt?

Er dreht sich nicht um, bis er hinter der Straßenecke verschwunden ist. Riskiert den Blick nicht, der ihn doch nur dazu verführen würde, zu bleiben. Oder mitzugehen. Auf ein letztes Battle. Können sich aufreihen und Kinam battlet sie alle in Grund und Boden. Sie und ihre widerwärtige Naivität. Ihren ekelerregenden Optimismus.

Idealistische Wichser alle miteinander.

Kinam verkackt Seoul, wird als Flowerboy geschändet, verliert Chan, aber hey, rappen, das ist kein Problem. Rappen, das darf er. Das werden sie ihm gönnen. Alles, was er liebt, schlagen sie kaputt, aber doch nicht den Rap. Den Rap würden sie nicht anfassen.

Sicher.

Diese Drecksscheiße wird ihn sein Leben kosten. Und Kinam würde es trotzdem tun, aber er ist durch damit, andere Leben aufs Spiel zu setzen.

Fuck.

In welcher Scheißwelt ist es mit Wollen getan?

In welcher Scheißwelt hat Kinam es nicht genug gewollt?

Homofeindlichkeit, sexuelle Nötigung

KAPITEL 4

Schicken sie jetzt die Kavallerie, hm.
 Haben sich Zeit gelassen.
 So, wie sie da steht, gibt's kein Zweifel daran, für wen sie hier ist. Dass um ihn herum hunderte Schüler aus dem Schulgebäude strömen, ist egal. Die Scouts der Agencies kommen nicht nach Daegu, um zu fischen.
 Sie kommen, um zu klagen.
 Ein an ihm vorbeistürmender Trupp Mädchen reißt ihm fast die Tasche von der Schulter. Irgendwer nuschelt eine Entschuldigung, aber Kinam hebt bloß müde den Mundwinkel. Sollen sie miteinander um die Wette laufen, damit ihre Eommas und Appas sie in ihre Hagwons kutschieren können und ja keine Sekunde kostbarer Lernzeit verloren geht.
 Sie haben mit dem, was hier abgeht, eh nichts zu tun.
 Als Kinam sich vom Schultor abwendet und sich stattdessen mit dem Rücken gegen die Mauer lehnt, die den Schulhof rahmt, ist der Stein kalt in seinem Rücken. Sie haben für den Abend Schnee angesagt, aber wenn's Eisregen wird, ist Kinam auch nicht überrascht. Herausfordernd hebt er die Augenbrauen, als er den Blick der Lady am Schultor erwidert.

Wenn die Seoul-Schlampe was von ihm will, dann kann sie kommen und es sich holen.

Selbst über die Entfernung hinweg sieht er ihre Augen blitzen. Ihre Pfennigabsätze klappern über das veraltete Straßenpflaster. Kinam fährt ein Schauer den Rücken hinab und bei diesen Temperaturen muss sie in ihrer teuren, schwarzen Lederjacke frieren, aber wehe, du bist SKYHIGH und verzichtest auf den edgy look, der am Ende des Tages genauso Fassade ist wie der auf Perfektion getrimmte Style von DK.

Man hätte ja annehmen können, wer sich für ein HipHop-Label hält, hat kein Problem mit ein bisschen Street. Tja.

Achtlos wirft Madame ihre Zigarette in den Dreck und ein paar aus der Mittelstufe starren sie ungläubig an, als sie den Stummel in perfekter Beiläufigkeit unter ihrer Sohle zerquetscht.

Kinams Finger zucken. War 'nen Fehler, Sehuns Kippe anzunehmen. Jetzt ist jedes Lechzen nach Nikotin mit einem fucking Schlag in die Fresse verbunden. Bester Grund, um mit dem Rauchen aufzuhören.

Und die Körperverletzung, für die sie ihn verknacken wollen, ist der beste, um direkt wieder damit anzufangen. Wird klappen. Sie nennen es einfach *gefährliche Körperverletzung* und irgendwer fasst sich ganz entsetzt an die Brust, während er seine Aussage aufgibt, wispert hinter vorgehaltener Hand, *Wusstest du, dass er 'ne Schwuchtel ist?* und das Ding ist geritzt.

Denn Gott be-fucking-wahre, so was hätte man beinahe Kindern vor die Nase gesetzt, auf dass sie es in den Himmel heben, vor ihm auf die Knie fallen und es wie einen Gott anbeten.

Mildernde Umstände? Eine außergerichtliche Einigung? Ja, sicher.

Fuck.

»Hat die Drecksfresse endlich kapiert, dass er das Geld für die Schönheits-OP nur zusammenkriegt, wenn er mich verklagt?« Kinam zieht die Nase hoch und hebt den Blick, als sie vor ihm zum Stehen kommt.

Ihr Blick ist kalt, als sie ihn mustert, und keine Ahnung, ob er schon mit ihr zu tun gehabt hat. In den letzten Tagen in Seoul ist er durch so viele Büros geschickt worden, dass er sie nicht mehr zählen kann – aber sie würde sich gut machen, in so einem Eckbüro. Vielleicht hätte sie ein Foto auf ihrem Tisch stehen, liebender Ehemann, strahlende Kiddies. Wobei-

»Ich hab keine Zeit für deinen angsty Teenieshit. Ich will dir ein Angebot machen.« Wirsch gestikuliert sie in seine Richtung und bitter drängt sich ihm ein Lachen in die Kehle. »Ich will also, dass du die Klappe hältst und mir zuhörst. Meinst du, das kriegst du hin?«

»Lass mich überlegen, ob ich's einrichten kann – wo du doch aus dem schönen Seoul bis ins dreckige Daegu gereist bist, um's mir vorzuschlagen.«

Die pinkgeschminkten Lippen kräuseln sich, aber dann klackt die Doppelschnalle ihrer Tasche auf und Kinams Augen verraten ihn, als sie zur Mappe zucken, die sie hervorzieht. Mattes Schwarz. Ein Emblem auf der Vorderseite, kühles Silber, ein gedoppeltes E.

Zu dick, um eine Vorladung zu sein.

Zu dünn für …

Kinam blinzelt, als er den Blick wieder hochreißt. »Aber sei bloß nicht enttäuscht, wenn ich's ausschlage, dieses Angebot, das ich nicht ausschlagen können sollte, okay?«

In ihrem Lachen schwingt Spott mit. »Du denkst wirklich, ich bin SKYHIGH?« Mit der Zunge schnalzend verschränkt sie die Arme vor dem Körper und hält die Mappe gegen ihre Brust gedrückt. »Na gut.«

Kinam nagelt seinen Blick zwischen ihre Augenbrauen. Sie will ihn herausfordern? Bitte. Er hat schon die letzte Partie verloren – nochmal passiert ihm das nicht. »Was willst du, Lady-die-nicht-von-SKYHIGH-ist?«

»Dich.« Sie ist unbeeindruckt vom Blickduell. »Hab deine Trainee Stages gesehen. Ich weiß, dass du auf der Bühne Feuer spucken kannst, als würde da was in dir freibrechen, sobald das Spotlight angeht. Mühelose Aggression.« Ihre Mundwinkel zucken anerkennend. »Und ich weiß, dass du nicht dieser Scheißloser bist, als der du momentan stilisiert wirst, weil du mehr kannst als nur spitten.«

Kinams Zähne knirschen, so hart beißt er sie zusammen. Das ist so abgefuckt.

»Dein Battle-Rap hat ernsthafte Heat, aber das ist nichts Neues; jeder kann das. Selbst Trainees, die wegen ihres Aussehens in die Industrie gespien werden, kriegen das irgendwann hin, zwingt man sie durch die Trainingssessions, knüppelt man sie mit den richtigen Gruppendynamiken in die Rolle.«

Nicht so wie ich, will Kinam zurückschießen. »Ich hab die Poser zerfickt. Einen nach dem anderen.«

Scheiße.

Er muss atmen. Tief durchatmen. Sich dran erinnern, wo sie stehen. Weshalb.

»Und genau das ist es, was ich will. Den Stahl in deinen Augen, Yoo Kinam; der, der erst zu Eis wird, bevor da Feuer in dir auflodert. Ich will deine intuitiven Veratmungstechniken, die dich immer ein bisschen aggressiver, immer ein bisschen schneller, immer ein bisschen feiner gemacht haben als die anderen, und ich will das Storytelling der Lyrics – *deiner Lyrics.*«

Nein.

Kinam rammt sich die Fingernägel in die Handinnenflächen und schluckt gegen jede einzelne Erinnerung an. Das ist so abgefuckt. Das ist so-

»Verarsch mich nicht«, knallt er ihr entgegen, aber die Härte ihrer Augen bleibt.

»Dieses Talent, das du hast? Die Mentorenarschlöcher von SKYHIGH können sich in Variety Shows damit brüsten, dich geformt zu haben, aber ich erkenn geschürftes Talent, wenn es mir über den Weg läuft.«

»Du erkennst gar nichts.« Kinam ist groß geworden zwischen Kaugummi und Rotze, er kann das ab. Aber in Seoul sieht man die Betonbauten aus den 60ern nicht mehr, die zwanzig Jahre zu früh hochgezogen wurden, um von dem wirtschaftlichen Aufschwung Koreas zu profitieren.

In Seoul weiß das Elend, sich zu verstecken.

»Ich weiß, was die Underground Szene Daegus kann. Jeder, der in meiner Szene etwas auf sich hält, weiß um Daegu.«

Als sie ihm die Mappe in die Hand drückt, bleibt ihm das Lachen im Hals stecken – aber seine Finger schließen sich um die Kartonage.

»Ich will dich. Und ich will das.« Sie deutet auf die dicht befahrene Straße hinter ihnen. »Egal, was es ist oder bedeuten wird. Und ich will es für meine eigene Agency.«

»Kannst du dir in den Arsch schieben.«

Anderthalb Jahre hat Kinam sich am Ende eines jeden noch so langen Tages zurück in die Recording Studios geschlichen. Nur um auf Sofas zu sitzen und zuzuhören, wie die anderen

SKYHIGH Künstler ihre Songs aufnehmen. Er ist gut im Zuhören. Er ist gut im Lernen.

Und er ist nicht einmal aus den Top Ten gerutscht. Anderthalb Jahre.

Anderthalb Jahre am Ende eines jeden Monats Jungs, die ihn im Gang aufhalten, um ihm zu gratulieren. *Hast du das Ranking schon gesehen? Du fucking Biest!!!* Anderthalb Jahre.

Wofür?

»Kannst du vergessen, dass ich mich nochmal in ein Traineesystem quetsche. Ich spitte euch mein ›Feuer‹«, seine Finger haken Anführungszeichen in die Luft, »und ihr versprecht mir nochmal zwei Jahre lang, dass es bald soweit ist?«

Er stößt sich von der Steinmauer ab und drängt ihr die Mappe wieder auf. »Ich brauch dein Scheißangebot nicht. Ich lass mich nicht kaufen. Mein Rap gehört-«

»Spar mir die impulsive Scheiße.«

Angewidert tippt sie gegen die Mappe und ihr Blick will seinen Widerspruch, will ihn in der Luft zerfetzen, aber sie lässt ihn nicht zu Wort kommen. »Ich hab keine Lust, Industrieneulinge zu branden. Ich hab auch keine Lust, sie auszubilden. Auf der Straße existiert genug Talent, das die Hegemonie der großen Drei zurückgekotzt hat.«

Kinam schüttelt den Kopf. In welcher Scheißwelt. In welcher Dreckswelt. Seoul ist kein Ort für Revolutionen. Seoul ist nicht ... interessiert an Veränderung. Seoul ist eine einzige inszenierte Shitshow, und-

»Ich rede von einem festen Boygroup-Line-Up. Der Position als Leader. Ich jage dieser Vision seit verdammten Jahren nach und du kannst vielleicht darüber lachen, aber darauf scheißen lass ich dich nicht.«

Sie zieht ihre Hand zurück und lässt die Lasche der Tasche in die Schnallen schlagen. »Du hast alle Informationen, die ich zu geben bereit bin. Wenn das nicht reicht, verdienst du Daegu.«

Kinam öffnet den Mund, aber es kommen keine Worte heraus.

»Ich weiß, wer du bist, *Flowerboy*. ERA ENTERTAINMENT kann es damit aufnehmen. Aber es ist deine Entscheidung – und ich werde nicht betteln.«

»So funktioniert Seoul nicht.« Seine Stimme bricht. »So funktioniert Daegu nicht. Ein festes Line-Up? Das-«

»Du hast eine Woche Zeit«, unterbricht sie ihn und als sie sich umdreht, um zu gehen, knarzt das Leder ihrer Jacke in der Kälte.

Fuck.

Seine Finger schließen sich fester um die Mappe, als sie es dürfen. Die Lady schiebt sich über die zerplatzten Pflastersteine, zurück nach Seoul, weg von hier, und er will nichts mehr als hinterher.

Zurück an den Puls des Lebens.

Fuck.

Auf dem Parkplatz verschlucken die elterlichen Fahrkolonnen sie und Kinam sollte die Mappe einfach hier und jetzt in den Dreck fallen lassen.

Ein Boygroup-Line-Up.

Leader einer Boygroup.

Kinam hat keine Zeit für solche Lügen. Hat keine Zeit, um nochmal Hoffnung zu schöpfen. Heute steht Sungjin vielleicht nicht zwischen den Autos. Heute hat Chan vielleicht keine sichtbaren Verletzungen.

Aber was ist mit morgen?

Fuck.

Kinam reißt sich die Tasche von der Schulter und schlägt sich halb das Knie auf, als er zu Boden sinkt. Reißt die Lasche hoch, stopft die Mappe hinein und könnte kotzen.

Er rappt nicht mehr. Ist egal, ob er's noch will. Ist auch egal, ob Seoul ihn noch will. Er hat eine Schuld zu begleichen.

Hart zieht Kinam den Träger der Tasche über seine Schulter und kämpft sich über den sich leerenden Schulhof.

Er kämpft sich durch die Seitenstraßen und Hinterhofgässchen, in denen Daegus Hässlichkeit auf einen Trotz trifft, der selbst im Licht der untergehenden Sonne nicht glänzen kann. Nichts kann das hier, wo Graffitis selbst halbfertige Bauruinen entstellen. Pläne von Bürgermeisterkandidaten, die aufgegeben wurden, kaum dass die Wahlurnen geschlossen waren.

Du lernst diese Scheiße, wenn du in Daegu groß wirst. Dass Leute dir Hilfe anbieten, weil sie glauben, dass du schwach bist. Weil sie eine Chance in dir sehen. Die Chance, ein Geschäft mit dir zu machen.

Seoul kommt nach Daegu, um sich für seinen Fehler zu entschuldigen? Haben's doch nicht so gemeint. Bitte komm zurück, du größtes aller großen Talente. Was wären wir ohne dich?

Bullshit.

Eine Vibration zuckt durch seine hintere Hosentasche und Kinam kickt den Stein, der aus dem Bordstein gebrochen ist, gegen das Auto, das am Straßenrand geparkt ist.

»Fuck.«

Sein Schrei jagt eine Katze unter der alten Karosserie hervor und ihre Augen reflektieren die Lichter der Autos, die sich im Feierabendverkehr nur langsam durch Daegus Straßen bewegen.

Er sollte nicht.

Aber bis zum Cornerstore ist es nicht weit und die Scheißkatze sieht scheiße aus und Kinam ist es so fucking leid, sich scheiße zu fühlen. Ist es denn zu viel verlangt, sich fünf Minuten nicht scheiße fühlen zu wollen?

Die Wärme des Ladens klatscht Kinam stickig entgegen und die Kopfschmerzen sind wie auf Knopfdruck da. An der Kasse kauft jemand Ramen. Die Gewürze lassen die Leere in seinem Magen knurren.

Das Katzenfutter ist ganz hinten.

War es jedenfalls mal.

Kinam lässt seine Finger über die Preisleiste der Regalböden streichen und es ist alles da, aber nichts für Katzen. Zufall, vielleicht. War in der letzten Lieferung einfach nicht dabei. Hat sich schneller ausverkauft, als der Typ hinter der Kasse erwartet hätte.

Oder jemand will nicht, dass Kinam Katzen füttert. Jemand will nicht, dass die Katzen diesen Winter überstehen. Jemand findet, dass er über ihr Leben entscheiden darf. Eine Plage, diese Streuner. Eine Plage, diese Flowerboys.

Hoffnungslosigkeit setzt sich wie ein Stein in seine Lunge und Kinam kann nicht drumherum atmen; kann nicht atmen – kann mit einem Mal gar nicht mehr atmen.

»Entschuldige, dürfte ich bitte durch?«

Die Stimme lässt ihn herumwirbeln, aber das Gesicht, das dazugehört, verschwimmt hinter dem Film eigener Tränen und wow, das ist erbärmlich.

Kinam hat nicht mehr geheult, seit er im Zug saß, und jetzt passiert's im Cornerstorne? Weil's kein Katzenfutter mehr gibt?

Fuck.

Kinams Beine stocken halb in der Bewegung, als er sich vorwärts wirft, zurück zum Ausgang, zurück in die kalte Luft.

Zurück in die hereinbrechende Nacht, die ihn mit Schatten empfängt, die größer sind als er.

Den Rücken gegen die Rückseite des Stores gedrückt sinkt Kinam daran herab auf den gefrorenen Boden, der sich selbst durch den Hosenstoff frisst.

Atmen.

Die Knie anziehen, die Arme darum schlingen, und- *Fuck.*

Die Welt verrutscht unter seinen Füßen, aber er kneift die Augen zusammen und wo Tränen im Schnitt an seiner Lippe brennen, ist es der Schmerz, der ihn ankert.

Junsu hat ihm die Lippe blutig geschlagen.

Soyeons Knie haben geblutet.

Sungjins Knöchel waren aufgeplatzt.

Chan hatte keine sichtbaren Wunden.

Aber er steigt in Gangvans, als wäre nichts dabei.

Seoul kommt und will ihn zurück.

Aber Chan steigt in Gangvans, als wäre nichts dabei.

Es gab mal Katzenfutter, in der hintersten Regalreihe des Cornerstores und anderthalb Jahre später ist da nichts mehr. Zufall vielleicht.

Aber Chan steigt in Gangvans, als wäre nichts dabei – und das ist kein Zufall.

Der erste Atemzug, der's bis in seine Lungen schafft, fühlt sich an, als breche er ihn entzwei. Mit dem nächsten hebt er den Kopf. Kinam zieht die Nase hoch, reißt sich den Handrücken über die Augen und die Nässe sticht, wo sie seine erste Hautschicht einfrieren lässt.

Sein Atem zittert noch, als er das Handy hervorholt, aber die Tränen versiegen – selbst, als er die Notification sieht. TH13VES hat den ersten Win.

Fuck.
Auf dem Bild, das naver benutzt, strahlt Riko in die Scheißkamera, als wär's sein Win. Muss kurz nach dem Kuss sein, den er in die Kamera wirft. Oder davor.

Nein – gemessen an Jinhwans Abscheu nach dem Kuss. Er hat sie sich sorgfältig in die Augenwinkel gepresst, aber Kinam hat ein Bett mit ihm geteilt, als der letzte Schwall Trainees dazu kam und die Betten zur Mangelware wurden.

Er weiß, wie Abscheu aussieht.

Er weiß, wie Sehnsucht aussieht.

Und – *fuck.*

Sie schnürt auch ihm die Kehle zu. Kakaotalk hat Jinhwan als Favoriten gespeichert, dabei kann Kinam sich nicht dran erinnern, irgendeinen Kontakt kategorisiert zu haben. Sähe Jinhwan aber ähnlich, das selbst in die Hand zu nehmen, kaum, dass sie die Handys zurückhatten.

Sähe ihm so verfickt ähnlich.

So eine Scheiße, tippt er. *So eine verfickte Kackscheiße.*

Kinam rechnet nicht damit, dass die Einsen verschwinden. Vor allem nicht damit, dass Jinhwan noch Zeit für ihn hat. Hätte Kinam mehr Zeit, um drüber nachzudenken, hätte er den eingehenden Anruf sicher nicht angenommen, aber er tut es.

»Kinam«, schallt blechern durch die Leitung. »Scheiße, Mann. Du kannst dich nicht einfach so verpissen. Ich hab auf dich gewartet.«

Kinam lässt den Kopf in den Nacken fallen, bis der harte Putz ihn aufhält. »Besonders lang kann's nicht gewesen sein. Machst dich gut auf den Promoshots.«

»Ist mein Job.«

Jinhwan muss gerade vom Training kommen. Oder von einem Interview. Keine Ahnung, wie sich das Leben debütierter Idols vom Traineedasein unterscheidet.

Kinam zieht die Nase hoch. »Toller Job.«

»Der Beste.«

Im Hintergrund knallt eine Tür. *Dorm*, weiß Kinam. Der Lattenrost ächzt unter Jinhwans Gewicht. Kinam hasst, dass er auch weiß, dass Jinhwan sich ein Kissen in den Nacken knüllt. Die Nächte, in denen sie so stundenlang gesprochen haben, sind vorbei. Kinam wird nie wieder mit dem Rücken an die Zimmertür gelehnt da sitzen, dabei den Blick von Jinhwan abgewandt, der auf dem Bett lungert und an die Zimmerdecke starrt. War immer leichter, ehrlich zu sein, wenn man sich nicht ansehen musste.

Heute ist es unerträglich. »Wie viel Make-Up klatschen sie ihm ins Gesicht? Hab eure Inkigayo Stage gesehen. Dachte kurz, ich hätte was durchschimmern sehen, aber dann hat die Kameraperspektive gewechselt.«

Einen Moment lang schweigt Jinhwan. »Die Schwellung geht langsam zurück, aber er schimmert immer noch grünlich.«

»Nicht Rikos Farbe.«

»Nein, das Lila war der bessere Kontrast.« Jinhwan seufzt. »Hat ihm nicht gefallen, als ich ihn drauf aufmerksam gemacht hat.«

»Findet bestimmt, dass lila mir besser steht als ihm.«

»Lila steht dir besser als ihm.«

Kinam versenkt seine Finger im Haar und schließt die Augen. »Interessiert in Daegu nicht so viele.«

»Kein Auge für Farbkombinationen?«

»Wenn du wüsstest.« Sein Schnauben soll spielerisch sein, aber es wiegt Tonnen. »Die kombinieren Rot mit allem.«

»Scheiße, Kinam.«
»Fuck. ... war nur ein Witz. Alles gut. Kein Grund-«
»Bist du okay?«
»Du hättest die Anspielung nicht verstehen sollen.« Er massiert sich die Schläfen und um die Ecke driftet das Lachen eines jungen Pärchens zu ihm.
»Wenn die dich zusammenschlagen, ruf ich die Polizei. Deine Familie ist gefährlich. Damit darf man nicht scherzen! Das darf man nicht auf die leichte Schulter neh-«
»Wem erzählst du das?«
Jinhwan sieht jünger aus, als er ist, jünger sogar, als sie ihn schminken, wenn er sich so aufplustert. 100 Prozent hat er sich im Bett aufgesetzt, ein Kissen auf seinen Schoß gezogen und wäre Kinam da, würde er ihn mit dieser Fassungslosigkeit anstarren, die sich nur Leute erlauben können, deren Familien was von Liebe verstehen.
»Du weißt, wie ich das meine, Kinam.«
»Hier sind ganz andere Sachen gefährlich.« Kinam schlägt die Augen wieder auf und als Daegu zurückstarrt, ist er so fucking allein wie noch nie.
»Was kann ich tun?«
»Mir sagen, dass ich recht hab.«
»... das ist ein bisschen zu krass.«
Kinam lächelt schwach. »Mach 'ne Ausnahme, Jinnie. Tu's für mich.«
»Gerade nicht für dich. Du denkst so viel Scheiß, wenn der Tag lang ist.«
»Ist Winter. Die Tage werden kürzer.«
»Touché.« Jinhwan schnalzt mit der Zunge. »Aber ich kenn dich. Das ist keine Hürde für dich.«

Kinam seufzt und drückt sich vom Boden hoch. »Wieso behaupten das heute alle?«
»Vielleicht weil du nicht das Enigma bist, für das du dich hältst.«
»Fick dich.«
Jinhwan muss versuchen, sein Lachen zu unterdrücken, aber es blubbert trotzdem in seinen Tonfall. »Na los, spuck's aus. Wer behauptet, dich zu kennen?«
»Sagt dir ERA ENTERTAINMENT was?«
»Klingt, als sollte ERA ENTERTAINMENT mir was sagen.«
»Wahrscheinlich nicht.« Die Straße vor Kinam ist leer und seine Schritte hallen von den eng gebauten Häuserwänden wider. »Ist eh ein Scam.«
»... wenn es das ist, was ich denke, das es ist, dann hattest du noch nie in deinem Leben so sehr unrecht wie gerade eben.«
»Ja, klar. Weil die nach Daegu kommen, um jemanden zu scouten.«
»Nicht um jemanden zu scouten.«
»Sag ich ja.«
»Aber um dich zu scouten – wieso nicht?«
»Sei nicht bescheuert.«
»Sie reden immer noch von dir. Du bist nicht irgendein Trainee, der's nicht gepackt hat.« Kinam stemmt sich gegen den Wind. »Sie verbieten's den Broadcasting Stations, es anzusprechen. Aber die, die Bescheid wissen, weil sie im ursprünglichen Pressekader waren, gucken uns an, als wären wir ohne dich zum Scheitern verdammt. Und der Shit ist online. Sie haben's nicht runtergenommen, weil's zu viel Aufwand wär, dich rauszuschneiden. Dein Freestyle Gig? Wie du Jaehyun auseinandernimmst? Wär ich 'ne kleine Agency und auf der Suche nach Talent, du wärst mir das Zugticket auch wert.«

Die Gangtags begrüßen Kinam, sobald er das Neubaugebiet verlässt. »Mnet feiert euch jetzt schon als Anwärter auf Rookie of the Year. Wo seid ihr denn bitte zum Scheitern verdammt?«

»Sie wären sich sicher, wärst du noch dabei. Du bist auf der Bühne zuhause, Kinam. Du gehörst hierher. Und ich weiß, ich hab gesagt, du sollst froh sein, dass sie nicht klagen, aber das heißt ja nicht-«

»Du hast gesagt, dass ich selbst Schuld bin.« Kinam blinzelt in das Licht einer flackernden Straßenlaterne. Bliebe er stehen, würde sie den Geist aufgeben.

Bliebe er stehen, käme die Erinnerung an Nächte auf dem Agencydach. Keine Ahnung, wie oft sie sich da hoch gestohlen haben, Jinhwan und er. Um zu atmen. Oder zu reden. Für die Sterne, die wenigen, die Seoul übrig hat. Für das Ineinanderverschränken von Fingern, das nichts bedeutet. Im Vipernnest eines Traineepools hätten solche Gerüchte ihre Karriere beendet.

»Du bist schwul und willst Idol werden. Natürlich ist Seoul damit nicht cool.«

»Was hätt ich tun sollen? Mit ihm schlafen?«

»Natürlich nicht.«

»Er hat mir in der Scheißumkleide aufgelauert. Nackt. Schon halbhart. Er hat die Scheißtür abgeschlossen und sich den Schlüssel um den Hals gehangen, wie so ein ...« Zu Kinams Linken öffnet sich eine Haustür und keine Ahnung, wie er aussieht, aber das junge Mädchen weicht verängstigt zurück, als sie ihn jenseits des Gartenzauns entdeckt.

»Kinam ...«

Ihre Eltern sollten es besser wissen, als sie zu so einer Uhrzeit allein vor die Tür zu schicken. Kinam wendet sich bloß ab und drückt sein Handy ans Ohr.

»Sie hätten ihn rausschmeißen sollen.« Zorn brennt in Kinams Adern. »Sie hätten ihn verklagen sollen, nicht mich. Es sollte niemand nach Daegu kommen müssen, um mich zu scouten. Ich hatte ein Line-Up.«

»Du hast ihm fast den Kiefer gebrochen. Er ist ihr Visual.«

»Und ich nur ihr schwuler Mainrapper, schon klar. Heißt das, man kann mich behandeln wie ein fucking Tier? Bin ich ein Scheißhund, den sie einschläfern lassen können, wenn er um sich gebissen hat? Er- *Fuck*.«

Als Kinam um die Straßenecke biegt, steht der Gangvan am Straßenrand geparkt. In ihrem Wohnzimmer brennt Licht. Einen Moment lang glaubt er, Yohans Silhouette auszumachen, aber es ist nur Sungjin, der Schatten auf die Straße wirft.

»Du solltest ihr Angebot annehmen, Kinam. Wenn jemand dich in Seoul haben will, dann solltest du ihr Angebot annehmen. Du verdienst das.«

»Und dann was?« Kinam lässt die Schultern fallen, als er die Haustür aufsperrt.

»Und dann zeigst du's ihnen.«

Sungjin steht im Wohnzimmer und telefoniert und er dreht sich nicht mal um, als Kinam seine Schuhe in den Schuhschrank kickt. »Na klar, weil Seoul unbedingt hören will, was ich zu sagen hab.«

»Sie müssen's hören, ob sie wollen oder nicht.«

»Ist das so?« Kinam schiebt sich an Sungjin vorbei. Er stinkt. Kinam will gar nicht wissen, wen Sungjin dazu gebracht hat, sich einzupissen.

»Natürlich.«

»Und warum, Jinhwan-Hyung«, die Höflichkeitsform ätzt sich ihm in die Zunge, als er so leise weiterspricht, dass Sungjin ihn

im Wohnzimmer nicht hören kann, »warum sagst du es ihnen nicht einfach? Dich müssten sie gar nicht erst nach Seoul holen. Du bist schon da. Du könntest ihr erstes schwules Idol sein.«
»Fuck, Kinam ...«
»Aber du bist natürlich zu feige.«
»Das ist unfair-«
»Komm, vergiss es.«
Kinam beendet das Telefonat im selben Moment, in dem seine Zimmertür hinter ihm in den Rahmen kracht.

Gewalt

KAPITEL 5

Der Regen lässt nur langsam nach und die Straßen glitzern, wo das Eis morgen früh Autos ineinander krachen lassen wird. Die Kapuze des Hoodies über den Kopf gezogen wirft Kinam einen letzten Blick die Straße herunter, doch Sungjins Van ist noch immer nirgendwo zu sehen.

Als Kinam es vor lauter Hunger nicht mehr im Bett ausgehalten hat, war Sungjin schon verschwunden und er ist bis jetzt auch nicht wieder aufgetaucht.

Keine Ahnung, wer am anderen Ende seiner Leitung hing, aber egal, ob Kinam *Yankie*, *Epik High* oder fucking *Drunken Tiger* geballert hat, die Möglichkeit, dass es Chan gewesen ist, blieb selbst in der Stille von Sungjins Abwesenheit zu laut – und dann hatte Kinam plötzlich wieder all diese Bilder im Kopf.

Chan neben ihm im Bett, das Handy zwischen ihnen, Chans Blick an die Zimmerdecke, Kinams an Chan geheftet.

Hörst du die Harmonie? Wie er die Tonart wechselt?

Chan hat nach dem Handy gefischt und Kinam die Nase im Kissen vergraben, nur um ihn dabei zu beobachten, wie er pedantisch vor- und zurückspult.

Scheiß auf die Lyrics, Mann.

Dafür hat Kinam ihn zurück in die Matratze geschubst und Chan hat gelacht und überhaupt erst die Fresse gehalten, als Kinam sich über ihn gebeugt hat. Als er ihm sanft von der Schläfe bis zum Kiefer gestrichen hat, weil das die Zeit anhalten konnte – zumindest bis Chan die Musik wieder anlaufen ließ.

Die Melodieführung, Mann, das ist der wahre Shit.

Kinam hat ihm das Maul mit Küssen gestopft. *Wart's nur ab. Ich schreib dir Lyrics, die dich deine scheiß Musiktheorie vergessen lassen.*

Es war ein Versprechen, dabei war Kinam geizig mit seinen Versprechen. Dass er ihn nicht vergisst, hat er Chan versprochen, und dass er Seoul rockt, auch. Dass sie sich wiedersehen. Aber sonst?

Er war so ein Schisser. Wollte das Universum nicht herausfordern. Konnte nicht riskieren, dass Chan aufhört, an ihn zu glauben.

Die silbrigen Reflexionen der Straßenlaternen in den Regenpfützen lassen Kinam wieder sehen, wie Chans Augen gefunkelt haben. *Ist das so, Rapperboy?*

Er kickt eine aufgeweichte Zigarettenpackung in den Rinnstein und vergräbt die Hände in der Tasche des Hoodies. Die Packung bleibt im Gully stecken.

Es spielt keine Rolle.

Eine Windböe lässt Kinam zittern. Er sollte nicht hier sein. Es ist dumm, hier zu sein. Aber er muss es wissen: Ob jemals eine Zeile dabei war, eine, die Chan die scheiß Musiktheorie hat vergessen lassen. *Wenigstens eine.*

Kinam fischt einen Kieselstein aus dem Beet, über das er bloß steigen muss, um in Chans Vorstadtgarten zu stehen, wie er's schon in hundert anderen Nächten getan hat.

Der Stein prallt von der dunklen Fensterscheibe ab und Jinoks Hecke verschluckt ihn. Er sollte das lassen. Er sollte es als Zeichen nehmen und gehen. Er kann Chan aus der Gang holen, ohne Chan zu nerven.

Aber Kinam beugt sich trotzdem nach einem weiteren Kiesel und im selben Moment, in dem er auf die Scheibe trifft, springt im rechten Fenster des zweiten Stocks des Byun Hauses das Licht an.

Chan blickt nur einen Moment lang in die Dunkelheit des Gartens, bevor er das Fenster öffnet. Da steht er in seinem weißen Schlafshirt und mit den wirren Haaren, die ihm in die Stirn hängen, als hätte er schon geschlafen. Und Kinam erstarrt...

Wenn er ehrlich ist, hat er nicht damit gerechnet, dass Chan ihm aufmacht.

»Was willst du hier?« Chans Ruf ist leise, als er sich das Pony aus der Stirn streicht, doch anstatt Kinam nachhause zu schicken, seufzt Chan bloß tief und tritt zurück in die Schatten seines Zimmers. »Komm halt hoch. Da unten frierst du dir den Arsch ab.«

Das Lächeln, das sich auf Kinams Lippen stiehlt, wirft die ganze Nacht in den Schein alter Leuchtfeuer. Die Handgriffe, die es braucht, um das Gartenhaus zu erklimmen, sind vertraut und trotzdem rutscht Kinams Fuß beinahe von der Klinke ab, als er sich auf das Dach zieht.

Seine Knie zittern, als er sich gegen das Haus lehnt. Chan hat Gänsehaut, als er den Arm nach Kinam ausstreckt und Kinam seine Hand ergreift. Es ist Winter, da bedeutet das nichts, aber Chans Hand in seiner bedeutet alles.

Kinam steigt durch das Fenster in Chans Zimmer und die Bücherregale, die sich als Riesen bis unter die Decke erheben, stehen noch genauso da, wie Kinam sie zurückgelassen hat. Das

Producing Equpiment zieht sich noch immer als Landschaft über die Stirnseite des Raums.

Das Bett ist anders. Chan hat sein Zimmer nie verlassen, ohne dass es gemacht war. *Besser als im Hotel*, hat Nabi gescherzt, wenn sie ihn und Kinam erwischt und zum gemeinsamen Frühstück verdammt hat.

Jetzt liegt die Decke zusammengeknüllt am Fußende. Das Laken ist unter der Matratze hervorgezogen und das Kopfkissen plattgedrückt. Seine Albträume müssen furchtbar sein.

Hinter ihm zieht Chan das Fenster in den Rahmen und Kinam hievt sich ein Grinsen auf die Lippen, als er den Yun Hyon-Seok Gedichtband im Regal entdeckt – direkt neben den Biographien der ganz Großen. Wenn er könnte, würde er es dem schwulen Aktivisten überlassen, das hier in Ordnung zu bringen.

Dazwischen verstecken sich die Tagebücher, die Chan sogar vor seinen Müttern geheim hält, aber mit ihm geteilt hat. Kinam lässt die Finger über die Regalbretter gleiten, bis er Chans Blick in seinem Rücken spürt.

Doch als er sich umdreht, blickt Chan auf seine Hände hinab, die er in den weiten Taschen seiner dunkelgrünen Jogginghose vergräbt. »Im Ernst, was willst du hier?«

Kinam zuckt mit den Schultern und deutet auf das Bett. »Darf ich?«

Chan zögert. Kinam in seinem Zimmer wie in alten Zeiten ist vermutlich das Letzte, was er von diesem Abend wollte.

»Ist okay, wenn nicht«, schiebt Kinam leise hinterher. »Dann entschuldige ich mich nur kurz und bin wieder–«

»Nein.« Chan zieht den ausladenden Schreibtischstuhl mit der Fußspitze zu sich heran und lässt sich in den braunledernen Bezug fallen. »Setz dich.«

Chan beugt sich vor, legt die Unterarme auf seinen Oberschenkeln ab und lässt den Kopf hängen. Das Knacken seiner Halswirbelsäule heißt, dass er's wieder übertrieben hat. Macht er immer. Macht er egal, was Kinam dazu sagt. Und vor noch gar nicht allzu langer Zeit hatte Kinam viel dazu zu sagen. Aber nicht das Herz, Chan die Nackenmassage zu verwehren, um die er trotzdem jedes Mal gebeten hat.

Jetzt massiert Chan die Stelle selbst. Kinam muss den Blick abwenden.

»Was ist los?«

Nervös zupft Kinam an der Kapuze seines Hoodies. *Chans* Hoodies. Shit.

»Ist es wegen Seoul?«

Kinam erstarrt. »Woher weißt du davon?

»Sehun hat gesagt, du rappst nicht mehr.«

»Hattest du ihn auf mich angesetzt?«

Die Stirn gerunzelt hebt Chan den Kopf. »... hab ich ihn auf dich angesetzt? Kinam, er ist dein Freund. Du bist zurück aus Seoul. Man hat dich geoutet. Ich musste ihn nicht auf dich ansetzen. Er macht sich Sorgen. ... Wir machen uns Sorgen.«

»Ah.« Kinam schiebt sich die Hand ins Haar und seine Finger verfangen sich in den Dog Tags, die er nicht mal in Seoul abgelegt hat. »... Müsst ihr nicht.«

Chan schnaubt und verdreht die Augen. »Wieso bist du hier?«

Mit dem Kloß im Hals ist es schwer, auszuatmen. »So 'ne CEO-Lady hat heute nach der Schule auf mich gewartet. Die will irgendwie ... ihre eigene Agency gründen und anscheinend hat sie meine Trainee Stages gesehen. Mochte meine Lyrics, was weiß ich, und hätte mich jetzt gerne ... dabei?«

»... und da kommst du ausgerechnet zu mir?«

Kinams Herz krampft. »Sorry, ich weiß, ich hätte nicht- Ist vermutlich eh ein Scam. Vermutlich dumm, dass ich überhaupt- nicht, dass ich drüber nachdenke ... Ich hatte meine Seoulchance und guck dir an, was-«, *es gekostet hat*, »wie das ausgegangen ist. Es ist nur-«

Chan schüttelt den Kopf und das allein ist genug, um die Scheißklappe zu halten. Wie abgefuckt, Chan von Seoul zu erzählen. Ausgerechnet Chan. *Fuck.*

»Sorry- wow, das war so dumm, ich gehe. Sorry, ehrlich, ich weiß nicht, warum ich dir das erzähle.«

»Setz dich wieder hin.« Chans Blick hält ihn an Ort und Stelle und Kinam will protestieren, aber er lässt ihn nicht. »Ich hab die Episoden auch gesehen. Zumindest die Youtube-Sachen. Das war sicher poliert, durch Schnitt inszeniert, aber ...« Chan zuckt mit den Schultern. »Wieso nicht? Ich würd dich auch dabei haben wollen.«

Schnaubend hebt Kinam einen Fuß aufs Bett und schiebt ihn unter seinen Oberschenkel. »Bullshit.«

»Warum ist es so abwegig, dass du in anderen etwas inspirierst?«

»Seoul hat keine zweiten Chance nötig.«

»Dass du etwas bewegst? Dass in deinem Spitten was freibricht, was andere nicht in sich haben?«

»Darum geht's nicht, ich-«

»Nein. Hast Recht.« Chan faltet die Hände in seinem Schoß, bevor er sich aufrichtet. »Bei dir ging's nie nur um den Rap. Rap war nur ein Outlet. Es war immer wichtiger, das, was da begraben liegt, an die Oberfläche zu reißen. Deshalb war dir niemand gewachsen. Du hast keine Behauptungen in den Raum gestellt. Wenn du auf diesen Bühnen warst, hast du Geschichten erzählt, das war nie nur Musik.«

Kinam verengt die Augen. »Als käme es darauf an, das interessiert doch Seoul nicht, das-«

»Fuck, Kinam.« Chans Ärger kommt rau über seine Lippen, aber sein Blick ist warm – fast so warm wie vor anderthalb Jahren. Wärmer, als Kinam für möglich gehalten hat. »Wann checkst du endlich, dass zwischen dir und dem Universum etwas ist, irgendetwas, das zurückgeschrien hat, in all den Nächten, in denen wir geschrieben, geredet und rumprobiert haben – so lange, bis jeder Vers eingeschlagen hat, wie er einschlagen sollte? Wir haben dort Entscheidungen getroffen, Entscheidungen, die wir in den Nachthimmel geblasen, haben, okay?«

Bullshit. »Lass die Esoterik-Kacke stecken.«

Chan sieht ihn an, als müsse man vorsichtig mit ihm sein, und seufzt. »Es ist doch so, Kinam: Entscheidungen treten Konsequenzen los und Konsequenzen kreieren Momentum. Und wenn du mir sagst, dass eine CEO Lady aus Seoul den Weg hierher auf sich genommen hat, um dir ein Angebot zu machen, klingt das für mich nicht nach abstruser Scheiße, sondern-«

»Ach so?!« Kinam schnaubt.

Aber Chan lächelt nur. »Ich würd's wieder tun, weißt du?«

»Was?«

»Dich nach Seoul schaffen, hier bleiben ... alles, eben.«

Fuck. »Weil du bescheuert bist.«

»Nein. Weil egal ist, was es am Ende bedeutet hat.«

Kinam muss sich verhört haben. »... weil es egal ist, was es am Ende bedeutet hat?!«

»Chancen haben immer schon Risiken bedeutet, das ist-«

»What the fuck, Chan.«

»Das ist doch nichts Neues. Wir waren uns einig, dass Träume das wert sind. Auch deine.«

»Auch meine?!« Kinam schnappt nach Luft und es ist ihm egal, dass Chans Mütter ihr Schlafzimmer den Flur herunter haben. Sollen sie ihn hören. Sollen sie alles hören, dann nehmen sie ihren Sohn vielleicht und bringen ihn aus dieser Stadt. Vielleicht sollte er jetzt aufstehen und sie aus dem Schlaf reißen, weil es besser wäre, sie bekämen kein Auge mehr zu, bis alles Hab und Gut in Kartons verpackt und ans andere Ende der Welt verschifft wurde.

»Ich seh das immer noch so.«

»Du siehst das-« Kinam ballt die Hände zu Fäusten, bis seine Knöchel weiß unter der Haut hervortreten. »Ist das dein Ernst?! Hast du vergessen, dass das letzte Mal, als ich gegangen bin, die Gang auf deiner Türschwelle stand? Während ich die fucking Zeit meines Lebens hatte, irgendwelche blöden Survival Shows drehen durfte und-«

»So meinte ich das-«

Bitter lacht Kinam auf. »Weißt du, wie abgefuckt das ist? Weißt du, wie das ist, nach Hause zu kommen, weil ich alles in den Sand gesetzt hab, was wir uns erträumt haben, nur um dann rauszufinden, dass du's mit deiner Scheißzukunft bezahlt hast?«

Blut quillt aus dem Riss in seiner Lippe. Er muss ihn sich aufgebissen haben. »*Ich* hab jemanden inspiriert? Jemand glaubt, hinter meinem Spitten steckt mehr als Größenwahn? Scheiß drauf. Das Universum schreit zurück? Soll die Fresse halten, Mann. Was für eine Scheiße. Wen interessiert's, ob ich noch rappen will? Ob ich es hasse, die anderen im Radio zu hören, weil das mein Song ist, weil es mein Rap-«

»Mich. Mich interessiert es. Immer.«

»Alter, Chan, scheiß auf meinen Traum! Was ist mit deinem?!«

Chan schließt seine Augen und senkt sein Kinn. Sein Einatmen ist so kontrolliert, dass er dabei all die Worte herunterschlucken muss, die er Kinam nicht antun will.

Kinam kann ihn nicht ansehen. Der Kloß in seinem Hals schnürt ihm die Luft ab und dieses verräterische Scheißding in seiner Brust treibt ihm Tränen in die Augen. Stumm rollen sie seine Wangen herab.

»Wie oft hat dich die Polizei schon erwischt, Chan? Wie sehr haben sie dir den Lebenslauf schon versaut?« Er blinzelt zwischen den Strähnen hindurch, die aus seinem Dutt gefallen sind.

Langsam öffnet Chan wieder seine Augen, aber Kinam ist noch nicht fertig.

»Ich geh nirgendwohin, hörst du? Ich geh nirgendwohin, bis ich nicht weiß, dass du auf irgendeiner Musikhochschule der größte Producer unseres fucking Jahrhunderts wirst. Ich weiß, dass ich nicht da war und es ist okay, wenn du mich hasst, aber ich bring dich nach Seoul. Und bis-«

Die Worte bleiben Kinam im Hals stecken, als Chan aus seinem Stuhl gleitet, vor ihm in die Hocke sinkt und die Hände unerwartet auf seinen Knien ablegt.

»Ich mein's ernst, Chan«, wispert er und spürt Chans Atem auf seiner Haut, als der den Kopf schüttelt und sich einfach hochdrückt, bis er Kinam in seine Arme ziehen kann.

Chans Hand greift in seinen Undercut und zieht Kinams Stirn an seine Schulter. Urplötzlich ist da wieder der vertraute Herzschlag unter seiner Nasenspitze, dieser Rhythmus, den er aus jedem seiner Lieblingslieder heraushören kann, seit sich Chan in seine Seele gebrannt hat.

»Egal, was es braucht. Junsu war nur der Anfang.«

Chan hat Schwielen an den Fingern, die neu sind, aber der Duft seiner Haare, diese wirre Mixtur aus Shampoos und Haarprodukten, den neusten Experimenten Nabis, ist so Chan, dass Kinam nicht mehr weiß, wie er anderthalb Jahre ohne das hier leben konnte.

»Fuck, du stürzt dich für mich so begierig in diese Scheiße, dass-«

Kinam schüttelt den Kopf, aber als er sich zurücklehnen will, Chan ansehen will, festigt sich Chans Griff in seinem Nacken. »Ohne mich würdest du nicht in dieser Scheiße stecken.«

Chans Hände fahren seinen Rücken hinab und es wäre so leicht, wieder das draus zu machen, was sie gewesen sind. Viel bräuchte es nicht. Ein paar Zentimeter, um die Lippen erst gegen Chans Kiefer zu pressen, dann gegen seinen Mundwinkel und schließlich-

Blinzelnd hebt er den Kopf von Chans Schulter. »Du hattest keine Wahl.«

Chan seufzt. »Natürlich hatte ich keine Wahl. Aber das heißt nicht, dass ich aufgegeben hab. Hab ich nicht. Werd ich auch nicht. Mach dir keine Sorgen, okay?«

Beinahe lehnt Kinam sich in die Berührung, als Chan ihm eine Träne von der Wange streicht.

»Interessiert dich nicht, hm? Du hast längst entschieden, dass du der sein musst, der mich rettet.«

»Sowas in der Art.«

»Ah.« Chans Augenbrauen schießen in die Höhe. »Na ja. Dann lässt du mir keine andere Wahl. Wer nicht hören will, muss spüren.«

»Sind aber ganz neue Töne im Hause Byun. Was sagt Nabi dazu?«

Chan verdreht die Augen. »Du weißt ganz genau, was sie dazu sagen würde.«

»Nabi würde mir die Zunge rausschneiden, solang du mein Rappen mit deiner Zukunft bezahlst.«

»Sie war bereit, alle TH13V3S Alben zu kaufen, die sie in Daegu und Umgebung finden kann.«

»Kann sie dann mit den Alben machen, die du produziert hast.«

Chan lässt seine Hände auf Kinams Oberschenkel niedersausen, bevor er sich auf ihnen abstützt, um sich aus der Hocke hochzudrücken. »Netter Versuch, aber bringt nichts. Wir gehen.«

»Was? Wohin?«

Chan wendet sich von ihm ab. »Wir sollten uns beeilen, sonst kommen wir zu spät.«

»Zu spät? Ich-«

»Sag mir nicht, du hast vergessen, welcher Tag heute ist.« Chan schnappt sich das Sweatshirt, das über der Schreibtischstuhllehne hängt.

Kinams Augen weiten sich. »Du meinst – *Nein*.«

»*Yes*. Aber hallo.« Einen Moment lang verschwindet Chan in dem Sweatshirt, aber als sein Kopf wiederauftaucht, liegt ein Funkeln in seinem Blick. »Dein Wort gegen meins. Wir brauchen eine Stage.«

»Ich werde nicht-«

»Du wirst.« Mit einem Mal ist die Härte in Chans Zügen nichts Neues mehr. »Du kannst hier nicht aufkreuzen, mich auf Musikhochschulen wünschen und im selben Atemzug dem Rap abschwören. Funktioniert nicht.«

Kinam bleibt auf dem Bett hocken, auch als Chan sein Portmonee und die Schlüssel in die Taschen seiner Jogginghose schiebt. Chan öffnet das Fenster, ohne sich davon beirren zu lassen.

Aber Kinam kann nicht.

Egal, wie sehr er will.

»Chan.«

»Vergiss es.« Chan klaut sich die Cap vom Bettpfosten. »Ich bin nicht der Grund, warum du das Rappen begräbst. Und wenn dir meine Erlaubnis nicht reicht, bin ich eben scheiße und nutze aus, dass du ein Junkie bist.«

Ein Schauer rast Kinams Rücken hinab.

»Wetten, dass du keinen Crowd Win einfahren kannst, ohne noch heute wieder nach Seoul zurückzuwollen? Wetten, dass dein Traum zu groß ist, um sich mit einer Chance zufrieden zu geben?«

Sein Fuß rutscht unter seinem Oberschenkel hervor und an der Bettdecke herab, bis er mit einem Mal wieder festen Boden unter den Füßen hat. Bis er mit einem Mal wieder schwitzige Finger hat.

Chan neigt den Kopf. »Was sagst du, Kinam? Du, ich und die Open Mic Night?«

Die Musik webt sich in die Nachtluft und hier zu sein, zum ersten Mal nach anderthalb Jahren, ist derart surreal, dass Kinam keine Worte dafür hat. Es ist voll.

Hier draußen im Industrieviertel der Stadt kommt die Jugend zusammen und stampft sich einen Ort aus dem Boden, an den sie gehört. Es sieht aus, als hätte man Sehuns Kopf aufgeschraubt und seine Vision eins zu eins nachgezimmert.

Sie tummeln sich hier draußen trotz der Temperaturen. Manchem soll das den Alkoholnebel lichten, andere knallen sich damit das Lampenfieber aus den Synapsen. Aber alle lachen sie. Egal, ob sie die Arme nach den Feuertonnen ausstrecken oder ob sie sich die nackten Arme reiben, weil irgendwo da drin über irgendeinem Stuhl die Jacke hängt, die sie eigentlich wärmen sollte.

»Yo, Kinam!«

Eine Hand landet schwer auf seiner Schulter, aber zu ihr gehört ein vertrautes Gesicht und das Grinsen braucht keinen Namen. Es zieht Kinam einfach in eine Umarmung, die Chans Hand aus seiner löst.

Alle, die sie gehört haben, drehen sich zu ihnen um und Chan lächelt, also tut Kinam es auch. Die Crewmitglieder lächeln zurück, heben ihre Hand, um zu winken, nicken ihm zu. Keinem rutscht ein *Flowerboy* über die Lippen. Niemand beäugt Chan, als dürfe er nicht wieder nach Kinams Hand greifen, als der Hüne ihn loslässt.

Kinams Herz poltert gegen seine Rippen.

»Sehun-Hyung meinte, du wirst dich schon noch blicken lassen. Manche Deppen haben gegen dich gewettet, aber ich hab immer gewusst, dass auf unser kleines Genie hier Verlass ist.«

Der Hüne reibt seine flache Hand über Chans Cap, als wolle er ihm das Haar verwuscheln. Lachen perlt von Chans Lippen. In keiner Scheißwelt ist das so einfach.

Vielleicht sollte Kinam sich einfach eine Zigarette schnorren. Hier draußen am Feuerkorb stehen bleiben und sich damit zufriedengeben, dass die Musik ihre Finger nach seinen Magenwänden ausstreckt, und mehr nicht riskieren.

»Ist er drinnen?«, fragt Chan.

»Sind sie das nicht alle?«, lacht der Hüne. Chan grinst und als sein Blick in Kinams rutscht, ist es, als hätte es die letzte Woche nie gegeben.

Chan guckt ihn an wie damals.

Kinam schluckt gegen die Atemlosigkeit an. »Rein?«

Anstatt ihm zu antworten, zieht Chan ihn mit sich. Die Tür klemmt, wie sie immer schon geklemmt hat, weil Sehun sie zwar immer reparieren will, aber nie dazu kommt.

Drinnen schlägt ihnen die verbrauchte Luft wie eine Wand entgegen. Die Elektrizität, die von Körper zu Körper springt, lässt den Winter vergessen, der draußen gegen das Wellblech brandet. Hier hat es nichts verloren, das Elend, durch das sie täglich waten.

Hier wird getanzt.

Hier wird gegrölt.

Auf den Toiletten wird was gerotzt, im Pit was eingeworfen, aber in allen pulsiert das Leben, nach dem sie dort draußen lechzen.

An den Wänden neben der improvisierten Bar, die eigentlich nicht mehr als ein Aufgebot riskant getürmter Bierkästen ist, erforschen Pärchen weltvergessen den Körper des jeweils anderen. Es ist wie ein Rausch.

Kinams Blick zuckt durch den Raum, hektisch, ewig auf der Suche nach Dingen, die ihm entgegenbrüllen, dass er hier nichts zu suchen hat, und dann drückt Chan seine Finger und mit einem Mal ist alles still.

Mit einem Mal ist die Welt klein genug, um gerade noch sie beide zu fassen, und das Verschmelzen ihrer Finger wird zur ganz eigenen Supernova.

Bist du okay?, fragen Chans Augen und Kinams schießen ein *Bist du noch bei mir?* zurück.

»Kinam!«

Ihre Stimme steigt über die Menge hinweg und als er herumfährt, ist sie hier so unverwechselbar wie auch sonst überall. Das Top so feuerrot wie ihre Lippen, das Haar, das Kinam schwarz kennt, inzwischen silbergrau. Es wallt über ihre Schultern.

Sehun hat nicht gelogen.

Sie ist hier.

Goya treibt sich jetzt im Industrieviertel herum und hängt nicht mehr morgens am Frühstückstisch, halb verlassen, halb gestrandet, weil Yohan Sungjin mitten in der Nacht aus dem Bett gerissen und Goya zurückgelassen hat.

Ihr Lachen übertönt das Drohnen des Rappers, als sie sich durch die Menge zu ihnen herüber schiebt. »Scheiße, Mann, wo bist du hingewachsen?«

Sie zieht Kinam an sich, als hätten sie sich gestern zuletzt gesehen. Als wäre er nicht der kleine Bruder des Kerls, dessen Familie sie entflohen ist. Erleichterung lässt Kinam seine Arme um sie schlingen.

»Als Sehun meinte, dass er dich gesehen hab, hab ich mich schon gefragt, wann du hier auftauchst«, grinst sie schwach, als sie sich gegen seinen Griff zurücklehnt. »Manche Dämonen sind lauter als andere, hm?«

Bevor Kinam die Gelegenheit bekommt, nach ihren Dämonen zu fragen, driftet ihr Blick zu Chan und sie neigt den Kopf, ohne aus der Umarmung zu fallen.

»Hast ihn zurück, Channie.«

»Sieht so aus, Noona.« Ein ehrliches Lächeln blüht auf seinen Lippen. »Sieht so aus.«

»Darfst ihn nicht mehr loslassen.«

»Weiß nicht. Spiel noch mit dem Gedanken, ihn mit einem Arschtritt nach Seoul zurück zu katapultieren.«

»Und dann hängen wir hier wieder mit deinen traurigen Bambiaugen rum? Vergiss es.«

»Ich nehm ihn einfach mit.« Kinams Stimme reibt sich an den Worten rau und Chans Blick zuckt zu ihm herüber.

»Gute Idee.« Goya schlingt die Arme um Chans Nacken und die Schlangentätowierung schlängelt sich noch immer ihre Schulter hinab. »Kommt mit, Lovebirds. Sehun ist hinten.«

Sie dreht sich aus Kinams Umarmung und hebt die Arme über den Kopf, weiß jeden Beat mit dem Kreisen ihrer Hüften zu paaren und bahnt ihnen einen Weg durch die Menge. Chan drängt sich eng an Kinams Rücken und vielleicht ist es, um ihn nicht zu verlieren.

Aber vielleicht ist es auch für die Hände an seinen Hüften und die Erlaubnis, ihm heißen Atem in den Nacken zu blasen.

»Na, was sagt das Junkie-Herz?«, wispert er. »Schon eifersüchtig?«

Kinam blickt zu dem Jungen herüber, der über die Bühne fegt, als sei er dafür geboren. Mintfarbenes Haar und ein Talent dafür, selbst im Flow zielsicher jeden Beat zu treffen

– keine schlechten Chancen, um den House-Win mit nach Hause zu nehmen.
 Aber auch nur, bis Kinam sich selbst auf die Bühne schwingt. Diese ekelhafte Rivalität ist der älteste Dämon in seinem Blut und es ist peinlich, wie sehr Chan recht hatte. Jede Drecksfaser in seinem Scheißkörper will statt dem Hinterzimmer die Bühne ansteuern und diesem Beattänzer was über Lyrics beibringen.
 Was über Storytelling.
 Kinam beißt die Zähne zusammen, als er den Blick von der Bühne wegreißt, aber Chan lacht in seinem Nacken und gräbt seine Finger tiefer in den Stoff des Hoodies.
 »Was, nicht zufrieden mit dem Daegu-Standard?«
 Kinam schnalzt mit der Zunge. »Wer wär ich, mir sowas anzumaßen?«
 »Du? Nie. Bist die Bescheidenheit höchstpersönlich.«
 »Du kennst mich so gut.«
 Chans Lippen streifen seine Haut und Kinam stockt der Atem. »Wer wär ich, dich zu vergessen?«
 »Die CEO Lady meinte, wenn man in der Szene was auf sich hält, hat man vom Daeguer Untergrund gehört. War noch nicht so, als ich gegangen bin. Nehm an, das liegt an dir?«
 »Schleimer.« Chan schubst ihn von sich, aber Kinam sieht das Lächeln, den unverhüllten Stolz, und Wärme flutet seinen Brustkorb.
 Vielleicht.
 Wenn das hier durch ist.
 Goya gleitet aus der Crowd in einen menschenleeren Seitengang und als sie zu ihr aufschließen, hält sie ihnen die Tür zum Hinterzimmer auf. Ihr Blick hängt sich an Kinam auf und es

sollte ihn nicht wundern, dass Goya die Erste hier ist, die aus ihrer Musterung keinen Hehl macht.

Sie sieht ihn an, wie er Daegu ansieht. Als erwarte sie Rechtfertigungen für jede Veränderung, die sie findet. Er hat nicht mehr viel mit dem Sechzehnjährigen zu tun, den sie kannte, das weiß er auch – er weiß nur nicht, ob das für Goya was Gutes ist.

Kinam wendet den Blick ab, weil es keine Rolle spielt. Chan ist nicht mehr, wer er war. Sungjin ist nicht mehr, wer er war. *Goya ist nicht mehr, wer sie war.*

Damit müssen sie leben.

Chan tritt an ihm vorbei und auch Goya schlüpft ins Innere des Hinterzimmers, aber Kinam lehnt sich bloß gegen den Türrahmen. Er verschränkt die Arme vor dem Körper und inhaliert den süßlich-vertrauten Geruch des Weeds. Eine Schar vertrauter Gesichter hängt an Sehuns Lippen, als verkünde er ihr Heil.

Tut er vielleicht auch.

Hat er sich immer schon gut drauf verstanden.

Sehnsucht platzt in ihm auf wie eine alte Narbe.

»Kinam, Bruder!« Sehuns Bass dröhnt vom Sofa zu ihm herüber und sein Lächeln ist so faul, mit dem Filter des Joints zwischen den Lippen.

»Hi, Mann.«

»Baby, dich kann man echt losschicken, das muss man dir lassen.«

»Ach so?« Goya sinkt auf die Armlehne an Sehuns Seite. Er sieht zu ihr auf, als sei sie der Nabel seiner Welt. »Wenn du meinen Wert nur daran festmachst, sollten wir uns vielleicht nochmal unterhalten, *Baby*.«

Goya zwinkert in Kinams Richtung, als sie sich dem Kuss entzieht, den Sehun ihr aufdrücken will.

Sehun zieht den Joint zwischen seinen Lippen hervor. »Was soll ich sagen, es ist *Kinam*.«

»Ja, Mann, es *ist* Kinam.« Gyeom hockt am anderen Ende des Sofas und strahlt unter diesem ewiggleichen blauen Haarschopf hervor. Und mehr braucht es nicht, um den Zirkel voll zu machen.

Kinam ist zurück.

Er ist zuhause.

»Schon klar«, summt Goya und umfässt Sehuns Gesicht, bis sie seine Lippen zu ihren hochziehen kann. Jubel rast durch die Gestalten, die hier hinten rumlungern.

Er wird von einem Lachen abgelöst, als sie Sehun zurück in die Sofakissen stößt. Goya schiebt sich von der Lehne und hakt sich bei Chan ein, der ihre Hand tätschelt, was ihm einen Knuff in die Seite erntet.

Sie sind so vertraut miteinander, dabei kannten sie sich nicht, als Kinam gegangen ist. Ob sie sich das erste Mal in Sungjins Van getroffen haben?

Ob sie diejenige war, die ihm ein Taschentuch auf die Rückbank geworfen hat, als der Horror über das, was er getan hat, ihn eingeholt hat? Ob sie ihn beiseite genommen hat, beim nächsten Mal, ihm die Regeln eingebläut hat?

Hat sie ihm Tipps gegeben?

Dinge, die man akzeptieren muss und was man machen kann, damit einem das leichter fällt.

Und als sie gegangen ist, hat ihm das Hoffnung gegeben? Oder hat es ihn einsam gemacht?

»Steh da nicht so verloren rum, Mann.« Sehun rutscht auf der Couch zur Seite, also unterdrückt Kinam die Gedanken und löst sich aus dem Türrahmen.

»Überrascht, mich zu sehen, Hyung?«

»Ehrlich? Dachte, du lässt mich noch 'ne Woche warten. Stur genug wärst du dafür.« Sehun grinst. »War mir nie 'ne größere Ehre, hundert Kröten zu verlieren. Wobei-«

Er nickt in Richtung Tür. Die harten Bässe dort draußen lassen die Stimme hungriger klingen, als Daegu es gewohnt ist. »Heute musst du's echt wollen, um's dir zu holen.«

»Nachwuchstalent, hm?« Kinam lässt sich in das abgewetzte Leder sinken. »Er ist nicht schlecht, aber hätte ich gewusst, dass du hier meine Spots an den Nächstbesten vergibst ...« Er pfeift durch die Zähne und lässt sich doch vom Beat den Herzschlag diktieren.

Der Tonartwechsel verrät Chan. Kinams Blick zuckt zu ihm herüber. Er konnte sich diese kleinen Spitzen noch nie nehmen lassen, egal, wie sehr sie an Daegus Szene verschwendet sind. Chan bemerkt seinen Blick und hebt fragend die Augenbrauen, aber Kinam will ihm noch keine Antworten geben.

Lächelnd schüttelt er den Kopf und lächelnd zuckt Chan mit den Schultern, bevor er sich wieder in das aufbrausende Lachen derjenigen gibt, die sich um Goya scharen.

»Liebeskrank wie eh und je, was?«

»Wegen ihm sind dir die Kröten flöten gegangen. Ohne ihn wär ich auch nächste Woche nicht hier aufgekreuzt.«

»Quatsch nicht.« Das alte Leder knarzt, als Sehun sich aufrichtet. Sein Joint glimmt auf, bevor er das Paper an Kinam weiter reicht. »Klar, wärst du gekommen.«

»Ach ja?«

»Zumindest *er* kommt regelmäßig.«

Ist schwer, sich Chan hier vorzustellen, wo er doch immer nur dann Fuß auf die Stage gesetzt hat, wenn Kinam ihn angefleht hat. *Du musst das üben*, hat Chan gejammert und drauf bestanden, noch für einen Durchgang den CEO zu mimen. Aber am Ende hat er sich mit Küssen bestechen lassen.

»Ich hab jetzt 'ne größere Wohnung. Sieben Zimmer Glorie – meins nicht mitgerechnet. Weil das hier-« Sehuns Geste umfasst nicht nur das Hinterzimmer, sondern auch das Pulsieren der Crowd vor der Stage. »Das kann mehr. Ich will, dass es mehr kann, für alle, die auf irgendeine Art Hilfe brauchen. Aber du musst es dir verdienen und Chan ... *Chan*«, Sehun seufzt und Kinam möchte tausend Mal so seufzen, weil es alles einfängt, was er Chan nicht ins Gesicht sagen kann, »Chan beansprucht es nicht. Kreuzt aber trotzdem regelmäßig auf. Nicht mehr so wie früher, aber er versucht's.«

Kinams Nacken knackt. Sollte er auch so handhaben. Ein bisschen Toleranz entwickeln. Lebst du auf der falschen Seite von Daegu, bist du schneller mit der Gang involviert, als du gucken kannst. Muss kein Weltuntergang sein. Manche können davon sogar profitieren.

Aber sein Blick zuckt zu Goya und er hat sie schon tausend Mal lachen sehen. Hat gesehen, wie sie sich Lachtränen aus den Augenwinkeln gewischt hat. Hatte plötzlich ihr ganzes Gewicht in seiner Seite hängen, weil sie sich nicht mehr halten konnte vor Lachen.

Aber noch nie so wie hier.

Sie hat das Kinn über Chans Schulter gehakt und lauscht seinen Worten mit einer Ruhe, die du dir nicht leisten kannst, wenn du einen Jopok-Sohn datest. Sie atmet anders, als sie es in ihrer Küche getan hat.

Plötzlich hat sie Zeit.

»Was *Hanbin* angeht.« Sehuns Worte reißen seine Aufmerksamkeit zurück. Seine Augen glimmen. »Der hat hier richtig was zu verlieren und umso mehr zu gewinnen. Er ist hungrig. Ich meine ... du hörst doch, was ich höre, oder?«

Draußen erstirbt gerade der letzte Beat und für einen Moment stirbt die Crowd mit ihm, aber als die Stille bricht, erwacht sie zu neuem Leben. Das *Yeah* kommt aus tiefster Seele und wächst zu einem Johlen heran, das selbst hier alle Gespräche überlagert.

Der Takt der Menge peitscht Kinams Herzschlag nach oben.

»Hungrig, hm?« Kinam drückt sich aus dem Sofa hoch. Der ganze Raum dreht sich zu ihm um.

»Ja, bin mir nicht so sicher, ob du ihn packst. Vielleicht hat Seoul dich gesättigt. Weißt schon, *angefettet*. Das hier ... ist doch nur 'ne Stage in Daegu.«

In den Türrahmen gelehnt kann Kinam sehen, wie Hanbin von der Bühne springt und sich ins Publikum spülen lässt. Eine zierliche Silhouette fällt ihm in die Arme und als er sie herum wirbelt, klickt es.

Hanbin.

Soyeons Hanbin.

Die Kleine treibt sich jetzt auch mit der Crew rum. Fuck. Kein Wunder, dass Mister Besser-er-trifft-dich-nicht-wenn-ich-so-aussehn sich mit der Gang anlegen kann.

Kinam sieht ihn lachen, aber das Geräusch wird von der aufbrandenden Menge geschluckt. Soyeon streckt stolz die Nase in die Luft und sie muss einen Witz gerissen haben, denn er küsst sie dafür.

Er küsst sie, als wolle er damit nie wieder aufhören.

Mit einem Seufzen wiegt Kinam den Kopf hin und her. Die Bühne bleibt leer, der nächste Slot unbesetzt. Es ist immer dasselbe. Der Abend ist längst in die Nacht ausgeblutet, alle, die wollten, haben schon. Jetzt dürfen die, die sich den Mut erst antrinken müssen.

»Ist Hanbin das Beste, was ihr jetzt zu bieten habt?« Kinam dreht den Kopf, bis er Sehun über seine Schulter hinweg herausfordern kann. »Oder gebührt die Ehre noch dir?«

»Oh shit, *oh shit,* Leute.«

Gyeom schiebt sich aus seinem Sessel, der faule Haze in seinen Augen einer Heat gewichen, die lautes Lachen von seinen Lippen rumpeln lässt. Eine Hand vor seinem Mund zur Faust geballt johlt er und lässt die andere in Sehuns Schulter krachen. »Sieht so aus, als hätte unsere kleine Hauptstadtratte hier was mit Sehun auszutragen!«

Sehuns Grinsen zeigt Zähne. Goya gleitet an seine Seite, die Hände auf der Couchlehne abgestützt, ein süffisantes Grinsen auf den Lippen. »Ich dachte, du wolltest ihn reineasen? Was ist daraus geworden?«

»Baby-«

»Oh, ich weiß, Baby, Baby, *Baby.*« Sie schnalzt mit der Zunge und gesellt sich, sich die Haare über die Schulter streichend, zu Kinam. Von der Seite schlingt sie die Arme um seine Taille.

Kinam lässt seine Hand an ihre Hüfte sinken und ihr Kopf ruht an seiner Schulter.

Sehuns Grinsen verblasst. Goyas ist feuerrot und vernichtend.

»Verrat!«, beschuldigt Gyeom und vergräbt die Hända in den Taschen seiner Baggy. »Mann, das muss weh tun.«

»Hörst du das?«, flüstert Goya in Kinams Ohr. »Wie sie jetzt schon *jammern?*«

»Ist angekommen. Kinam ist dein Player, alles klar. Können wir später besprechen, Baby.«

»Nur wenn du gewinnst.«

Vorfreude lässt Sehuns Lachen schwingen. Aber als seine Augen in Kinams Blick fallen, stehen sie in Brand. »Nach dir, Yoo.«
»Lee.«
Kinam dreht sich, bis er Goya einen Kuss auf die Wange schmatzen kann. »Lassen wir sie wimmern.«
Er krümmt seine Hände in lose Fäuste, bevor er sich vom Grölen aus dem Hinterzimmer in die Menge schubsen lässt.
Er schafft es kaum zwei Meter, bis er in Hanbin rasselt. Er hat den Arm um Soyeon gelegt und sie beide müssen freien Zugang zum Hinterzimmer haben, wenn sie es so selbstverständlich ansteuern.
Nicht nur Crewmitglieder also.
Freunde Sehuns.
Das ist ... »Gut gerappt«, nickt Kinam ihm zu.
Hanbin lässt seine Augen seinen Körper hinabgleiten, bevor er auf den Boden vor seinen Füßen rotzt. »Verpiss dich, Jopok.«
»Oppa!« Soyeon zerrt an seinem Arm.
Aber Kinam kann bloß lachen und er weiß nicht, wann es sich das letzte Mal so angefühlt hat.
Ob es sich in Seoul jemals so angefühlt hat.
Als er an Hanbin vorbeidrängt, bricht in seiner Brust ein Zorn auf, der Daegu genauso niederbrennen will wie die Ficker von SKYHIGH. Keiner macht ihm Platz, niemand lässt ihm auch nur Raum, um zu atmen, und er ist das so satt. Er ist so satt, dass sie alle glauben, das mit ihm machen zu können.
Sollen sie sich ficken.
Sollen sie sich ins Hemd machen, weil der böse Jopok-Sohn unter ihnen wütet.
Sollen sie.
Er kann ihnen Gründe geben, wenn sie welche brauchen.

Er kann ihnen den Arsch aufreißen, bis sie nach ihrer Eomma schreien. Niemand hier ist ihm gewachsen.

Vor anderthalb Jahren hat ihn das nach Seoul getrieben.

Heute Nacht ...

Der Gestank von Schweiß mischt sich mit der Süße der Nebelmaschine, aber Kinam verzieht nicht mal die Nase, als sie ihn zur Bühne vordrängen, indem sie unablässig nachrücken. *Fuck.* Jinhwan hat schon sehr genau gewusst, warum er in den monatlichen Evaluationen nie mit Kinam gepaart werden wollte.

Wenn Daegu's vergessen kann, wird es Zeit, sich zu erinnern.

Jinhwan fehlt an seiner Seite. Die Atemübungen, das Kreisen seiner Schultern, um dem Lampenfieber gar keinen Raum zu geben. Aber Kinam liebt es. Liebt das Krampfen seines Magens. Liebt das Pochen seines Herzens.

Heute ist die Drecksarbeit ganz seine.

Und *fuck*, hat er sie vermisst.

»Kinaaaam!« Sana begrüßt ihn mit einem Handschlag, den er vergessen haben sollte, aber selbst im Tiefschlaf noch hinbekäme. Er schiebt sich zu ihr hinter das improvisierte DJ-Pult. »Du als nächstes? Fett. Irgendwelche Wünsche?«

»Darf ich?« Er deutet auf den Laptop und Sana gibt ihn mit einem überraschten Lachen frei. »Danke, Noona.«

Seine Finger trommeln über das Holz, während er den Beat mitnickt und durch die Auswahl der Samples scrollt. *Irgendwo hier muss es sein.* »Ah.«

Kehlig lacht Chan hinter ihm auf.

Kinam sieht zu ihm herüber. »Darf ich?«

Chan neigt den Kopf. »Wenn du dich traust.«

In arroganter Verwegenheit wählt Kinam den Track aus. Chans Meisterwerk. Krönung eines Monats schlafloser Nächte.

Chans Augen funkeln und Kinam leckt sich die Lippen.

Beinahe fragt er nach einem Kuss, wie er tausend Mal nach seinen Küssen gefragt hat, sie verlangt hat, als Glücksbringer, dort oben, aber der Beat peitscht ihm gerade noch rechtzeitig die Luft aus den Lungen.

Eins.

Zwei.

Drei.

Dann das Ausbleiben der Vier, die Eins wieder, wo man sie erwartet.

Spätestens mit der Zwei schlägt Kinams Herz im Gleichtakt. Er reißt sich den Hoodie vom Körper und schleudert ihn Chan entgegen, bevor er das Mikro zwischen Mischpult und Sichtschutz hervorzieht. Die Treppe, die die Bühne hinaufführt, ignoriert er und schwingt sich über die Bande, als hätte er diese Stage nie hinter sich gelassen.

Sana lässt die Spotlights anspringen und hinter ihm erhebt sich ein Raunen.

»Babe, er ist noch besser geworden.«

Sehun lacht und er klaut sich seinen Glücksbinger von Goyas Lippen. Dann folgt er Kinam, auf diese Bühne, die ihm gehört, weil er sie erträumt hat, und mit jedem Schritt wächst das Raunen zu einem Donnern heran, unter das sich enthusiastische Rufe mischen. Man pfeift ihnen hinterher.

Kinam schließt die Augen.

Er erlaubt seinem rechten Fuß, den Beat zu übernehmen. Klassisch. Vier Viertel. *Einfach.*

Als die Baseline einsetzt, kann er die Worte des ersten Vers schon schmecken.

»Seoul wollte dich nicht, hm?«

Kinam dreht das Mikro gegen seine Handfläche und pointiert seinen Atem. Sehuns Worte schneiden tief.

»Warst du ihnen zu schlecht?«

Zustimmende Schreie keimen auf.

»Oder warst du zu hungrig?«

Sehun rückt ihm auf die Pelle.

»Wir wissen es nicht mehr.«

Und Kinam öffnet die Augen. »Klingt, als müsse Daegu sich erinnern.«

Fuck, Daegu.

Du erinnerst dich und wer bist du, dass du dich erinnerst, wer bin ich
dass du dich erinnerst, an dieses eine Mal, mit den Händen in Blut
- getränkt

Ich kann's nicht!
Kann die Augen nicht vergessen oder die Arme, die da greifen,
nach mir - nach mehr
und es erwischen, dieses Mehr. Diese freibrechende Essenz,
diese rohe Essenz,
diese ungeschönte, ungehobelte, unverkäufliche Essenz.

Sie haben
gepackt
genommen
gerissen

Offene Hände, schwielige Hände, gierige Hände,
die sahen und wollten, sahen und verlangten,
sahen und trotzdem akzeptierten und ich-
ich kann die Augen nicht vergessen.

Daegu -
Fuck.
Wie beschissen es ist.
Wie abgefuckt es ist.
Wie erbärmlich es ist,

wenn sie jemanden wollen, der sie hält und sie dann bekommen,
was sie wollen, ein Halten, ein Wollen, bis zur Ohnmacht
- und
fallen,
fallen
und liegen bleiben,
weil sie jemanden wollten, der sie hält und ich sie lasse,
fallen lasse,
erst liegen lasse,
dann zurücklasse,

weil, fuck -

Ich war allein, wenn mein Licht ausging.
Ich hatte das nie, wenn mein Licht ausging.

Allein
und allein und allein und allein und -
allein

Mit der Panik.

Hey, Daegu?
Du erinnerst dich und wer bist du, dass du dich erinnerst,
wer bin ich, dass du dich erinnerst und -
du Hure
die denkt, ich brauch den nicht
du Hure
die denkt, einer wie ich verdient den nicht.

Du Hure, du gönnst mir nichts.

Aber, Daegu, ist okay, ist alles cool,
denn du erinnerst dich, wer du bist und dass du dich erinnerst,
wer ich bin, lässt mich wissen, dass
du weißt, dass ich weiß, dass diese Stadt, diese Hure, diese
- Ausgeburt
geben muss,
bluten muss,
brennen muss

Aber ist alles cool,
alles cool,
alles cool, alles cool

Alles, was ich bin, bin ich wegen dir und du weißt,
dass ich weiß, dass du einfach bist,
eine Fotze bist,
eine widerwärtige Fratze bist
Ja!

Aber einfach, so einfach,
im Fluch ein Segen, mein Segen, immer mein Segen,

aber ich -
aber ich
ich bin dein Fluch, Daegu
und heute,

Heute hol ich dich.

Denn wenn du meine Konsequenz bist, dann bin ich deine.

Hey, Daegu?
Muss mich erinnern, ich weiß.
Du auch,
musst dich erinnern, ganz simpel, ist kitschig,
fucking kitschig, wie wir sind, was wir sind.

Denkst, du bist ein Makel?
Ha!
Unter meiner Haut, tief und tiefer.
Denkst, du hast mich verdorben?
Denkst,
ich will mich erbrechen
dich aus dem Körper, der Seele brechen,
losbrechen, um von dir freizubrechen?

Fuck, nein! Hey Daegu, hey fucking Daegu,
Schule meines Lebens, Wiege meines Feuers, du bist
das Beste
was mir je passieren konnte
Alles
was ich brauche
das Einzige
das bleibt.

Immer.

Haben mich hungrig genannt in Seoul,
aber Shit, es gibt Unterschiede,

Shit, es gibt mehr,
auf diesem fucking Spektrum, auf dem Träume emporsteigen,
wie in Daegu Hirne auf der Straße
zerplatzen,

Da sind sie,
klein und fein,
und da oben wissen sie es nicht.

Sie wissen es nicht.

Singen wegen Eomma
Sind genauso blind wie Eomma und wollen
können
sollen
es nicht wissen.

Aber bevor der Funke fliegt und das Feuer brennt,
blüht die Glut und Ambition schürft genau wie
Blut und da drin, fucking tief in mir, adertief,
knochentief, wurzeln wir beide und da
schlägst du eine jede deiner Lektionen

Hände in Blut.
Fressen in Glut.

Nachtschichten auf Sofas, Wachschichten auf Sofas,
wach für 40 Stunden, wach für 50 Stunden,
wach
und Zigaretten auf Armen -
Kreis um Kreis um Kreis um Kreis
um Kreis,
denn Schlaf für die Armen zieht Konsequenzen,
nicht adertief,
nicht knochentief,
aber Arme hinauf, bis zum Scheißknochen hinauf,
bis niemand schläft und ich alleine

kotze.

Aber ist cool, Daegu, ist alles cool,
Daegu, bist meine Superkraft,
Daegu, hast mir keinen gegönnt, der
mich hält, aber willst mich trotzdem, Daegu,
Daegu

Fick 100 Wichser, die dasselbe wollen wie ich,
die wollen
wie ich
die sollen, wie ich
Fick 100 Tanzstunden,
mir fallen keine Augen zu, nicht einmal ein Lid,

Keine Brandwunden für Kinam,
kein Brennen für Leute, die mich -
tot sehen wollen, weil ich rappe
tot sehen wollen, weil ich Liebe, wen ich Liebe
weil ich Chan Liebe und Liebe und fucking Liebe.

Und was willst du mir mit Flowerboy sagen, Daegu, kann dich nicht hören, Daegu, glaube, ich hab mich verhört, Daegu, kann dich über die aufsteigenden Rauchsäulen nicht hören, Daegu, kann dich über den zündenden Steinschlag nicht hören, Daegu.

Rapperboy
Idolboy
Flowerboy

Das Feuer ist meins, ist deins, ist meins, ist deins und ich gebe keinen Fick darauf, wie du mich nennst, denn ich bin alles, was du kennst, und du machst dich gut,
- machst dich gut.

Scheiße.
Machst dich gut
- so lichterloh.

Das Grölen der Crowd verschluckt Sanas Stimme, aber Kinam weiß auch so, wer gewonnen hat. Ein Grinsen zerteilt sein Gesicht. In ihm zucken die Worte noch wie ein Muskel, der sich gerade erst aufgewärmt hat, nachdem er zu lang geschont wurde.

Euphorie süßer als jeder Trip flutet sein System und es ist leicht, die Augenbraue zu heben und Sehun zu beäugen, als wäre es nicht genauso sein Win. Chan hatte recht. Er ist ein Junkie.

»Kinam!«

Und Sehun hat immer schon gewusst, wie man's aus ihm rauskitzelt. Kinam ist keiner, den man ermutigt. Kinam ist einer, den man provoziert, bis er aus seiner Haut platzt. Bis er seine Plateaus sprengen muss, weil es unerträglich ist, vernichtet zu werden.

Kinam hat's ihm heimgezahlt.

»Kinam!«

Es stimmt, was er Jinhwan gesagt hat: Er hätte seinen Spot nicht verlieren dürfen. Aber er lässt sich das nicht nehmen. Nicht von Riko, nicht von SKYHIGH und erst recht nicht von seiner Drecksfamilie.

Sehun hat ihm eine Stimme vermacht, als Kinam noch geglaubt hat, beim Rap ginge es darum, so zu klingen wie die Legenden. *Er wird sie nutzen.*

ERA ENTERTAINMENT kann sie haben.

»Kinam!«

Seoul will mit ihm fertig sein? Drauf geschissen.

Er ist noch nicht fertig mit Seoul.

»Kinam!«

Die Spotlights blenden ihn, als er den Kopf in den Nacken legt, aber das Lachen bricht bebend aus seiner Brust. »Fuck.«

Schweiß rinnt aus seinem Dutt. Die Arme ausgestreckt lehnt er sich zurück, möglichst viel Angriffsfläche für die, die ihm keinen Zentimeter zugestehen wollten und jetzt seinen Namen skandieren.

Das hier ist kein Crowd-Win.

Das hier ist der House-Win.

Sie könnten die Stage nach ihm schließen. Besser wird's nicht mehr. Besser war's noch nie.

»Shit, Mann.«

Kinam hebt den Arm, um sich den Schweiß von der Stirn zu wischen, und da ist Sehun, packt seine Hand, zieht ihn in seine Schulter. »Du hast mich fucking zerlegt, Kleiner.«

Sehun krallt sich in seinen Undercut, bis seine Stirn an Kinams stößt, und sie atmen das Chaos, durch das die Ausläufer des Beats noch jagen.

Kinam keucht sein Lachen. »War mir eine Ehre, Hyung.«

»Bin stolz auf dich, Mann. Hast in Seoul mehr gelernt, als ich dir hier beibringen könnte. Du bist ein verdammtes Tier, Kinam.«

»So sagt man sich«, schießt er zurück und er muss keine Entschuldigung herunterschlucken, weil keine kommt. Keine Relativierungen mehr.

Kein *Ja, aber ich hab's in den Sand gesetzt.*

Er presst die Lippen zusammen. Es reicht noch nicht. So geht seine Geschichte nicht zu Ende. Yoo Kinam, Flowerboy und Rapperboy, ist keine Geschichte vom Scheitern.

Fuck, eher stirbt er.

»GIVE IT THE FUCK UP, IHR FICKER!«, brüllt er in die Menge.

Sie schreien seinen Namen, als Kinam sich über die Bande der Stage schwingt. Chan steht keine fünf Meter von ihm entfernt.

Ist der Fels in seiner Brandung. Ist das Scheißlicht eines Scheißleuchtturms, der ihn vor der Scheiße warnt, die er hier zu tun bereit war.

Er kann Chan aus der Gang holen, ohne sich umzubringen. *Wenn's einer kann, dann er.*

In der schummrigen Dunkelheit des Pits ist es Chans Kopfschütteln, das ihn lenkt. Leitet. Seine Arme, die aus der Verschränkung vor seiner Brust fallen und sich öffnen.

Man greift nach ihm, will seine Umarmung oder seine High-Five, aber Kinam bricht durch die Körper hindurch und da sind Chans Finger, die sich in sein T-Shirt krallen.

Da ist Chans Blick, der sein Gesicht nachzeichnet, als wolle er sich alles ins Gedächtnis brennen, als wolle er alles auffrischen, damit er ihn zurück nach Seoul schicken kann und doch nicht mit leeren Händen zurückbleibt.

Als ginge Kinam jemals wieder ohne ihn.

Der Nebel, der von der Bühne wabert, zerschellt an ihren Beinen und an Chan klebt noch der Geruch von Gras und billigem Bier, aber es ist egal.

»Fuck, Kinam.« Chans Atem geistert über seine Haut und was auch immer in diesen anderthalb Jahren zwischen sie geraten ist, sie werden's wieder loswerden. »Das war der Wahnsinn.«

»Gut genug für Seoul?« Heiser klaut er sich Chans Cap und setzt sie sich selbst auf. Klamm ist sie und kalt vom Schweiß. »Gut genug für eine zweite Chance?«

Chans Zunge stiehlt sich zwischen seinen Lippen hervor und Kinams Atem stockt. Seine Kehle ist rau mit ungesagten Worten. Hielte Chan ihn nicht so fest an sich gepresst, müsste er umkehren.

Zurück auf die Bühne.

Sie abarbeiten, Vers für Vers, Hook für Hook.

»Zu gut dafür.« Chan ist genauso atemlos wie er. »Die werden sich nie wieder von dir erholen.«

Vielleicht. »Meinst du?«

»Hundert Pro.«

Aber Kinam ist gierig. Nach Stages ist er das immer. Weiß nie, wann es genug ist. Und Chan hat gesagt, er würd's wieder tun. Ist sogar in seinem Zimmer vor ihm auf die Scheißknie gegangen. »Und du, Jagiya?«

Der Kosename lässt Chans Augen zufallen. »Und ich *was*, Ki?«

»Hast du dich von mir erholt?« In Chans Rücken schiebt er seinen Daumen unter den Stoff des zu dünnen Sweatshirts. Chan glüht. »Bin ich gut genug für dich?«

Fassungslosigkeit bricht sich in Chans Lachen. »Du Wichser«, wispert er und Kinam will noch *küss mich halt* flüstern, aber Chan reißt ihn schon gegen seine Lippen und erstickte Laute der Überraschung weichen der vertrauten Melodie ihres Kusses. Chans Lippen sind weich unter seinen, geben nach, als Kinam ihnen entgegendrängt. Geben Raum, lassen Kinam den Rhythmus bestimmen, lassen ihn führen.

Doch es ist Chan, der seine Lippen öffnet, Chan, der den herben Geschmack des Bieres, der noch seine Zunge benetzt, mit Kinam teilt. Kinam braucht mehr.

Kinam braucht- *Fuck.*

»Chan, ich-« Tausend Träume brechen in ihm auf. Tausend erste Küsse. Tausendmal Chan wiedersehen. Tausendmal keine Worte brauchen.

Mit rasselndem Atem presst er seine Stirn gegen Chans, blinzelt gegen den Drang an, ihn einfach wieder zu küssen. Stupst seine Nase gegen Chans. »Ist das okay? Ist das-«

»Du kapierst es nicht, oder?« Chans Lachen schmeckt wie Heimweh. »Kinam«, küsst er seinen Mundwinkel. »*Kinam*, wie kannst du das nicht verstehen?« Küsst das spitze Kinn. »Was gibt es daran, nicht zu verstehen?«

Chan schlingt seine Arme um Kinams Hals. Seufzt. »Wen könnte es denn geben für mich, nachdem ich dich hatte?«

Er lässt höchstens einen halben Zentimeter zwischen ihren Lippen. »Wer könnte denn mithalten?«

Chan stürzt zurück in den Kuss und er reißt Kinam mit sich. Die Welt ist wie vergessen und an Halt ist nicht zu denken. Bloß freier Fall, für diesen einen Moment.

Für diese eine goldene Sekunde, in der egal ist, was war.

In Daegu ist zu viel passiert.

Aber sie haben sich immer schon darauf verstanden, Daegu links liegen zu lassen. Und als Chan den Kuss bricht und Kinams Hand greift, folgt er ihm in die Nacht, wie er ihm schon in tausende Träume gefolgt ist.

Und was gibt es daran, nicht zu verstehen?

innerfamiliäre Gewalt, Homofeindlichkeit

KAPITEL 6

Er hat einen Plan.

Kinam zieht die Tür hinter sich ins Schloss und im Haus bleibt es still. Wo auch immer Sungjin die Nacht verbracht hat, er ist nicht zurück. Der Gangvan fehlt.

Aber heute Morgen ist ihm das egal.

Er hat einen Plan.

In der ersten Pause treffen sie sich in den Schulstudios. Davor ein bisschen die Gang austricksen, zurück in die alten Gewohnheiten, dann Momente stehlen und das Beste draus machen, das Kinams Leben zu bieten hat.

Aber vor allem ran ans Portfolio.

Seit Chan und er sich an der Straßenecke getrennt haben, war an Schlaf nicht zu denken. Es gibt keine Zeit mehr, zu verschwenden.

Die Nacht hat gerade so gereicht, um durch die Mappe von EE durchzukommen. Das Angebot ist bescheuert. Niemand, absolut *niemand* bekommt einen Spot in einem Line-Up angeboten und dann auch noch als Leader.

Sie wollen ihn für sieben Jahre. Sie wollen ihn für ein ausgewähltes Team. Sie wollen ihn und er muss sich dafür nicht in Formen pressen.

Was auch immer die Industrie den beiden CEO Ladies angetan hat, dass sie derart auf Vergeltung pochen, sie sind bereit, alles anzuzünden und aus den Trümmern etwas Neues aufzubauen.

Ist Kinam dabei.

Vorausgesetzt, sie öffnen ihren Producer-Stamm für einen minderjährigen Jungen aus Daegu.

Aber er hat einen Plan.

An der Ampel bleibt Kinam stehen und fingert sein Handy aus der hinteren Hosentasche. Chan hat noch nicht geantwortet, aber das heißt nichts. Vermutlich musste Jinok ihn aus dem Bett schubsen und jetzt sprintet er gerade irgendeinen Gehweg entlang.

In der Pause.

In den Schulstudios.

Wenn sie an seinem Portfolio weiterarbeiten, ein bisschen was an Seouler Standards anpassen, wird EE gar nicht anders können, als ihn haben zu wollen. Waren nicht nur in Seoul anderthalb Jahre.

Und wenn Chan erst auf der Musikhochschule war ... So wie sie um Kinam nicht herumkommen werden, werden sie auch um Chan nicht herumkommen – und dann kann Korea daran verrecken, dass sein fettestes Powercouple schwul ist.

Das Handy halb schon wieder in der Hosentasche vergraben überrascht das Vibrieren ihn. Aber mit einem Lächeln, das grimmig und ein bisschen selbstgefällig immer noch nach Chan schmeckt, hebt er es ans Ohr.

»Was denn?«, neckt er. »Gestern nicht genug Küsse abgegrast, *Baby?*«

»-ist er okay?«

Keine Ahnung, wer das ist, verzerrt und blechern, aber es ist nicht Chan. Kinam blinzelt.

»*Sehun*, ist er-« Goyas Panik geht in dem rasselnden Atem unter, der anscheinend zu Sehun gehört. Aber Sehun klingt nicht-

In der Leitung explodiert Lärm. Die Hauptstraße ist vergessen, weil da metallische Reibung mit einem Piepsen zusammentrifft, das nur Krankenhaus heißen kann.

Fetzen von Stimmen.

Laut. Schnell. *Ein Notfall.*

Kinams Füße werden tonnenschwer. Wieso rufen sie an, um zu fragen, ob er okay ist, wenn sie im Krankenhaus sind? Wieso sind sie im Krankenhaus? Wer ist im Krankenhaus? Was-

»... es ist Chan.«

»-nein.«

»Gyeom hat ihn vorhin gefunden. Rapcrewrevier.« Sehuns Stimme zittert. »Goya sagt, dass er's nie nachhause geschafft hat. Ist sich sicher, dass man ihn platziert hat.«

Scharf zieht Sehun die Luft ein, aber Kinams Ohren dröhnen. Das kann nicht sein.

Das kann nicht sein.

Er hat einen Plan.

Sie waren verabredet.

Chan hat die Nachricht nicht beantwortet, aber das war wegen Jinok. Weil er verschlafen hat und Jinok ihn aus dem Bett geworfen hat und dann gab's Kaffee, aber keine Zeit, um zu antworten.

Nicht, weil-

Nicht, weil-

»Fuck, Mann.« Sehun keucht. »Wir sind in der Notaufnahme. Sieht schlecht aus.«

»Nein.«

Die Tasche rutscht von Kinams Schulter. Das Piepsen ist immer noch da, aber plötzlich wird es lauter, schriller, und von irgendwo plärren Stimmen dazwischen. Jemand schreit.

Irgendwer schreit.

Irgendwer-

Mitten auf dem Gehweg fällt Kinam in die Hocke. Keine zwei Minuten mehr, bis er bei der Schule ist. Auf den Treppenstufen davor wartet Chan. So, wie er es ihm versprochen hat.

Die Gang darf nichts wissen.

»Das-« Der Schwindel kommt, als hätte Yohan ihn verdroschen. »Das kann nicht-«

Chan sollte auf diesen fucking Scheißstufen auf Kinams wertlosen Drecksarsch warten. Das hat er ihm versprochen.

»Er hat gesagt, es ist okay. Er hat gesagt-«

»Hey! Bist du okay?« Aus dem Nichts sinkt eine Hand auf Kinams Schulter und er zischt, als er sie von seiner Haut schlägt. Schrecken huscht über das Gesicht der mittelalten Frau, die zurückzuckt und-

Eine Sekunde lang starren sie sich nur an.

Dann setzt Kinams Herzschlag wieder ein und da ist Goyas Stimme. Und dieses Mal, *scheißescheißescheiße*, dieses Mal ist es-

Seine Hand krampft sich um das Handy.

»Sehun, ich-«

Jäher Schmerz bricht ihm die Nase. Das Schluchzen zerreißt ihn. Er kann jetzt nicht-

Nicht hier-

Bitte.

Nicht während Chan-

Kinam reißt den Kopf hoch. Am anderen Ende der Straße steigt Dowon aus einem Wagen. Er bleibt stehen, den Blick auf Kinam gerichtet, und Kinam will hin, will wissen, ob er mit im Auto war, ob das seine Nacht war, Chan töten, ob er jetzt in die Schule geht, obwohl er das gesehen hat.

Will ihn töten. Sie alle töten. Sungjin. Der die ganze Nacht nicht zuhause war. Sungjin. Der in der Gang für Chan verantwortlich ist. *Sungjin.*

»Ich bring ihn um.«

»*Kinam*-«

»Lass die Scheiße!«, reißt Goya sich in die Leitung. »Das würde Chan nicht wollen, okay, das würde er nie wollen, Kinam, *nie*.«

»Ist mir egal.«

»Sungjin bringt dich um, bevor du ihn umbringst!«

Ihre Panik brennt in seinen Ohren. »Ist mir egal.«

»Willst du dir deine Scheißzukunft mit einer Mordklage ruinieren?!«

»Ist mir egal.«

»Komm zu uns!«, presst sie. »Wir sind Familie, okay. Wir haben es dir versprochen, *ich* habe es dir versprochen. Erinnerst du dich? Wir sind *fucking* Familie. Wir holen dich da raus, ich hole dich da raus-«

»Hey!«

Kinam kann nicht atmen.

»Wir brauchen einen Arzt, *fuck!*«

Sehun brüllt und es ist egal, dass es Goya am Telefon ist. Egal, dass sie Familie sind. Weil Sehun nie brüllt. Niemals, nicht in tausend Jahren, und erst recht nicht so.

Das Piepen wird schrill und schriller. Bis es kein Piepen mehr ist, gar kein Piepen mehr, sondern nur noch-

Sohlen schlagen auf den Fliesen auf wie Schüsse.

Goya fleht. »Nein! Nein. Nein. Nein. *Nein!*«

Die Leitung bricht, aber das Piepen ist immer noch in Kinams Schädel und es ist kein Piepen mehr, nur noch ein durchgehender Laut.

»Fuck!« Das Gehäuse seines Handys bricht unter seiner Faust. »*Fuck!*«

All diese Scheißjahre in der fucking Gang und er hat's noch nie gehört.

»Fuck!« Kinam rammt sich die Faust in die Stirn, damit das Piepen aufhört, aber das Pochen macht es nur lauter.

Einmal hat er's gesehen. Mit fünf. Wurde von Yohan ins Bett geschickt und von einem Schrei aus den Träumen gerissen, der ihn wie in Trance ins Wohnzimmer stolpern ließ. Hat er nie wieder vergessen.

Die Albträume lassen ihn nicht.

Leben, das aus Augen weicht.

Diese leere Hülle, die bleibt, wo eben noch ein Mensch war.

»Junge, was-«

Kinam wirbelt herum, bevor die Hand auf ihn niederfahren kann und wen interessiert es, dass es ein Opa ist, den er da von sich stößt? Der zurücktaumelt, auf die Straße? Dem das Auto nur ausweichen kann, indem es sich quer in die Gegenfahrbahn reißt?

Fuck.

Wen interessiert es?

Mich.

Chans Stimme zuckt durch Kinam und schüttet ihm Säure ins Gesicht, drückt ihn unter Wasser, lässt seine Lungen bersten.

Hätte es ihn bloß nicht interessiert.

Hätte es ihn bloß nie interessiert.

Kinam reißt sich von dem Anblick los, von den fassungslosen Blicken. Wen interessiert so ein fucking Opa, wenn Chans Blut an seinen Händen klebt.

Er bringt ihn um.

Ist doch egal, was Chan wollte. Chan ist-

Er rennt. Rennt, egal, ob sie ihm hinter der Straßenecke aus dem Weg springen oder nicht. Egal, ob Chan das so wollte oder nicht-

Kinam rennt.

Vorbei an Graffiti, über das Chan geschrieben hat. Inspiration, hat er's genannt. Mitten im Dreck, mitten im Suff, mitten im- Irgendwo heult ein Hund.

Kinam rennt, bis er zurück ist, wo er angefangen hat. Und da, vor dem Höllenschlund, der ihn willkommen heißt, steht er jetzt doch – der Gangvan.

Schwarzes Stück Scheiße.

Dreckskarre.

Kinams Knöchel platzen auf, als er den Seitenspiegel von der Karosserie reißt und gegen das Fenster schleudert, wieder und wieder *und wieder*.

Aber der Riss in der Scheibe reicht nicht.

Sie haben ihn im Crew-Revier abgeladen.

Aus dem Auto gekickt.

Haben den Boten zur Botschaft gemacht.

Er vergräbt seinen Fuß im Frontscheinwerfer und die Scherben fressen sich in seine Haut, aber es ist egal.

Alles egal.

Seine Fäuste regnen auf die Motorhaube nieder.

»*Kinam!*«

Arme schlingen sich um ihn, aber Kinam ist schneller, dreht den Oberkörper und wirft seine Faust in das Momentum. Die Unterseite von Sungjins Kiefer knirscht und die Wucht wirft ihn zurück.

Aber das ist nur der Anfang.

Kinam packt Sungjin an seinem Scheißschlafshirt, ballt die Hände zu Fäusten und schmiert ihm das Blut wieder ins Weiß. Kann vergessen, dass er sich hier von reinwäscht.

Er bringt ihn um.

Er zimmert Sungjin in die Hauswand. Ungebremst. Fucking unaufhaltsam. Bis das Aufschlagen seines verfickten Kopfes dumpfer wird. Der Putz färbt sich rot.

Sieht scheiße aus.

Aber egal.

Alles egal.

Er bringt ihn-

»Du kleine Missgeburt.«

Plötzlicher Schmerz rast durch Kinams Schädel. Blendet ihn, weil die Faust ihm die Haare fast an der Wurzel ausreißt. Er fliegt zurück und die Stoßstange des Vans durchstößt sein Rückgrat.

»Hast endlich Kampfgeist entdeckt, du Schwuchtel?«

Blitze brennen durch den Schatten, der über ihm in den Himmel ragt; ein Berg von einem Mensch. Mit dem Blinzeln kommt der Instinkt zurück und es ist egal, dass er die Jackettjacke noch trägt, die Lackschuhe.

Kinam weiß, wer Yoo Yohan ist. Was er versteckt, unter den schwarzgrauen Wirbeln seiner Tattoos. Was die Narben verschweigen, die seinen Körper übersähen.

Er muss hier weg.

Yoo Yohan überlebst du nicht.

Nicht, wenn du ihn gekränkt hast. Vorgeführt. *Entehrt.*
Bevor Kinam es auch nur auf die Knie schafft, reißt der Tritt in seine Rippen ihn zurück zu Boden.
»Hast gemeint, du kommst damit durch, hm?«
Die Fußspitze stichelt in seiner Leber und Kinam heult auf. Er kann sich kaum auf den Ellenbogen drücken, so sehr zittern seine Arme.
Dumm, Kinam.
Yohan rutscht in die Hocke.
Zu nah, Kinam.
Zu nah an den Siegelringen, dieser Scheißsignatur, die Yohan auf seinen Opfern hinterlässt.
»Hast gemeint, kannst mich durch den Dreck ziehen, auf unsere Reputation scheißen und damit *durchkommen*.«
Kinams Blick flattert. Yohan ballt die Hand zur Faust und als Kinam sich vorfallen lässt, bricht ein Knie in seine Magengrube.
Er wollte Sungjin umbringen.
Aber jetzt verreckt er selbst hier draußen wie ein räudiger Hund. Aber vielleicht ist es besser so, weil-
Chan-
Kinam krümmt sich, rollt sich zusammen, macht sich klein. Presst die Augen zusammen. Vielleicht-
»Yohan!«
Kinam reißt den Blick hoch und Sungjins Finger graben sich in Yohans Bizeps, zerren an ihm, aber Yohan schreit und brettert Sungjin zurück in die Wand.
Ist immer dasselbe.
Yohan hasst Kinam, aber bevor er ihn umbringen kann, ist da Sungjin. Jopok-Sohn der Extraklasse, der jeden Befehl be-

folgt und alles tut, was Yohan will, aber immer dazwischen geht, wenn's der kleine Bruder ist.

Der sie lieber selbst einsteckt, die Scheißschläge.

Kinam sollte rennen. Fuck, wie oft hat Kinam danach schon bei Sungjin gesessen und geheult. Aber Sungjin hat's selbst gesagt, Kinam soll dankbar sein, dass sie Chan nicht aus der Müllhalde gefischt haben.

Kinam will nicht dankbar sein.

Kinam will Sungjin nicht sein Leben schulden.

Er ist ihm gar nichts schuld-

»Was?! Kann dich nicht verstehen, Sungjin.«

Yohan vergräbt sich so tief in Sungjin, dass er Blut kotzen wird. Er wird Blut kotzen, wenn er das hier überlebt, und Kinam hat so oft schon bei ihm gesessen, wenn's so war, und hat für ihn geweint, diesen blöden, mutigen Hyung, der sich für ihn in Fäuste wirft.

Aber er hat Chan umgebracht und wenn Yohan ihn nicht umbringt, tut's Kinam.

»Du hattest einen Job, Sungjin, einen verfickten Job und selbst das-«

Kinam zieht sich am Kühlergrill hoch. Seine Muskeln beben, aber er ignoriert es. Auch den kreischenden Schmerz, der seine Wirbelsäule hochschießt.

»Er ist dein kleiner Bruder. *Dein kleiner Bruder!*«

Seine Knie tragen ihn kaum.

»Und wenn du ihn nicht im Auge behalten kannst, wenn du ihn nicht in die fucking Linie peitschen kannst, hast du in diesem Haus deinen Platz verwirkt!«

Die Fliesen ächzen, als Sungjin leblos zu Boden rutscht. *Zu spät.* Zwei große Stechschritte braucht er, mehr nicht, dann verfängt sich Yohans Faust in Kinams T-Shirt und es ist kein Stolpern, das ihn durch die Haustür brechen lässt.

Es ist ein Schleifen.

Es sind anderthalb Jahre als Jopok-Offizier mit einem Flowerboy zum Sohn, der ihm durch die Finger gerutscht ist, unberührbar gemacht von zu vielen Kameras, die seine Scheißfresse filmen.

Das Linoleum frisst sich kalt in Kinams Haut. Rückwärts robbend kämpft er sich auf die Füße. Dieses Mal wird Yohan nicht aufhören. Ist egal, ob Kinam sich totstellt. Ob er aufhört, sich zu wehren.

Dieses Mal wird es nicht helfen, nicht mehr zu kämpfen, nicht mehr zu fliehen, nur noch zu erdulden.

Wer weiß, ob Yohan aufhört, wenn er nicht mehr wimmert. Nicht mehr zuckt.

Wer weiß, ob es ihn interessieren wird, dass da kein Leben mehr ist, das er aus ihm herausprügeln kann.

Blut und Magensäure steigt Kinam in den Rachen und seine Hand rutscht von der Wand ab, als er das Gleichgewicht verliert. Aber er fällt nicht.

Von irgendwo kommt Yohans Pranke und vergräbt sich in seinem Haar. *Zerreißt ihn.* Kinam wirft die Hände hoch, aber bekommt ihn nicht zu fassen, das Blut zu glitschig, seins oder Sungjins oder Yohans.

Yohan schleudert ihn über den Couchtisch. Das Holz kracht in Kinams Fresse, schlägt ihm halb die Zähne aus, und er zieht die Beine an.

Wieso ist er nicht gerannt, als er noch konnte?

Wieso ist er so dummdummdumm?

Er rutscht in die Spalte zwischen Couchtisch und Sofa. Ist reines Glück, dass er die Bierflasche sieht, bevor Yohan sie wirft.

Dass er die Arme hochreißen kann, bevor sie auf dem Tisch zerplatzt. Schaum spritzt ihm ins Gesicht.

Scherben rammen sich in seinen Handrücken.

Er muss hier weg, aber er kann nicht.

Er muss hier weg, *aber er kann nicht.*

Yohan kommt.

Kinam zieht die Knie an, schützt seinen Bauch und verbirgt den Kopf in seinen Armen. Er kann ihn hören, aber sieht nicht hin. Muss das nicht sehen. Will es nicht sehen.

Will das Bewusstsein verlieren. Aber tut's nicht.

Er ist kein Kind mehr.

Er hat diesen Luxus nicht mehr.

»Bitte«, lässt der erste Schlag ihn wimmern. »Bitte nicht.«

»Glaubst, das läuft einfach so, mh? Deal aushandeln und dann bist du reingewaschen?«

Die Faust rammt sich in seine Niere. Wird ihn Blut pissen lassen. Sungjins Kotze, seine Pisse. *Überall Blut.*

»Habt gemeint, ich erfahr das nicht, du und dein nichtsnutziger Bruder, mh?«

Der Tisch poltert und dann ist Yohan weg, nur nicht weit genug, nur als wollte er ausholen, nur als-

»Du willst 'ne Belohnung dafür haben, dass du endlich weißt, wo dein verschissener Platz im Leben ist?«

Holz kracht und Kinam hebt den Kopf, obwohl er nicht sollte, obwohl's besser wäre, nicht zu sehen, wie Yohans Fuß zutritt, wieder und wieder *und wieder*, bis die störrische Eiche endlich splittert. Abgetreten hält Yohan das Bein des Couchtisches in der Hand.

»Wird Zeit, dass ich dir ein paar Manieren einprügle, Junge, denn nur, weil du wieder hier bist, heißt das nicht, dass dieser kleine Arschficker nicht das bekommt, was er verdient hat.«

»Bitte«, keucht Kinam, obwohl er sich die Lippe blutig beißt. »Bitte, ich-«

»Dein Scheißplatz ist hier!« Der Knüppel schlägt hart auf ihn nieder. »Hier, in Daegu! Unter meinem verfickten Dach!« Er trifft Handknochen, dann Schläfe. »In dieser Familie! Ich scheiß auf deine Träume! Ich scheiß auf das, was du willst!« Die Rippen liegen frei, weil Kinam dumm ist.

Was bringt's, die Hände dem Schmerz folgen zu lassen? Er ist zu langsam. Immer zu langsam. Viel zu langsam.

Yohan drischt auf ihn ein.

Ein Schrei reißt sich aus seinem Inneren. Blut rinnt seinen Brustkorb hinab. Feuer verschlingt ihn und seine Knochen, fuck, seine Knochen.

Geben sie nach? Brechen sie schon? *Fuck.*

»Du bist mein verficktes Fleisch und Blut. Ich habe dich in den wertlosen Körper deiner Hurenmutter gespritzt, *ich habe dich gemacht* und du wagst es, dich mir zu widersetzen? Du hättest zusammen mit der Fotze sterben sollen, die es gewagt hat, einen Schwanzlutscher in meinen Stammbaum zu werfen, wie die räudige Hündin, die sie war.«

Die Tränen sind Säure auf seiner Haut und Schwindel zieht in Schlieren durch sein Bewusstsein. Hinter dem Blut, das aus seinem Haaransatz tropft, ist er blind. Viel mehr kann nicht mehr fehlen.

Noch ein Schlag.

Zwei.

Noch einmal zerlegt werden und dann-

Dass er Zeit zum Schluchzen hat, ist grausam. Yohan lässt ihn zu Atem kommen. Will ihn nicht in die Ohnmacht fliehen lassen. Will ihn wach bis zum Tod.

Er wird ihn umbringen.
Sungjin hat Chan umgebracht und jetzt bringt Yohan ihn um, und- *fuck.*
Holz ächzt und Kinams Atem fängt sich. Sein Herz schrammt am Kurzschluss vorbei.
Fuck.
»Das endet heute, wenn du nicht willst, dass ich zur Jagd blase. Und du weißt, was das heißt, oder, Kinam?«
Spucke trifft ihn. Oder Rotz.
Tropft von seiner Wange. Schlägt auf dem Boden Blasen. Gleich wird die Hand seinen Nacken packen und sein Gesicht hindurch ziehen. Die Demütigung so greifbar, extra für ihn gemacht.
Kinam sollte sich wehren.
Aber er ist zu schwach, schwächer, als er es das letzte Mal war, als Yohan auf ihn eingedroschen hat.
Seoul-
»Leute sterben, Kinam. Und ich bin dein Erschaffer, ob dir das passt oder nicht. Ich bin immer ein Teil von dir und wenn ich diese Sünde nur aus dir rausreißen kann, indem ich dich vom Erdboden tilge, nehm ich das in Kauf. Aber nicht bevor ich deinem Schwanzbruder die Hirnmasse aus dem Schädel gepustet habe.«
Zu Yohans Lachen lässt Kinam den Kopf zu Boden fallen. Chan ist tot und Kinam ist bloß noch ein Pochen, wo das Blut aus seinem Körper austritt. Es tropft von seiner Schläfe in sein Auge. Ein Husten wirft es auf den Wohnzimmerboden. Wimmernd zieht er die Beine an.
Das Einzige, was Yohan in ihm sieht, ist eine Zielscheibe. Er kann sich nicht erinnern, ob's jemals anders war. Aber Chan ist tot und-

»Appa.«

Weit kann er den Kopf nicht drehen, aber unter dem Couchtisch hindurch sieht er, wie Yohan herumfährt. Sungjins Hand gräbt sich in seine Seite. Eine Ablenkung.

Auf die Füße, Kinam.
Ist nicht weit bis zur Tür.
Nur auf die Füße.
Und raus.

Kinam rollt sich wie in glühende Kohlen, als er sich auf die Seite dreht. Jeder Schlag prasselt dabei ein zweites Mal auf ihn herab, aber er beißt die Zähne zusammen und schluckt das Blut. Irgendwie bekommt er seine Knie unter sich.

Kälte sinkt in seine Knochen und reißt ihn nieder, aber wenn er leben will–

Ein Krachen lässt ihn erstarren. Kinam hat Sungjin seit Jahren nicht mehr weinen gehört. Aber jetzt ist jeder Atemzug tränenschwer und Kinam muss hier–

Kinams Arme beben, seine Ellenbogen bersten unter seinem Gewicht, aber wenn er leben will, muss er sich hochdrücken. Der Schwindel ist genug, um der Welt die Farbe zu nehmen, aber wenn er leben will, muss Kinam sich hochdrücken.

Er spürt seine Füße nicht, als er sich am Sofa hochzieht. In einer Lache seines Blutes liegt das abgetretene Tischbein. Kinam blinzelt auf den Knüppel hinab. Sungjin wird mit bloßer Faust bearbeitet.

Irgendetwas bedeutet das.

Aber er kann sich nicht erinnern.

Ein furchtbares Schmatzen zerbricht Kinams Starre. Die Wand muss längst Dellen in der Form von Sungjins Körper haben, so erbarmungslos brettert Yohan ihn hinein. Aber auch er ist kein Kind mehr.

Er ist nicht schwächer.

Er ist stärker als beim letzten Mal.

Seine Augen sind wach, wo sie sich über Yohans Schulter in Kinams bohren.

In einem einzigen Kraftaufwand drängt Kinam sich ins Stehen und strauchelt – sein Gleichgewicht ein Meer aus Punkten, die sich zu nichts zusammensetzen. Unter die Schmerzenslaute Sungjins mischt sich Yohans Stimme, aber Kinam will's nicht hören.

Kann nicht bleiben, um zu-

Wenn er leben will.

Als Kinam in die Kälte des Vormittags hinausstolpert, weiß er nicht, ob er's will. Hat bloß diesen dumpfen Puls in seiner Mitte, der in jeder Wunde nachhallt, diesen Schmerz, der sein Blut zum Kochen bringt.

Und eine weiche Stimme, die sich drängend dazwischen fädelt.

Er erkennt sie nicht, weiß nicht, was sie von ihm will. Sein Kopf tut weh, er kann nicht laufen, er-

Jemand will etwas.

Ein Hupen zerreißt die ineinanderfließenden Farben. Blinzelnd starrt Kinam in das Gesicht eines Menschen, das eben noch nicht da war. Ein weiteres Hupen lässt ihn zusammenzucken und-

Kinam stolpert vorwärts, runter von der Straße, einfach runter von der Straße. Das Auto brettert an ihm vorbei, und das Bild gab's schonmal.

Das Bild gibt's zweimal.

Irgendwo eine Stimme.
Irgendwo diese Stimme.
Das Ticken wird lauter. Immer lauter. Er reißt die Hände hoch, aber es hört nicht auf, legt sie an den Kopf, *aber es hört nicht auf.* Er schiebt die Finger in sein Haar und – Yohan will etwas aus ihm herausreißen.

Kinams Knie brechen weg und der Boden fängt ihn nicht. Auf dem Asphalt sammelt sich sein Blut in Pfützen.

Und seine Hand, *seine Hand,* wieso kann er seine Finger nicht bewegen, wieso-

Wir sind Familie.

Mit der Erkenntnis kommt das Würgen.

Die Magensäure.

Das Blut.

Doch die Stimme bleibt.

Ich habe es dir versprochen, erinnerst du dich?

KAPITEL 7

Seine Schritte hallen im Treppenhaus und das Geländer klappert gegen die Schrauben, die es in der Wand halten sollen, während Kinam sich Stufe um Stufe höher schiebt – einen Fuß vor den anderen.

Es ist ein Wunder, dass er die Wohnung gefunden hat.

Am Ende angekommen schließt Kinam die Augen. Sein Gesicht muss zugeschwollen sein. Mitten in seinem Hirn pocht es. Er versucht auch gar nicht mehr, sich die Tränen von den Wangen zu wischen. Keine Ahnung, ob Yohan seine Nase getroffen hat, aber so hat es nicht mal geschmerzt, als er sie ihm gebrochen hat, als Kinam zehn war.

Es ist schwer, sich vom Geländer zu lösen und auf die Tür zuzustolpern, hinter der nichts auf ihn wartet.

Falls es wahr ist.

Aber das unnachgiebige Holz unter seinen Knöcheln hat keine Illusionen für ihn übrig. Als das Echo seines Klopfens im Treppenhaus verhallt, sinkt Kinam mit der Stirn gegen die Tür und Yohans Stimme brettert durch seine Barrikaden. Doch bevor Kinam sich von ihm zerstampfen lassen kann, fällt er.

»Kinam-ssi!«

Seine Stirn wirft Falten, während er haltlos in den zierlichen Körper sinkt. »Soyeon-ah«, wispert er.

Was machst du hier, will er fragen, aber die Worte bleiben stecken und- *Fuck*. Sie stolpert zurück, zwei, drei Schritte, bevor sie genug Widerstand leisten kann.

Soyeon hievt ihn zurück auf seine Füße und er hilft mit, so gut er kann, lässt sich von ihr auf einen Stuhl manövrieren. Was für ein Scheißglück, dass Sehuns neue Wohnung sich direkt in seine Küche öffnet.

Sie schnappt nach Luft, als er sich gegen die Lehne fallen lässt und gegen den aufbrandenden Schmerz anatmet. Er lässt Blitze durch sein Blickfeld zucken und Kinam ist sie so leid.

Er will's nicht mehr sehen.

Als Soyeons Fingerspitzen kühl an seinen Kiefer sinken, schließt er die Augen und lässt sie sein Kinn anheben, auch wenn ihm zum Heulen zumute ist.

»Verflucht«, lässt sie von ihm ab und Kinam lauscht dem Rauschen des Wasserhahns, dem Tipp-Tapp ihrer Schritte über den rauen Holzboden und lässt sich von dem Luftzug, mit dem sie wieder an seine Seite gleitet, einen Schauer über den Rücken jagen.

»Das tut jetzt weh, aber du darfst dich trotzdem nicht bewegen, okay?«, flüstert sie, bevor sie den kühlen Stoff des Geschirrhandtuchs an sein Kinn hebt.

Kinams Lippe zittert, so fest beißt er die Zähne aufeinander. Drecksscheiße. Er ist schwach geworden. Ist es nicht mehr gewöhnt, verprügelt zu werden. Seine Augenbrauen brechen ineinander. »Fuck.«

Nimmt er zehntausend Mal die Stretching Tage, die Tränen und das Schreien, den Timer, der herunterläuft und den er nie zu überleben glaubt.

Tausend Mal lieber als Soyeon, deren Hand erstarrt, als wolle sie auf das Abebben des Schmerzes warten.
Kann sie lange warten.
Kurzatmig räuspert er sich. »Ist okay, ich- Danke, Soyeon-ah.«
Sie sieht bleich aus, als er die Augen öffnet. Als hätte sie schon ewig nicht mehr geschlafen, ihre Haut beinahe durchsichtig. Krank. *Panisch.*
So hat sie ihn gestern schon angesehen, als Chan und er lachend ins Hinterzimmer zurückgekehrt sind, die Finger ineinander verschlungen, die Lippen geschwollen, die Haare zerfurcht.
Gesagt hat sie nichts, aber in der stummen Hartnäckigkeit ihres Blicks war die Anklage laut genug. Wie dumm er ist, wie fahrlässig.
Wie recht sie hatte.
Sie müssen ihn auf den Open Mic Night gesehen haben, ihn und Chan, weil Kinam das in Kauf genommen hat. Weil er scheiße genug war, auf seine Einladung einzusteigen. Weil er allein nicht mehr ertragen konnte, wer er ist, und jetzt ist Chan-
»Bist du allein?« Der Atem rasselt ihm in der Kehle. »Wo sind die anderen?«
»Hanbin ist hier. Mein Freund«, präzisiert sie und ihre Knöchel treten weiß unter der Haut hervor. Sie quetscht das feuchte Tuch zwischen den Fingern, bis Wasser auf den Küchenboden tropft. »... der Rest ist noch im Krankenhaus.«
»Weißt du mehr?«, fragt er im selben Moment, in dem Soyeon ein »Siehst du deshalb so aus?« hinterher schiebt. Entschuldigend schüttelt sie den Kopf.
»Ich ...« Soyeon tritt einen Schritt zurück. »Die Nase muss ich richten. Wir ... wir können warten, ich bin mir sicher, Goya oder Sehun sind die besseren Kandidaten, aber ...«

Fügsam lehnt er sich im Stuhl nach hinten. »Kommt eh nicht mehr drauf an.«

Kinam richtet den Blick in Richtung Zimmerdecke. Ist abgefuckt, sich von einer Vierzehnjährigen wieder zusammenflicken zu lassen.

»Hanbin«, lenkt er sie ab, »ist Sehuns Protegé, nicht wahr? Der Kleine mit den mintfarbenen Haaren? Der vor mir gerappt hat?«

Es gelingt Kinam kaum, Soyeon in den Blickkontakt zu ziehen. »Er war gut. Was meinst du, Soyeon? Mit ihm abhauen und Seoul unsicher machen? Wie klingt das?«

»Und was dann?«

»Dann baut ihr euch was auf. Ein Zuhause im Tausch gegen den Rest eures Lebens. Wer könnte so ein Angebot ausschlagen?«

Nostalgie bricht durch ihre Züge und schon klar, es ist unfair, ihr Daegu als Zuhause abzusprechen, wenn es das hätte bleiben können, gäbe es seine Familie nicht. Wären da nicht die monatlichen Abgaben, um den Schutz zu entlohnen, den die Gang für ein unabhängiges Schreibwarengeschäft für angemessen hält.

»Soyeon-ah, entschuldi-«

»Hanbin ist zu gut für das hier, nicht?« Sie schnieft ihr Lachen.

Kinam stellen sich die Haare im Nacken auf. Da sitzt jedes Zucken, jede Position ist einstudiert, das Lächeln auf ihren Lippen nicht mehr als eine preisgekrönte Choreografie.

»Hanbin wäre gut in Seoul. Aber ich?« Sie hebt das Tuch, den Blick auf seine Nasenwurzel gerichtet. »Was will ich da? Ich habe nichts. Ich kann nichts. Seoul wäre an mich verschwendet.«

»Du bist zu jung, um-«

»Nein.« Der Nachdruck in ihrer Stimme kommt ihm so bekannt vor, dass Kinam sein Alter ausspielen und ihn ihr verbieten sollte. Sie hat keine Ahnung, was er sie noch kosten wird.

Aber ihre Finger zittern nicht mehr, als sie ihm das Tuch über die Nase legt und die andere Hand sich stabilisierend in seinen Nacken schmiegt. »Meine Familie ist hier. Ich- es ist anders, bei meiner Familie, weißt du? Ich könnte sie nicht einfach verlassen.«

»Einfach?«

Soyeon will seinen Protest nicht. Geräuschvoll ruckt sein Nasenrücken in seine ursprüngliche Position zurück.

»Holy fucking shit.« Seine Augen treten aus ihren Höhlen und Tränen perlen in seine Wimpern. »Das tut weh. *Fuck*.«

Seine Kurzatmigkeit versteckt Kinam unter einem Husten und ballt die Hände auf seinen Oberschenkeln zu Fäusten, aber der Schmerz hört nicht auf. Sein Magen ist zu leer, um noch viel hervorzuwürgen, aber- »Fuck.«

Soyeons Hand auf seinem Rücken erdet ihn.

»Nicht gut genug«, ringt er sich ab.

»Kinam …« Ihr Ton trieft vor Mitleid, aber er schließt bloß die Finger um ihr schmales Handgelenk und zieht es sich aus dem Nacken, als er sich aufrichtet.

»Dafür stirbst du nicht.«

»Du versteht das nicht.« Sie entzieht ihm ihre Hände. »Deine Familie-«

Autsch.

Auch das Lächeln, das sie nachschiebt, das entschuldigende, das, das sie kleinmachen soll, während sie ihre Hände hinter ihrem Rücken versteckt, ändert nichts daran, dass diese Worte eine Ohrfeige sind.

Seine Familie.

Anfang und Ende des Ruins. Jedes Ruins, den Daegu zu Gesicht bekommt. Und Kinam ist, ob er will oder nicht, ein Teil davon.

Eine gebrochene Nase. Eine gebrochene Hand. Ein getöteter Freund. Was ändert das schon?

»Schmerzmittel«, reißt sie ihn aus den Schatten und kopfschüttelnd folgt er ihrem Blick, der von Küchenschränken ins Wohnzimmer wandert, auf der Suche nach Verbandszeug und Medikamenten und stattdessen ein paar dunkle Augen unter mintfarbenen Strähnen findet.

Hanbins Haare sind tropfnass, aber das Handtuch, mit dem er sich über den Hinterkopf rubbelt, ist in seiner Hand erstarrt. Könnte ja sein, dass selbst ein zusammengeschlagener Jopok-Sohn seiner geliebten Soyeon ein Haar krümmt. Könnte ja sein, dass er Yohans Werk zu Ende bringen muss.

»Hi, ich-« Kinam wendet den Blick ab, als Soyeons Stimme zuckersüß wird. »Weißt du, wo die Schmerztabletten sind?«

Ein Kloß setzt sich in Kinams Hals fest und der Geschmack von Blut breitet sich bitter in seiner Kehle aus. »Mach dir keine Umstände, Soyeon-ah. Ich sollte eh nicht bleiben.«

»Nein.«

Die Vehemenz ihrer Worte lässt Kinam die Augenbrauen zusammenziehen.

»Nein, ich meine-« Ihre Geste wird fahrig und sie klingt so panisch, wie sie aussieht. Aber für ihre Angst ist Hanbin zuständig, *nicht Kinam*. »Das hier, das ist Sehuns Wohnung, aber auch Goyas Wohnung und das ist auch ein Ort für uns, verstehst du – ein Ort für Menschen wie uns und-« Sie rafft sich das Pony aus der Stirn, ehe sie sich hektisch an ihm vorbei schiebt. »Wo willst du denn überhaupt hin?«

Hanbin schnaubt. »Spielt das 'ne Rolle?«

Einen Schrank nach dem anderen reißt sie auf, jedes Mal enttäuscht, nichts zu finden, das Kinam zum Bleiben zwingt. Dabei müsste sie sich keine Mühe geben. Hanbin mag's sagen, weil er ein Drecksarschloch ist, aber recht hat er trotzdem.

Gibt keinen Ort mehr für ihn.

Gibt in dieser Stadt keinen wie ihn.

Nicht mehr.

Kinam ist allein. Hat sie gehen lassen, alle, die gehen mussten. Hat gegen die gekämpft, die ihn nicht haben wollten. Haben ihn trotzdem bekommen. In Seoul hat er ihnen die Fresse poliert. In Daegu Erinnerungen in ihre Haut geritzt. Aber am Ende sitzt sein Vater über ihm und sagt, *wenn ich dich töten muss, damit du aufhörst, zu sein, dann töte ich dich.*

Er ist es so leid, zu kämpfen.

Zu streiten.

Ist den Trotz leid, den es braucht, um in dieser Welt am Leben zu bleiben. Träge drückt er sich aus dem Stuhl hoch. »Sag Sehun, danke für alles.«

Sein Blick findet Hanbins und Hanbin hält ihn nicht auf. Hanbin würde ihm höchstens die Tür aufhalten und winken, bis er sicher um die Straßenecke verschwunden ist. Aber Kinam kann's ihm nicht mal verdenken.

Wär er an seiner Stelle ...

Das Knarren der Tür lässt ihn den Kopf herumreißen und der Schwindel kreischt sofort wieder auf, aber mit den Schlüsseln, die in die Ecke gepfeffert werden, schiebt sich Sehun in sein Blickfeld.

Fuck.

»Fuck, Mann«, keucht Sehun und packt Kinam, gerade als seine Knie unter ihm nachgeben. »*Fuck*, du bist okay.«

Kinam zuckt unter dem Gewicht seiner Muskeln, keine Rücksicht auf das Wrack, das Sehun da an sein Herz presst. Tränen wallen in ihm auf und Kinam krallt seine Finger in Sehuns Rücken, hält sich an ihm fest und lässt sich von Sehun halten.

»Er wird wieder okay.« Sehun vergräbt das Gesicht in Kinams Haar und Kinam verschluckt sich an seinem Schluchzen. *Fuck. Gott.*

Er kann kaum durch den Schleim atmen, durch die Tränen, die in jeder Wunde brennen. *Danke, danke, dankedankedanke.*

»Sie hatten Angst um die Sehkraft eines Auges, weil diese Scheißwichser ihm den Augensockel zertrümmert haben, aber der Arzt sagt, dass sie das in einer OP hinkriegen.«

Kinam drückt sich von ihm weg.

»Hey, guck nicht so. Er wird wieder okay. Chan wird-«

»Wir müssen ihn hier wegbekommen.« Die Worte stocken in Kinams Kehle, aber Sehuns Augen werden trüb. »Er muss aus der Stadt, Hyung. Die Gang- Yohan-«

»Ich weiß.«

Sehun schiebt sich mit einem Nicken an ihm vorbei und Kinam ist zu wacklig auf den Füßen, um ihn aufzuhalten. Er stützt sich an der Wand ab. Sehun lässt den Blick über die beiden Teenies gleiten, als hätten sie dafür Zeit.

»Er muss hier raus.«

»Ihr beide müsst das.« Sehun schiebt sich an die Küchenzeile und kramt eine Zigarette aus dem Etui, das dort liegt, bevor er auch Kinam eine aufdrängt.

Schweigen zieht ein, unterbrochen von dem Klicken des Feuerzeugs. Ist nicht sein Scheißernst. Kinam schmeißt die Kippe auf die Küchenzeile und zieht Sehuns Blick auf sich, als sie kurz vor dem Spülbecken liegen bleibt.

Kinam versperrt sich ihm. »Du hättest mich anrufen sollen, dann hättest du dir den Weg sparen können. Wir haben keine Zeit-«

Sehun bläst in einem Seufzen den Rauch aus. »Scheiße, Kinam, setz für einen Moment mal dein Hirn ein und *denk nach*.«

»Da muss ich nicht drüber nachdenken, Hyung.«

»Und was ist dein Plan, hm? Er geht und du bleibst zurück?«

»Wenn es nicht anders geht, ja.« Kinam ist vielleicht nicht gemacht für die Welt, in die er geboren wurde. Aber er versteht sie. Jemand wird bezahlen müssen.

»Als würde man dich je in Ruhe lassen. Als würde man je deine Sexualität akzeptieren, als würde man je den Rap in dir akzeptieren.«

»Ich verlang das nicht von ihnen.«

»Solltest du aber.«

Kinam schnaubt. »Kannst du vergessen. Wenn sie sich an mir abarbeiten, machen sie sich vielleicht nicht die Mühe, Chan zu suchen.«

»Kannst *du* vergessen.«

Hanbin lacht auf. »Ganz schön bitter für so ein Best-Case-Scenario.«

»Willkommen in meiner Familie, Punk.« Kinams Blick sprüht Funken, als er sich wieder an Sehun wendet. »Keine Ahnung, wer euch ins Hirn geschissen hat: was aus der Rapcrew machen wollen, Goya aus der Gang holen, ... aber in meiner Welt ist es das Beste, was ich kriegen kann, und das heißt, dass-«

»Nein.«

»*Hyung.*«

»Ist mir scheiß egal, was du hier zu bewerkstelligen versuchst: Nein. Das Versprechen, das ich dir gegeben hab? Das hab ich auch Chan gegeben.«

»Ich lieg aber nicht im Krankenhaus.«

»Ich lass das nicht zu. Diese Gang frisst alles in dieser beschissenen Stadt, aber nicht euch, kapierst du das?!« Sehuns nächster Zug ist gierig, als er sich gegen die Anrichte lehnt. »*Nicht dich.*«

»Hyung.« Kinam tritt auf ihn zu, und ... fuck. Er war weg, anderthalb Jahre, Sehun hat einen neuen Nachwuchsrapper, das hier sollte nicht so- »Selbst wenn Chan und ich es durch irgendein Wunder beide hier raus schaffen. Sie würden wissen, wer uns geholfen hat – und dann ist deine Crew immer noch hier. Dann bist du immer noch hier.«

Sehun sieht ihn nicht an, aber Kinam kann sich davon nicht aufhalten lassen. »Schau dich um, Hyung. Du hast dir was aufgebaut. Du brauchst mich nicht. Du hast Hanbin, du hast Gyeom. Chan kann dir auch aus Seoul noch Beats produzieren. Solang er noch am Leben ist. Die Gang wird jemanden wollen, der die Konsequenzen trägt, wenn wir ihn hier rausholen, und du bist zu wichtig. Das, was du hier tust, für Kids wie Soyeon, wie Hanbin, ...«

Sein rechter Fuß knickt weg und Kinam presst die Lippen zusammen, um nicht zu schreien. Die Rückenlehne des Küchenstuhls gibt unter seinen Fingern nach. »Du hast selbst gesagt, du willst, dass das mehr kann. Wirf das nicht weg, um hier den Helden zu markieren.«

»Den Helden markieren?! Wow, du kapierst es echt nicht.«

»Lass mich einfach gehen und-«

»Und dann was, Kinam? Was konnte die ganze Scheiße dann?!«, braust Sehun auf und Kinam zuckt unter seinem Blick zusammen. Die Härte in seinen Augen ist neu.

Sehun stößt Rauch durch seine Nase aus und als er den nächsten Zug tief in seine Lungen zieht, schnürt sich Kinam die Kehle zu. Es ist bescheuert, *es ist bescheuert*, Angst zu haben – *wovor soll er Angst haben* – aber seine Hände werden klamm, wo sie sich um die Stuhllehne klammern. Auf seine Stirn treten Schweißperlen.

»Ein Leben für ein Leben, Hyung«, flüstert er.

»Halt deine *Scheißfresse*!« Sehun schlägt auf die Anrichte.

»Sehun-Oppa!«

»Was?!«, brüllt Sehun und Soyeon zuckt einen instinktiven Schritt zurück. Er starrt ihr entgegen und Hanbins Kiefer zuckt, die Ergebenheit zu seinem Hyung im Konflikt mit seinem Beschützerinstinkt.

»E-Er braucht was gegen die Schmerzen. Verbände«, argumentiert sie und als ihr Blick sich an Kinam kettet, kehrt für einen Moment Stille ein, »... schau ihn dir an.«

Kinam beißt die Zähne zusammen. Keine Chance, Soyeons Forderung auszuhebeln, wenn er sich nicht mal auf den Beinen halten kann.

Sehun ascht in die Spüle ab. »... richtig.«

Kinam regt sich nicht. Ein paar Herzschläge lang verhaken sich ihre Blicke ineinander und nicht der geringste Zweifel findet unter der Augenbraue Platz, die Sehun hebt.

»Verfrachte deinen Arsch auf die Couch.«

Kinam zögert.

Aber diesem Deppen ist voll und ganz zuzutrauen, dass er sich das beschissene Hirn aus dem Schädel pusten lässt, um Kinam zu rächen, selbst wenn er sehenden Auges in seinen Tod gerannt ist.

»Jetzt, Kinam.«

Jeder Schritt schickt heißen Schmerz durch seinen Körper und sein Rücken pocht, als er in die Polster sinkt. Hier sieht's anders aus, als er es in Erinnerung hat. Die Sitzmatten aus der alten Wohnung sind gegen Sofas eingetauscht. Sehun muss oft Übernachtungsgäste haben. Solche, die sich ihren Spot hier nicht verdienen konnten.

Solche wie Kinam.

An einer Wand kleben Polaroids und es sind nicht Sehuns. Aber bunt sind sie. Auf der Hälfte grinst Gyeom in die Kamera. Sana streckt ihren Mittelfinger in jedes dritte Bild. Auf ein paar sitzt Goya im Hintergrund. Hanbins Haare müssen schwarz gewesen sein, bevor er sie gefärbt hat. Und länger. Nur nicht lang genug, um das blaue Auge zu verbergen.

Er muss schon eine ganze Weile dabei sein, wenn er an Sehuns Dreckswand hängt.

Ein Räuspern hinter ihm lässt ihn den Blick wieder heben. Erbärmlich, wie Hanbin sich da mit verschränkten Armen vor der Couch positioniert. Muss scheiße sein, als einziger in dieser Wohnung der Auffassung zu sein, dass Trash vor die Tür gehört.

Kinam lässt den Kopf in den Nacken fallen. »Siehst du das auch so wie Sehun-Hyung? Oder bin ich in deinen Augen ein Opfer, das sich vertreten lässt?«

»Ich werd nicht so tun, als hätt ich irgendwas für dich übrig, D-Boy.« Hanbins Stimme ist ruhiger, als sein Rap es vermuten lässt. »Ginge es nach mir, stünde die Tür da vorne weit offen und ich würd's ehrlich begrüßen, würdest du in die Messer der Gang laufen, weil's dann einen weniger von ihnen gäbe, aber-«

»Aber dann wäre Soyeon wütend auf dich. Und Sehun würde dich vielleicht nicht mehr so fördern, also spielst du brav meinen Wachhund?«

Hanbin nickt. »Simple Kosten-Nutzen-Analyse.«

»Was für ein Glückspilz ich doch bin.«

»Wenn du das sagst.«

Die weichen Polster der Couch locken mit Schlaf, also lehnt Kinam sich vor und stützt sich auf seinen Oberschenkeln ab. Hanbin muss kleiner sein als er. Vermutlich nicht merklich größer als Soyeon. Nicht mal sein sperriger Kiefer kann seine Jugendlichkeit verbergen. »Scheiße, wie alt bist du eigentlich? Fünfzehn, sechzehn, höchstens?«

»Ist das wichtig?«

»Vermutlich eher nicht.« Kopfschüttelnd starrt er auf seine Finger herab. »Hanbin-ssi, kann ich dir eine Frage stellen?«

»Kann ich dich aufhalten?«

»Wärst du gegangen?«

Als Hanbin blinzelt, verrutscht seine unberührbare Maske um ein paar Millimeter. »Ob ich nach Seoul gegangen wär?«

»Ja. Sagen wir, man hätte dich auf dem Schulhof angequatscht und dir einen Platz in einem Idolgroup Line-Up versprochen, aber Soyeon wär nicht mitgekommen – wärst du gegangen?«

»Ja.« Hanbin räuspert sich und sein Zögern ist keine Scham. Höchstens Angst vor der eigenen Entschlossenheit. »Aber ich hätte sie mitgenommen.«

»Sie will nicht gehen.«

»Interessiert mich nicht. Ihre Eltern können sie nicht beschützen. Diese Stadt gibt sich alle Mühe, sie zu brechen. Wenn es einen Weg hier raus gäbe, … sofort.«

Kinam verengt die Augen. »Das, was du gestern gerappt hast, ist das alles, was du drauf hast?«

»Was?«

»Großartig, ich sehe, ihr seid euch nicht an die Gurgel gegangen.« Sehun schiebt sich durch den Türrahmen, die Hände voll mit Salben und Verbänden und die Fresse voll mit derselben Wut, die Kinam so müde ist.

»Ich muss ihn sehen, Hyung.«
»Kinam«, warnt Sehun.
»Bitte.«
Eine ungnädige Falte bildet sich auf Sehuns Nasenwurzel, ehe er die Augen zusammenpresst und ein betontes »Okay« herausbringt, das ihm den Rest seiner Geduld abverlangt. Kinam atmet aus. Soyeon tritt zu Hanbin, flechtet ihre Hand in seine und begegnet seinem aufgewühlten Blick mit elendig naiver Zuversicht.

Er sollte das Handy zücken und Hanbin hier und jetzt den EE-Kontakt in die Hand drücken.

Stattdessen richtet er seinen Blick auf Sehun. »Wann?«
»Nicht jetzt.«
»Hyung!«
»Erst ruhst du dich aus. Schläfst 'ne Runde.« Sehun hebt die Stimme. »Und dann reden wir weiter. Goya meldet sich, wenn sie mehr weiß. Außerdem sind seine Eltern da. Du hast da jetzt nichts zu suchen.«

Fuck.

Kinam will sich nicht ausmalen, wie's Jinok gehen muss. Oder Nabi. Will nicht wissen, wie sie sich in dem Entsetzen verlieren, nichts tun zu können, um Chan vor dem zu beschützen, was ihm passiert ist.

Sehun lässt seinen Blick über die Utensilien streifen, die er aus dem Bad mitgebracht hat. Seine Augen verfinstern sich, als seine Lippen sich in ein Lächeln ziehen.

»Hast du noch was?« Über die Schulter hinweg wirft er Hanbin einen Blick zu. »Von dem Weed von gestern, mein ich?«

»Ehm-«

»Weil, wenn nicht«, Vorfreude glimmt in Sehuns Augen auf, »schlag ich den kleinen Ficker jetzt einfach K.O. Das würd's vorerst auch tun, oder Kinam?«

Gleißend ergießt sich das Licht der Flutscheinwerfer über den Parkplatz des Krankenhauses und verdammt die schützenden Schatten in Ecken und Winkel, die kaum groß genug wären, um Hanbin zu verstecken.

Mit einem letzten Zug von der Zigarette schiebt Kinam sich aus der Dunkelheit der Seitenstraße zwischen die Wagenreihen. Die Kapuze tief ins Gesicht gezogen verfällt er in ein Joggen, für das Sungjin ihn windelweich prügeln würde, wäre das hier Gangbusiness.

Aber Sungjin ist nicht hier. Als Kinam aus dem Lichtkegel tritt, wartet Goya schon auf ihn. Keine vierundzwanzig Stunden her, dass er sie zuletzt gesehen hat, aber sie sieht zehn Jahre älter aus. Mindestens.

Sie hat die Hände in Sehuns übergroße Sweatjacke gestopft. Sie haben es nach der Open Mic Night nie nach Hause geschafft, also ist das alles, was sie hat. Ihre Schminke ist verwischt und trägt ihre Schlaflosigkeit zur Schau, ohne sich um ihre Würde zu kümmern.

»Wie geht's ihm?«

»Keine Hirnschäden. Keine Ahnung, wie er das geschafft hat.« Goyas Blick zuckt über die dunklen Verfärbungen auf Kinams Gesicht, aber sie spart sich die Kommentare. »Er ist bei Bewusstsein. Hab eine Schwester abfangen können. Sie weiß, was abgeht; hat Gangshit oft erlebt. Hat jeder dadrin. Meinte, dass eine seiner Mütter die Polizei rufen will. Anzeige erstatten und all das. Hat Streit gegeben. Er ... redet nicht.«

Nabi vermutlich.

Oder Jinok.

Wär beiden zuzutrauen. Und beide hätten in jeder Welt alles Recht dazu. Nur eben nicht in dieser.

Nicht in Chans.

Hörbar atmet Kinam aus. »Dann wollen wir ihn mal zum Reden bringen. Kommst du mit rein, oder-«

»Ich komme mit.«

Sein Lächeln ist nur ein Abklatsch dessen, was er ihr schuldet, aber die Schmerzen der gebrochenen Nase wabern noch immer durch seinen Schädel. Das Weed ist gut, aber das heißt nicht viel.

Über Goyas Schulter hinweg blickt Kinam zur Feuertreppe, zu der sie ihn gelotst hat. Zutritt nur für Personal.

»Einer von ihnen ist im Krankenhaus. Hab ihn nicht auf der Station gesehen, aber du weißt ja.« Sie lässt ihren Blick zu dem dunkelgrünen Van wandern, vor dem Sehun ihn auch schon gewarnt hat. Aber Sungjin kann nicht drin sitzen.

Soll seit den Vormittagsstunden da stehen und auf Kinam warten. Auf einen guten Grund, die Jagd zu eröffnen. Und in den Vormittagsstunden ist Sungjin regelrecht in seinem eigenen Blut ersoffen, also ... »Wär auch zu einfach.«

Goyas Augen brennen sich in seine. »Wenn du drin bist, nimmst du den Mitarbeiteraufzug. Weiß nicht, wie sicher das Treppenhaus oder die Aufzüge sind. Nicht um die Uhrzeit.«

»Ist nicht das erste Mal, dass ich mich irgendwo reinschleiche, Noona.«

»Fresse, Dongsaeng, und machen, was ich sage, klar?«

Goya sprintet das metallene Gerüst hoch und trotz der Boots sind ihre Schritte leise. An dem schweren Zug des Notfallausgangs angekommen drückt sie sich auf die Zehenspitzen hoch und dreht an einer Schraube der Scharniere. Danach braucht es nur noch das Faltmesser aus ihrer Jackentasche. Das Schloss klickt verräterisch.

Ist alles, was du da draußen brauchst, hat sie gesagt, als Kinam sie nach seinem Geburtstag gefragt hat, ob das Balisong unter seinem Kopfkissen von ihr war. Ist trotzdem was anderes, sie mit ihrem zu sehen.

»Lass dein Handy an, okay? Ich ruf durch, falls ich nicht zu dir kommen kann.«

Er nickt und hat die Hand schon nach der Tür ausgestreckt, als er sie an sich zieht. Hier oben, den Blicken derjenigen entflohen, die sie beide tot sehen wollen, schlingt er die Arme um sie. Sein Brustkorb feuert den Schmerz wieder hoch, aber ihren Geruch einzuatmen ist es wert.

Er weiß nicht, was er damit sagen will.

Vielleicht *danke, dass du noch lebst.*

Vielleicht *danke, dass ich noch lebe.*

Vielleicht *du warst die Stimme in meinem Kopf, weißt du?*

Als er sich zurückzieht, hat Goya verstanden. Mit ihrem Nicken zieht er die Tür auf und gleitet in den weiß gestrichenen Flur des Krankenhauses. In den Turnschuhen sind seine Schritte auf dem Linoleum gedämpft. Der Mitarbeiteraufzug wartet den halben Gang herunter und obwohl hier jederzeit jemand aus einem Zimmer treten kann, rennt er nicht.

Auch nach anderthalb Jahren Seoul ist das Gangtraining noch da.

Der Aufzug braucht zu lang und er spürt die Vibration des Handys, als Goya den Gruppenchat wissen lässt, dass er angekommen ist. Ungeduldig hämmert er den Knopf in die Wandverkleidung. Sobald Kinam seinen Körper durch die aufgleitenden Türen zwängen kann, schlüpft er in die Stille des Aufzugs.

Das Wummern seines Herzschlags ist alles, was bleibt.

Der zweite Stock ist voller, als der vierte es war. Hier verlangen Angehörige noch Antworten von Ärzten. Oder hängen wie gestrandet auf den Stühlen, die entlang der Wände installiert sind. Kinam meidet ihre Blicke. Es ist nicht schwer, auszusehen, als würde er genauso wie sie um ein Leben bangen.

Er lässt seine Augen über die Anschläge schweifen, die Raumnummern ausschildern. Zimmer 2.514 befindet sich im dritten Gang rechts. Die Feuertüren schlagen hinter ihm zu und er ist wieder allein.

Seine Schritte hallen dumpf, lauter hier, wo außer ihnen keine Geräusche zu hören sind. Kinam wären Schatten lieber, durch die er sich schieben könnte. Wer auch immer die Überwachungsbänder checken wird, hat unverstellte Sicht darauf, wie er nach der silbern glänzenden Klinke greift – und nicht klopft, obwohl die Warnung fair wäre.

So ist der Lichteinfall aus dem Flur alles, was Kinam ankündigt, bevor die Tür weit genug aufschwingt, um auch seine Silhouette preiszugeben. Durch die gräuliche Dunkelheit starrt er in Chans aufgerissene Augen. Er muss die Gang erwartet haben.

Er sieht schlimm aus. Ganz so, als hätten sie ihm wirklich den Schädel einschlagen wollen. Die Hauttaschen, die vor Chans Augen quillen, können nicht verbergen, wie blutunterlaufen sein Gesicht ist.

Irgendwo darin verbirgt sich ein Witz, mit dem Kinam seinen rasenden Herzschlag übertönen könnte. Irgendwo in seiner Kehle wartet der blöde Kommentar, der die Panik im Keim ersticken könnte.

Seine Hand zittert, als er die Tür lautlos zurück ins Schloss schnappen lässt. »Pack deine Sachen. Der Nachtbus kommt in zwei Stunden.«

Ein raues Stöhnen bricht aus Chans Kehle. »Quatsch keine Scheiße.«

Seine Hände graben sich in die weißen Leinen des Krankenhausbettes und Kinam kann kaum hinsehen. Seine Arme versagen, als er sich hochstemmen will. Mit einem leisen Zischen sinkt Chan ungelenk zurück ins Kissen.

»Wo soll ich hin? Kann nicht mal laufen.«

Was Kinam auf der Zunge brennt, könnte er nur schreien. Seine Finger krampfen um Leere. Auf dem Stuhl neben Chans Bett stapeln sich Klamotten.

»Kinam.« Die gespenstige Schwäche von Chans Stimme lässt Kinam sich vom Bett abwenden.

»Okay. Dann besorg ich uns einen Rollstuhl.«

Die Blumen am Fenster sind zweifellos aus Jinoks Beeten und Kinam gäbe alles, um die Nase darin zu vergaben, aber sie stehen hier, weil Jinok Chan trösten wollte. Nicht um dem Jungen, der ihm das angetan hat, einen Anker zu geben.

»... ich geh nirgendwohin.«

»Chan.«

»Ist nicht deine Entscheidung, Mann.«

Mit dem T-Shirt in den Händen erstarrt Kinam. Chan lächelt. Oder tut etwas, das man als Lächeln interpretieren könnte. Wenn man von den Schwellungen in seinem Gesicht absehen würde.

»Guck mich nicht so an.« Kinam holt die Sporttasche unterm Stuhl hervor. »Kannst du vergessen, dass du hier bleibst.«

»... hab's Sungjin versprochen.« Chan keucht und beinahe hätte Kinam die Tasche fallen gelassen. »Wort gegeben. Und ich brech's nicht, Kinam. *Fuck* ...«

Die Kiefer so fest aufeinandergepresst, dass seine Zähne knacken und scharfer Schmerz durch seine Nase zuckt, konzentriert Kinam sich darauf, die T-Shirts und Hosen in die Tasche zu stapeln.

»Brech's nie wieder.«

Im Griff um die Riemen der Sporttasche ballen sich seine Hände zu Fäusten und erst, als er sich die Fingernägel in die Handinnenfläche rammt, hinein in die Schnitte der Scherben, die Aufschürfungen und Prellungen, sieht Kinam wieder klar.

»Wer quatscht jetzt Scheiße, hm?«

»Ist keine Scheiße. Ich hab einen Plan.«

Kinams Stimme bebt. »Dein fucking Ernst?!«

»... ja.«

Kinam donnert die Tasche in die Ecke und als der Stuhl von der Wucht zur Seite rückt, zerspringt die Vase am Boden. »Und was besagt dein toller Plan? Wann bringt der dich in Sicherheit? Bevor oder nachdem Yohan Jagd auf uns eröffnet, hm?!«

»Kinam, bitte.« Kinam kennt die Müdigkeit in Chans Stimme. Sieht, wie schmal er in seinem Krankenhausbett aussieht, wie tief er in die Kissen sinkt, aber das reicht nicht. Das reicht jetzt nicht – und wenn es je wieder reichen soll, dann-« »Das dauert jetzt alles'n bisschen, … aber wenn du mir einfach nur vertraust, dann-«

In drei, vier schnellen Schritten ist er an Chans Bett und greift nach seiner Hand, drückt sie zwischen seinen, weil kein Schmerz so schlimm ist wie der, zu glauben, Chan sei tot.

Er sinkt an die Bettkante und hebt Chans Hand an seine Lippen, haucht Küsse darauf. »Hör mal«, schluckt Kinam. »Ich verspreche, dass Sungjin für das bezahlt, was er dir angetan hat, aber erst müssen wir hier weg, okay?«

»… scheiße, Kinam …«

»Ich hab auch einen Plan, okay?« Kinam zieht die Nase hoch, schnieft einen Moment, aber treibt seine Lippen in ein Lächeln. »Die CEO Lady will mich, obwohl sie von der Gang weiß. Wenn ich ihr einfach erzähle, dass sie mich nur kriegt, wenn sie dich auch nehmen, dann-«

Es sticht, als Chan den Kopf dreht, bis Kinam ihm nicht mehr in die Augen sehen kann. Aber er kann jetzt nicht heulen.

»Du hast gesagt, es ist nicht abwegig, dass jemand von mir inspiriert ist. Das alles ist nur passiert, weil ich mich für den Rap entschieden hab, also lass es mich wiedergutmachen, okay, ich mach es wieder gut, versprochen-«

»Hör auf, zu versprechen, was du nicht versprechen kannst.« Chan krächzt, aber die alte Stärke kommt zurück. Kinam verschluckt sich an seinen Rechtfertigungen.

»Hörst du dich reden? Ich – ich hab keine Alternativen, okay?« Chans Atem stockt, als er sich in den Kissen aufstemmt und die Tropfnadel verrutscht. In dicken Tropfen rinnt das Blut seinen Arm hinab. »Auf mich wartet in Seoul nichts. Keine Chance. Kein Angebot, kein-«

»Das ist eine Lüge und das weißt du auch. Okay, Seoul fragt noch nicht nach dir, aber das liegt nur daran, dass dein Name noch nicht-«

»Nichtmal du.«

»*Bullshit.*«

Chans Lider schlagen zu. »Nimm das Angebot und geh. *Geh einfach.*«

»Ich warte immer auf dich.« Kinam zieht den Stoff seines Hoodies über seinen Handballen und wischt das Blut auf, das an der Kanüle vorbei aus Chans Arm läuft. »Hab ich immer, werd ich immer.«

»Dann warte in Seoul und hör auf, so zu tun, als wär die Situation für mich gefährlicher. Hast du dich mal angeguckt? Ich-«

»Worauf soll ich denn warten? Dass du wen umbringst? Du weißt doch, dass es das ist, was es braucht, oder? *Ein Leben für ein Leben* und ich weiß nicht mal, ob das bei dir reicht. Du bist kein Sparrow, Chan.« Unter seiner Haut mahlen seine Kiefer einander zu Staub.

»Sehun hat mich angerufen, als dein Herz versagt hat, und ich mach das nie wieder durch«, wispert Kinam, als er den Finger unter Chans Kinn schiebt und seinen Kopf dreht, bis nichts mehr zwischen ihnen steht außer den Lidern, die Chan geschlossen hält. Er lehnt sich vor, nur kurz, nur um seine Lippen Chans streifen zu lassen.

Kinam muss spüren, dass er noch lebt.

Chans Blick brennt in seinem, als Kinam sich wieder hochdrückt. »Ich bin okay, ich bin okay, Kinam. W-Warte einfach auf mich, warte auf mich in Seoul, und ich komm nach, okay? Das war der Plan. Das war immer der Plan. Das kann er noch sein.«

»Chan.«

»... was brauchst du von mir, hm? Soll ich's versprechen? Ich versprech's, okay? Ich versprech's. Es gibt ein Leben nach Daegu.«

Die Qual in Chans Augen bricht Kinam das Herz. »Bitte. Chan, wir müssen hier weg. Ich-«

Hinter ihnen öffnet sich die Tür in routinierter Lautlosigkeit, aber das Rattern des kleinen Beistellwagens verrät die Schwester und Kinam springt vom Bett auf. Scheiße.

Scheißescheißescheiße.

Sein Blick zuckt zu Chan, aber der gibt sich alle Mühe, unbeteiligt dreinzuschauen, und dann ist es zu spät. Über ihren Köpfen erwachen die Deckenlampen zum Leben.

Selbst die hintersten Winkel des Raumes böten keine Verstecke mehr.

»Was machst du hier?« Der schroffe Tonfall reicht, um Kinam in die Verbeugung zu treiben. Jeder hier drin kennt die Gang. »Die Besuchszeiten sind vorbei.«

Rabiat schiebt sie den Wagen durch den Raum. Die Scharniere der Rollen schaben unangenehm über das Linoleum und karren sich an Chans Bettseite wie die Kavallerie. Sie scheucht Kinam von seiner Seite, als sie um das Bett herum schreitet.

»Ich erkenne Jopok, wenn ich Jopok vor mir habe. Byun Chan steht unter der Sorgfaltspflicht dieses Krankenhauses und wenn du vorhast, ihn in diesem Zustand hier rauszuschmuggeln, dann-«

»Ich-«

»Kinam!« Goya schiebt sich in den Türrahmen, ihr Tonfall hell wie die Sonne. Sie verneigt sich vor der Krankenschwester.

In den Händen hält sie den lila Hoodie, säuberlich zusammengelegt, und Gott weiß, woher sie ihn hat. Lächelnd schiebt sie sich ans Bett und wuschelt Chan durchs Haar. »Hier ist er, muss im Wagen rausgefallen sein.«

Mit einem Lachen sieht sie zur Krankenschwester auf und schiebt sich die graugefärbten Haare hinters Ohr. Keine Spur der Straßen mehr zu sehen, auf denen sie aufgewachsen ist. Hier ist sie das besorgte Familienmitglied, das Kinam nicht spielen müsste und als das er trotzdem versagt.

»Bin ganz durch den Wind, sorry. Hab ganz vergessen, ihm eine Jacke mitzubringen. Die könnte er sicher besser anziehen als den Hoodie, was meinen Sie? Ich- Ich bin mir nicht ganz sicher. Ich gestehe, ich bin ein wenig überfordert.«

Goya reicht Kinam den Hoodie, bedeutet ihm, ihn zum Stapel der Klamotten dazuzulegen. Seine Hände zittern, als er die Tasche vom Boden aufklaubt und glattstreicht, was seine Panik unnötig zerknittert hat.

»Dürfen wir endlich gehen?«

Kinam zuckt zusammen, als Goya nach ihm greift. Er braucht zu lang, die Lügen sind irgendwo in seinem Hinterkopf verstaubt. »Ehm-«

Zärtlich streicht sie ihm mit dem Daumen über den Handrücken. »Oder will der Arzt dich über Nacht da behalten? Ich meine, du siehst aus, als könntest du die Ruhe gebrauchen.«

»Dr. Kim hat dich schon durchgecheckt?«

Kinam fährt herum. Die Skepsis der Krankenschwester zieht die eiserne Schlinge um eine Brust enger. Aber dann wendet sie sich Chan zu. »Die müssen wir am anderen Arm neusetzen, Junge, das nützt jetzt nichts.«

Sie entfernt die Kanüle und Goya zerrt an Kinams Hand.

»Dr. Choi«, korrigiert sie.

»Ah.« Die Krankenschwester sieht nicht auf, stillt einfach die Blutung mit einem Tupfer und greift dann nach dem Pflaster. »Ja, stimmt. Dr. Kim hatte die Frühschicht. Ich verwechsle das manchmal.«

Kinams Augen verengen sich.

Eine Gesprächsfalle?

Wirklich?

Sie erkennt Jopok nicht nur, könnte glatt als einer durchgehen.

»Wollte schon die Polizei rufen. Hier in Daegu weiß man nie.«

»Meinen Sie, sie kommen zurück?« Goya spielt das Entsetzen ausgezeichnet. »Wir wissen immer noch nicht, warum sie Kinam und Chan angegriffen haben.«

Die Schwester nimmt den Tropf und schiebt ihn am Bettende Chans vorbei. Bittet ihn wortlos, den Arm auszustrecken. »Kann man nie ausschließen. Schauen Sie, ich weiß nicht, was passiert ist, aber Ihr Junge-«

»Mein Bruder.«

»-Ihr Bruder sieht aus, als könnte er Schlaf gebrauchen. Und eine Beurlaubung für die Schule. Manche Sachen gehören kuriert. Und Byun Chan braucht dringend Ruhe. Er ist erst seit heute Mittag wieder bei Bewusstsein. Wenn Sie also nicht noch auf ärztliche Rückmeldung warten, muss ich Sie bitten-«

»Natürlich.« Goya überschlägt sich in ihrer Hörigkeit. Sie lässt ihre Hand wieder an Chans Stirn sinken. Er hält ihren Blick.

Im Gegensatz zu Kinams.

Ist egal.

Chan muss ihm nicht vergeben. »Ruh dich aus.« Goya lächelt sanft, wie sie ihn sicher schon tausend Mal sanft angelächelt hat. »Wir sehen uns sicher morgen, zu den geregelten Besuchszeiten, okay? Ich schaue, ob ich freikriege.«

Für ein Lächeln reicht es bei Chan nicht. Aber er nickt und Goya richtet den Blick wieder auf Kinam. Er erwidert ihren sanften Druck um seine Finger. »Lass uns nachhause gehen, hm? Ich koche noch. Alles, was du willst.«

Ein letztes Mal schweift sein Blick zu Chan zurück. Er ist bleich. Bleicher vielleicht, als er es war, als Kinam hier hereingestürmt ist. »Schlaf gut«, nuschelt er.

Chan zuckt. Aber für den Bruchteil einer Sekunde schieben sich ihre Blicke ineinander.

»Komm.« Goya zieht an seiner Hand. In seinen Augenwinkeln brennen Tränen.

In großen Schritten durchqueren sie den Flur und dieses Mal sind sie die Einzigen in der Weite der Station. Goya lehnt sich gegen das kühle Metall der Verkleidung des Aufzugs und die Müdigkeit zeichnet tiefe Falten in ihr Gesicht.

Hier lässt es sie jünger aussehen.

So jung, wie sie in Wahrheit ist.

Sind nur zwei Jahre. Sind nur zwei verdammte Jahre, die sie ihm voraushat, und doch gab's keinen Tag, an dem er sich nicht auf sie verlassen hat. Gab's keinen Tag, an dem ...

Die Türen des Aufzugs gleiten auseinander und spucken ihnen ihr Spiegelbild entgegen. Schandflecken in der gestriegelten Regelhaftigkeit des Krankenhauses und Kinams Lachen ist nass von den Tränen, die er nicht weint.

Sie sollten hier nicht stehen und als Abschaum gebrandmarkt werden. Nicht nachdem sie heute zweimal um Leben kämpfen mussten. Sie sollten in den Augen der anderen mehr sein als Dreck. Eine Krankenschwester, die ihn so sieht, sollte nach Luft schnappen und den Notdienst rufen.

Sie sollte ihn nicht der Polizei ausliefern wollen.

Fuck.
Es sollte jemand geben, der sie in den Arm nimmt. Jemanden für Goya, jemanden für Kinam. Jemanden für Chan. Aber da gibt's keinen, der über ihr Geächtetsein hinweg blickt. Ist ihnen selbst überlassen, sich zu trösten.
Ist ihnen selbst überlassen, ihre Wunden zu heilen.
Ist ihnen selbst überlassen, Rache zu nehmen. Für Gerechtigkeit zu sorgen. Ihr Leben zu retten.
Ist es denn so scheiße viel verlangt, leben zu wollen?
»Wer war's?« Goya spricht leise. »Yohan? Oder ...?«
Kinam zieht die Kapuze tiefer in seine Stirn, um die Tränen zurückzublinzeln. »Yohan. Wenn du mich meinst.«
Der Fahrstuhl öffnet sich und am Ende des Flurs bedeutet die Feuertür Freiheit. »Sungjin war mit Chan beschäftigt. Aber hey, *Teamwork*. Große Fußstapfen, in die er da tritt.«
Goya bleibt stumm, während sie die Treppe herunterhuschen. Hätte vermutlich was zu sagen, zur Größe der Fußstapfen, oder was dazu, dass Sungjin auch keine Wahl hat. Dass Kinam sie ihm genommen hat oder dass Sungjin Kinam sie ihm hat nehmen lassen. Kinam lebt noch, obwohl er die Familie beschmutzt, weil Sungjin das nicht tut.
Das nie tut.
Nicht mal dann, wenn es heißt, Goya zu verlieren.
Sie ist weg und er ist immer noch da. Sogar in der Rangordnung aufgestiegen.
Goya muss etwas dazu zu sagen haben, aber sie sagt es nicht. Spielt vielleicht auch keine Rolle mehr. Ihr Atem zittert, als sie ihn in die Nachtluft bläst. »Kommst du noch mit zu uns?«
Kinams Blick verschwimmt, als Goya ihre Hand wieder um sein Handgelenk schließt. Sie sieht an ihm vorbei, aber natür-

lich ist der Gangvan noch da. Natürlich sind die Scheißlichtkegel der Straßenlaternen immer noch ein Todesurteil.
Natürlich.
Als Flowerboy leben wollen? Als Flowerboy Angst haben wollen? Um den Jungen, den du liebst?
Nicht in Daegu. Nicht ungestraft.
Goya macht sich keine Mühe, ihr Gesicht zu verstecken. »Hanbin und Soyeon sind momentan bei uns, aber wir haben 'ne Couch. Ein leerstehendes Zimmer, wenn du's brauchst.«
»Und dann was, Noona?« Er reibt sich mit dem Handrücken über die Wange. Das Salz brennt in den Schnitten. »Wenn ich nicht wiederkomme, kommen sie mich suchen. Du kannst raten, wo sie zuerst suchen. Bei Sehun? Oder bei Chans Eltern? Kann ich nicht bringen.«
»Ich weiß, wozu Sungjin fähig ist, Kinam. Hab's oft genug gesehen. War oft genug dabei.« Sie hebt das Kinn. »Aber Yohan ist ...«
Kinam will's nicht hören.
Wenn er nicht aufpasst, spürt er noch, wie der Knüppel auf ihn niedersaust. Seine Knochen ächzen wieder, splittern wieder. Seine Nase pocht.
Er will's nicht hören.
Er dreht sein Handgelenk aus ihrem Griff und packt stattdessen ihren Ärmel, zieht sie mit sich über den leerstehenden Parkplatz, Lücke um Lücke um Lücke, weil-
»Kinam! Hey!« Auf der anderen Straßenseite schlüpfen sie in die Schatten. »Hör zu. Yohan ist'n Killer. Einer der grausamsten Scheißkerle, die ich kenne.«
»Einen besseren Plan hab ich aber nicht.«
»Ja, und wenn du die Scheiße durchziehst, siehst du das nächste Jahr nicht.«

»Chan überlebt die nächste Woche nicht, also-«
»Ja, nein, die Scheiße zieht vielleicht bei Sehun, aber das ist vorbei.«

Kinam entspannt seinen Kiefer, strafft seine Schultern und atmet tief ein. »Ich komm, sobald ich kann, okay?«

Goya schiebt die Hände zurück in die Jackentaschen. »Wenn die Sache aus dem Ruder läuft, rufst du nicht Sehun an, okay? Du rufst mich an.«

»Okay, Noona.«

»Wehe, du gehst drauf.«

»Hab's nicht vor.«

Sie glaubt ihm kein Wort. Sie glaubt auch nicht an seinen Plan, aber mit einem Kopfschütteln wirft sie sich in die Nacht. Gibt andere in dieser Stadt, die sie auch brauchen. Gibt andere in dieser Stadt, die sie braucht. Kinam kann das verstehen. Nur kann er sich das nicht leisten.

Ohne zurückzusehen, löst er die Tastensperre des Handys und wischt die Nachrichten von Sehun vom Display. Der Kontakt blinkt ihm ruhig entgegen. Allein kriegt er Chan hier nicht weg. Vor allem nicht, wenn Chan sich quer stellt. Und wenn er auf Sehuns Hilfe nicht zählen kann ...

ERA ENTERTAINMENT leuchtet als Caller ID auf und er hebt das Handy ans Ohr. Mit jedem Ringen des Anrufs stockt Kinams Herz. Es ist Wahnsinn. Es ist Wahnsinn und sie wird ihm sagen, dass er den Verstand verloren hat. Wird lachen und sich einen neuen Leader suchen für ihr Line-Up.

Selbst in der Eiseskälte werden Kinams Finger schwitzig.

Ist egal.

Die Leitung knackt. »Kang Heiran.«

Er zieht die Nase hoch. »Wie dringend wollen Sie mich haben?«

»Yoo Kinam, du bist früh dran.«
»Wie dringend will ERA ENTERTAINMENT mich haben, Ms. Kang? Ich muss das wissen. Hier ist zu viel Scheiße am Dampfen, um mich mit leeren Beteuerungen zufrieden zu geben, und Ihre Mappe klingt ja schön und gut, aber-«
»In dieser Mappe liegt ein komplett ausgearbeiteter Vertrag über die nächsten sieben Jahre, Kinam-ssi.«
Er wirft einen Blick über seine Schulter. »Wenn Sie mich in Seoul wollen, brauch ich mehr als das.«
Sie schweigt. Kein Tadel, kein Lachen, kein Zungenschnalzen, das ihm alles nimmt. Bloß Schweigen. »Was brauchst du?«
»Ich-«
So viele Nächte hat er Chan selbst vor Jinhwan geheimgehalten. Hat manchmal geglaubt, schon sein Herzschlag würde ihn verraten, umgeben von so vielen Jungs, die halbnackt in Tanzstudios rumhängen, die hart arbeiten und denselben Traum haben wie er, die wollen, wie er wollte.
Wie Kinam will.
Er kneift die Augen zusammen. Das Pochen in der Mitte seines Gesichts raubt ihm den Atem. »Ich habe einen Freund«, stößt er hervor. »Und Sie haben behauptet, zu wissen, wer ich bin. Also wissen Sie auch, dass ich nicht der Einzige bin, den Sie schützen müssen.« Er drückt das Handy fester an sein Ohr. »Das wissen Sie doch, oder? Wie viel Scheiße Sie sich aufhalsen, indem Sie auf mich bestehen?«
»Ja.«
Kinam muss das bittere Lachen unterdrücken. In welcher Dreckswelt versteht sie irgendetwas davon, im Herz einer Gang festzustecken? In welcher könnte sie etwas davon verstehen?
Fuck.

Ein Klicken durchbricht die Leitung. Könnte ein Feuerzeug sein. »... und dieser Freund. Was braucht er? Braucht er nur einen Weg aus Daegu oder braucht er ERA ENTERTAINMENT?«

Etwas schabt über den Boden, die Rollen eines Bürostuhls vielleicht, etwas schlägt zu, die Schublade eines Schreibtisches. Hörbar stößt sie Rauch aus. Kinam presst die Lippen aufeinander. Was er jetzt für eine Scheißkippe gäbe.

»Chan produziert. Und wenn er nicht für EE produziert, werdet ihr's irgendwann bereuen.«

»Ist das ein Freundschaftsdienst oder dein erster Akt als Leader, Yoo Kinam?«

Er vergräbt die freie Hand in der Tasche seiner Jogginghose. Die Kälte frisst sich durch den Stoff. »Gib mir irgendetwas, das ich ihm anbieten kann, irgendwas, das ihn nicht zum Trophy-Husband eines skandalträchtigen Idolrappers macht – und ich bin, was immer du willst, PDnim. Yoo Kinam als Leader oder als Marionette oder als Experiment. Selbst als fucking Flowerboy.«

»Du musst präziser werden.«

»Du willst mehr Präzision?«

Er schnaubt. Ihm fehlt die Cap, um sie sich vom Kopf zu reißen und sie in die nächste Pfütze zu schleudern. »Sorg dafür, dass ich ihn am Leben erhalten kann. Wie? Scheiß ich drauf, ernsthaft, was für eine abgefuckte Frage. Er liegt zusammengeschlagen in einem Krankenhaus und kann nicht mal richtig laufen, musste meinem Drecksbruder irgendwelche Versprechen geben, die er sich nicht zu brechen traut. *Scheiße.*«

Gegenüber von ihm kracht ein Rollladen in den Fensterrahmen und Kinam zieht den Kopf ein. »Wenn meine Empfehlung nicht für einen Platz in deiner Agency reicht, dann lass die Szenenkenntnisse spielen, auf die du so viel gibst, und bring ihn auf eine Musikhochschule. Mir egal. Sag mir einfach, was du brauchst, und hol uns hier raus.«

»... ich brauch dich zuvorderst in Sicherheit. Kriegst du das bis morgen hin?«

»Ich-« Er schluckt. *Sicherheit?* »Ich denke schon, ich meine- Ja.«

»Und dann brauch ich die Kontaktdaten der Erziehungsberechtigten deines Freundes, wenn er noch nicht volljährig ist. Mir egal, wie sehr die Scheiße bei dir dampft. Wenn Seoul eine Lösung sein soll, dann machen wir es richtig, für euch beide.«

Seine Knie werden weich und das Schweigen zwischen ihnen wird zum Crescendo. Ein Piepsen unterbricht es, ein Blätterrascheln und dann das schwache Hallen von Absatzschuhen auf Parkett. »Ich bin einverstanden, wenn du es bist. Ein Leader und ein Junior Producer in Training unter ERA ENTERTAINMENT, okay. Wir sind hier, um zu bleiben. Aber ich brauche alles, was ich kriegen kann, auch von dir – zuverlässige Kontaktdaten sind ein Anfang.«

»Okay.« Für einen Moment schließt er die Augen, als er sich gegen einen Gartenzaun lehnt. Es ist der letzte, bevor sich die die gepflegten Vorgärten an Straßenlöcher und Morast verlieren. »Aber es muss schnell gehen. Ich weiß nicht, wie lang der bürokratische Scheiß normaler Weise braucht, nur ...«

Flackernd werfen die Lichtkegel der Straßenlaternen Brücken in eine andere Welt.

»Gangstrukturen sind nicht mein Forté, das weiß ich«, seufzt Kang Heiran. »Aber ich kenne jemanden, der weiß, wie man Wurzeln in die Nonexistenz ätzt, wenn man sie nicht rausreißen kann.«

Kinam strafft die Schultern, seine Stimme rau. »Wir kriegen nur eine einzige Chance, das Ding zu reißen. Also ist dieser Jemand, der Typ, den du schickst, besser so gut, wie du sagst.«

»Er ist deine beste Chance, Kinam-ssi.«

»Das-«

»-und du bist meine.«

Kinams Finger zittern um das Gehäuse seines Handys.

»Bring dich in Sicherheit. Überlass den Rest uns. Wir holen dich da raus.«

Da, wo Erleichterung aufbrechen sollte, prangt bloß pochend ein Loch in Kinams Brust. Er darf sich nicht in ihr irren. Er überlebt nicht, wenn er es tut. Selbst wenn Chan eine Chance hat, Kinam hat keine, wenn er bleibt.

Aber Kang Heiran baut auf eine Zukunft, in der er lebt – und Kinam kann es sich nicht leisten, darauf zu scheißen.

»Danke, PDnim.«

innerfamiliäre Gewalt, Drogenmissbrauch, Homofeindlichkeit, Vergewaltigung

KAPITEL 8

< CHAN ♥

SAMSTAG 01:02

Wenn sie dich anrufen, sag einfach ja.

SAMSTAG 01:08

Ki...

Schon klar.
Du hast nen Plan. Blablabla.
Aber du bist hier nicht sicher.

SAMSTAG 01:09

Hast du selber gesagt.
Wärs genug, würd ich mich opfern,
hätten sie mir erzählt, was sie dir antun.
Sie wollen, dass du bezahlst.

Du lebst nur noch, damits zweimal weh tun kann.

SAMSTAG 01:10

> Sungjin ist so. Geilt sich an Lektionen auf. Daran, dir was beizubringen. Konsequenzen für Versprechen, die man bricht.

SAMSTAG 01:12

> Ich bin vorsichtig.

> Scheiß auf vorsichtig.

> Yohan killt uns. Wenn wir bleiben, sind wir tot.

SAMSTAG 01:17

> Fuck, Chan. Bitte.

> Ich kann nicht anders, ok?

> Ich kanns nicht ohne dich. Kanns nicht in Seoul. Kanns nicht in Daegu. Kanns nicht. Packs nicht.

SAMSTAG 01:24

> Musst du aber.

SAMSTAG 01:25

> Muss ich nicht. Sag verfickt nochmal Ja.

Das Rascheln der Blätter ist das Einzige, das gegen die drückende Stille der Dunkelheit hilft. Es ist Wahnsinn. Absolut bescheuert. Grenzt an *Du hast es nicht anders gewollt.*

Und trotzdem hat Kinam sich zwischen eisigen Schatten ins Haus gestohlen und selbst in der mondlosen Nacht alle Lichtschalter ignoriert. Yohan wird genug Blut für ihn übriggelassen haben. Monster seines Kalibers haben's nicht nötig, hinter sich aufzuräumen.

Nicht über Sungjins Leiche gestolpert zu sein, heißt, dass Yohans kleiner Businesstrip zu seiner Zufriedenheit lief. Aber Kinam riskiert nichts. Besser, sie sehen ihn mit zwischen den Beinen eingeklemmten Schwanz. Besser, sie glauben, er zittert vor Angst. *Erfolgreich in die Unterwürfigkeit geprügelt.* Vielleicht reicht das. Vielleicht kauft ihnen das die Zeit, die EE braucht.

Kinams Finger fahren die Buchstaben nach, sein Name immer noch surreal auf einem aufgesetzten Vertrag. Die Sätze steif, die Worte hohl und trotzdem kann Kinam die Revolution schmecken. Ein Versprechen auf die Welt, die Feuer fängt.

Unter der Bettdecke, mit den losen Papieren im Schoß, ist seine Unterschrift kaum zu lesen. Aber sie ist da. Und das ist alles, was zäh-

»Jetzt!«

Sie machen sich nicht die Mühe, ihm die Decke vom Kopf zu reißen, bevor sie seinen Schädel in die Wand dreschen. Blind explodiert der Schmerz und regnet Sterne in das wilde Schlagen seiner Arme.

Irgendwen trifft er.

Aber Kinam ist nicht schnell genug. Der Ellenbogen gegen seinen Kehlkopf lässt ihn würgen, und da sind sie – Junsu,

Dowon oder das, was in seinem rebellierenden Bewusstsein von ihnen übrigbleibt.

Schwere.

Unförmige.

Körper.

Die.

Ihn.

In Die Matratze.

Rammen.

»Na, na, Flowerboy«, raunt Junsu, als er sein Gewicht verlagert und Kinam nicht mehr an seine Leber kommt.

Seine Knöchel brennen. Sehuns Verbände flattern in irgendeinem Vorgarten. War ein Fehler, sie abzunehmen. *Fuck.* Doch der Schmerz füttert bloß die Wut, mit der er sich gegen die beiden Körper aufstemmt.

Die Zentimeter, die er ihnen abringt, erheben Sungjin am Fußende des Bettes zu einer Silhouette, schwarz auf schwarz, und noch während sein Bruder die Handschuhe aus der Beuteltasche seines Hoodies zieht, kapiert Kinam.

Er weiß, wie geschmeidig das Leder inzwischen ist.

Sungjin hat die Handschuhe immer blind auf den Rücksitz geworfen, wenn sie zurück im Auto waren. Weg damit. Dass er sie nicht mehr sehen muss. Die Hände frei, um über den Schalthebel nach Goya zu greifen.

Brauchst bald neue, hat Donghyuk neben ihm gescherzt und sie aus Kinams Schoß gepflückt. *Wollen doch nicht, dass sie die Schläge für Zärtlichkeiten halten, was?*

Kinam hat immer noch Albträume von den Bildern, die der Wichser mit dem Blut an die beschlagenen Fensterscheiben gemalt hat, während vorne der Motor zum Leben erwachte.

Fast nett von Sungjin, dem ein Ende zu setzen.

Tot träumt es sich schlecht.

»Kacke, wie peinlich, Hyung.« Kinam sinkt zurück in die Matratze, das Lachen bitter in seinem Rachen. »Ich weiß ja, dass ich der Künstler von uns beiden bin, aber so uninspiriert warst du schon lang nicht mehr. Yohan ist enttäuscht von dir, also schmeißt du den beiden Wichsern hier 'ne kleine Wir-killen-Kinam-Initiations-Party und dann, was? Sitzt du wieder zur Rechten des Allmächtigen Vaters?«

»Fresse, Kinam«, zischt Dowon und stichelt mit seinem Ellenbogen in Kinams Solarplexus.

»Was für eine Verschwendung, Hyung.« Abschätzig mustert Kinam Dowon. »Hast du vergessen? Yohan interessiert sich nicht für Sparrow Abschaum.«

»... das hier hat nichts mit Yohan zu tun.«

Kinams Mundwinkel zucken, aber für ein Lächeln reicht es nicht. »Doch ganz allein auf die Idee gekommen, den undankbaren Schwuchtelbruder auslöschen zu müssen, bevor er auf dich abfärbt, hm? Herzlichen Glückwunsch.«

Aber irgendwo in Kinams Hinterkopf wimmert unmissverständlich die Angst. Er weiß, wie ein Opfer aussieht. Seine Hand krampft, wo Junsu sich auf die geprellten Knochen stützt. Sein Bein zuckt, wo Dowons Knie in seinen Nerv drückt.

In der Theorie ist es einfach.

Stillhalten.

Den Überraschungsmoment nutzen. Aufbocken.

Eine schnelle Drehung.

Mehr bräuchte es nicht. Kinam kennt das Haus besser. Er müsste nur durch die Tür, in den Flur, und-

»Haltet ihn fest.«

Das Bett sinkt unter Sungjin ein und Kinam erwidert den Blick seines Bruders. Für einen Scheißmoment gibt es in dieser abgefuckten Welt nur sie beide.

»Lass uns ein Spiel spielen, kleiner Bruder. Kennst es noch nicht. Macht aber nichts.« Sungjin lächelt. »*Ist eines meiner Lieblingsspiele.*«

Knisternd lenkt Sungjin seine Aufmerksamkeit auf die durchsichtige Plastiktüte, die er in den behandschuhten Händen dreht. *Nein.*

Sungjin lässt ihm nichts, als er ihm die Plastiktüte über den Kopf stülpt. Kein letztes Wort. Nicht mal 'nen letzten Schrei, bevor er das Klebeband in einer geübten Bewegung um seinen Hals reißt.

Bloß Augen, die aus ihren Höhlen quillen.

»Man muss nur eine Regel kennen. *Je weniger man schreit, desto länger bleibt man bei Bewusstsein.*«

Kinams Lungen wollen bersten und mit dem ersten, gierigen Atemzug klebt sich das Plastik an seine Haut.

Fuck.

Fuckfuckfuckfuckfuckfuckfuck.

»Scheiße, Hyung, was ist, wenn er–«

Dowon.

Tränen brennen in Kinams Augen.

»Wenn er erstickt, dann nur, weil er ein panischer Schwanzlutscher ist – Stauschlauch.«

Weil Kinam ein Vollidiot ist, hält er den Atem an.

Der Druck in seinen Lungen ist jetzt schon unerträglich, aber durch sein Scheißgehirn suppt nur ein *Noch nicht.*

Das gummierte Material des Stauschlauchs beißt sich in seine Haut und schnürt Kinam das Blut ab. Das Pochen in seinen

Wunden zentriert sich, die Hitze staut sich und es ist nur ein winziger Moment.

Ein einziges Zucken.

Aber es reicht.

Der Plastikgeschmack ist ekelerregend und trotzdem muss Kinam sich durch jeden Instinkt prügeln, den Mund wieder zu schließen. Den Sauerstoff nicht zu verschwenden. Er konzentriert sich auf das Aufblähen und Abflachen seiner Nasenflügel, das Heben und Senken seines Brustkorbs, die schnellen und viel zu kurzen Atemzüge.

Er schließt die Augen. *Konzentration.*

Aber die Panik lässt ihn nicht. Ist egal, dass er x Silben in einen Atemzug packen kann. Ist egal, dass er als fucking ending fairy in die Kamera starren kann und sein polterndes Herz als schweren Atem tarnen.

Die Scheißpanik-

Der Klang des Reißverschlusses lässt ihn die Augen wieder aufreißen.

»Hab gehofft, wir kommen hier drum herum, Kleiner.«

Die Scheißpanik schärft die Konturen. Diese Nacht ist wie jede Nacht. Nur, dass die Aggression, die aus dem Wohnzimmer herüber summt, nicht mehr Yohans ist.

Wenn Yohan Daegus Drache ist, wer ist dann Sungjin?

Zu wem ist er geworden, in anderthalb Jahren?

Zu wem hat er sich gemacht?

»Hab gehofft, du kommst zu Verstand. Findest deinen Weg«, gesteht Sungjin. Ein Feuerzeug klickt. »Aber jetzt sind wir *hier.*«

Kinams Blick verengt sich auf den Löffel und am Ende dieses Tunnels gibt's kein Licht. Nur Blasen schlagendes Heroin.

Hätten sie ihn einfach entstellt.
Hätten sie ihm ein Flowerboy in die Haut gebrannt.
Geätzt.
Was auch immer.
Er hätt's genommen.
Aber das?
Dass das Feuerzeug zuschnappt, dass Sungjin Watte in die Suppe wirft? Wie pervers, das Teufelszeug gefiltert in die Spritze zu ziehen.
Fuck.
»Müssen es zu Ende bringen, Kinam. Es gut zu Ende bringen. *Deinen Platz finden.*«
Kondensierend schlägt die Hitze seines eigenen Atems auf seiner Haut ab und die Welt beginnt, an ihren Außenrändern zu verwischen. Kein Blinzeln reicht, um sie wieder scharf zu stellen. Magensäure ätzt sich seine Speiseröhre hoch, weiter hoch in seine Kehle und er schluckt sie runter, aber-
Aber als Sungjin den Stoff seines Ärmels hochreißt, würgt er sie wieder hoch. Das Pochen seiner Vene ist mit einem Mal alles, das in ihm existiert. Er kann das Beben in jedem Knochen spüren, mit jedem beschissenen Herzschlag-
»Aber erst reden wir.«
Die Nadel schießt eine Hitze in Kinams Vene, die die Realität in ihre Bestandteile aufspaltet, und Kinam rutscht in die Abgründe, die zwischen ihnen wachsen. Der Rush kommt sofort. Sein Gehirn verlernt, Befehle zu formulieren. Seine Lunge krampft. Sein Herz hämmerthämmerthämmert.
Das Ende tut weh.
Dort, wo er sich schließt, der Kreis, da blüht Schmerz und sonnt sich im Licht seines schwindenden Bewusstseins.

Im Licht? *Im Schatten?*
Aber die Schwärze, in die Kinam sinkt, hat nichts von Schatten. Weiß nichts von Licht. Kinam hat immer gewusst, wer ihn umbringen wird. Hat sich nie erlaubt, zu hoffen, er könnte eine Ausnahme sein.
Yohans Hände.
Um seinen Hals.
Um ein Messer.
Zu Fäusten geballt.
Egal.
Yohans Hände.
In jedem Leben.
Jedem Albtraum.
Jeder Panikattacke.
Aber jetzt schlägt seine Welt Wellen.
Jetzt sind Gesichter Masken.
Verzerrt. Gedoppelt. *Zersetzt.*
Aber als er der Welt entrissen wird, ist es Sungjins Fresse, die sich ihm in die Seele brennt.
Ein Husten wirft ihn zurück in die Sauerstofflosigkeit der Plastiktüte, Kondenswasser und Schweiß wie eine zweite Haut. Seine zweite Haut.
Eine für's Sterben gemacht.

Bis eben war da nichts.
Nur flüssiger Friede. Gepolsterte Euphorie. Absolute Schwärze.
Aber jetzt-
Kalt.
Schmerz. Kalter Schmerz. Überall.
Kinam ist nicht da. Noch nicht. Aber der Schmerz schon.
Er rammt sich einem Anker gleich in die brüchige Tiefe von Kinams Seele.
Nass.
... Da quillt etwas in seinen Mund, sickert durch seine Zähne und füllt ihn, stülpt ihn von innen nach außen und-
Wasser.
Wasser gerät in Kinams Mund und stockt in seiner Kehle, staut sich dort, türmt sich, bis-
Wasser in seinen Lungen.
Härte drischt gegen seinen Kopf und zerschneidet die Bewusstlosigkeit in dem Moment, als Kinams Wange gegen aufgeplatzte Fliesen schrammt. Prickelnder Druck rastet auf seiner Haut.
»Aufwachen.«
Der Atem passt nicht an seiner Zunge vorbei. Speichel schlägt in seinen Mundwinkeln Blasen.
»Hyung ist noch nicht fertig mit dir.«
Kinams Handgelenke kennen das Tau, das sich rau in seine Haut frisst. Unter dem Schmerz wartet die Erinnerung und als der Gestank sich zusammensetzt, erwacht er.
Blut.
Und Bleiche.
Mit dem ersten Blinzeln flutet Licht Kinams Denken. Mit dem zweiten sind es Deckenlampen – unverkleidete Halogenstrahler, grell und grausam.

Mehr sieht er nicht. Aber Kinam fühlt den Schweiß, der seinen Nacken hinabrinnt. Der auf seiner Stirn steht. Seine Nase hinabgleitet.

Salzige Lippen. Geschwollen. Heiß.

Krachend durchbricht sein Puls sein Trommelfell.

Parasit, kreischt sein Herz.

Aber es gibt keine Verteidigung gegen das Gift, das die Barrieren längst überwunden hat. Sein Gehirn hat den Siedepunkt erreicht.

Ein Schauer packt Kinam, ohne ihn zu schütteln. Weil Kinam nicht geschüttelt werden kann?

Kälte schmiegt sich an ihn. Von unten?

Wasser perlt von ihm ab und tropft.

Auf den Boden.

Kinam liegt auf dem Boden.

Kinam liegt-

Fuck.

Selbst durch den Schleier der Droge setzt das Bild sich zusammen. Legenden und Sagen nichts im Vergleich mit der Realität.

Gibt nur einen Ort, selbst in Daegus gangversiffter Scheißwelt, an dem man Menschen an den Boden kettet. Als seien sie nichts als Vieh.

Yohan nennt ihn den Keller.

Aber die Sparrows wissen's besser. Die, die einmal Sparrows waren und dann nicht mehr. Nicht mehr, wenn sie von der Schlachtbank zurückkehren.

Die Dinge, die du siehst.

Die Dinge, die du tust.

Ein Wimmern entweicht seiner Kehle, bevor Kinam den Kopf herumwirft. Seine Wange schrammt über den Boden.

Er ballt seine Hände um den Schmerz, als sein Körper davon driftet. Probiert, die Arme anzuwinkeln. Aber seine Muskeln singen nur, heiß und losgelöst.

Als sich Finger in sein Kinn graben, flacht das Flattern seiner Lider ab. Die Silhouette seines Bruders schiebt sich in das Flutlicht. Und Kinams Panikherz atmet auf – eine halbe Ruhe vor dem Sturm.

Es ist Sungjin.

Sungjin, nicht Yohan.

Sungjin, der ihn selbst dann nicht prügelt, wenn Yohan es verlangt.

Der ihn immer bloß schlägt.

Aber nicht-

Nie-

»Sungjin«, schnappt Kinam heiser nach Luft und seine Hände greifen ins Nichts.

Sungjin, der nicht kochen kann, aber die Bäckereien kennt, die ihnen Brot geben müssen, weil sonst Yohan kommt. Weil sonst Männer zu Besuch kommen, die niemand sehen will.

Sungjin, der Kinams Nase in seinen Schreibtisch rammt, bis sein Matheheft voller Blutflecken ist, weil er diesen Scheiß endlich in seinen Schädel kriegen muss.

»*Sungjin*, ich-«

Sungjin, der über ihm kniet.

Sungjin, der eine Plastiktüte über seinen Kopf stülpt.

Sungjin, der Heroin seine Adern hochschießt.

Sungjin.

»... was ist, kleiner Bruder?«

Eine Hand schließt sich um Kinams. *Sungjins* Hand schließt sich um Kinams.

Und dann zwingt Sungjin seine Finger auseinander und hält ihn. »Ich bin hier. Genau vor dir.«

Aber als Kinams Blick sich in ihm verankert, ist das Gesicht, in das er blickt, nicht Sungjins.

Zu alt.

Zu rund.

Zu viel Leben hinter sich, zu viel Leben ausgelöscht.

Und von allen ist das vielleicht die bitterste Wahrheit.

Schritte schlurfen zu ihnen heran und Kinam muss sich nicht drehen, die Fratze des ausgemergelten Tätowierers schiebt sich über Sungjins Schulter in sein Blickfeld.

»Kennst du noch Woosung?«

»Hey Kleiner«, trieft voller Mitleid von Woosungs Lippen, die Zähne dahinter vom Meth zerfressen, aber hier ist niemand auf seiner Seite. Erst recht nicht ein Kindheitsfreund seines Vaters.

Eisern schlingen sich Sungjins Finger um Kinams Hand und reißen an seinem Handgelenk, bis Sungjin ihm die Handfläche in die Fliesen rammt. Seine Fingernägel reißen, wo sie an den Fugen hängen bleiben.

»Woosung ist hier, um deine Erinnerung aufzufrischen. Du weißt ja, wie das läuft. Wenn's nicht anders geht, muss man Leuten Erinnerungen in die Haut ritzen. Das kann helfen.«

Ein irres Lachen durchstößt die Panik, die sich eng um seine Kehle schlingt, enger, dort wo sein Widerstand an Sungjins Ruhe zerschellt. Seinen Rücken durchdrückend bäumt er sich auf, aber weit kommt er nicht und Woosung ächzt, als er sich mit knackenden Gelenken in den Lichtkegel schiebt.

»Was darf's denn sein?« Aus der Hocke sinkt er auf die Knie.

»Fass mich nicht an.«

Unter den zahllosen Tattoos verschwimmt Woosungs Gesicht vor Kinams Augen. »Weiß nicht. Gibt's Lieblingsblumen, Kinam?«

Die Fesseln um Kinams Füße sind zu eng, um die Beine wirklich anzuziehen. Jede Bewegung schneidet so tief, dass der Schwindel die Schwärze wieder hochholt. Aber vielleicht-

Vielleicht, wenn er sich das Handgelenk bricht, vielleicht, wenn-

»*Fuck.*«

Das Knirschen seiner Knöchel lässt ihn die Finger wieder entspannen. Sungjin lehnt sich unnachgiebig mit ganzem Gewicht auf die Gelenke und Kinams Hinterkopf prallt mit feuchtem Klatschen in den Boden.

»Ich werd mich nicht von euch brandmarken lassen, ich werde mich nicht-« Schrill schraubt sich seine Stimme in die Höhe, aber die Verzweiflung verhallt ohne Echo im Keller und die Zähne fest zusammenbeißend holt Kinam allen Speichel aus seinem Rachen auf seine Zungenspitze.

»Das hier bedeutet nichts«, stößt er hervor und spuckt. Wenn Sungjin ihn hierfür killt, okay. Besser als noch erniedrigt zu werden, bevor er ihn sowieso absticht.

Irgendwo hinter ihm stockt Atem, aber Sungjin hebt bloß den Arm, um sich den weißschäumenden Speichel von der Wange zu wischen.

»Also gut.« Sungjin atmet aus, die Entscheidung gefällt. »Bin nicht so'n Schöngeist wie mein Bruder. Dowon?«

»-ja?«

»Kannst doch so gut mit Worten. Rosen. Was symbolisieren Rosen?«

Natürlich.

»Rosen sind superkomplex, ich – sind superkomplex.« Dowon stottert, stolpert über seine Worte, aber Sungjin reißt nicht mal den Blick herum. »Für Leben und Tod.«
Den Boten zur Botschaft machen.
Ein Exempel statuieren.
Kinam ist verdorben, aber den Nächsten muss man nicht verloren geben, dem Nächsten, der auf dumme Ideen kommt, kann man von Kinam erzählen.
Den nächsten, der sich traut, kann man im Keim ersticken.
»Für Zeit und Ewigkeit, sogar für Furchtbarkeit und- und Jungfräulichkeit.«
Junsu lacht, laut und spöttisch.
»Fandest du das lustig, Junsu?« Sungjin neigt den Kopf und für einen Moment steht das Karussell Kinams Gedanken still und auch Junsus Lachen verstummt. Einen Moment lang hallt etwas anderes nach.
»Ich-«
Sungjin auf Türschwellen.
»... Nein, nein. Sag schon. Jungfräulichkeit – das war ziemlich lustig, stimmt's? Immerhin ist mein Bruder 'ne kleine Schwuchtel. Lässt sich gern den Schwanz lutschen. Das ist das, was man sich so erzählt, stimmt's?«
Kinam riskiert keinen Blick in Junsus Richtung. Sungjin behält den Kopf geneigt, als er auf Kinam herabschaut und könnte er, würde Kinam sich unter diesem Blick winden.
»... bin mir nicht sicher, ob nicht vielleicht doch lieber er sich in den Arsch ficken lässt. Oder fingern. Oder ob er nicht der ist, der lutscht. Am Ende ist's nur Sex, alles irgendwie nur 'ne Position. Nicht, dass du das wüsstest, Junsu. Aber Kinam hier ... Kinam weiß, wie der Hase läuft.«

Sungjin tätschelt ihm die Wange und es ist zu hart. Beinahe schon ein Schlag. Kinam zuckt zur Seite.
»Rosen, hab ich gehört, verkörpern das irdische Leben. Ziemlich hochtrabende Scheiße, aber Kinam hier, der mag poetischen Shit.«
Er hält seinen Blick, auch als Sungjin Woosung zunickt und der anfängt, nach dem Tintenfässchen zu kramen.
»Farbe?«
»Rot.« Sungjins Lippen spalten sich in ein Lächeln. »Für Begierde und Leidenschaft und Liebe. Und vergiss die Dornen nicht, Woosung, die sind das Wichtigste, denn Kinam hier«, er schnalzt mit der Zunge, »hat einen Scheiß verstanden. Aber er wird verstehen. Dowon, wofür stehen Dornen?«
Dowon räuspert sich. »Blut und- Blut und Schmerz.«
»Und?«
»... Leiden. Das Leiden für andere.«
»Ah. Da haben wir sie. *Die Lektion*, Kinam.«
Schweiß rinnt Kinams Gesicht herab, breitet sich unter seiner Handfläche aus und Kinam kann den Blick nicht abwenden, als Woosung an seine Seite zurückkehrt.
Manchmal, wenn Yohan neue Tattoos wollte, hat Kinam Woosung zugesehen. Manchmal, wenn Sungjin sich neue Tattoos verdient hat, hat Kinam Woosung zugesehen. Die Kunst kam immer unerwartet. Schönheit inmitten von so viel Dreck immer ein bisschen fehl am Platz. Aber etwas, von dem Kinam nicht genug bekommen konnte.
Dieses Mal kann er kaum hinsehen.
»Komm schon, das hier-« Das weitere Paar Hände an seinem Arm lässt Blitze durch seinen Blick zucken. »Woosung, Mann. Was wird das, hm?«

Kinams Stimme bricht, dissonant unter all der Euphorie. »Ihr tätowiert mir eine Rose und dann, dann was, dann bin ich der Flowerboy der Gang? Lutsch ich dann nur noch eure Schwänze oder was?«

»Machst es nicht besser, kleiner Bruder.«

Spitz schießt Schmerz sein Handgelenk hinauf und raubt ihm den Atem. Zumindest, bis das Heroin das Wehweh davon küsst und die Erinnerung daran in der Luft zerreißt.

Kinam spürt es. Dickflüssig. Schmierig. Ein Fremdkörper, Runde um Runde durch sein Blut und jedes Mal über Los. Höllenfeuer in seinem Herz.

Er brennt nieder. Hier und jetzt. Bei lebendigem Leib.

Sungjin hat ihn angezündet und jetzt sieht er zu. Aber Kinam will seinen Blick nicht. Kinam will nicht mitspielen. Will ihm die Show versauen.

Wenigstens das.

»Shit, er hält nicht still. Mann, ich-«

»Mach einfach.« Sungjins Blick durchbohrt den Älteren und mehr braucht es nicht, um ihn an die Hierarchie zu erinnern, die hier unten mit der Welt dort draußen nichts gemein hat. »Mir egal, wie's am Ende aussieht. Ist kein Ort für ein Meisterwerk. Stimmt's, Kinam? Du brauchst kein Meisterwerk.«

Das Aufsurren der rotierenden Nadeln beantwortet die Frage vor ihm. Mit krummer Wirbelsäule kauert Woosung sich über die Hand. Kinams Herz schiebt sich in seinen Rachen, pulsiert in seinem Mund, in seinen Ohren, seinem Kopf.

Pocht und pocht.

Und-

»Hier geht's nicht darum, dass du ein Homo bist.« Sungjins Härte lässt ihn erstarren. »Das hier ist mehr als nur ein

Statement – das hier, das ist erst der Anfang vom Ende. Du weißt doch, wo du bist, oder? Hat's den Haze schon durchschnitten?«

Die Nadeln senken sich kreischend in seine Haut und es sollte wehtun. Aber es ist nicht mal mehr seine Hand, dieses blutige, gebrochene Stück Fleisch, es gehört nicht mal zu ihm. Hängt an seinem Körper, aber mehr auch nicht.

Mehr nicht.

»Er's high ohne Ende. Er's so drauf, fuck, Sungjin, das wird bluten.«

»Aber verbluten wird er nicht.«

Und während auf seinem Handrücken eine Rose blüht, dort, wo Sungjin Woosungs Druck adjustiert, wenn ihm seine Vorsicht missfällt, türmt sich eine andere Erinnerung.

Goya im Türrahmen.

Sungjins Tattoo, der Schmerz in seiner Fresse. *Das Blut.* Kinam, der geglaubt hat, Sungjin könnte eine Hand gebrauchen, die seine hält – und Kinam, der seinen Bruder nicht wiedererkannt hat, als er Goya weggeschickt hat, kaum, dass er sie im Türrahmen entdeckt hat.

»Identität. Nicht wer man ist, sondern was es braucht, um zu sein.« Sungjin lässt Kinams Handgelenk los, aber wo das eine Gelegenheit sein könnte, lehren die Nadeln ihn Gehorsam.

»Große Worte für deinen Hyung, aber du gibst mir zu wenig Credits, hast du immer schon. Ist dein großer Fehler.«

»Fick«, der Erinnerungs-Sungjin blendet ihn, »dich.«

Das Heroin macht was mit Sungjins Fresse.

Oder vielleicht macht Sungjin das auch selbst.

Was auch immer es ist: als er sich aufsetzt und das Tattoo mustert, das aus Kinams Hand blutet, scheint es, wehzutun.

»Du hast ihre Hände, weißt du. Zart. Nicht klein, aber zierlich. Erinnerst du dich überhaupt an sie, an deine Mutter?«

»Lass-« Kinam bekommt das Wort kaum über die Lippen, dabei muss Sungjin seine Scheißfresse halten.

Ob er sich erinnert? Verfickte Scheiße.

Daran, dass Yohan sie gehasst hat. Daran, dass sie ihn bei Yohan gelassen hat. Daran, dass er keine Mutter hat. Daran, wie er abhauen wollte, als Nabi ihn das erste Mal umarmt hat, und stattdessen heulend in Chans Garten saß.

An die Bilder unter seinem Kissen. Von einer fremden Frau. Mit seinen Augen. Daran, dass es Sungjin war, der sie dort hingelegt hat. Weil's scheiße ist, leer zu sein. Und weil ein Bruder, egal, wie sehr er's versucht, keine Mutter ersetzt.

Daran erinnert er sich.

Und jetzt auch an Plastiktüten. Und an Taue, durch Ringe im Boden gezogen. An das Sirren von Tattoopistolen.

»Du hast kein Recht.«

»Ich hab jedes Recht. *Jedes verfickte Recht.*«

Woosung zuckt zurück. Mit einem letzten Rotieren, einem letzten Surren läuft die Maschine aus und dann ist es nur noch Kinams Atem, der durch die Drogen hetzt. Hätte es besser wissen sollen, als ihnen abzuschwören. Jetzt hat er keine Toleranzen mehr. Ist Trash, ist ein Junkie und trotzdem zu fucking schwach, ein bisschen H zu handeln. *Fuck.*

»Verpisst euch.« Sungjin erhebt sich.

Aber Woosung stockt. »Fuck, Sungjin, Mann, er's noch ein Kind-«

Dumm.

Das Röcheln reicht, um zu wissen, dass Sungjin Woosung beim sehnigen Hals gepackt hat.

»Lustig, dass du das sagst, wo du doch damals geholfen hast. Kinams Mami, weißt du ihren Namen noch?«

Es bleibt still.

»... hmn, dachte ich mir. Sollst dich verpissen, hab ich gesagt. Weil Kinam und ich, wir unterhalten uns jetzt über Kyunghee. Das hat was mit dem Kreislauf des Lebens zu tun, mit Anfängen und Enden und das hier, das hier ist 'ne Familienangelegenheit. Du weißt, was es heißt, wenn ich es darüber hinaus erweitere, oder?«

»Ja. Ja, Mann. Hab gar nichts sagen wollen, ich-«

Am Ende ist das System einfach.

Halt die Fresse, wenn du nicht gefragt bist.

Sag denen, die über dir stehen, was sie hören wollen.

Aber wehe, du lügst.

Gott behüte dich, wenn du lügst.

An den Boden gefesselt, mit Blut, das aus seiner Hand rinnt, weiß Kinam nicht mehr, warum es ihm so schwergefallen ist, sich an die Regeln zu halten.

»Komm schon, lass einfach gehen, okay? Lass abhauen.«

Junsu, registriert Kinam, aber er kann sich ficken. Kann aufhören, sich ständig in seine Fresse zu schieben. Fuck. Er will ihn nicht sehen, will nichts mit ihm zu tun haben, will-

Das Krachen, mit dem die Tür in ihr Schloss zurückfliegt, rüttelt an ihm und reißt ihn durch die Wasseroberfläche, unter die er gesunken ist.

Er blinzelt in die Deckenlampen.

»Junsu hat erst Meth vorgeschlagen, weißt du. Sehr investiert, will's richtig.« Sungjin hat ein raues Lachen für Junsu übrig, jetzt, da er es nicht mehr hören kann. »Er will alles. Fünf Jahre noch und dann will er meinen Posten.«

Kinam friert.

»Aber ich wollte Heroin. Hab mich dran erinnern, wie alt du bist. So alt wie Kyunghee, als man dich in ihren Bauch gespritzt hat. Kannst du dir das vorstellen? Yohan auf ihr? Hab sie oft schreien gehört, weißt du? Aber gegangen ist sie nicht. *Am Ende will sie's so, wie ich's ihr gebe*, hat er immer gesagt, ganz stolz. Aber ich weiß es besser, Kinam. Du auch. Shit – wir beide.«

Wimmernd reißt Kinam an seinen Fesseln. Er will das nicht hören.

Muss das nicht hören.

Aber Sungjin hält ihn wach. »War'n richtig süßes Ding, deine Kyunghee. Lieb zu mir. Zärtlich, wenn Yohan nicht hingeschaut hat. 'Ne richtige Eomma, würde man jetzt sagen, aber dafür war sie zu jung. Wär morbider Scheißdreck, das zu sagen. Eher so wie Goya. Du weißt noch, wie Goya mit dir war, oder? So war Kyunghee mit mir.«

Goya.

Kinam kneift die Augen zusammen, als das Schluchzen ihm den Atem nimmt.

»Hat nicht lang gedauert, bis er sie geschwängert hat. Hab sie echt gemocht, aber die Schwangerschaft, die hat sie fertig gemacht. Wollte sogar in ein Auto rennen, um's zu beenden; hättest sehen sollen, was Yohan mit ihrem Gesicht angestellt hat. Und nur damit.«

»Nicht-«

Sungjin schließt seine Finger wie Schraubstöcke um Kinams Knöchel und sein Knie zuckt, seine Haut wund, wo sie gegen das Tau reibt. »Hat dich beschützt, Kinam. Warst sein Scheißheiligtum.«

Als wäre Platz für seine Finger, schiebt Sungjin sie unter die Taue, testet ihren Halt. Die Knoten sind unterschiedlich gut.

Unterschiedlich grausam.

»Danach hat er sie bewachen lassen.« Sungjin lockert beide. »Von mir, von anderen. Von Woosung auch. Durften auch ein paar drüber rutschen. Erzieherische Maßnahme. Grandios, was man von Yohan lernen kann, war ja eh schon schwanger. *Freiwild für alle.*«

Das Blut, das wieder in Kinams Füße strömt, prickelt unter seiner Haut. Juckt. Und Kinam will nichts mehr, als sich das Fleisch von den Knochen zu kratzen, aber seine Hände gehören nicht mehr ihm.

»Sie war durch, als du da warst. Schwere Geburt. Musstest rausgeschnitten werden. Im Krankenhaus wollte man das Jugendamt benachrichtigen, aber das hat Yohan nicht zugelassen. Wieder ein Sohn, wieder ein Junge, was für ein fucking starker Samen, nur Thronfolger, nur Erben, was ein Typ er ist – *was ein Mann.* Und sie hat es gehasst. Und dich gehasst. Yohan hat sie geprügelt, dafür, dass sie dir die Titte verwehrt hat. Aber um dich kümmern wollte er sich auch nicht. Gab nur Theater, nur Streit und am Ende des Abends, weißt du, was immer da lag?«

Sungjin kniet sich neben die Hand, die sie nicht tätowiert haben, die, die nicht in den Himmel schreit, wann immer Kinam seine Aufmerksamkeit auf sie lenkt.

»Ein Celophanpäckchen. Du weißt jetzt, wo ich hinwill, oder? Bist schlau. Warst du immer. Da war Heroin drinnen. Und nebendran, da lag immer eine Waffe. So eine. Ist sogar dieselbe. Schau.«

Sungjin zeigt auf seine Hüfte und Kinam schnappt nach Luft. Ein Handlauf. Einer-

Wo hat er-

Scheiße.

»Hyung, ich-«

Die Waffe bohrt sich in Kinams Netzhaut. Unmöglich, dass sie schon die ganze Zeit da war. Unmöglich, dass sie es nicht war. Unmöglich, dass Sungjin sie hat.

Unmöglich.

»Zu sagen, Yohan hätte ihr keine Wahl gelassen, ist 'ne Scheißlüge. Die Optionen sind 'ne andere Sache, sicher. Aber die Wahl, die hatte sie. Und am Ende war Kyunghee schwach. Hat sich die Nadel immer im Bad gesetzt und ist dann rüber zu dir, in diese Abstellkammer, wo du geschrien hast, immer geschrien, und sie hat auf dich gestarrt, manchmal geweint, aber rausgenommen ... Nah. Warst Yohans Sohn, aber nicht ihr Kind. Das hat sie einfach so entschieden. Als könnte man das. Hab sie gehasst.«

Das Seil um seine Hand lockert sich. Kinam ballt sie zur Faust, noch bevor die Blutergüsse unter der Haut ihn daran erinnern können, wo Yohans Knüppel auf ihn niedergegangen ist und er nichts zum Schutz hatte.

Aber ein Tischbein ist was anderes als 'ne Scheißknarre.

Sungjin beugt sich über ihn und es bräuchte nicht mehr als einen Schlag. Einen einzigen Schlag zu seiner Schläfe. Vielleicht einen zweiten, weil Kinam dem Heroin das Zielen nicht zutraut.

Aber er regt sich nicht.

»Ihr Bein hat gezuckt, als ich über sie drüber gestiegen bin, um dich aus dem hässlichen Korb zu ziehen, Kinam.« Sungjins Finger sind vorsichtig, als sie Kinams zweites Handgelenk anheben, dabei ist das verschwendete Liebesmüh. Sein Blut sammelt sich darunter bereits in Pfützen.

»Hab gesehen, wie sie blau wird. War fünf. Hab einmal Yohans Überdosis miterlebt, hab schon gewusst, was es bedeutet, wenn man blau anläuft. Aber mir war die Schlampe egal, die dich nicht genommen hat, mich nicht mitgenommen hat, um zu rennen. Die nichts konnte, *gar nichts*, und hab entschieden, dass sie es verdient, auf dem Boden vor meinem Bruder zu verrecken. Tut niemand meinem Bruder an, hab ich geschworen – Kyunghee nicht, mit ihrer scheißsüßen Stimme, auch Yohan nicht, sowieso immer zu drauf, um sich an deine letzte Flasche zu erinnern. Hab dich damals ins Bett geholt, Kinam. Hab dir was versprochen.«

Die Seile fallen ab und Kinams Hand huscht über seinen Brustkorb, zieht die verletzte Hand gegen seine Brust, schirmt sie vor der Welt ab – vor allem aber vor Sungjin, der jetzt keinen Grund mehr hat, ihm die Hitze seines Atems ins Gesicht zu pusten und es trotzdem tut.

»Hast mir nie gesagt, was du willst. Oder wer du bist.«

Wenn Kinam nicht aufpasst, riecht er die Plastiktüte wieder. Wenn er nicht aufpasst, erstickt er wieder an sich selbst.

»Was, Kinam? Bist du das hier? Die Scheißrose? Bist du *Kinam rettet Chan, egal, was es kostet*? Bist du *Kinam zertritt Träume, weil Yohan in seinem Scheißblut steckt*? Bist du *Kinam verschwendet Chancen, weil Kyunghee sein Hirn verwässert*? Bist du-«

Sungjin zieht die Waffe hervor und es ist, als wäre sie für ihn gemacht. Der Handlauf liegt geschmeidig in den Pranken des Monsters, das man in ihm züchtet.

»Bist du *Kinam verspielt sein Leben, weil Daegu das verlangt*? Bist du *Kinam nimmt Traditionen an, weil Sungjin ihn manipuliert*?«

Erstickt verkanten sich die Worte hinter seinen Zähnen. »Hyung.«

Das Lager klickt, als er die Waffe entsichert, und die Schwere der Kugeln breitet sich im Echo der Stille danach zwischen ihnen aus. »Wer bist du, Kinam? Ich weiß es nicht.«

In Kinams Ohren pocht sein Puls wie ein Countdown.

Sungjin hebt die Waffe, ein letzter, abschätzender Blick, dann der Fokus aufs Ziel. »Wird Zeit.«

Kinam starrt in den Lauf der Waffe.

»Musst dich entscheiden.«

Da ist kein Zögern in dem Finger, der sich um den Abzug schmiegt.

Sein Bruder hält eine Waffe und richtet sie auf ihn.

Sein Bruder hält eine Waffe *und richtet sie auf ihn.*

Die Welt ist mit einem Mal so gestochen scharf, dass Kinam auch davon fast schwindlig wird, wäre da nicht das Brüllen in seinem Inneren, das Befehle bellt. Instinkte über Logik erhebt.

Überleben. Einfach nur überleben.

Kinam holt Luft. »Wieso machst du das?« Holt sich Sekunden. »So bist du nicht.«

Kauft sich Zeit.

Er zieht die Nase hoch, stellt hinter Sungjin die Füße auf. Spürt die Schwerkraft, die nach ihm greift, als er seinen Platz einnimmt.

Sungjins Blick sagt es.

Entweder er wehrt sich – oder er stirbt.

Also – wie hat Sungjin es ausgedrückt? – kann man nicht sagen, dass er ihm keine Wahl lässt.

Seine Hände schnellen vor, doch als er die Pistole zu fassen kriegt, hat er sich schon auf die Seite geworfen. Eine Sekunde ist sein Rücken ungeschützt, aber Kinam rollt sich schon über die Ringe im Boden, die Waffe fest in seiner Hand.

Dass er es schafft, die Waffe zu halten, obwohl seine Arme schreien, ist ein Geschenk Seouls. Dass die Knarre weiß, wie sie sich ihr Ziel selbst sucht, ein Geschenk Daegus.

In Kinams Rücken ziert das Blut anderer die Wände.
Vor ihm ziert seines Sungjin.
Es sollte einfach sein.
»Du hättest uns weglaufen lassen können.«
»Weglaufen!« Sungjin starrt dem Lauf entgegen, die Augen schwarz, der Blick glühend. »*Weglaufen* ist zu einfach. *Davonrennen* ist zu einfach. Abhauen kann einen verfickten Scheißdreck, denn-«
Sungjin ist auf den Beinen und plötzlich ist er vor ihm -
»Wenn du sein willst, was du sein kannst, reicht Wollen nicht. Checkst du das?! Du musst es dir nehmen. Du alleine!«
Der Lauf presst sich in Sungjins Brust und ein ersticktes »Hyung!« drängt sich aus Kinams Kehle, aber Sungjin hört nicht darauf, hört nicht auf, drängt ihn nur immer weiter nach hinten, weiter, *weiter*, bis er ihn stößt, bis Sungjin ihn in die Kälte der Wand hinter ihm rammt.
Die Blutflecken neben Kinam sind eine Prophezeiung. Die Muster, die seine Waffe an die Wände sprühen würde, sähen ganz genauso aus.
»Du willst es? Dann nimm es dir! Zahl den verfickten Preis.«
In Kinams Kehle hüpft sein Kehlkopf. »Als wüsstest du-«
Aber Sungjins Hände gleiten um das kalte Material der Waffe, das schwer in Kinams Händen liegt, das zittert und sich senken will, aber sich nicht senken darf. Sungjin legt seine Finger bedacht um Kinams und hält sie oben.
Hektisch schüttelt Kinam den Kopf. »Was machst du-«
»Das ist es, was es kostet.«
Sungjin hält Kinams Blick, während er die Waffe direkt über seine Nasenwurzel navigiert. Dorthin, wo eine Kugel immer fatal trifft. Dorthin, wo sie immer Leben einfordert.

»Das ist es, was es braucht«, erklärt er und dick perlen Tränen in Kinams Wimpernkranz. »Um Chan zu beschützen. *Ein Leben für ein Leben.*«

»Du musst das nicht machen, du kannst einfach-«

»Nein.« Sungjin drückt seine Stirn so fest gegen den Lauf, dass Kinam das Gleichgewicht verliert, aber die Wand fängt ihn. Und plötzlich ist Sungjin ruhig, viel zu ruhig. »Schau mich verfickt noch mal an – Nein. Hörst du? *Nein.* Kann ich nicht. Willst Chan retten, seine Träume bewahren? Büßen, weil du gegangen bist und das sein Leben zerschossen hat? Das hier – deine Entscheidung bedeutet *das hier.* Wenn du für Chan die Gang wählst, braucht es immer noch *das hier*, um ihn in Sicherheit zu bringen.« Das Braun von Sungjins Augen liegt im grellen Licht der Halogenleuchter brach. Und Kinam kriegt es nicht wieder zusammengesetzt.

»Du baust so viel Scheiße, Kinam«, flüstert Sungjin. »So viel *unnötige Scheiße*, nur um diesen *Wichser* in Sicherheit zu bringen. Also *tu es.*«

»Geh einfach zur Seite, Hyung.« Ein Schluchzen reißt Kinam die Worte aus dem Mund. »Geh zur Seite oder ich-«

»Tu's!«, zischt er. »Komm schon, wo ist der Held jetzt, die fucking große Fresse – *Komm schon!* Scheiß drauf, Kinam, drück ab, wer bin ich schon, außer ein abgefuckter D-Boy. *Nimm's dir.*«

Kinam zuckt zusammen, der Schleier vor seinen Augen zu dick, um zu sehen, wie sich die Verzweiflung in Sungjins Blick schiebt. Das ist ein Hirngespinst.

Das ist sein Hirngespinst.

Er bildet sich das ein.

Er ist auf Drogen. Er bildet sich das nur ein.

Sungjin hat ihm Heroin in die Vene gepresst. Sungjin wollte ihn ersticken. Sungjin hat ihm eine Rose in die Hand gestochen.

Der Rest ist ein Hirngespinst.

»Hyung-«

»Mach schon. *Mach schon!*«

Sungjin schließt die Augen und für einen Atemzug, für einen zweiten, einen dritten verengt sich Kinams Griff um den Abzug. Seine Hände sind schwitzig. Seine Hände sind-

Die Waffe poltert in die gegenüberliegende Ecke des Raumes und Kinam ballt die Hände zu Fäusten, bevor er sie Sungjin in die Schultern rammt und ihn zu Boden stößt.

Er stolpert über ihn hinweg, stürzt durch den Raum, reißt die Tür auf, rennt blindlings, rennt, *rennt*, den gestrandeten Pegeln der Deckenbeleuchtung hinterher, als wären sie Rettungsseile; eine Treppe hinauf, die Stufen steil und zu eng, immer weiter hinauf, als wäre der Teufel hinter ihm her-

Als hätte er seine beschissene Seele verkauft.

Rennt.

Bis sie ihn aufhalten.

Drogenmissbrauch, Gewalt

KAPITEL 9

Hände.
Kinam kann sich nicht losreißen.
Dieses Mal sind sie echt.
Nicht nur eine Hausmauer, in die er stolpert, wenn sein Gleichgewicht ihn verlässt. Nicht nur eine Scheißstraßenlaterne, an der er kleben bleibt und die von der Hitze seines Blutes pulsiert.

Die Nacht lässt den klammen Schweiß auf seiner Haut gefrieren und er kann sich nicht erinnern, die Augen geschlossen zu haben, aber sie sind wieder zu, warum sind sie wieder zu?

Diffus bricht das Licht durch die Schatten, aber es tut weh, aus den Variationen des immergleichen Schwarz Konturen zu schürfen.

»Lass mich-«, krächzt er, der Rachen verätzt von der Kotze, die er immer noch schmeckt.

Er bekommt die Arme nicht hoch. Das Heroin macht toten Ballast aus ihm. Was immer dieser Körper einst konnte, nichts davon ist mehr übrig.

Yohan hätte zur Jagd rufen sollen, als Kinam noch in Seoul war. Hätte ihm da mehr Spaß gemacht. Da wusste er noch, wie man rennt. *Jetzt-*

Jetzt lässt Kinam sich vorfallen, hinein in das schwerfällige Grunzen. Wimmernd begehrt er auf, aber Hände ziehen ihn an eine Brust, Arme schließen sich in einer Umarmung um ihn.

Gleich wird jemand seine Zunge in sein Ohr schieben.

Nach sexuellen Gefälligkeiten fragen.

Oder sie sich nehmen.

Ist mehr Gang.

Sie sich zu nehmen.

Drüberzurutschen.

»Nein, nein, nein«, stockt in seinem Herz.

Seine Hände sind glitschig vom Blut. Die Nägel nichts wert, die er jedem anderen unter die Haut rammen würde.

»Fuck, Kinam. Halt still.«

Die Finger graben sich tief in sein Fleisch, als Kinam seinen Körper fallen lässt – der Boden hat wenigstens Asphalt, um sich den Schädel daran aufzuschlagen. Das ist besser als jeder Sparrow, dem er in die Arme gelaufen sein könnte.

Aber er gewinnt nur Zentimeter, bevor sich Hände unter seine Achseln schieben, an seine Schultern hochrutschen und sein lebloses Gewicht mit sich schleifen.

»Hey, Mann, du musst durchhalten, okay?«

Die Stimme, die ihn trägt, keucht.

»Mithelfen. Da vorne steht der Wagen, okay?«

Der erste Schritt zerrt nur an seinem Oberkörper, aber mit dem zweiten schleifen auch seine Fußspitzen über die Straße.

Fuck.

Er kriegt die Kontrolle über seine Füße nicht mehr zurück. Seine Hände schließen sich nicht mal mehr um den Stoff, in den er sie ballen will.

Und sein Kopf.

Dieses verräterische Scheißteil.
Füttert ihm Lügen.
Heuchelt Sicherheit.
Gyeom, sagt der blaue Haarschopf, den er zu sehen bekommt. *Gyeom*, sagt der Geruch, der ihm in die Nase steigt, als sein Kopf an dem Oberarm herabrutscht, der ihn gefangen hält. *Gyeom*, sagt der Schmerz, der die Stimme bricht. »Scheiße, Alter, was haben sie mit dir gemacht?«

Aber Gyeom würde nicht Jagd auf ihn machen. Gyeom würde ihn nicht in ein Auto schleppen, das ihn an den Rand der Stadt fährt. Auf jenen Schrottplatz.

Oder wieder zurück in den Keller.
Auf die Schlachtbank.
Zu Ende bringen, was begonnen wurde.
Das würde Gyeom ihm nicht antun.
Kinam stolpert über die Bordsteinkante und dann ist da kühles Hart an seiner Seite. Das Klicken einer Autotür.

Kinam muss seine Scheißaugen aufmachen.
»Nicht-«
Seine Stimme. Was ist mit seiner Stimme?
»Wie dicht bist du?! Fuck.«
Kinams Kopf fällt zurück und plötzlich sind da Sterne. Und dann nicht mehr, aber ein Himmel, wolkenverhangen und sternlos. Dunkelheit. Nahe Dunkelheit und ferne Dunkelheit. Aber immer Dunkelheit. Überall Dunkelheit.

Ein Schluchzen bricht aus seiner Kehle frei und ein Blick schiebt sich in seinen, lichterloh brennend, dann Pranken an seinen Wangen und sein Kopf will Gyeom sehen, wobei Kinam gehofft hätte, dass es am Ende wenigstens Chan ist.

Ist das wirklich so viel verlangt? Ihn einmal noch zu sehen?

Ein letztes Mal. Vor dem Ende?
Oder wenigstens Sehun.
Bitte.
Aber es bleibt Gyeom.
»Du bist okay, hörst du?«
Kinams Wimmern spiegelt sich auf seinem Gesicht.
»Ich bring dich zu Sehun und der bringt dich in Ordnung, okay?!«
Lüge.
»Bleib einfach wach, okay?«
Es ist schwer, den Kopf zwischen fremden Händen zu schütteln. Beinahe zu schwer. Aber Kinam will sein Bewusstsein nicht mehr.
»Alter, du verreckst mir hier nicht.«
Eine Hand sinkt an seine Brust und in seinem triefenden T-Shirt ballt sie sich zur Faust. Kinams Rücken schrammt gegen das kühle Metall der Karosserie, bis da nichts mehr in seinem Rücken ist, *bis er fällt.*
Sein Hirn suppt gegen seine Schädelwände, als der Rücksitz aus dem Nichts kommt.
»Kannst du vergessen.«
Jemand faltet seine Beine.
»Sehun killt mich.«
Und brettert die Tür zu.
Reißt eine andere auf.
Der Wagen sinkt unter weiterem Gewicht ab. »Von Chan fang ich gar nicht an.«
Chan.
»Oh Gott, Sehun.«
Sein Kopf fällt zur Seite. Der Mann, der aussieht wie Gyeom und spricht wie Gyeom und riecht wie Gyeom, kann nicht

Gyeom sein, weil Kinam der Gang nicht davonlaufen kann, weil niemand der Gang davon laufen kann, nicht mal Goya, weil es heißt, ein Leben für ein Leben, und Kinam hat keins gezaht.

Kinam hat die Waffe weggeworfen.

Kinam hat kein Leben mehr übrig.

Kinam ist zwei im minus.

Aber der Mann, der nicht Gyeom sein kann, aber Gyeom zu sein versucht, telefoniert. Und er sagt *Sehun*. Und vielleicht ist das der einzige Frieden, auf den Kinam noch hoffen kann.

»War auf'm Nachhauseweg, als ich über Kinam gestolpert bin. Ist vollgekotzt. Hat geblutet. Dachte erst, er ist vielleicht mit Sungjin aneinandergerasselt oder hat vielleicht zu viel gesoffen, aber ...«

Kinam reißt die Augen auf, als eine Hand auf seine Stirn klatscht, und kann doch nichts sehen. Nicht durch den Kübel an Eiswasser, der sich in die Flammen gießt, die er fast schon vergessen hatte, halb versunken im Nebel nahender Bewusstlosigkeit.

Jetzt fühlt Kinam alles.

Schmerz, der nicht wehtut.

Und trotzdem zersetzt.

»Sehun, Mann, er hat ein Einstichloch, das nicht gut aussieht. Er sieht nicht gut aus, er- *fuck*. Glaub nicht, dass er das hier hätte überleben sollen.«

Jetzt spürt er die Rippen, die beben.

Das Zwerchfell, das kämpft.

Überleben.

Nein, er sollte das nicht überleben.

Übelkeit explodiert in seiner Kehle. Die Magensäure brennt in seinen Mundwinkeln, als sich sein Innerstes nach außen stülpt.

»Shit, er kotzt. Warte, ich mach dich laut- Shit, Kinam, ey.«
Jemand greift nach seiner Schulter, dreht ihn auf die Seite, und Kinam fällt in die Hände, die ihn ausliefern werden.
»Blutet er?« Blechern dringt eine andere Stimme durch die Stille. »Blutet er sonst noch irgendwo?«
»Weiß nicht. Weiß auch nicht, ob sie ihn schon suchen.«
»Es ist Kinam.« Das Schnauben lässt Kinam erzittern.
Einen wie Kinam suchen sie nicht.
Einen wie Kinam jagen sie.
»Ich meld mich, wenn ich weiß, ob er ein Krankenhaus braucht.« Der Motor springt an. Die Höhle des Löwen gähnt in die Nacht.
»Kein Krankenhaus.«
Kinam erstarrt. Was macht Goya hier?
»Das ist doch nicht dein Scheißernst. Die haben ihn vollgepumpt.«
Sie lacht.
»Fuck, findest du das lustig? Wenn uns sein Herz kollabiert-«
»Du bringst ihn her. Verstanden?«
»Mann, scheiße, Goya, ich mein – Sie haben ihn tätowiert, da ist diese rote Rose auf seiner Hand und sie ist scheiße hässlich und viel zu tief und-«
»Kein Krankenhaus! Es sei denn, du willst ihn auf dem Silbertablett servieren.«
Das Schweigen nimmt ihm den Atem. Als er ihn zurückbekommt, schmeckt die Luft nach Niederlage.
»Geht ihm nicht gut, Mann, nicht gut.«
»Bring ihn einfach her, okay?«
Stöhnend wirft Kinam den Kopf zur Seite.
Nein. *Bitte.* Nein, nein, nein. *Bitte.*

Vor ihm wird hart Atem ausgestoßen. »Sollen wir wenigstens bei Chans Leuten durchrufen? Er ist im Krankenhaus und … fuck, nicht, dass sie auch da auftauchen. Zwei Fliegen mit einer Klappe, du weißt schon.«

»Ich mach schon. Hab's ihm versprochen.«

Ein perverses Lachen stiehlt sich an den Resten der Magensäure vorbei. Kinams Drecksherz, das das Hoffen nicht sein lassen kann. *Schau*, will er ihm entgegenbrüllen. *Schau, es kann nicht Sehun sein.* Diese Stimme, die will, dass er glaubt. Dass er sich in Sicherheit wägt. Sie kann nicht Sehun sein. Denn Sehun hat es ihm nicht versprochen.

Kinam wollte bloß Chan in Sicherheit. Kinam will ja gar nicht mehr. Kinam nimmt diesen Rücksitz. Kinam nimmt den Schrottplatz, wenn er nichts anderes haben kann.

Aber Chan.

Chan sollte sicher sein.

Durch den Tränenschleier und das Autofenster fliegt sein Blick irr in den Himmel. Es ist so verfickt trostlos ohne ihn. Nicht mal Seoul war so.

Nicht mal Seoul mit seinen anderthalb Jahren ohne Chan.

Fuck.

Wenn er sterben muss. Wenn er hier sterben muss.

Kann er ihn bitte noch einmal sehen?

Nur noch einmal.

Bitte.

»Scheiße, er ist schon wieder weg. Fuck. Habt ihr noch genug da? Du weißt schon, von dem … fuck, du weißt schon, Naloxon? Habt ihr's da? Braucht ihr was? Kann nochmal los, wenn wir ankommen, musst mir nur sagen, was ihr braucht. Krieg's schon irgendwie ran.«

Kinam rutscht ab, bevor die Antwort kommt. Rutscht über die Kante. Rutscht, bis er fällt. Hinein in den Höllenschlund. Hinein in die Dunkelheit. In das stumme Schreien seiner Seele. *Fuck. Er durfte sich nichtmal verabschieden.*

Chan?

Dachte immer, du wärst der Einzige.
Aber fuck, ...
du warst nicht mal der Erste.

Bist durch meinen Schmerz gewatet,
hast es dir darin bequem gemacht.

Stundenlang, erinnerst du dich noch?
Stundenlang haben wir auf dieser Scheißschaukel gehockt.
Auf einem Scheißspielplatz,
vor deinem Scheißhaus.

Ich dachte, du warst der Einzige.
Aber er hat mich gehen lassen.

Hat eine scheiß Knarre gezogen.
Hat mich erstickt, gedruggt, tätowiert.
Und dann hat er mich gehen lassen.

Du hast mich mitgenommen.
Dein Atem hat in der klirrenden Kälte Wolken geschlagen,
deine Nase war rot gefroren, deine Lippen haben gebebt.
Und du hast mich trotzdem mitgenommen.

Aber er-
Er hat diese scheiß Knarre gezogen
und sie auf seine eigene Brust gesetzt.

Er hat mich gehen lassen.

»-Goya, *was zur Hölle!*«
»Er *muss* aufwachen!«
Glas scheppert und dann ist da – Wasser.
Wasser.

Erst in Kinams Mund, dann in seinen Lungen – und diese Halogenleuchten brennen zu grell, der Gestank nach Bleiche beißt, kreisende Gesichter lachen gellend und *Kinam,* Kinam erstickt – *nein.*

Hektisch, *gierig* saugt er Sauerstoff in seine Lungen. Da ist künstlicher Geschmack in seinem Mund, Plastik, irgendwo das Schrillen von Junsus Lachen – *nein.*

Druck schließt sich um seine Hand, *die Hand, jene Hand* und Kinam erinnert sich nicht, aber er weiß es, hört sie darüber reden, *irgendjemanden darüber reden.* Denn seine Hand, die bedeutet jetzt etwas anderes, jetzt bedeutet sie mehr, bedeutet-

»Hey. *Hey.*«

Kinam schluckt hilflos. Wasser rinnt ihm in die Augen und als er sie öffnet, läuft es ihm die Nase hinab, verendet salzig auf seinen Lippen.

»Du bist in Sicherheit. Du bist bei uns.«

Harte Augen zwingen seinen Blick hoch. Harte Augen unter grauem Haar und der Nebel hängt noch zu dicht zwischen seinen Gedanken. Die Assoziationen sind da.

Aber er kommt nicht an sie ran.

»Bei Sehun und mir. *Goya.* Erinnerst du dich? Sungjins Goya?«

Kinam schnappt nach Luft, aber er kommt nicht weg, seine Hände, noch immer schweißnass, rutschen an den Polstern ab.

Sungjin.

SungjinSungjinSungjin.

Der Name dreht sich in ihm im Kreis, hat keinen Anfang und kein Ende, nur einen Tinnitus, der immer laut wird, laut genug, um seine Schädelwände zu sprengen.
Laut genug, um zum Schluchzen heranzuwachsen.
Dabei wollte Kinam das gar nicht. Wollte überhaupt nichts.
Will nicht spüren, wie die Hitze wieder durch seine Venen rast. Kann das nicht.
Die enge Stiege aus dem Keller raus.
Hinter ihm dieser Raum, den man nur von außen verriegeln kann-
Der Raum, in dem nichts wartet außer dem Tod-
»S-Sungjin.«
»Sungjin«, wiederholt Goya und er folgt den Bewegungen ihrer Lippen, verfolgt, wie sie sich um den Namen legen, der Name, der immer anders klingt, wenn sie ihn spricht. Sie kommt näher, sie kniet neben ihm, kniet neben dem Bett – *er liegt auf einem Bett* – und hält seine Hand, hält noch immer seine Hand. Der Druck juckt, wo sie- wo sie ihn tätowiert haben.
Sie haben ihn tätowiert.
Sie haben ihn-
»Hat er das getan? Sungjin?« Goya neigt den Kopf und es ist, als schlüpfe sie durch einen Riss in seiner Seele, drängt sich tiefer und tiefer, dorthin, wo das Dunkel suppt. Dorthin, wo es schmerzt – egal, ob es das Heroin will oder nicht.
»Hat er dir das H gedrückt?«
Er nickt, irgendwie, lässt den Kopf vorfallen und zerrt ihn wieder zurück, weil sie's verlangt. Weil sie ihm sonst Wasser ins Gesicht schleudert, wie Sungjin es getan hat.
Weil er hierfür wach sein muss.
»... Hör mir zu.«

Fetzen der Erinnerung schieben sich vor Goya, als sie von ihm ablässt.
Sparrow-Fratzen.
Unverputzte Wände.
Ringe im Boden.
Tätowierte Gesichtszüge vom Alter gezeichnet.
Und-
»Schau mich an. *Schau mich an.*« Ihre Finger fahren über seine Stirn, streichen verschwitzte Strähnen aus seinem Gesicht. Sanft massiert sie seine Schläfen und er tut's, er tut's, Kinam sieht sie an, weil die Kreise, die sie auf seine Haut wispert, vom Pochen ablenken.

»Antworte einfach mit Ja und Nein, okay? Es ist wichtig. Ich *muss* das verstehen.« Worte blubbern in seinem Inneren auf. *Protest.* Er bekommt sie nicht über die Lippen. »... du kennst mich, vertrau mir«, beschwört sie und er glaubt ihr. »Ich werd's verstehen. Alles. Waren Sparrows bei ihm?«

»-Goya, warum zur Hölle-«

»Ich hab gesagt, halt dich raus, okay?!«

Sie sieht weg und plötzlich ist es zurück. Das Pochen. Das vielleicht ein Herzschlag ist. Vielleicht seiner. Oder es sind Nägel im Sarg.
Nagel.
Nagel.
Nagel.

»Er kann kaum geradeaus denken!«

»Ich *muss* wissen, was passiert ist, und ich muss wissen, *wie* es passiert ist.«

»Aber warum?! Warum, Goya, was soll der Scheiß bringen? Wir wissen, dass er heute Nacht durch Scheiße gewatet ist, dass er abhauen konnte und dass er sterben sollte, scheiß auf Abläufe und-«

Die aufgehende Sonne bricht durchs Fenster einen Heiligenschein hinter ihren Kopf, aber ihre Augen sind zurück und sie lügt ihm keine Unschuld vor.

Sie gehört zur Hölle. Entflohen oder nicht. Hier ist sie, was die Hölle aus ihr gemacht hat. »Haben sie dich in den Keller gebracht?«

Teil der Hölle. *Und nicht.*

Wegweiser. Wegbegleiter. *Wegbereiter.*

»Kinam!«

In diesem Licht sieht sie ihr ähnlich, der Frau, die er nur in den ausgebleichten Farben alter Fotografien kennt.

Kyunghee.

Er will sie nicht sehen. »Bitte-«

Seine Lider schlagen zu und sein Kopf fällt zur Seite, nur, dass sie ihn nicht lässt, die Finger an seinen Schläfen plötzlich ein Druck, der ihm Dellen in den Schädel drückt. »Wart ihr im Keller?!«

Heiser drängt die Antwort aus seiner Kehle. »Ja. Wir- Nicht allein.«

Goyas Fingernägel schlagen sich tief in seine Haut. Er windet sich unter ihr, aber ihre Stimme ist so rau wie seine, als der Druck verschwindet. »Ich kenn den Keller auch. Hat Ringe im Boden, nicht wahr?«

Halogenleuchter.

Taue.

Kinam kann sich nicht bewegen.

Ringe im Boden.

Woosung kauert daneben.

Ringe im Boden.
Aber sie halten ihn nicht.
Jemand anders hält ihn.
»Ich – hab mich an 'ne Wand stellen müssen. Aber du lagst, stimmt's?«
»Nicht-«
- nur.
Danach stand er. An eine Wand gedrängt von Sungjin, der-
Der eine Waffe-
Der seine Waffe-
»Wollte er's beenden? Musste- Konntest du fliehen? Sucht-«
Ein frustriertes Gurgeln reißt seine Augen auf und dann ist Goya nicht mehr an seiner Seite.
Sehun.
Sehun hält sie und Goya stemmt sich gegen seinen Griff, aber sie entkommt ihm nicht – niemand entkommt Sehun, wenn er's nicht will. Er lässt allen so viel durchgehen, aber es gibt Grenzen, mit Sehun gibt es Grenzen und dann lässt er nicht los, dann-
»Lass ihn schlafen, okay?! Baby, er muss schlafen. Die Antworten? Das muss jetzt noch-«
Das Klatschen hallt durch den Raum wie ein Peitschenschlag. Die Ohrfeige schleudert Sehuns Kopf zur Seite. Kinam kann sie auf seiner Wange prickeln spüren.
»*Baby?!* Fick dich, Sehun. *Fick dich.* So heiße ich nicht. Goya? Nicht mein Name. Mein *Street-Tag.*«
Ein Beben geht durch Kinams Körper, das ihn brandmarkt, wie die Rose auf seinem Handrücken.
»Nimmst ihn in den Mund, als wüsstest du, was es bedeutet, was *er* bedeutet hat und was ich niemals los werde, genauso

wenig wie diese Scheißtattoos. Und Kinam, Kinam hat jetzt auch eins und du weißt nicht, was es heißt und du-«
»Du bist *high!*«
Goya lässt ihn stehen. Sinkt zurück an Kinams Seite. Und da ist wieder sein Name auf ihren Lippen, aber Kinam kann nicht mehr und er will nicht mehr, *will nicht zurück.*
»Hast du dich losreißen können? Hatte einer der Sparrows Mitleid? Passiert manchmal. War so bei mir. Konnte fliehen. Konntest du auch fliehen? Vor Sungjin?«
»Goya!«
Kinams Stolz stirbt in seinem Mund. »Wollte, dass ich ihn- Er wollte, dass-dass- Wollte, dass ich ihn-« Seine Stimme bricht. »*Ein Leben für ein Leben*, hat er gesagt, aber ich konnte nicht. Ich konnte-«
Sehun packt Goya und schiebt sie zur Tür des Schlafzimmers, doch sie sagt nichts, *wieso sagt sie nichts*, und Gyeom nimmt sie entgegen, und sie sagt immer noch nichts.
Wieso sagt sie nichts?
Hat sie ihn nicht gehört?
Er hat's ihr doch gesagt.
Wieso sagt hier niemand was?
Kinam schluchzt, als Sehun die Schlafzimmertür zuschlägt. Das Bett gibt nach, wo Sehun sich darauf niederlässt und große, warme Hände fahren über seine Stirn.
Sie zittern, während sie ihm den Schweiß von der Stirn wischen.
Kinam zittert auch.
Zittert selbst dann noch, als die Dunkelheit es ihn nicht mehr spüren lässt.
Als sie ihn nichts mehr spüren lässt.

Manchmal...

Da verlieren meine Erinnerungen alle Farben.
Meine Angst malt sie schwarz aus.

Aber trau ich mich, zu blinzeln, bist du der Erste,
der zurückkommt.

Du bist krass. Fast schon blau. Gerade noch so lila.
Du bist wie dein blöder Hoodie, Chan.

Der, in dem ich aufgewacht bin, nach unserer ersten Nacht.
Der, in dem ich an eurem Frühstückstisch saß,
wo nicht gefragt, sondern nur willkommengeheißen wurde.

Der nächste ist Sungjin.
Blinzel ich nochmal, wird er wieder blau.

Blau wie das Flackern des TVs,
wenn er die mitgeschnittene Show Me The Money Videokassette
aus dem Player gerissen und mir über den Kopf gedroschen hat.
Weil ich ja offensichtlich so scharf aufs Sterben war.

Einmal blinzeln, durchatmen
- und die Farben kommen wieder.

Hat Goya mir beigebracht.
In einer Gewitternacht.
Hat mich zitternd auf dem Küchenboden gefunden.

Hat mir gezeigt, dass es einen Unterschied gibt.
Dass man's erkennen kann.

Angst, die lügt.
Und Angst, die's nicht tut.

Glaub, sie hat's verlernt.
Glaub, sie kriegt das Schwarz nicht mehr raus.

Und ich weiß nicht, was mit ihr passiert.
Was mit ihr passiert, wenn sie vergisst, was darunter lag.

Aber es gewittert wieder, Chan
– und sie bleibt schwarz, wenn ich blinzel.

Ein Poltern lässt ihn hochschrecken.

Scharfer Schmerz durchsticht seine Sicht, als Kinam zurück ins Kissen sinkt, aber sein Herz rast durchs niedrige Licht der Nachmittagssonne.

Das Zimmer, in dem er liegt, steht leer. Auf dem Schrank stapeln sich Pappkartons, die wirre Schatten über den Holzboden werfen, und zwischen Schrank und Fenster an die Wand gerückt steht ein Stuhl, über den achtlos Klamotten geworfen wurden, aber außer ihm ist niemand hier.

Er sieht Gespenster.

Kinam kennt die Dämonen, die auf ihn warten, sobald er die Augen schließt, heißt die Albträume Nacht um Nacht willkommen. Und manchmal folgen sie ihm hierher.

Was soll man machen.

Obwohl's schwach ist, zittern seine Finger, als er nach dem Wasserglas auf dem Nachttisch greift.

Wär's mal ein Albtraum gewesen. Wär der Scheißverband mal Einbildung. Aber es ist egal, ob er sie sieht oder nicht. Er kann die Rose spüren. Ihre Dornen schicken Gift in seinen Blutstrom.

Oder es ist das Heroin.

Das Glas rutscht aus seinem Griff.

Kinam sieht nicht nach, ob es am Boden zersprungen ist.

»-hast gesagt, wir sind hier sicher! Du hast uns das *versprochen*, dass wir hier sicher sind.« Die Stimme ist gedämpft, aber es reicht, um seinen Blick herumzureißen.

Er kann sie nicht sehen, sie haben die Tür angelehnt, und sein Kopf vibriert schon von der Anstrengung, sich einen Flur vorzustellen. Den Stimmen Gesichtern zu geben, ist Folter.

»Ihm hab ich das auch versprochen.«

»Hättest du vielleicht nicht tun sollen!«

»Er ist genauso Familie, wie ihr es seid!«
Die Übelkeit klatscht ihm wie Ohrfeigen um die Ohren.
Fuck.
War ja klar.
War so klar, dass es Hanbin ist, der ihn los werden will.
»Er ist ein *Yoo*. Er ist ein fucking *Jopok*-Sohn. Wach auf, Hyung. Das sind unsere Feinde. Die hassen uns schon, wenn wir nicht ihren fucking Flowerboy verstecken. Soll ich Soyeon festhalten und du malst das Fadenkreuz auf ihren Rücken, oder machen wir's andersrum?«
Soyeon.
Der Schwindel drückt Kinam tiefer in die Kissen hinein. Seine Kehle ist so trocken und er schmeckt das Blut, das ihm aus dem Zahnfleisch sickert. Alles wund. Alles entzündet. Ein Feuer, das nirgendwo anfängt und nirgendwo aufhört. Überall Flammen.
»Komm, schlag zu, Hyung. Macht eh keinen Unterschied. Polier mir jetzt die Fresse oder lass sie's machen, wenn ich die Wohnung verlass. Sie wollten ihn *töten*. Wir sind *wahnsinnig*, uns zwischen sie und ihn zu stellen.«
Schweiß trieft aus seinen Poren. Unsichtbare Hände legen sich um seine Kehle.
Genauso haben sich Sungjins angefühlt.
»Dann verlass die Scheißwohnung halt nicht, wenn du solche Angst hast!«
»Und dann was, Hyung? Und dann was?!«
»Ist mir scheißegal, okay?!«
Kinams Welt bröckelt. Klamm drückt er sich die Handballen gegen seine Augenhöhlen und Chan blitzt vor ihm auf, Chan mit zugeschwollenem Gesicht, Chan in einem Krankenhaus.

Aber Kinam kann ihn nicht holen. Er ist schwach. Er ist feige Zu feige. Er kann nicht raus, er kann nicht zurück, er kann da nicht wieder hin, er kann-

»Ich setz ihn nicht vor diese Tür und warte drauf, dass ein Gangficker hier vorbeikommt und Sungjins Werk vollendet, kapiert?! Oder brauchst du's noch mit ein bisschen mehr Nachdruck? Nur zu, komm her – gib mir einen Grund, die Fassung zu verlieren. Darauf legt ihr's ja heute scheinbar alle an!«

Die Tür schiebt sich lautlos auf. Soyeon ist in Schatten gehüllt, als sie den Raum betritt. »Oh, du bist wach.«

Ihr Lächeln ist höflich und nicht mal Hanbins Hass ist beleidigender.

»Du verstehst einen Scheißdreck!« Draußen im Flur speit Goya ihren Zorn wie Gift. »Gar nichts!«

»Gar nichts, hm?! Also willst du behaupten, dass das hier gar nichts konnte, absolut gar nichts und dass ich auch einen Scheißdreck verstanden habe, als ich alles auf's Spiel gesetzt habe, um deinen A-«

»Hat dich niemand gezwungen, okay?! Ich hab dich um nichts gebeten und scheiße, hätte ich es getan, würd ich mich jetzt dafür schämen!«

Soyeon verzieht das Gesicht, als sie an Kinams Bettkante sinkt. Die Hand, die sie auf seine Stirn legt, ist kühl.

»Streiten sie immer noch?«, krächzt er.

»Weiß nicht. Wir sind grade erst gekommen. Wie lange geht das denn schon?«

Ewig?

»Ich-« Kinam zieht die Brauen zusammen, als ihm die Worte für den Rest des Satzes fehlen. In diesem Dreckszimmer existiert die Zeit nicht. Sie lauert bloß da draußen, jederzeit bereit, ihre Klauen wieder in ihn zu schlagen.

Mit einem Seufzen nimmt Soyeon die Hand von seiner Stirn. »Du weißt, wie sie sind. Manchmal muss es raus.«

Aber er weiß es nicht. Hat sie nie zusammen erlebt. Goyas Streitlust, ja, aber nur hochgefeuert von Sungjins sturen Prinzipien. Von diesem falschen Vorbild eines Vaters, grausam als Fußstapfen getarnt.

Und Sehun ist kein Sungjin.

Sehun streitet bloß, um sich zu versöhnen. Kurz, bevor der Faden seiner Geduld reißt. Als letzte Warnung. Die letzte Chance, es rumzureißen.

Irgendwo dazwischen stecken sie fest.

Zierliche Hände schließen sich um seine Oberarme. Soyeon sollte nicht die Kraft haben, seinen aufgeschwemmten Körper zu bewegen, aber sie ist nicht mal außer Atem, als sie ihn gegen die Kissen aufsetzt.

»Wir sollten das neu beziehen«, stellt sie leise fest. »Ich werde Sehun fragen, wo er die-«

»-dieses Gequatsche von Familie, diese beschissenen Lügen, weil *du* ja niemanden hängenlässt, weil du für alle da bist und weil du alle retten willst und kannst.« Goyas Tonfall ätzt, als sie Sehun nachäfft. »Weil diese verfickte Stadt so viel mehr zu bieten hat als die *Gang*.«

Etwas blockiert in seiner Kehle.

Wasser.

Wasser in seiner Lunge.

»Hätte ich dich einfach so verrecken lassen sollen? Ist es das?! Spuck's aus. Ist es das, was du willst, dass ich ihn verrecken lasse, dass ich Soyeon-«

»Du sitzt in einer beschissenen Sackgasse und die Kids hier, die dir so an den Lippen hängen, die hängen mit dir in der Scheiße!«

Soyeon fährt unter der Schärfe von Goyas Tonfall zusammen, aber sie sieht Kinam nicht an. Und er hat keine Ahnung, was Hanbin dazu sagt, aber die unnachgiebige Härte von Soyeons Kiefer macht keinen Hehl daraus, wem der beiden sie glaubt.

Keine Hoffnung für die Todgeweihten dieser Stadt.

»Was soll das, hm?! Ich bin's nicht, der ihn an Sungjin ausgeliefert hat. Du hast ihn zuletzt gesehen, Goya, und jetzt sieht er so aus. Ist geil, jetzt auf mir rumzuhacken und was ich alles nicht gepackt hab, *cool*. Okay, *fucking great*. Aber was ist mit dir, hm? Was ist mit deiner Schuld?«

»Vielleicht solltest du versuchen, zu schlafen.« Soyeons Stimme ist der Abzug eines Abzugs eines Abzugs eines Bildes, aus dem alle Kontraste rauskorrigiert wurden.

Aus ihren Lippen weicht die Farbe und vor seinen Augen frisst sich das Schwarz wieder durch die Welt. Mit einem unterdrückten Seufzen lässt er sich tiefer in die Kissen sinken. Sie haben den Tod hierher geschleppt, Soyeon und er.

»Wieso hast du ihn nicht einfach mitgeschleift?! Der Junge hört auf dich. Sie alle hören auf dich. Wir alle, Goya.«

»Ich sollte da–«, ringt Kinam sich ab, aber er ist feige. Feige genug, liegen zu bleiben. Feige genug, es ihnen zu überlassen, die Schuld hin- und herzuschieben.

»*Nein.*« Soyeons Hände stoßen hart gegen seine Schultern, bevor er sich auch nur aufrichten könnte. »Wir bleiben hier. Du und ich? Wir mischen uns da nicht ein.«

»Sie zerfleischen sich.«

»Sie haben Angst. Und sie dürfen. *Sie dürfen Angst haben.* Hanbin darf wütend sein und Goya zynisch und Sehun darf sie ignorieren. Sie dürfen laut sein oder leise oder was auch immer sie sein wollen. *Und wir lassen sie.*«

»Schon kapiert. Alles meine Schuld. Verzeihung!« Goyas Stimme bebt vor Wut und Kinam lässt die Augen zufallen, aber er sieht sie trotzdem. Sieht sie schäumen, sieht sie wütend – und Sehun ist kein Sungjin.

Sehun wollte nie einer sein.

Aber hier und jetzt bräuchte es einen.

Goya bräuchte jetzt einen.

»Wie kackendreist von mir zu sagen, dass du nichts tun kannst, nicht? Hilflos? Der große Sehun? Sehun-*Hyung*, Sehun-*Oppa* – und dann komm ich und bring Kinam nicht mit, als würde das was ändern, als würde es verfickt nochmal was ändern. So behandeln sie ihr eigen Fleisch und Blut. Sie hätten Wege gefunden. Sie finden *immer* Wege.«

Ihr Lachen ist trocken. Erschöpft. Weil sie die Gang verlassen kann und seinen Bruder, aber nicht die Welt, an der sie mitgebaut hat. »Brauchst einen Sündenbock, Baby? Okay, kannst du haben. Mein Fehler, gedacht zu haben, du würdest hier wirklich was bewegen wollen, *Oppa*.«

Soyeon schnappt nach Luft und Kinam starrt in die Leere des Zimmers, in dem ein anderes Leben auf Goya hätte warten sollen. Ein besseres.

»Bin schon weg.«

Da ist eine Faust in seiner Brust, als die Wohnungstür ins Schloss fällt, und zieht Knoten in alles, das ihn aufrecht halten sollte.

Das ihm versprochen hat, das zu tun.

Weil sie Familie sind.

»KOMM ZURÜCK!«

»GOYA, BIST DU WAHNSINNIG?«
»FUCK! FUCK, FUCK, FUCK!«
Fuck.
»... Kinam-ssi.« Soyeons Fingerspitzen geistern über seine Haut, fangen die Tränen auf. »Sprich mit mir. Sag mir, was ich tun kann. Was wir tun können.«
»Nichts.« Das Lachen schafft es nicht aus seiner Kehle.
»*Bullshit.*« Hanbins Stimme ist eisig, als er den Raum betritt. »Sie kommt wieder. Solang du hier bist, werden sie alle wiederkommen.«
»*Oppa-*«
»Ist doch so.«
Schwindel schlägt an Kinams Schädelwände, als er sich zusammenrollt. Er ist es so leid, in den Augen aller ständig nur Angriffsfläche zu sein. Nur einmal nicht Angriffsfläche sein. *Bitte.*
»Und unser allerliebster Jopok-Sohn weiß das auch. Wir setzen hier alle unser Leben für ihn aufs Spiel.«
»Wenn du deinen Ärger rauslassen willst, geh und prügel in irgendein Kissen.« Die Missbilligung in Soyeons Stimme ist unverhohlen scharf.
»Hör auf, ihn zu verteidigen.«
»Geh.«
Hanbin schnaubt.
»*Geh und sieh nach Sehun-Oppa.*«
Schritte entfernen sich, aber das tut Kinam auch – spürt die Schwärze, die in sein Bewusstsein schwappt, hört die Stimmen, die in der Dunkelheit darauf warten, ihn zu quälen.
»Versuch, zu schlafen, Kinam-ssi. Wenn du aufwachst, ist sie bestimmt wieder da.«

Und was, wenn nicht?, will er fragen, aber er gewährt ihnen Gnade und schweigt.

Ich kenn die Scheiße in und auswendig.
Reicht für hunderttausend Horrorvorstellungen, aber-

Chan?
Ich hab nie gefragt, was er dich hat machen lassen.

Weiß nur, wie viel Körpermasse du zugelegt hast,
um es auszuhalten.
Seh nur die Haltlosigkeit in Sungjins Blick, wenn er sagt,
Du baust so viel Scheiße, Kinam, so viel Scheiße.

Du hast ihm etwas versprochen, hast du gesagt.
Musstest es, hast du gesagt.
Dass du's nie wieder brichst, hast du gesagt.

Mir hat er auch was versprochen.
Aber ich weiß nicht was.

Ich weiß nicht mehr, was er mir versprochen hat.

Aber was immer es war, es war genug, um mich in einen
Keller zu schleppen, aus dem nur Tote zurückkommen.

Tote und ich.

Zu was macht mich das, Chan?
Zu was hat er mich gemacht?

»Alter, mach die Tür auf. Wir wissen, dass er da ist.«

Die Stimme schickt Eisregen in Kinams Träume. *Kellerböden.* Heißes Blut, das seine Arme hinabströmt. Stiche, wieder und wieder *und wieder,* tausend winzige Nadeln über seinen ganzen Körper verteilt, kein einziger Fleck vergessen.

Neben ihm pulsiert Wärme, aber er ist gefangen im Eis.

»Bleib«, bittet Soyeon und ihre Panik schließt eine klamme Hand um seine Kehle.

»Sie ist noch nicht wieder da – er kann das nicht alleine machen.«

»Aber du-«

»Gyeom sucht sie noch. Ist alles, was ich tun kann, okay?!«

Kinam rollt sich auf den Rücken, als Hanbin sich von der Bettkante erhebt. Er streicht Soyeon über die Schultern, keinen Blick übrig für den Jopok-Sohn. Hanbin zögert nicht. Läuft ins offene Messer der Gang, als wär's nichts, vor dem man Angst haben müsste.

Vor dem man Angst haben dürfte.

»Ich sollte-«

Soyeon wirft den Blick zurück über ihre Schulter, als die Tür hinter Hanbin ins Schloss schnappt, aber Kinam schließt die Hände um ihre Handgelenke. Er scheißt auf den Schmerz. »Du bleibst.«

»Er hat ein Messer«, stößt sie hervor. »Ist ihnen egal, wie alt er ist, wenn er bewaffnet ist.«

»Er ist kein Kind mehr.« Kinams Stimme ist brüchig. »Und Sehun hat einen Baseballschläger.«

»Aber-«

»Hanbin kann's mit Junsu aufnehmen. Es ist nur Junsu.«

»Dieses Mal kommen sie aber nicht, um mich zum Druckmittel zu machen. Sie kommen, um zu holen, was wir ihnen schulden.«

Ein Leben für ein Leben.

Kinams Arme zittern unter seinem Gewicht, als er sich aus den Kissen hochdrückt. »Schließ die Tür ab.«
Nicht, dass das Sperrholz viel könnte.
Ein paar ungestörte Tritte und sie stehen hier drin.
Aber besser als nichts.
»Was? Nein! Was, wenn sie sich zurückziehen müssen?«
Er lässt die Frage unbeantwortet und atmet bloß gegen das an, was sich wie Seile um seine Hände und Füße rankt. *Wie Taue.* Er schüttelt den Kopf.
»Wieso schickt Sehun ihn nicht zurück?«
»Schließ die Tür ab und dann komm hinter das Bett.« Er beißt sich die Lippe blutig und kann sein Handy nicht entdecken.
Kann sich nicht mal verabschieden.
»Oppa-«
»Schließ die Scheißtür ab und komm hinter das Bett, Soyeon-ah. Hock dich hin und *halt die Fresse.*«
Aber Soyeon schafft es nicht, den Schlüssel im Schloss zu drehen, bevor im Flur die Hölle explodiert. Das erste Poltern lässt sie zusammenzucken. Auch sie muss verstehen, dass Kinam sich geirrt hat. Dass es nicht nur Junsu ist.
Es sind mindestens zwei Sparrows.
Vielleicht mehr.
Sie müssen mit Goya gerechnet haben.
»Er ist da. Wir wissen, dass er da ist!«
Soyeon wimmert und Kinam beißt die Zähne zusammen.
»Lass, komm einfach her, komm her, okay. *Komm einfach her.*«
Es sieht nicht so aus, als könnte sie. Soyeons Hände sind um den Türgriff wie erstarrt; ihre Knöchel beben.
»Gebt ihn raus. Muss nicht eskalieren.«
Natürlich.

Dowon.

Sie geben ein gutes Team ab, Junsus Aggression und Dowons Kalkül.

»Auf den Boden, Soyeon, jetzt.«

Sie hechtet an seine Seite, als er die Beine bis zur Bettkante schiebt. Die Übelkeit peitscht Kinam die Kotze in den Rachen, aber er schluckt gegen ihre ätzende Hitze an.

Ein Krachen lässt sie beide zusammenzucken und Soyeon stolpert, muss sich die Knie aufschlagen, aber kümmert sich nicht darum, kauert sich bloß zusammen, die Zähne in ihrem – *Hanbins* – Hoodie verbissen, um sich nicht zu verraten.

Hanbins Schmerzesschrei drückt sie in den Boden. Kinam streckt die Hand nach ihr aus, obwohl er sie nicht erreichen kann. Sie guckt nichtmal hin, das Gesicht in den Knien vergraben.

Es bleibt nicht der einzige Schrei.

Nicht das einzige Poltern.

Körper schlagen hart in die Wände und rutschen polternd zu Boden. *Als nächstes zerbersten sie die Tür. Als nächstes brechen sie ins Zimmer.*

Es wäre einfacher, aufzustehen, das Fenster zu öffnen und seinen nutzlosen Körper über die Schwelle zu stoßen.

Irgendjemand keucht, als ihn Schläge treffen, und neben Kinam beginnt Soyeon, Gebete zu flüstern, weil niemand wissen kann, wessen Baseballschläger da zu Boden fällt.

Aber noch sind sie nicht im Zimmer.

»Geh nach Hause, Kiddo«, rotzt Sehun, bevor entsetzliche Schreie durch den Flur hallen.

Soyeon schluchzt und Kinam schiebt sich vor, bis seine Hände nicht mehr um Leere krampfen. »Komm her, komm her.« Seine Finger krallen sich in den Stoff des Hoodies. »Komm hier hoch.«

Sie hebt den Kopf und sieht zu ihm herüber, ein Schleier aus Tränen vor ihren Augen. Plötzlich macht es Sinn, dass sie damals ihre aufgerissenen Knie vor Hanbin verstecken wollte. Sie sieht aus, wie er ausgesehen haben muss, als Chan in den Gangvan gestiegen ist. Wenn die, die du liebst, deinetwegen leiden, schaffst du's nicht unversehrt durch die Schuld. *Keine Chance.*

»Komm her«, wiederholt er und Soyeon klettert aufs Bett. »Es ist okay. Es ist okay, *er ist okay.* Er hat einen Grund, auf sich aufzupassen – *du* bist sein Grund, auf sich aufzupassen, okay?«

Sie vergräbt den Kopf an seiner Brust, aber sie glaubt ihm kein Wort. Hat schon zu viele blaue Augen überschminkt, als dass sie's sich leisten könnte – aber ihr Zittern verrät, dass sie's trotzdem probiert.

»Renn, solang du noch kannst, Dowon«, droht Sehun. »Renn und versteck dich, wo sie dich nicht finden können.«

»Ihr provoziert einen verfickten Krieg! Einen *Krieg*, okay, und das will keiner, das wollen wir nicht, das willst du ni-«

Sehun schreit auf und plötzlich stolpern Schritte geradewegs auf die Tür zu, immer näher und näher, *immer auf die Tür zu* und-

Kinam drückt Soyeon dicht an seiner Seite und schließt die Augen.

Gleich.

Gleich.

Der Türgriff rüttelt im Schloss.

Jetzt.

Aber das Schloss springt nicht auf – stattdessen eine Kaskade an Lärm, Bücher, die zu Boden poltern. Ein Körper, der ins Regal kracht und als Stöhnen erstirbt.

»-was? Was braucht es?! Ist's die Kleine? Wie heißt sie?« Dowons Panik verrät seine Diplomatie.

Hämisches Lachen mischt sich unter die Schmerzenslaute.

»... Soyeon? Klar, gebt uns Kinam. Die Kleine is' scheißegal. Macht's eh nicht mehr lange. Tut uns den Gefallen irgendwann von ganz allein.«

Soyeon erstarrt und *fuck*. Das darf jetzt nicht passieren. *Das kann jetzt nicht passieren.*

»Atmen«, zischt Kinam und gräbt seine Hand tiefer in ihre Seite. »Guck mich an. *Guck mich an*, Soyeon-ah. Das passiert nicht. Niemand liefert mich aus, niemand kommt dich holen. Du stirbst hier nicht. Hanbin lässt das nicht zu. *Ich* lasse das nicht zu.«

Er kann es beinahe sehen, als draußen Gewalt aufeinander rauscht, weil es eine Melodie ist, zu der Kinam zu schlafen gelernt hat. Draußen scheppert etwas zu Boden. Ein Messer, vielleicht.

Hier drinnen klirrt eine Stille, die die Zeit anhält.

Der Atem stiehlt sich nur zittrig über Soyeons Lippen, als sie sich blinzelnd aus dem Blickkontakt zieht, um eine Maske über die Schwärze zu stülpen. Aber immerhin atmet sie noch.

Und dann wird die Tür aufgerissen.

»Soyeon.«

Hanbins Schluchzen, so voller Schmerz, löst sie wie von Zauberhand von Kinams Seite. Sie fliegt zu ihm und Hanbin stürzt auf die Knie, als sie die Arme um seinen Hals schlingt, ihr Gesicht in seinem Nacken vergraben. Er atmet ein nasses Lachen, bevor auch seine Nase in ihr Haar sinkt, bevor seine Hände über ihren Rücken fahren – dankbar für die Unversehrtheit, die ihm keiner garantieren kann.

Erst, als Sehun sich in den Türrahmen schiebt, kann Kinam den Blick abwenden.

Nicht nur in seinem Gesicht klebt das Blut. Es sickert auch zwischen seinen Fingern hervor, rinnt auch seine Schulter hinab – und tropft zu Boden.

Es ist egal, dass kein Schuss fiel. Sehun hätte geschossen. Hätte man Sehun eine Waffe in die Hand gelegt, er hätte abgedrückt.

Goya auch. Vielleicht sogar Hanbin.

Aber niemand von ihnen hatte eine Waffe.

Nur Kinam hatte eine.

Und er hat nicht-

Er schuldet ihnen ein Leben und die Gang weiß, diese Schulden einzutreiben, mit Sparrows, die jetzt mit leeren Händen zurückkehren werden.

Kinam weiß, was das bedeutet.

Die Jagd ist eröffnet.

»Scheint so, als bekäme sie von Sungjin, was sie braucht.«

Kinam behält die Augen geschlossen, als das Leerzeichen erstirbt. Enttäuschung legt sich schwer auf seine Zunge – direkt neben die Hoffnung, die Kinam geweckt hat.

Aber Nächte wie diese, mondlos und kalt, sind gemacht für Ehrlichkeit – und am Ende kann Sehun Goya so oft anrufen, wie er will. An ihrer Entscheidung ändert das nichts.

»Vielleicht sieht sie nach Chan.« Soyeon spricht leise und drückt den Handtuchfetzen wieder gegen Kinams Stirn. »Ist nicht abwegig, nach ihm zu sehen, nach dem, was ... hier war. Um zu schauen, ob alles in Ordnung ist?«

Sie unterbricht sich mit einem Schlucken. »Ich meine ... Was könnte Sungjin Goya geben, was sie hier nicht bekommt?«

Kinams Lider flattern, aber er zwingt sich, sie geschlossen zu halten. Braucht niemand wissen, wie Sungjins Augen geschimmert haben, als er bereit war, zu sterben, nur damit Kinam sein Boytoy freikaufen kann.

Damit Kinam ...

»Er- er ist mehr so der drastische Typ und Goya ist nicht gut darin, herumzusitzen und zu warten.« Am Fußende senkt sich die Matratze. »Scheiße.«

Es muss niemand wissen, wie Sungjin aussieht, wenn Goya an ihm vorbeischlüpft, um seine Schulsachen zusammenzusuchen, damit er seinem Dongsaeng gefälligst mit gutem Vorbild vorangeht. Wenn er sie an sich und dann auf seinen Schoß zieht und ihr das überraschte Lachen aus dem Mund küsst. Wie sie andächtig ihre Hände durch seine Haare webt, bevor Sungjin Brotmesser nach Kinam werfen kann, weil er schon wieder Würgelaute mimt.

Kinam vergräbt die Nase im Kissenbezug, aber es riecht nur nach Sehun. Goyas Parfüm ist kaum auszumachen.

»Und wer ist das schon? Aber wir haben jetzt einfach andere Probleme als ein fucking Statement. Wenn Sungjin das eher verstanden hätte, wäre es soweit auch nie gekommen. Wer tut seinem kleinen Bruder so eine Scheiße an, hm? Guck ihn dir an, Soyeon. Wer riskiert, dass sein kleiner Bruder verreckt?! Was für eine fucking Lektion soll das sein? So eine Scheiße.«

Kinam ballt eine Faust im Laken.

»Sie kapiert nicht, *sie will nicht kapieren* – oder es ist ihr fucking egal, was zur Hölle weiß ich – dass Sungjins Lieblingswaffe Trauma ist. Kinam lebt, okay, und hätte Sungjin ihn tot sehen wollen, klar, wär er tot. Aber in welcher Scheißwelt ist das genug, um seine Seite zu wählen? Der Scheiß, den er ihr angetan hat, ... Fuck.«

»Das würde sie nicht tun.« Die grimmige Gewissheit in Soyeons Stimme überrascht Kinam. Er ist längst nicht so zuversichtlich. »Goya ist gut. Egal, was sie getan hat, sie war immer gut. Sonst wäre sie nicht hier gelandet, oder? Überall in Daegu, nur nicht hier. Und Sungjin ...«

Soyeons Gewicht verlagert sich auf dem Bett und Kinam hört, wie ihre Gelenke knacken. »Du kennst ihn besser als ich. Aber Sungjin ... *Sungjin* ist nicht gut, er ist- Warum sollte sie zu ihm? Warum sollte er ihr helfen? Das wär Selbstmord.«

Und was für eine Verschwendung, nicht wahr? Sich selbst umzubringen, wenn das eigenen Leben in den Händen eines anderen alles wert ist?

Kinam öffnet die Augen.

Soyeon muss aufgestanden sein. Sie steht am Fenster, in ein zu großes, weißes T-Shirt gekleidet, die kleinen Füße in Socken gehüllt, die ihren halben Unterschenkel heraufreichen. Ihr Blick ist in die Schwärze der Nacht gerichtet, als gäb's dort draußen etwas zu sehen.

»Ich glaub, ich will auch gehen, Oppa. Überlege schon den ganzen Tag, wie.« Ihr schlechtes Gewissen passt in das traurige Lächeln, das sich in der Fensterscheibe spiegelt. »Ich sollte, nicht? Hanbin wäre das alles nicht passiert, wäre ich nicht.«

»Quatsch nicht so 'ne Scheiße, Soyeon«, stößt Kinam leise hervor, bevor Sehun antworten kann. »Gäb's dich nicht, gäb's die Gang. Er ist wie zum D-Boy geboren. Da ist er auch nicht anders als Junsu oder Dowon.«

Trocken hustend drückt er sich aus den Kissen. Die Einstichstelle pocht. »Die sind austauschbar, wahllos austauschbar, gegen jeden Jugendlichen dieser Stadt. Hanbin nützt ihnen nur nichts, solang du ihm einen Grund gibst, ihrer Scheiße zu widerstehen.«

»Hanbin ist besser als das.« Soyeon reißt sich von der Nacht los. »Natürlich ist er besser als Dowon und Junsu. Natürlich ist er-« Fahrig gestikuliert sie. »Hanbin würde *nie!*«

Hass lodert in ihren Augen auf. Kinam nimmt ihn ihr nicht mal übel. Ist bequemer.

»Er ist der Grund, wieso ich überhaupt noch hier bin. Er rettet mir jeden Tag das Leben!« Ihre Stimme hüpft vor Empörung. »Er würde in hundert Jahren nicht in der Gang landen, er-«

»*Richtig*. Und deshalb kann es schon sein, dass er sich mal ein blaues Auge einfängt oder eine gebrochene Nase davonträgt. Kann schon mal gefährlich werden, klar. Aber wenigstens stülpt er seinen Mitschülern keine Plastiktüten über den Kopf und hält sie fest, während man ihnen Heroin ins Blut schießt. Du bist das Beste, was ihm in einer Stadt wie Daegu passieren kann.«

»Bin ich nicht! Sein Stiefvater sagt das so oft, dass ich nicht der Sinn seines Lebens sein kann, und ich weiß- ich weiß einfach nicht, wie es weitergeht und ich wünschte, ich hätte-«

Es gibt kein Mondlicht, in dem ihre Tränen schimmern könnten. Da ist nur das erbärmliche Schluchzen, mit dem sie die Arme um ihren Körper schlingt.

Und Sehun.

Sehun, der aufsteht und sie in seine Arme zieht, obwohl sie ihre nicht ausstreckt. *Sehun, der ihr den Atem lässt, um diesen lebensmüden Dreck in die Nacht zu wispern.*

»Ich kann der Gang nicht entkommen«, weint sie. »Bis ich entscheide, dass es vorbei ist, häng ich an ihren Seilen. Aber Hanbin tut das nicht. Und du-« Sie schnieft und ihr Blick brennt sich in Kinams, obwohl Sehun ihren Kopf an seine Schulter drückt, das Blut von vorhin schon fast vergessen, wäre da nicht der Verband, der aus seinem T-Shirt-Kragen blitzt. »Du hast das auch nicht. Einfach, weil du dich dazu entschieden hast.«

»Soyeon-ah.« Sehun kann sich sein Scheißverständnis sonst wohin stecken.

»*Einfach, weil ich mich entschieden hab?*« Bitter lacht Kinam auf. »Fick dich, Soyeon. Tu nicht so, als hättest du's schwerer als der Rest von uns. Setz dich auf deinen Scheißarsch, Soyeon, *und lern*. Geh zur Schule, hol dir einen fucking Schulabschluss, aber vor allem hör auf, rumzuheulen.«

»Aber ... meine Eltern-«

»Scheiß auf deine Eltern!«

Ihr Kopf ruckt nach unten. »Und sie hier allein zurücklassen, ohne zurückzusehen, wie du's gemacht hast? Ja. Klar. Lieber sterb ich. Lieber tu ich ihnen das an, wenn ich nicht mehr kann. Aber dann war ich wenigstens da.«

»Mann, da werden sie doch glatt dankbar sein, wenn sie an deinem Grab stehen und flennen.«

»Kinam.« Sehuns Tonfall ist eine Warnung, aber Kinam gibt 'nen Fick drauf.

»Du bist nichts in den Augen der Gang. Kapierst du das, Soyeon? Du gehst aus der Stadt und sie suchen sich den nächsten. Ich geh aus der Stadt und sie schicken mir vermutlich eine Scheißautobombe mit auf den Weg. Aber *buhuhu*, du weißt nicht, was du tun sollst. Hör auf, vom fucking Tod zu fantasieren. Wär vielleicht ein Anfang.«

Ein bitteres Gurgeln dringt aus seiner Kehle, als ihn die Übelkeit wie eine Faust in der Magenkuhle trifft. Er hechtet vor, aber er schafft es bloß neben das und nicht aufs Bett zu kotzen. Die Magensäure verätzt ihm den Mund, brennt in den blutig-offenen Stellen, und er hat kaum die Kraft, sich vom beißenden Gestank wegzudrücken. Ein Husten wirft seinen Körper zurück.

»Das reicht jetzt.« Sehuns Bass donnert, aber Kinam lässt einfach die Augen zufallen.

»Soyeon, geh ins Bett. *Zu Hanbin.* Die Wohnung ist abgeschlossen. Hier kommt keiner rein.«

Als sie geht, überrascht es Kinam nicht, dass sie nicht die Art Teenie ist, die mit Türen knallt. Könnte Hanbin ja von aufwachen ...

»So eine Scheiße, Kinam, ernsthaft.« Sehun wartet, bis er ihn wieder ansieht. »Glaubst du echt, das hat sie jetzt gebraucht? Sie ist vierzehn, sie hat jedes Recht, überfordert zu sein. Goya hat ... Goya konnte mehr für sie als ich.«

»Goya konnte gar nichts für sie, wenn sie geil aufs Sterben ist.«

»Du meinst, so wie du?« Sehuns Knie knacken, als er neben dem Bett in die Hocke geht, und beginnt, die Kotze mit Taschentüchern zusammenzukratzen.

»Das ist was anderes.«

»Wo ist das was Anderes?«

»Ich wär nicht umsonst gestorben.«

»Was, weil dich niemand vermisst hätte? Du bist so ein Scheißwichser, Kinam. Nicht mal zu wissen, wie geliebt du bist.«

»Chan wäre nicht so dumm.« Er reibt sich übers Gesicht. »Er ist besser im Überleben.«

»Nicht alles dreht sich um Chan, Mann.«

»Hyung-«

»Halt einfach die Fresse, okay? Du hast genug gesagt.« Sehun klaubt die Taschentücher auf und ballt sie in seiner Hand zusammen, als er sich vom Boden hochdrückt. Er schmettert sie in den Mülleimer und öffnet das Fenster.

Draußen regnet es.

Fuck.

Kinam sinkt in die Matratze zurück und obwohl Sehun sich keine Mühe gibt, die Tür leise zu schließen, als er in den Flur verschwindet, schafft Kinam es nicht, wach zu bleiben.

Selbst der saure Geschmack der Kotze ist nicht genug, um die Schleier zu vertreiben, die sich über alles legen, bis da nichts mehr in ihm ist außer Dunkelheit.

Drogenmissbrauch

KAPITEL 10

»Wo ist sie, Hyung? Wo ist Soyeon?!«
Die Zimmertür fliegt auf und Kinam schreckt bloß nicht hoch, weil er schon so lange wach liegt. Hanbins erstes *Soyeon?* hallt noch im leeren Wohnzimmer nach, aber die Antwort bleibt sie ihm schuldig.
Im Gegensatz zu Hanbin ist Kinam nicht überrascht.
»... ich-« Neben ihm fährt Sehun sich übers Gesicht. Das Kopfkissen hat Falten in seine Wangen gedrückt. »... was?«
Sehun setzt sich auf, bis die Decke von seinem Oberkörper rutscht. Kinam verfolgt die orangefarbenen Lichtstreifen, die die aufgehende Sonne endlich durch die Schlitze im Rollo wirft.
Eine weitere Nacht überlebt.
»Fuck.« Sehuns Blick findet seinen, bevor er ihn für Hanbin verlässt. »Hab sie zum Runterkommen zu dir geschickt.«
»Runterkommen wovon?« Hanbin bebt vor Sorge. »Hyung, sag mir, dass ihr keine Scheiße gebaut habt, während ich ausgeknockt war. Ich schwöre, wenn-«
»Lass den Scheiß, Hanbin. Die Gemüter sind gestern hochgeflammt, aber das ist nichts, das es nicht vorher schonmal gab.«

Kinam rollt sich auf den Rücken. Wie er diesen verfickten Streit leid ist. Er braucht Hanbins Blick nicht zu sehen, um zu wissen, dass er ihm die Schuld gibt. Alle Schuld. Für alles Schlimme, das auf dieser Welt passiert ist. Und jetzt hat sich Soyeon auch noch verpisst.

»Wo ist sie, Hyung? Bei mir ist sie nicht angekommen.«

»Warst du schon im Bad? Sie ist-« In T-Shirt und Boxershorts schiebt Sehun sich vom Bett und drückt den Rücken in einem unangenehmen Knacken durch. »Sie ist sicher im Bad.«

»Soll sie die ganze Nacht im Scheißbad gehockt haben?!«

Mit einem Seufzen lässt Kinam den Kopf zur Seite fallen. Hanbins mintfarbendes Haar ist vom Schlaf verwuschelt, seine Augen noch verklebt und auf seinen Wangenknochen schimmert ein blauer Film, für den er sich nicht entschuldigen wird.

War sowieso nicht für Kinam.

So, wie Hanbin den Hoodie in den Händen wringt, bis Sehun an ihm vorbei tritt und mit ihm das Zimmer verlässt, ist nichts hiervon für irgendwen außer Soyeon. Kein Wunder, dass Stiefpapi da nicht zusieht.

Kinam schiebt sich die Hände übers Gesicht. Zum ersten Mal, seit sie ihn hergeschleppt haben, fühlt er sich nicht wie gerädert. Er spürt jeden Knochen, aber ist mehr als personifizierte Müdigkeit.

Er sollte Chan anrufen.

Ihnen läuft die Zeit davon.

Draußen scheppert das Schloss der Badezimmertür. Abgeschlossen. *Von innen.* 1 zu 0 für Sehun. Soyeon war im Badezimmer. Nur, dass-

»Scheiße!«

- sie dort sicher nicht geblieben ist.

Kinam schleudert Sehuns Kopfkissen vom Bett. *Fuck.* Sie ist zu zierlich, um an einer Regenrinne vier Stockwerke herunterzuklettern.

»Was hat er zu ihr gesagt?« Hanbins Tonlosigkeit ist gefährlicher als sein Brüllen. »Was hat er gesagt, dass sie lieber sterben wollte als hier zu bleiben?«

»Sterben?! Was zur-« Sehun knurrt und Kinam reißt sich das bittere Lachen aus der Kehle, bevor er's lachen kann. Du stirbst nicht, solang du noch aus Gefängnissen ausbrichst.

»Hier stirbt *niemand*, okay?! Niemand stirbt, nicht wegen dieser gottverdammten Scheiße. Wir finden sie. *Ich* finde sie.«

Egal, wie bruchstückhaft die Erinnerung ist, die Kinam an das hat, was gestern hier abgegangen ist – Goyas Worte sind geblieben. Was für ein Scheißmove, Sehuns Versprechen als wertlos zu deklarieren. In dieser Ecke der Welt sind sie alles, was sie haben.

»Bis Kinam durch ist, halten wir zusammen, das ist mein Scheißernst, Hanbin. Nachts aus einem Badezimmerfenster klettern?« Sehun schnaubt. »Saudumme Idee.«

»Als hättest du das Recht, von dummen Ideen zu sprechen«, beißt Hanbin zurück. »Er ist immer noch hier. Goya ist seinetwegen weg, jetzt ist Soyeon seinetwegen weg, und du- du denkst noch nicht mal drüber nach, ihn wegzuschicken. Fühlt sich geil an, *Hyung*, zu wissen, wem deine fucking Loyalität gehört.«

»Scheiße, Hanbin.«

Ob Hanbin den Mut hat, es selbst zu übernehmen? Ins Zimmer zu stürmen, ihn an den Haaren aus dem Bett zu zerren und vor die Tür zu werfen?

»Bleib hier, Mann! Warte wenigstens auf Gyeom!«

Kinam verengt die Augen, als die Wohnungstür ins Schloss fällt. *Erbärmlich.*

In Stille getaucht ist die Wohnung zu groß für zwei Personen. In der Küche fehlt das Klappern von Geschirr. Aus den hinteren Zimmern die Musik, die durch den Morgen plärrt.

Stattdessen ist da das entfernte Echo von Gyeoms Stimme, weil Sehun das Handy ans Ohr gepresst hat, als er ins Zimmer zurückkommt. »Irgendwas Neues?«

Ohne Kinam anzusehen, kramt Sehun in der Hose neben dem Bett nach einer Zigarette. In diesem Licht kann er sehen, wie geschwollen Sehuns Gesicht ist, die Lippen rau und aufgerissen, wo er Schläge eingesteckt hat.

Der Rauch brennt in Kinams Lungen und so, wie Sehun inhaliert, brennt er auch in seinen. Gyeoms Antwort muss zu wünschen übriglassen. »Bist du in die alten Viertel?«

Kinam setzt sich auf, als Sehun das Rollo hochzieht und sich gegen das Fensterbrett lehnt. In der Leere der Wohnung macht Sehun keinen Hehl aus dem Preis, den er so bereitwillig für ihn in Kauf genommen hat.

»Irgendwelche News von Sungjin?«

Sehun starrt hinaus auf die Dachterrassen, schäbig und kabelverhangen, von kaltem Sonnenlicht geflutet, noch menschenleer, aber nicht mehr lang – vergessene Wäscheleinen im Wind, sanfte Radioklänge, blechernd gegen die Kälte, die von außen an den Scheiben leckt. *Gelebte Einsamkeit.*

Es ist die Stadt, die Sehun genug liebt, um ihr die Rapcrew zu schenken.

»Verstehe.« Die langen Finger um die Nase gelegt vergräbt Sehun das Gesicht in seiner Handfläche, bevor er seufzt, ergeben in ein Schicksal, das er hasst. »Hanbin ist ein kleiner Wichser, das ist los. Soyeon ist abgehauen. Hatte ein Run-In mit Kinam.«

Sehun dreht dem Fenster den Rücken zu und Kinam hebt bloß

die Augenbrauen. »Hat ihr im Grunde geraten, aufzuhören, rumzuflennen.«

Gyeoms Lachen knistert in der Leitung.

»Untersteh dich, Gyeom. Ermutige ihn nicht auch noch.«

Die Kopfstütze knarrt in Kinams Rücken. »*Komm schon. Unrecht hatte ich nicht.*«

»Sie ist fünfzehn Jahre alt, verdammte Scheiße. Sie braucht keinen Vorschlaghammer, sondern Mitgefühl, das sag ich auch dir ständig.«

Gyeom plappert drauflos und Kinam kann nicht allem folgen, aber der Psycho-Doc, den er vorschlägt, ist eine gute Idee.

»Sie braucht Hilfe, ich weiß.« Sehun ascht ab, bevor er tief durchatmet. »Danke, Gyeom. Weiß ich echt zu schätzen.«

Er wirft das Handy aufs Bett und auf halbem Weg zu Kinam bleibt es so kraftlos liegen, wie er sich fühlt. Er schluckt die Entschuldigung, weil wo anfangen? Wo aufhören?

Vier Jahre hat Sehun ihm voraus. Nur, was sind schon vier Jahre? Mögen ja reichen, um Kinam mit seinem Rap den Arsch aufzureißen, um bei ihm zu bleiben, wenn er vor der Industriehalle im Regen hockt. Um ihn auf der Bühne zu edgen, bis er seine eigenen Zweifel sprengt.

Aber hierfür?

Das Klingeln des Handys hebt Sehuns Kopf aus seinen Händen. Kinam erkennt die Nummer nicht. Sehun anscheinend schon. »Kang Heiran-ssi?«

Kinams Herz bleibt stehen.

»Lebt er noch?«, scheppert blechern durch die Leitung.

Kinam schießt vor, doch Sehun erhebt sich im letzten Moment von der Bettkante.

»Er gibt sich Mühe.«

Kinam drückt sich auf die Knie vor, um Sehun zu erreichen, aber begegnet bloß gehobenen Augenbrauen, als er das Gleichgewicht verliert. Der Raum um ihn dreht sich.

»Sie haben ihm Heroin gespritzt und ihn gebrandmarkt. Konnte gerade so abhauen. Wir haben ihn gefunden.«

Er braucht dieses Telefon. Sie müssen kommen, um Chan hier rauszuholen.

»Kotzt sich noch die Seele aus dem Leib, aber morgen dürfte er mit dem Schlimmsten durch sein. Sein Bruder hat beim Dosieren nicht gegeizt.«

»Lass mich mit ihr sprechen!« Kinam streckt den Arm nach dem Handy aus, aber Sehun schnaubt nur ein Lachen. »Hyung! Ich *muss* mit ihr sprechen.«

»Ich habe mit Byun Chan gesprochen.« Sehun wendet sich wieder dem Fenster zu. »Sie haben einen Plan, die beiden hier rauszuholen?«

Kinam setzt ihm auf dem Bett nach und bricht sich nur deshalb nicht den Hals, weil Sehun den Anruf endlich auf laut stellt. »Ja und Nein. Ich habe ihm versprochen, ihn und seinen Freund nach Seoul zu schaffen, aber ich bin keine Magierin – es bleibt, so oder so, ein Powerplay. Und es kann sein, dass es nur reicht, um Einem die Freiheit zu kaufen.«

Sehuns Gesicht zuckt, aber Kinam verzieht keine Miene. Es war sowieso zu gut, um wahr zu sein.

»Nam Daehyun macht sich heute Abend auf den Weg nach Daegu und wird sich morgen früh mit euch treffen. Ich gebe dir seine Nummer durch. Er kennt sich mit Ganggeschäften aus. Wir sind an ein paar Informationen zu Yoo Yohan rangekommen, die nützlich sein werden. Er ist zwar kein Anwalt.« Man kann sogar ihrem Innehalten das Lächeln anhören. »Aber er weiß, wie man auf einer Ebene verhandelt, die auch ein Jopok-Offizier versteht.«

»In Ordnung.« Sehun nickt, aber als er den Blick in Kinams hebt, bricht Kinam das Herz. Was für eine Scheiße, dass nichtmal ein Wunder wie ERA ENTERTAINMENT reicht, um alle seine Schäfchen ins Trockene zu bringen. »Wir bereiten alles vor. Bekommen sicher noch die ein oder andere Info zusammengekratzt. Ich sag Kinam, er soll sein hübsches Köpfchen anschmeißen.«

Sehuns Blick verdüstert sich, als er das Handy wieder ans Ohr hebt. »Hören Sie, ich bin nicht naiv. Seoul ist nicht aus der Welt, aber eure Scheißobsession mit Kameras hat bessere Chancen, sie am Leben zu erhalten, als Daegu es nach diesem Powerplay jemals wieder haben wird. Wenn es nur für einen reicht, will ich, dass Sie trotzdem beide mitnehmen, okay?«

Kinam hört nicht, was sie darauf erwidert, aber Sehuns Kiefer arbeitet hart seiner Haut, als sie den Anruf beendet. Langsam lässt er das Handy sinken und richtet den Blick unter gehobenen Augenbrauen auf Kinam. »War spannend, von Chan zu erfahren, dass du dir den Fluchtwagen schon angelacht hast.«

»Meinen ursprünglichen Plan mochtet ihr ja nicht.«

»Du hattest keinen ursprünglichen Plan.«

»Ich-« Seufzend sinkt Kinam auf seine Fersen zurück. »Was bereiten wir vor?«

»*Du* bereitest gar nichts vor. Du schläfst.« Sehun steigt in seine Baggy Jeans und verstaut das Handy.

»Wann kommen sie? Was hat Chan gesagt?«

»Kinam, ich sag's nicht nochmal.«

»Hyung, *du verstehst das nicht.* Das hier muss schnell gehen. Ich hab keine Zeit-«

»Mein Angebot steht noch – ich schlag dich k.o. und du kannst dich ordentlich ausschlafen. Aber vielleicht willst du deinem Gesicht lieber die Chance lassen, abzuheilen. Die Nase sieht immer noch scheiße aus und die wollen dich fürs Idolbusiness, Schönling.« Sehuns Augen verbieten ihm Widerworte und lassen doch einige Sekunden lang Raum dafür.

Vielleicht hätte Sehun einfach gerne einen Grund, nur einmal, *einmal*, ausholen zu dürfen. Kinam beißt die Zähne zusammen und sinkt ins Bett zurück.

»Schlaf, Kinam. Ich weck dich, wenn's was zu essen gibt.«

»Irgendwann musst du mich einweihen.«

»Na klar.« Sehun greift nach der Türklinke. »Direkt nachdem du dich wieder auf den Beinen halten kannst, okay?«

Witzig.

Kinam rollt sich auf die Seite, als die Tür hinter Sehun zuschlägt. Sein Arm ist bandagiert, aber nach dem Handy auf dem Nachttisch greift er trotzdem. Irgendwann letzte Nacht muss Sehun ihm einen Kotzeimer ans Bett gestellt haben. Einen Finger hoch schwappt Wasser darin hin und her.

Kinam beobachtet, wie sein Speichel im Wasser Blasen schlägt.

Schlafen.

Als wär das so einfach.

Als wär das innerhalb der letzten Stunden jemals seine Entscheidung gewesen.

Er zieht das Handy zu sich und checkt die Uhr. Vormittag. Das heißt ... es müssen vierundzwanzig Stunden sein. Mehr noch. Sechsunddreißig? Nein. Weniger.

Scheiße.

Zu lang, um keine Nachricht von Sungjin zu haben.

SONNTAG
Hyung.
11:54

Hyung, ich weiß nicht, ob du das lesen kannst.
11:54

Wenn du es liest, sei nicht dumm, okay?
11:54

Er wird dich niemals damit davonkommen lassen.
11:56

Es war dumm, mich gehen zu lassen.
11:59

Wenn du dich dafür jetzt auch noch killen lässt...
11:59

Vielleicht hätt ich dich erschießen sollen.
12:05

Wäre das Gnade gewesen?
12:05

Wenn ichs tue an seiner Stelle?
12:05

Spielt für dich vielleicht keine Rolle, wers macht.
12:08

Du bist da anders als ich.
12:08

Aber grausam?
12:09

Soyeon sagt, du bist nicht gut.
12:09

Vielleicht stimmt das.
12:10

Ich wollte dich umbringen für das, was du ihm angetan hast.
12:15

Tut mir Leid, dass ichs nicht für das konnte, was du mir angetan hast.
12:15

Ich weiß, dass ich dich enttäuscht hab.
12:17

Hätte gedacht, daran hätt ich mich inzwischen gewöhnt.
12:17

Tut mir Leid, dass ich nicht wenigstens ein bisschen mehr wie du bin.
12:22

Vielleicht wär das besser.
12:22

Ich weiß nicht, ob wir uns nochmal wiedersehen.
12:23

Ich hab Angst, dass wir uns nicht nochmal wiedersehen.
12:24

Hyung, Sungjin-Hyung.
12:24

Sei nicht dumm.
12:25

Lass dich nicht killen, nur weil ich nicht der Bruder bin, den du gebraucht hättest.
12:25

Oh, und wenn Goya zu dir kommt, dann nimm sie und geh.
12:30

Geh einfach, Hyung.
12:31

Sei nicht dumm.
12:32

Okay?
12:32

Gelesen.

Kinam kommt auf der Treppe nicht vorwärts.
Sie ist zu schmal.
Seine Füße sind wie in Blei gegossen und er-
Er kriegt sie nicht hoch.
Nicht hoch genug.
Bleibt an der nächsten Treppenstufe hängen.
Er fällt. Fällt vorwärts.
Er kann sich nicht fangen.
Sein Kopf wird-
Sein Kopf wird-
Seine Hand blutet, als er aufschlägt.
Die Rose wabert über die Ränder seiner Hand,
psychodelisch leuchtend.
Rot wird schwarz und schwarz wird rot und rot bleibt Blut.
Der Schuss ist ohrenbetäubend.
Der Schuss ist ein Schrei.
Der Schuss ist sein Schrei.
»*Kinam!*«
Die Rose wabert über die Ränder seiner Hand,
aber es ist keine Rose und sie ist auch nicht mehr rot.
Sie wird blau.
Jemand steigt über ihn hinweg.
Er kann sein Gesicht nicht sehen.
»*Kinam, bitte!*«
Nur die langen Beine, den breiten Oberkörper.
Jemand trägt schwarz.
Jemand steigt die Treppe hoch.
Er kann ihm nicht folgen.
»*Kinam, bitte, hilf mir!*«
Am Absatz der Treppe ist eine Tür. Jetzt kann er sie sehen.

Als jemand sie aufstößt, rieseln Sterne hinein.
Jemand steht an der Tür und atmet ein.
Er kann nicht aufstehen.
Seine Hände zittern.
Er kann nicht aufstehen.
»Kinam, sie töten mich!«
Ein Schrei zerreißt die Stille und dann fällt der Kopf.
Jemands Kopf fällt.
Fällt ihm einfach von den Schultern.
Hüpft die Treppenstufen herunter.
Jede.
Einzelne.
Blut sprüht.
Knochen ragen hervor.
Der Kopf hüpft.
Er hüpft auf Kinam zu.
Er hüpft an Kinam vorbei.
Und ein Schrei zerreißt die Stille.
Sein Schrei zerreißt die Stille.
Da ist ein Loch.
Da ist ein Loch in der Stirn.
Und rot wird schwarz und schwarz wird rot und rot bleibt Blut.
»Ein Leben für ein Leben«, sagt Jemand.
Der Kopf poltert zu Boden,
als Kinam sich von den Stufen hochdrückt,
als Kinam vorwärts prescht.
Und als Kinam in die Freiheit stolpert,
von allen Ketten befreit,
gehen am Himmel die Sterne aus.

Keuchend bricht Kinam aus dem Griff des Traumes, aber entkommt den Bildern nicht – sie schlüpfen durch die Risse seines Bewusstseins, durch die Löcher in seiner Seele und sie verkleben ihm salzig den Blick. Stockend schraubt sein Herz sich in die Höhe, immer, immer, *immer höher* und er-
Er kann nicht hier bleiben.
Aber als er die Decke zurückschlägt, machen die Traumbilder ihn blind.
Ein Leben für ein Leben, als Kinam die Beine aus dem Bett schwingt. *Ein Leben für ein Leben*, als sein Knöchel nachgibt, als er umknickt, als er in die Wand fällt, aber sich fängt.
Kinams Hand malt blutige Abdrücke an die Wand, wo er sich an ihr entlang schiebt. Den anderen Arm schlingt er um seine Mitte. Das Gift sitzt ihm schon in der Brust und brennt nicht nur in seinen Rippen – es ätzt auch durch seinen Rachen.
Der Würgereflex kommt, bevor Kinam aus dem Zimmer stolpert. Er fällt. Fällt genauso wie der Kopf aus seinem Traum. Genauso wie Sungjin, als Kinam ihn von sich gestoßen hat.
Als seine Knie in den Boden einschlagen, starrt Kinam auf seine Hände herab. Da ist ein Verband, wo die Rose sein sollte, aber er kann sie trotzdem sehen. *Ein Leben für ein Leben.*
So ein Scheiß.
Das Schluchzen zerreißt ihn, während er sich halb auf den Knien vorwärts schleppt. Seine Finger krallen sich in das kühle Keramik der Toilette, als er sich über ihren Rand zieht und sein Gewicht kaum halten kann. Sein Inneres stülpt sich nach außen und einen Moment lang ist er nichts als Magensäure und Schuld.
Eine Hand gleitet in seinen Nacken und neben ihm sinkt Sehun mit knackenden Knien auf den Badewannenrand. »Lass es raus, Mann. Ist okay.«

Kinam verbrennt sich die Speiseröhre an der Magensäure.

»Er's tot, Hyung, er's tot«, schluchzt er in die Schüssel. Der Raum dreht sich noch immer und sein Magen verknotet sich. Sein Körper krümmt sich unter der Wucht seines Würgens. »Sie haben ihn umgebracht. Ich bin einfach weggelaufen und dann haben sie ihn umgebracht, und ich-« Ein weiterer Schwall Säure lässt ihn die Toilette umklammern. »Oh mein Gott, oh mein Gott, oh-«

»*War ein Traum, Kinam. Nur ein Traum.*« Sehun zieht seine Hand in warmen, weiten Kreisen über seinen Rücken. »Scheiße.« Kinam hebt den Blick vom Toilettenrand.

»Kann nur ein Traum sein. Kenn Sungjin, schon vergessen? Der stirbt nicht so leicht.« Sehuns Lachen ist wacklig, aber die Gewissheit in seiner Stimme will mehr als Trostpflaster sein – *Er glaubt das.*

Wie kann er dreiundzwanzig werden und das glauben?

In einer Stadt wie Daegu?

»Goya ist bei ihm«, beharrt Sehun, als würde davon irgendwas besser. »Und dir passiert nichts mit Goya, schon vergessen? Nicht so schnell.«

»Ein Leben für ein Leben, Hyung«, wispert er. »Er hat gesagt, er ist mein Leben. Meins gegen seins. Chans gegen seins.«

Als er dieses Mal würgt, kommt nichts. Kinam legt die Wange auf der kühlen Keramik ab. »Er wollte, dass ich's mache. Wollte, dass ich ihn töte. Aber hab's nicht. Konnte nicht. Was, wenn sie ihn gefunden haben, Hyung? Ich hätte- Was, wenn-« Kalt rinnt der Schweiß seinen Rücken hinab. »Wir waren im Keller. Wir waren-«

»Kinam, hör mir zu. *Hör mir zu, okay?*« Sehuns Nase schlägt Falten und Kinam weiß, dass diese Missgunst Sungjin gehört, nicht ihm, aber vielleicht er trotzdem lieber nicht hören, was Sehun über Sungjin zu sagen hat.

»Lass-«

»Sungjin ist ein beschissener Wichser, aber er war immer dein Hyung. Das ist er immer geblieben. Auf seine eigene, verquere, weiß Gott absolut beschissene Art, aber ich schwör's, wenn er sich als was verstanden hat, dann als dein großer Bruder. Hat in seiner Welt alles bedeutet. Hab's nicht gerafft, bis ich dich kennengelernt hab.«

»Oh Gott, ich-« Zitternd bricht der Atem aus Kinams Brust und er lässt die Arme vorfallen, lehnt die Stirn darauf und weint in die Toilette, weint in seine eigene Kotze. Das Auf und Ab der verklebten Nässe des T-Shirts in seinem Rücken ist nur beinahe Trost.

»Du musst ihm das lassen, hörst du mich? Er hat dich als dein Hyung gehen lassen und das wird nicht hinterfragt. Ist nicht- Ist nicht deine Scheißverantwortung, Mann. Er-« Sehun stockt und Kinam starrt zu ihm auf, weil das noch nicht reicht. Er braucht mehr.

Sehuns Blick ist bis obenhin voll mit Schmerz. »Was auch immer es bedeutet, du bist jetzt hier. Chan ist noch hier. Und das ist wichtig, oder? Dass Chan noch lebt.«

Chan.

Feucht zieht er die Nase hoch. Es ist abgefuckt, wie Wärme über ihn wäscht, wie Licht durch die Risse seiner Seele bricht. Ist nur'n Scheißname.

Kinam hebt den Kopf, bis er sich mit dem Handrücken über den Mund fahren kann. »Hat Goya sich gemeldet?«

»Nein, aber Gyeom war unterwegs. Fast die ganze Nacht. Heute über den Tag. Ich war auch draußen, die Pflicht ruft.«

Sehuns Lächeln ist so müde, dass sich die Trauer daran satt frisst. »Hab mich bei meinem Chef gemeldet, aber dann bin ich weiter. Kopf freikriegen. Sie suchen. Mich umhören.«

Sehun stemmt seine Hände in die feinen Härchen auf seinen Oberschenkeln. Wo Kinams Beine sehnig sind, sind Sehuns solide, aber am Ende sitzen sie beide hier in diesem rosanen Albtraum eines Badezimmers und hängen die Leben ihrer Liebsten an seidenen Fäden auf.

»Wär sie tot, wüsst ich's. Kenn zu viele Leute. Irgendjemand würd's an mich rantragen. Aber wenn Sungjin tot wäre ... Kinam, dann wär das ganze *Klima* anders.«

Sehuns Finger krampfen hilflos in seine Muskeln hinein und Kinam fingert nach der Spülung. »Wir reden mit Chan, wenn er dazu in der Lage ist, zu reden. Ihr könnt beide von Glück reden, noch am Leben zu sein. Aber erst essen wir was – wird Zeit, dass wir ein paar Nährstoffe in dich reinkriegen, die du nicht gleich auskotzt.«

Sehun packt ihn unter den Schultern und hievt ihn auf die Füße. Unter seinem Gewicht protestieren Kinams Knie, aber Sehun lässt ihn nicht fallen. Trotzdem stützt er sich für die Schritte in Richtung Küche an der Wand ab, kein Vertrauen in die Beine, die ihn tragen sollten. Es ist erbärmlich, aber er kann das Heroin noch auf der Zunge schmecken und dagegen ist er machtlos.

Auf dem Tischgrill in der Küche zischt das Fleisch und der Geruch, der ihm in die Nase steigt, ist beinahe zu viel, beinahe genug, um direkt wieder umzukehren, aber da sitzt Gyeom und grinst. Sehun manövriert Kinam auf den freien Platz, der sicher eben noch Sehuns war, und Gyeom nimmt noch einen Zug von seinem halbgerauchten Joint. Dann löscht er ihn im Aschenbecher und nur sein Aroma bleibt, eins geworden mit dem Fleischdampf.

»Noch wacklig auf den Beinen, was?«, neckt Gyeom, aber legt das erste Stück Fleisch vom Grill vor Kinam ab.

»Danke, Hyung.« Leicht neigt Kinam den Kopf. »Jal meoggesseumnida.«

»Ach, was. Scheiß auf Höflichkeit. Hab dich von der Schwelle des Todes gepflückt, iss einfach.«

Kinams Finger zittern, als er nach den Essstäbchen greift.

»Hast mir einen Scheißschreck eingejagt, ehrlich. Sahst so kacke aus.«

»Hier.« Sehun lässt das Schälchen Reis grob neben Kinam auf den Tisch fallen und wirft Gyeom über den Tisch hinweg einen Blick zu. »Bevor du's mit dem Fleisch gleich wieder übertreibst.«

Seufzend lässt Kinam das Fleisch zwischen den Stäbchen zurück auf den Teller fallen. Was eine Henkersmahlzeit. Reis. Pur.

»Hyung, hast du noch was von dem Kimchi? Ich würd töt- hat magische Heilkräfte, ich schwör's.«

»Kann dir sagen, woran das liegt.« Gyeoms Finger schließen sich mit einem verklärten Grinsen um das Wasserglas. »Ist, weil ein Liebeszauber-«

»Gyeom.« Sehun stöhnt.

»*Nein*. Nein, Mann, du musst mich ausreden lassen. Unser Sehun hier, der ist nämlich'n richtig, richtig-«

Die Augen verdrehend wendet Sehun sich dem Kühlschrank zu, doch Gyeom grinst bloß in zufriedener Rechtschaffenheit.

»-Guter. Wie aus'm Drama geschnitten, wie aus- wie heißt der Schauspieler nochmal?«

Sehun dreht sich nicht um, kramt bloß die Plastikbox mit dem Kimchi hervor. »Gong Yoo.«

»... wusst ich's doch, dass du ihn dir gemerkt hast. Ich schwör, Sehun, wenn ich's nicht besser wüsste, könnte ich denken-«

»Komm auf den Punkt.«

Ein Lachen drückt sich von hinten gegen Kinams Zähne.

»Aus *Goblin*. Kennst du *Goblin*? Kennst du Gong Yoo? So ist er. Was ich sagen will, Kinam, seitdem Sehun der Ahjumma geholfen hat, als ihr so ein paar Bengel beinahe den Stand zerlegt hätten? Seitdem schmeckt das Kimchi anders. Weil die Ahjumma, die hat 'ne Tocher und die-«

»Sie lässt mich nicht dafür zahlen. Ende der Story. Mit Hyejin hat das rein gar nichts zu tun.« Entschieden stellt Sehun das Kimchi vor seiner Nase ab, und als Gyeom entzückt nach den Essstäbchen greift, um sie in dem Kraut zu versenken, schlägt Sungjin ihm auf die Finger.

»Hey!«

»Dreh lieber das Fleisch um.«

»Würd's mir an deiner Stelle überlegen, der Heiratsvermittlungsofen brennt nicht lange heiß und dann war's das. Mit dem Kimchi, meine ich.«

»Dann hab ich immer noch dich und deine große Fresse, Gyeom.« Bedeutungsschwer klopft Sehun Gyeom zweimal auf die Schulter. »Ich bin sicher, du kannst uns ein paar Kimchirezepte auftreiben, die sich auch tatsächlich schmecken lassen.«

Kinams Lachen ist nur dünn. Ein bisschen erbärmlich. Aber es bleibt in seinen Mundwinkeln kleben, als er sich etwas von dem Kimchi auf den Reis legt. Und das reicht.

»Übrigens«, schiebt Kinam kauend hinterher, als Sehun sich auf den letzten freien Stuhl sinken lässt. »Sollte es doch was werden mit dir und der Kimchi Prinzessin, vielleicht probierst du's mit einem anderen Gong Yoo Streifen?«

Ächzend klaut Sehun sich den Joint aus dem Aschenbecher. »Iss.«

»Na, na. Der hat die letzten anderthalb Tage keinen verständlichen Satz rausgebracht.« Gyeom stapelt auch das nächste Fleischstück auf Kinams Teller. »Lass den Jungen quatschen.«

»Wenn du's so auf Hyejin abgesehen hast, kannst du ja das nächste Mal das Kimchi holen.«

»Wenn du sie dir durch die Finger gehen lässt, mach ich das vielleicht, Sehun – und zwar mit-«, Gyeom wackelt mit den Augenbrauen, bevor er den Kopf in Kinams Richtung neigt, »welchem Gong Yoo Streifen?«

»*A Man and A Woman*. Schon mal davon gehört?« Kinam pfeift durch die Zähne, und auch wenn das die Übelkeit noch einmal aufflammen lässt, lacht er. »Wenn Gong Yoo vor dir in die Hocke geht und deine Knie küsst ... wird jedem anders.«

Sehun schnaubt. »Weiß Chan, dass du aus eurem Beziehungsnähkästchen plauderst?«

Kinams Augen blitzen. »Was glaubst du denn, wer vom Sofa heruntergerutscht ist und meine Knie geküsst hat, Hyung?«

Gyeom verschluckt sich fast an seinem Lachen. Sehun schiebt ihm kommentarlos das Bier herüber, aber der Schluckauf hat sich schon festgesetzt und Kinam spürt die Enge seiner Brust, die sich zwischen all den verzerrten Momentaufnahmen der letzten Tage an den Sauerstoffmangel noch allzu gut erinnert.

»Hyung.« Er wartet, bis Sehun ihn ansieht. »Was genau passiert morgen?«

»Morgen kontaktiert uns ein Mitarbeiter-« Sehun wirft einen knappen Blick auf die grünschimmernde Uhr der Herdanzeige. Nicht mehr lang bis Mitternacht.

»Ein sogenannter Nam Daehyun«, hilft Gyeom auf die Sprünge.

»- der sich mit dir, mit uns, über den weiteren Verlauf und die Möglichkeiten unterhalten will.«

»Das ist viel zu vage, Mann. *Er weiß auf einer Ebene zu verhandeln, die selbst ein Jopok-Offizier versteht.* Das war dein O-Ton von ihrem O-Ton-«

»Ich war auch noch nicht fertig.«

Shit.

Sehuns Tonfall lässt Gyeom verstummen, und um so durch Gyeoms Haze zu schneiden ... Kinam schluckt gegen den Kloß in seinem Hals, während Gyeom sich mit dem Fleisch selbst das Maul stopft.

»Keine Ahnung, wer er ist«, fährt Sehun fort. »Wir haben versucht, ihn zu navern, aber keine Chance. Industrieinsider.«

Überzeugt klingt Sehun nicht, und wer könnte es ihm verdenken? Aber an irgendetwas muss Kinam glauben. Wieso nicht an Kang Heiran, die einem Nam Daehyun gegenüber sitzt, den man im Internet nicht findet und der von sich selbst behauptet, es mit Jopok-Offizieren aufnehmen zu können?

»... will hier keine Pferde scheu machen. Aber ...« Sehuns Blick verschränkt sich mit Gyeoms und schließt Kinam für einen Atemzug lang aus. »Ohne das Naloxon gäb's dich nicht mehr. Kang Heiran hat gesagt, wenn's am Ende nur für einen reicht, reicht es nur für dich. Schadet also nicht, wenn dieser Nam Daehyun Yohan so richtig ans Bein pisst.«

Kinam blinzelt. »*Bullshit.*«

»Kinam.«

»Nein. Das ist nicht verhandelbar.«

»Komm, lass die Scheiße.«

»Sie haben Chan den Augensockel zertrümmert.« Sein Kiefer knirscht. »Was, ist zu lang her? Habt ihr schon vergess-«

»Red nicht drüber, als wärst *du* dabei gewesen. Das warst du nicht.« Sehuns Augen kleiden sich in Stahl.

»Nee. Wurde grad mit 'nem Tischbein verprügelt, sorry.« Kinam keift sein Lachen. »Wenn dieser Daehyun-Heini hier aufschlägt, verlässt Chan Daegu. Ende der Diskussion.«

»Nur, wenn du's auch tust.« Gyeoms Hand landet schwer auf seiner Schulter und nicht mal das reicht. »Hab selbst mit Chan gesprochen. Lässt dir ausrichten, er bringt dich um, wenn das H es nicht macht.«

Kinam schließt die Augen.

»Gyeom.«

»Nee, musste er erfahren. Ist ein echt lieber Kerl, dein Chan. Gechillt. Kann seine Heat handeln. Aber der war bereit, die fucking Welt anzuzünden, als er's erfahren hat. Und du willst da nicht zwischen ihn und die Welt geraten, sag ich dir. Die Augen, Mann. Die Augen können vielleicht finster werden.«

Nur ein Grund mehr. Vor Seoul konnten sie's nämlich nicht. *Nicht so.*

»Bin bei Gyeom«, entscheidet Sehun. »Du hältst die fucking Füße still. Keine abgefuckten Einzelgänge mehr. Wenn du aufgegessen hast, geht's zurück ins Bett und morgen früh gucken wir, ob du dich an irgendwas erinnerst, das als Druckmittel geeignet ist. Und wenn Chan Gyeom selbst unter zertrümmerten Augensockeln Angst machen kann-«

»*Angst* ist übertrieben, aber-«

»-dann wär jetzt halt auch mal ein geeigneter Zeitpunkt, drauf zu vertrauen, dass dieser Kerl mehr ist als ein Bündel an Harmonie und Geborgenheit. Er ist genauso Daegugewächs wie du und ich.«

Erstickt schnaubt Kinam. »Du weißt, dass das was anderes ist.«

»Ich weiß, dass Chan sein ganz eigenes Gespräch mit Kang Heiran hatte. Das hier ist nicht mehr dein Geheimplan, um deinen Loverboy aus der Stadt zu bekommen, Kinam.«

»Sehun …«

Sehun kümmert sich nicht um Gyeoms Einspruch. »Du hast ein Recht auf Panik, aber hör auf, dich wie ein Kleinkind zu verhalten. Das hier ist nicht Seoul, wo wir wen abstellen können, der dir dein Händchen hält, okay?«

»Ich hab ein Recht auf Panik, huh?« Fahl breitet sich der Geschmack in Kinams Mund aus. »Mann, Hyung, bin ja ganz gerührt, dass du mir das zugestehst.«

Die Essstäbchen klirren gegen die Reisschale, als Kinam sie von sich wirft, und vielleicht verwässert es seinen Abgang, dass er sich auf dem Tisch aufstützen muss, bis er sein Gleichgewicht wiederfindet.

Aber scheiß drauf.

Gyeoms Miene verrutscht. »Du weißt genau, dass es so nicht gemeint war. Was Sehun sagen will-«

»Lass stecken, Hyung.« Kinam klopft mit den Fingerknöcheln gegen das Holz und Sehun tut ihm nicht mal den Gefallen, den Blick abzuwenden. »Hab schon verstanden, bin Sehun-Hyung im Weg. Sollte das Held-Sein lieber denen überlassen, die nicht so abgefuckt sind.«

»Manchmal bist du deinem Scheißbruder so verfickt ähnlich.« Sehuns Stimme bebt unter seiner Abscheu.

Aber Kinam stößt sich bloß von der Tischplatte ab. Den ersten Schritt, rückwärts in den Flur, stolpert er. »Muss wohl die Panik sein.«

Mit dem nächsten fängt er sich. Erhobenen Hauptes fährt er herum und schleppt sich zurück durch den Flur. Er wartet nur auf Sehuns Protest. Irgendwas darüber, dass sie klug sein müssen. Doch selbst als er die Schlafzimmertür hinter sich ins Schloss knallt, bleibt es in der Küche still.

Homofeindlichkeit, Gewalt

KAPITEL 11

Zugegeben, als Druckmittel taugen Sparrows vielleicht nicht. Aber irgendwo muss Kinam anfangen. Und ob sie nun dafür gedacht sind, bei Gefahr abgestoßen werden zu können oder nicht, immerhin hat sich nie jemand darum bemüht, sie vor Kinam geheim zu halten.

Und zum Reden bringt man sie auch leichter.

Kinam blättert die dritte Seite des Blocks um, Zeile für Zeile mit Namen gefüllt, an die er sich erinnern kann. Die hierarchischen Strukturen sind schwieriger zu rekonstruieren, aber je länger er am Küchentisch sitzt, desto mehr Signaturen kommen zu ihm zurück.

Ob es die Schlangentätowierungen sind, die sich über Arme und Schultern erstrecken, oder die Wolfsköpfe, die auf Waden prangen, jede Sichtung ein halbes Todesomen, ... oder die Rose auf seinem Handrücken.

Schon wieder wandert Kinams Blick zu dem frischen Tattoo auf seiner Haut und Sehun schnalzt mit der Zunge. »Ist besser so. Die Haut braucht Luft, um zu heilen.«

Seit man ihm den Verband abgenommen hat, leuchtet die Rose Kinam wie das Brandmal entgegen, als das sie gedacht war. Alles in ihm sträubt sich dagegen.

»Vielleicht lässt Seoul sie dir weglasern, wenn du nett-«
Die Klingel unterbricht Sehun und sein Stuhl schabt in einer Hoffnung über den Boden, die man ihm nach der gestrigen Nacht nicht übelnehmen kann.
Goyas Funkstille hängt wie ein Todesurteil über ihnen.
Als Sehun in den Flur tritt, lässt Kinam den Stift fallen. Die Hände ins Haar schiebend senkt er den Kopf. Eine Kippe. Nur eine, aber Sehun gibt ihm keine, solang er nicht mal Suppe bei sich behält, ...
Fuck.
Egal.
Heute, hat Sehun gesagt. Irgendwann heute kreuzt Nam Daehyun hier auf und es liegt an Kinam, für das *und dann* zu sorgen. Weil er eher verreckt als zu erlauben, dass irgendwer auch nur dran denkt, Chan hier zurückzulassen.
Im Flur bleibt es still. Und er wär ja gern dankbar, dass das den Schlägertrupp ausschließt, aber es schließt auch gute Neuigkeiten aus und von denen könnte er ein paar gebrauchen.
»Scheiße.«
»Freu mich auch, dich zu sehen, Hyung.«
Kinam wirbelt auf dem Stuhl herum, sein Atem stockt und der Junge, der da durch den Flur in den Türrahmen schlürft, dieser braune Haarschopf, dieses malträtierte Gesicht, ist das letzte, auf das er heute zu hoffen gewagt hat.
»Chan«, schafft es erstickt über seine Lippen. Kinams Blick zuckt über Chans Gesicht, über die verbundenen Arme unter dem weiten T-Shirt.
Kein Scheißwunder, dass Chan manchmal aussah, als wäre er ganz woanders, wenn Kinam sich mit neuen Wunden durch sein Zimmerfenster geschoben hat. Wie erträgt man sowas?

Wie, wenn der Junge unter dem Schorf, unter der genähten Platzwunde weder Mitgefühl noch impulsive Racheakte toleriert? Das flaue Gefühl in Kinams Magen lässt ein raues Lachen seine verätzte Kehle hinaufsteigen.

Aber es ist Chan, der sich zuerst regt. Chan, der sich mit einem beschwerlichen Schlucken vom Türrahmen abstößt. Die Angst schwimmt noch immer in seinen Augen. Es ist nur wenige Schritte – fünf, vielleicht sechs, bis Chan ihn umständlich in eine Umarmung zieht. Dort, an seinen Körper, in dessen Mitte ein irrer Puls rast.

»Wie geht es dir?«, murmelt Chan, die Stirn an seine Schulter gebettet, seine Lippen der Halsschlagader so nah, dass Chans Atem Gänsehaut über den kalten Schweißfilm seines Rückens legt. Kinam schlingt die Arme um ihn.

»Bin okay.« Kinam weiß nicht, woher die Tränen kommen. »Bin okay.«

»Dachte, du stirbst.« Chan schluckt. »Hatte so eine Scheißangst um dich.«

»Tut mir leid«, flüstert er, und es ist so leicht, den Kopf gegen Chans sinken zu lassen. Die Augen zu schließen, nur für den Moment. »Nichts passiert. Nichts passiert, wirklich, bin okay. Was ist mit dir? Bist du–« Als Chan den Kopf hebt, rutscht Kinams Hand in seinen Nacken. Für einen Herzschlag graben sich ihre Blicke ineinander und es ist genug, jetzt, da er hier ist. Bei ihm.

Mit wackligen Beinen sinkt Chan auf den Stuhl am Kopfende des Tisches. Unter seinem Lachen ist er bleich. »Meine Eltern haben die Polizei eingeschaltet. Es hat nicht ganz gereicht, um Leute bei mir zu stationieren, aber sie waren oft genug da, um andere fernzuhalten.«

Chan greift nach seiner Hand, stützt seine Stirn gegen Kinams und hält den Blick doch auf ihre ineinander verschränkten Finger gerichtet, als er spricht: »Hab mit Kang Heiran geredet.«

Sanft erwidert Kinam den Druck von Chans Fingern.

Er hat nie kapiert, was an seinen Händen es ist, das Chan so fasziniert. Aber allein, dass sie's tun, muss heißen, dass da etwas ist, in Kinam, das sich sehen lässt.

»Und mit Sehun.« Seufzend hebt Chan den Blick. »Ich bin bereit, auszusagen. Wenn es soweit kommt.«

Ein trockenes Lachen schlüpft aus Kinams Kehle. »Hätt ich gewusst, dass ich nur mit dem Tod abschlagen muss, um dich auf meine Seite zu ziehen ...« Den Kopf schüttelnd atmet er durch. »Bist du dir sicher? In allem, was du aussagen kannst, hängst du mit drin. Wie wär's, vielleicht kriegen wir wenigstens einen von uns ohne Skandal aus dieser Stadt?«

Chan lächelt müde. »Mein Weg hier raus hat immer einen Skandal vorgesehen. Unabhängig davon, ob du zurückgekommen wärst. Goya hat mich lebensmüde genannt, als sie's rausgefunden hat, aber hat mir ein paar Mal den Rücken gedeckt, bevor sie-«

»Chan ...«

»Scheiße, ich hab's versucht, mit dem Konsequentsein, okay?«

Kinam greift mit der freien Hand nach den Dog Tags, die unter Chans T-Shirt verschwinden. »Ich erinnere mich.«

»Dachte, das bringt allen was. Dir und mir. Hab vergessen, wie stur du kannst.«

»Nur, wenn's um dich geht.«

Chan presst die Lippen aufeinander, aber nickt. »Ich schätze, ich hab mich dafür noch gar nicht richtig bedankt. Hättest in Seoul ja auch-«

»Bullshit.« Er lässt Chans Hände los, legt sie stattdessen an seine Wangen und schüttelt den Kopf. »Hey, guck mich an. Niemals, Chan. In keinem Leben, okay? Da warst immer nur du.«

Chans Atem zittert über seine Lippen, aber anstatt ihn zu küssen, greift er in die Taschen seiner schwarzen Jogginghose und zieht eine kleine Festplatte hervor. Silbern und lädiert. Doch das Licht an ihrer Seite schimmert grün.

Chan tippt ihm die Festplatte gegen die Brust. »Da ist genug drauf, um das System so zu belasten, dass es rund um Yohan einbrechen kann.«

Kinam blickt auf die Festplatte herunter, aber Sehuns unterdrücktes Glucksen aus dem Türrahmen nimmt ihm die Entscheidung ab. »Wusste immer, dass du noch was im Ärmel hast, Mann.«

Sehun fällt auf einen Stuhl, zückt das Etui mit den Zigaretten und zur vertrauten Melodie eines sich hochfahrenden Betriebssystems zieht Sehun den Laptop in seinen Schoß. »Dann lass mal sehen, was du uns Schönes mitgebracht hast.«

Kinam kommt Chan zuvor, als er nach der Festplatte greifen will. Über den Tisch schiebt Kinam sie in Sehuns Reichweite, unter dem Tisch drücken sich Chans Knie gegen seine.

Kinams Finger verweilen auf dem abgenutzten Gehäuse, das Daegu in Brand stecken wird. Alles hängt an dieser kleinen, silbernen Festplatte, der man übel mitgespielt hat und die trotzdem noch grün leuchtet.

Alles hängt an diesem stur grünen Leuchten.

Ob Chan mit nach Seoul kommt. Ob es für Kinam wieder Tanztrainings gibt, an deren Ende zur Belohnung nicht nur die Knochen schmerzen, sondern auch eine Choreo steht. Ein Title-Track. Ein Debüt.

Ob er Chans neue Demotracks nicht nur wieder als Erster, sondern auch durch blecherne Handylautsprecher am Ufer des Han-Flusses hören darf – so, wie sie es sich immer erträumt haben.

Chan lehnt sich vor, um ihn zu küssen, und für einen Moment vergisst Kinam, dass man einen Preis auf ihren Kopf aufgesetzt hat. Für einen Moment ist da nur der Hauch von Chans Atem auf seinen Lippen und dieses sture, gierige, unersättliche Biest in seiner Mitte, das mehr verlangt.

Alles.

Er krallt gerade seine Hände in Chans Nacken, als Sehun sich räuspert, und Chan lacht ertappt. Beinahe erwartet Kinam Röte auf seinen Wangen, als er den Kopf zurückzieht, aber da ist nichts in Chans Augen, das noch verstecken will, was Kinam und er einmal zu oft beinahe verloren hätten.

Stumm bietet Sehun ihnen seinen Joint an und Chan nimmt ihn entgegen, aber bevor er daran ziehen kann, schiebt Kinam seine Hand zurück in Chans Nacken und zieht ihn zurück gegen seine Lippen.

Sehun kann sich noch einen Kuss länger gedulden.

Chan seufzt, als Sehun das Wasserglas in die Küchenwand zimmert und die Scherben über den Boden bersten. Frustriert sinkt Sehun neben das zerbrochene Glas, sein Lachen klemmt hinter seinem Kehlkopf.

»Immerhin ist sie noch am Leben, wenn sie meine fucking Anrufe wegdrücken kann.«

Chan ignoriert Sehuns »Setz dich wieder hin, ich mach schon«. Kinam vergräbt den Kopf in seinen Händen, der Schwindel eine Schwäche, die er sich nicht eingestehen will. Aber er hat in den letzten Stunden zu viele Sätze begonnen, ohne sie beenden zu können. Zu viele Gesichter mit Namen verknüpft, die Sehun ihm erst abnehmen und an die richtige Stelle im Ganggefüge rücken musste. Er hat zu viele Zusammenhänge übersehen. Wertvolle Informationen waren veraltet, überholt, von Chans sanftem Timbre korrigiert.

Sie brauchen mehr Zeit.

Kinam senkt den Kopf in die Beuge seines Ellenbogens und schreit hinein. Was sollen sie können, die Scheißbilder auf Hanbins Handy, davon, wie der Schreibwarenladen regelmäßig aussieht? Was soll außerdem Sehuns Hand in Soyeons Haar, als er Tee vor ihr abstellt – ein Dankeschön dafür, dass sie Hanbin nach Schulschluss doch noch einmal hierher gefolgt ist?

Was soll die Leichtigkeit, mit der Chan zugibt, Soyeon auf der Schaukel vor seinem Haus vermisst zu haben? Als wäre diese Schaukel nicht-

Als wäre das in Ordnung.

Als wäre es in Ordnung, sich vorzustellen, wie sie verbunden durch Gewalt und Grausamkeiten einer Gang zusammenfinden und-

Soyeons kühle Hand sinkt in Kinams Nacken, aber sie kann lange kneten. Diese Anspannung ist nichts, das seinen Körper jemals wieder verlassen wird.
Diesen Nachmittag wird Kinam nie vergessen.
Scheiße.
Scheiße.
»Junsu brüstet sich gern damit«, fährt Hanbin fort, als wäre das Glas *nicht* an der Wand zersprungen, als hätte Goya sie *nicht* abgeschrieben. »Und wenn's nicht der Laden ist, dann sind's die Videos von Soyeon, die er filmt, wenn er ihr aufgelauert hat. Videos davon, wie sie da ... wimmernd auf dem Boden hockt, und-« Seine Stimme bricht. Er schiebt das Handy von sich weg. »Und dann schickt er sie mir. Prahlt damit, der Wichser.«
Soyeon webt ihre Hand in Hanbins. Übelkeit stößt sauer in Kinam auf, als er sich vom Tisch hochdrückt, und dieses Mal hat sie nichts mit dem Heroin zu tun.
Es reicht, dass es diese Szene sicher schon tausendmal gab.
Tausendmal Chan, Hanbin, Soyeon, Sehun in dieser Küche. Tausendmal im Hinterzimmer der Open Mic Night. Tausendmal und nie, *nie* hat es auch nur irgendwas gebracht.
Fuck.
Kinam hört, wie jemand seinen Namen ruft, als er in den Flur stolpert, aber er hat die Badezimmertür schon hinter sich zugeschlagen, bevor sie ihm nachkommen könnten.
Auf die Toilette sinkend kramt er sein Handy hervor, dieses nutzlose Scheißteil, das nichts bringt, keine belastenden Videos, keine Berichte über das Straßenklima, nicht mal irgendwelche Lebensbeweise von Goya, weil sie die verfickten Anrufe nicht nur ignoriert, sondern wegdrückt.
Und eine Antwort von Sungjin hat Kinam auch nicht.

Dabei spielt es keine Rolle, was sie hier zusammenzimmern, wenn Sungjin immer noch auf dem Scheißtrip ist, Kinam beschützen zu müssen.

Macht sowieso keinen Sinn, dass Sungjin für ihn sterben soll. Oder für den Rap, für Chan. Sungjin ist sein Hyung, ja, aber er war nie-

Es ist zu spät, um jetzt damit anzufangen.

Wieso versteht das denn keiner?

Dieser Nutzer hat dich blockiert. Er kann keine Nachrichten mehr von dir empfangen.

MONTAG
Blockiert???
14:47

Ist das dein Ernst?!
14:47

FICK DICH, HYUNG.
14:47

Ich habs kapiert, ok?
14:48

Weglaufen ist nicht.
14:48

Weglaufen löst das Problem nicht.
14:48

Lektion ist angekommen
14:49

> Ich Machs.
> 14:50
>
> Ich stell mich ihm und ich nehm mich ihm.
> 14:50
>
> Und ich lass nicht zu, dass ers mir nochmal kaputt macht.
> 14:50
>
> Bleibt einfach weg, okay?
> 14:52
>
> Ich weiß, sies bei dir.
> 14:52
>
> Bitte, Hyung.
> 14:53
>
> Versprichs mir.
> 14:53
>
> Keine Toten heute Abend.
> 14:57

Kinam lässt das Handy in den Teppich zu seinen Füßen fallen, der zu dünn ist, um das Poltern vollends zu verschlucken.
Shit.
Wenn Sungjin seinen eigenen Plan, dann ...
Tote sind verlässlicher.
Tote lassen weniger Raum für Komplikationen.
Shit. Shit. Shit.
Als es klingelt, zuckt Kinam hoch und rammt sich den Spülkasten hart in den Rücken. Das zweite Klingeln hält an, die

Klingel durchgedrückt, bis Kinam das Fluchen aus der Küche durch die halbe Wohnung hören kann.

»Komm ja schon!«

»Oppa, was, wenn-?«

Niemand beachtet Soyeons Einwand und dabei hat sie recht. Die Fratze auf der anderen Seite der Tür kann jedem Monster gehören, das diese Stadt beherbergt.

Kinams Knie beben, als er sich an der rosa gefliesten Wand abstützt und hochdrückt. Angst ballt sich in seiner Brust zu Fäusten um sein Herz.

Er braucht zwei Anläufe, um das Schloss des Badezimmers wieder aufschnappen zu lassen, doch die Tür springt auf und der Mann, der dort im Eingangsbereich steht, ist kein Bluthund der Gang.

Keiner von Yohans Leuten.

Es ist soweit.

Die Kavallerie ist eingetroffen. Mit einem einzigen Blick nagelt Nam Daehyun ihn an Ort und Stelle fest. Als Kinam den Blick über Sehuns Schulter hinweg erwidert, treten auch die anderen aus der Küche. Soyeon dankbar, dass sich niemand schlägt, Hanbin irritiert von der Stille – Chan bloß auf der Suche nach Kinam.

Daehyun verschwendet keinen Atem an eine Begrüßung. Er tritt bloß an Sehun vorbei in die Wohnung und hakt seine Sonnenbrille in die Hemdtasche. Diese Gruppe Teenager, die ihm hier entgegentritt, kann nicht mit den Teams mithalten, die er aus Seoul kennt. Für Männer wie ihn ist Leidenschaft kein adäquater Ersatz für Kompetenz.

Kinam sieht nur aus dem Augenwinkel, wie Soyeon erblasst und nach Hanbins Hand tastet, der Daehyuns Blick hält, als

wäre nicht Hanbin es, der seinen Wert beweisen muss. Sein Starren verlangt, dass ganz Seoul sich an Daehyun misst.
Arroganter Wichser.
Aber Kinam spürt denselben Reflex unter seiner Haut jucken. In die Defensive geprügelt gibt es für solche wie sie nur Konfrontation. Wegstoßen. Battlen.
Gewinnen.
Aber das hier ist nicht Seoul vs. Daegu und Kinam kann es sich nicht leisten, Verbündete zu provozieren.
»Heiran sagt, dass du bereit bist, eine ganze Stadt für deine Chance in der Industrie anzuzünden.« Daehyuns Züge brechen in ein Halblächeln.
Kinam strafft die Schultern.
Daehyun kann so schön sein, wie er will – gewinnend ist das Lächeln auf seinen Scheißlippen nur für die, die dumm genug sind, ihn zu unterschätzen. Seoul weiß alles über Masken und darunter schlummernde vernichtende Urteile.
Aber Daehyuns Augen finden Chan und etwas shiftet die gefährliche Härte seiner Pupillen. Vielleicht vereinfacht das Grün und Blau seiner Wunden die Situation.
Daehyun lässt die lederne Umhängetasche von seiner Schulter gleiten. »Wusste nicht, wie ernst es dir ist, bis ich das Stadtschild passiert habe. Auf den Straßen ist viel los.«
»Was du nicht sagst.«
Sehuns Hand sinkt auf Hanbins Schulter und lässt weitere Worte verstummen.
Daehyun tritt wortlos an ihnen vorbei in die Küche und in seinem Rücken schimmern unter dem Hemd Tattoos. Bunte Wirbel, die sich seinen rechten Arm hinabziehen.
Eine Sprache, die auch Jopok-Offiziere verstehen.

»Wurden bereits Informationen zusammengetragen oder sind wir noch mittendrin?«

Kinam lässt die Schultern sinken. »Wir wussten nicht, wann du ankommst, Daehyun-ssi.«

Er folgt ihm in die Küche und beantwortet Daehyuns Blick mit einem Neigen seines Kopfes, das nur als Verbeugung durchgehen kann, wenn man beide Augen zukneift.

Daehyun schweigt.

»Ist ein bisschen chaotisch, aber wir haben alles Mögliche zusammengetragen. Irgendwas davon wird zu euren Infos passen.«

Kinam deutet auf den offenen Laptop, eines der vielen Videos, die Chan mitgebracht hat, im Vollbildmodus pausiert. Auf die Blöcke, die offen da liegen und von Namen geziert werden. Von Stammbäumen und Flussdiagrammen, die Hierarchien nachzeichnen sollen. Von Clustermaps, die Zusammenhänge abbilden.

»Bin gespannt, was man in Seoul über Yohan zu sagen hat. War immer so stolz, auf seinen Reisen keine Spuren zu hinterlassen. Aber ...« Er richtet den Blick auf Daehyun, dem Chan, sich verbeugend, seinen Platz anbietet. »Da ist er in guter Gesellschaft, nicht wahr? Haben uns schon gefragt, wen man zu uns schickt. Das Internet weiß ausnahmsweise, die Fresse zu halten.«

Kinam tritt an Chans Seite und rückt ihm den Stuhl zurecht. »Setz dich, Chan.«

»Zu kontrollieren, was andere anhand meiner Erscheinung in Erfahrung bringen können und was nicht, ist Teil meines Jobs.« Gelassen führt Daehyun die Hände in seine Anzugshose und betrachtet lächelnd, wie die Kinder in die Küche zurückkehren, in der alten Runde um den Laptop versammelt.

Er tritt erst an den Tisch, als auch Kinam sich auf die Bank sinken lässt. Sehun bleibt an die Anrichte gelehnt zurück, wachsamer Argwohn in seinen Augen. Als Daehyun die angesammelten Materialen begutachtet, will Kinam nach Chans Hand greifen, aber Chan hat eine Hand um Soyeons Schultern gelegt und aus irgendeinem Grund lässt Hanbin ihn.

Daehyun blättert sich durch die Papiere und in keiner Welt kann, was er sieht, genug sein. Zu viel Chaos. Zu wenig System.

Trotzdem zieht Daehyun den Laptop zu sich heran, minimiert das Video und klickt sich zurück in den Dokumentenordner.
»Wie lang geht das zurück?«

Er knöpft die Hemdärmel auf und krempelt sie hoch, in seinem Blick beinahe etwas wie Anerkennung. »Haben wir hier etwas in der Hand, womit Yohan explizit belangt werden könnte? Oder sind wir hier in sinnlosen, jugendlichen Gewaltakten, die sich unter dem Banner der Gang zu rechtfertigen versuchen?«

Hanbin plustert sich schon auf, aber es braucht nicht mehr als Chans Faust, die ihn über Soyeons Schulter hinweg anstupst, damit er die Fresse hält.

Daehyuns Blick richtet sich auf Sehun. »Hast du Zugang zu höheren Gangstrukturen? Oder ist unser Flowerboy der Einzige mit solchem Zugang?«

Sehuns Augenbraue zuckt.

»Keinen persönlichen. Bisher gab's keinen Grund, einen Krieg anzuzetteln. Aber dann hat sich eine Freundin aus der Gang freigekauft. Jetzt ist das anders«, gesteht er zwischen zusammengebissenen Zähnen. »Ist es auch, seit Kinam wieder zurück ist. Goya … Sie hat ein bisschen was erzählt. Das steht da schon mit drin.«

Mit dem Kinn deutet er auf das Papiermeer auf dem Küchentisch, die Arme noch immer vor dem Körper verschränkt. »Sie weiß mehr, nur- wir erreichen sie momentan nicht.«

»Diese Freundin ...« Daehyun hat keine Vertrauensvorschüsse zu vergeben. »Goya, sie ist nicht zufällig zurück in Gangstrukturen gewandert?«

Hanbins »Fick dich!« kollidiert mit Soyeons »Nein, niemals!« und Chans Blick zuckt über den Tisch zu Kinam, wie er es in den letzten Stunden zu oft getan hat, wenn Goyas Name fiel. Aber Kinam kann's ihm auch nicht sagen. Will's nicht glauben, kann's nicht ausschließen.

Unter Vortäuschung falscher Tatsachen hätte es unzählige Vorteile, die Gang von innen heraus zu zerrütten. Mit Sungjin auf ihrer Seite? In ihrem fehlgeleiteten Instinkt, Kinam vor den Dingen zu bewahren, die zu oft Sungjin angeordnet hat?

»Wir wissen nicht mal, ob sie noch lebt«, erhebt sich Sehuns Bass über den Aufruhr. »Sie hatte nicht das Gefühl, dass ich irgendetwas für Kinam tun kann. Das war, bevor sie wusste, dass wir mit Ihnen in Verhandlungen stehen. Seitdem haben wir sie nicht mehr erreicht. Könnte ich Ihnen sagen, wo sie ist, wäre sie nicht mehr dort. Aber sie ist für Sie nicht verfügbar, das ist alles, was Sie wissen müssen. Und mehr steht Ihnen auch nicht zu.«

Sehuns Worte lassen Chan die Augen schließen. Unterm Tisch schließt Kinam seine Finger jetzt doch um Chans. »Das meiste ist aus den letzten zwei Jahren. Viel davon ist nur Sparrow Scheiß. Wird Yohan nicht interessieren. Die sind gemacht, um verbrannt zu werden.« Kinam wartet, bis Daehyun Sehun aus seiner Musterung entlässt.

Aber Daehyuns Aufmerksamkeit einzufordern, damit Sehun den Schmerz unbeobachtet in sein Inneres zurückstopfen kann, ist das Eine. Dass Hanbin aufsteht und sich zu Sehun gesellt, einfach so, wortlos, das ist das Andere.

Und seine bloße Nähe reicht, um Sehun daran zu erinnern, dass er noch was hat, für das sich das Durchhalten lohnt.

Kinam wird schlecht. »Aber da ist auch Kram von vor Seoul dabei. Das geht an die höheren Strukturen, ist nur nicht mehr unbedingt auf dem neuesten Stand ... Kang PDnim meinte, du hast einen Plan?«

Daehyun nickt. Er senkt den Blick einmal mehr auf das Netzwerk an Namen, hier und da versehen mit Funktion, mit Status und mit viel Glück sogar mit dem Bereich, in dem man sie eingesetzt hat. Bloßes Ausspähen, das Eintreiben von Schulden, Patrouillen.

Schläger.

»Es ist ein vager Plan«, antwortet er zeitverzögert. »Abhängig von den Ergebnissen. Aber er wird trotzdem funktionieren. So insignifikant Yohan das System seiner Späher einfädelt, um sich ihrer entledigen zu können, ist es dennoch ein Informationsnetzwerk. Und wenn es brennt, erreichen die Flammen irgendwann auch ihn.«

Irgendwann.

Beinahe hätte Kinam gelacht.

»Habt ihr die Polizei informiert?«

»Ja.« Chan klingt müde. Sehun wendet sich ab und starrt die Küchenschränke in Grund und Boden. »... das Krankenhauspersonal hat meinen Fall gemeldet. Meine Eltern haben sich mit ihnen zusammengetan, um Näheres herauszufinden, ich – Unsere Beziehung hat sich in den letzten Jahren verschlechtert. Hab ihnen nichts von der Gang erzählt.«

Daehyun verzieht keine Miene. »Solltest du noch im Krankenhaus sein?«

»Ja.«

»Hast du dich selbst entlassen?«

»Nein, ich-« Chan stockt, bevor ein ertapptes Lachen durchbricht, zu dem Kinam etwas zu sagen hätte, wären sie allein. »Bin einfach gegangen. Bin noch nicht volljährig, könnte es so oder so nicht.« Chan lässt zu, dass Kinam seine Finger zwischen seinen zerquetscht. Den Blick nimmt er nicht von Daehyun.

»Also suchen sie dich.«

»... zumindest bald, denke ich.«

»Gut.« Daehyun nickt. »Dann sind die Straßen kein Freiwild mehr. Zumindest nicht, bis es dunkel wird. Kommst du direkt an deinen Vater heran?«

Kinam braucht einen Moment, um zu kapieren, dass die Frage an ihn gerichtet ist. Aber klar. Daehyun ist hier. Kein Grund mehr, Sachen herauszuzögern.

Wenn es hier beginnt, beginnt es jetzt.

»Wenn wir es schaffen, ohne Mittelsmänner an ihn heranzukommen, steht die Zeit vielleicht auf unserer Seite. Nicht auf ihrer.«

Tonnenschwer spürt Kinam die Blicke der anderen auf sich, ihre Erwartungen, die sie zurückzuhalten versuchen. Aber am Ende zählt nur genau das: ob er zu den Versprechen stehen kann, die er so großkotzig rausballert.

Alles.

Alles ist er bereit, zu tun, um Chan hier rauszuholen.

Alles ist er bereit, zu tun, um nach Seoul zurückzukehren.

Es sei denn, er muss dafür eine Waffe halten.

Es sei denn, er muss dafür seinen Hyung erschießen.

Es sei denn, ...

Erbärmlich.

Dieses Mal gibt es kein *Es sei denn*. Dieses Mal gibt es nur Chans Hand, die er loslässt, und wie er sich im Stuhl zurücklehnt.

Kinam friemelt sein Handy hervor. Seine Finger zittern mehr, als sie es in der letzten Minute tun, bevor er auf die Bühne hoch soll.

Die Tastensperre löst sich und der Lärmpegel bricht, macht ihn taub, und die Stille will sich in die dunkelsten Winkel seiner Seele stehlen, *aber sie können Kinam nicht panisch gebrauchen.*

»Wonach soll ich verlangen? Ein Treffen?«

Daehyun nickt. »Ein Treffen – nur er und wir beide.« Obwohl der Raum aufbegehrt, hält Daehyun die Welt auf das Hin und Her ihrer Blicke beschränkt. »Er wird es von dir verlangen. Lass ihn in dem Glauben.«

Kinam spiegelt sein Nicken, weil es leichter ist, nachzuahmen, als die Überzeugungen aus seinem Inneren kratzen zu müssen. Aber als er den Blick senkt, blinken ihm die Kontakte seines Handys bereits entgegen. Es braucht nicht viel, bis zu **YOHAN** herunterzuscrollen, den er so lange als **MONSTER** eingespeichert hatte, bis Sungjin es gesehen hat.

Bis Sungjin gedroht hat, das Handy zu zertrümmern, wenn er es nicht ändert.

Kinam schluckt, als er das Handy an sein Ohr hebt. Sein Herzschlag ist die Baseline für einen Rap, den er erst noch schreiben muss. Vielleicht endlich jener, der Chan die Melodieführung vergessen lässt.

Chan greift nach seiner Hand, als der Anruf durchgeht, und Kinam hält den Atem an. Schließt die Augen. Konzentriert sich.

Jetzt das und dann–

Chan und Seoul, die Trainings und die Busfahrten, die Küsse.

Und dann–

»Kinam.« Seine Augen fliegen auf, auch wenn Yohans Stimme ruhig ist. »Unnötig anzurufen, jetzt, wo ich weiß, wo du bist, mein Sohn.«

»Ich will ein Treffen«, fordert er, die Stimme dünn. »Ich habe ein Angebot für dich. Für einen Deal. Für Chan und mich, damit du uns gehen lässt.«

Das Lachen poltert durch die Leitung, rau, kehlig, die Belustigung kalt genug, um grausam zu sein. »Es gibt nichts mehr, das du mir anbieten kannst. Deine Existenz ist wertlos für mich.« Das hörbare Ausatmen von Zigarettenrauch lässt Kinam erschauern. »Chan ist zuerst dran. Werde ihm alle Zähne aus seiner hübschen Visage treten, weißt du. Ja, das werde ich tun. Denn wenn's keine flötenden Großstadtträume sind, dann entlock ich ihm wenigstens ein Würgen, bevor ich ihn mit meinem Schwanz ersticke.«

Die Knöchel, die Kinam um Chans Hand schließt, werden weiß. »Hab auch nicht erwartet, dass du mir nachweinst, *Appa*. Trotzdem wirst du mich anhören. Tust du's nicht, tut es die Polizei.«

Chan erwidert den Druck und das sollte genug sein. Aber Yohan lacht wieder. »Ach so?«

»Ich mein's ernst.«

»Sicher tust du das. Aber was soll die Polizei machen, Kinam? Daegu ist unsere Stadt.« Missgunst lässt Yohans Stimme aus ihrer kontrollierten Gelassenheit brechen. »Sungjin vergisst das auch ständig. Hab ihn aber dran erinnert. Jetzt kann er's nicht mehr vergessen.«

Lass die Finger von ihm.
Von ihnen allen.

»Hier hast du sie vielleicht in der Tasche, aber du warst oft weg.«

Leg Hand an Chan und ich bring dich um.
»Man kennt deinen Namen nicht nur in Daegu.«
Kinam wirft Daehyun einen Blick zu und er nickt. »Triff mich. Triff *uns*, Yohan. Heute noch.«
Das Knirschen von Schritten auf gefrorenem Boden zerbricht die Stille, wo eben nichts war, kein Wind, kein Atem, gar nichts.
»Wer ist uns?«
Die Ebenbürtigkeit, in die Yohan so mühelos rutscht wie in jeden Spott, jagt eine Gänsehaut über Kinams Rücken. »Einen Freund aus Seoul und mich. Bezweifle, dass du ihn kennst. Versteht sich im Spurenverwischen besser als du.« Kinam löst den Klammergriff, mit dem er das Handy an sein Ohr presst.
Daehyun verzieht keine Miene.
Eine Sprache, die auch ein Jopokoffizier versteht.
Vielleicht hat Kang Heiran recht.
»Wann?«
»... Ah.« Yohan entweicht ein Seufzen und im Hintergrund kristallisieren sich Stimmen heraus, auch wenn Kinam sie nicht erkennt. »... immer so voreilig. Aber ob das eine gute Idee ist, die du da hast? Ich bin wirklich gespannt.«
Jemand schiebt sich an ihn ran, ein »Yoha-«, das abrupt endet, weil Yohan will, dass es endet.
Kinam will auch, dass es endet.
»Wann?«, beharrt er.
»22 Uhr. Du und dein Freund aus Seoul – und nur ihr beide.«
Yohans Stimme rückt vom Hörer weg, sein »Was ist?« ruhig, aber herrisch. Doch das Auflachen danach ist grausam und als Sungjins Name fällt, nicht nur einmal, bricht die Leitung.
Einen Moment lang hält Kinam das tote Handy noch an sein Ohr. Aber kaum, dass er es in seinen Schoß sinken lässt, kaum,

dass er Luft holt, peitscht sein Körper ihm die Übelkeit die Kehle hoch.
Alles in ihm will aufspringen.
Wegrennen.
Einen Scheiß auf Sungjin geben.
Auf Seoul.
EE.
Aber dann ist da Chan, Chan und sein »Kinam!«, Chan, der auch nach seiner zweiten Hand greift und beide in seinen Schoß zieht.
Chan.
»Schau mich an.« Er wartet, bis Kinams flatternder Blick der Aufforderung folgt. »Was hat er gesagt?«
Er schuldet es ihm.
»Wir haben das Treffen«, ringt er sich ab. Dann lässt Kinam sich fallen, bis seine Stirn an Chans Schulter liegt, wie noch Stunden zuvor Chans Stirn an seiner. Kinam atmet den vertrauten Geruch, treibt ihn sich tief unter die Haut, um auszubrennen, was bloß schlummert, immer bloß schlummert und zu leicht, viel zu leicht von Yohan geweckt wird.
Jedes Mal.
Auch dieses Mal.
Zum letzten Mal.
»Daehyun und ich, 22 Uhr, auf seinem Schrottplatz. Wir haben das Treffen.«

Gewalt, Homofeindlichkeit

KAPITEL 12

Jinhwan war sich so sicher, dass Kinam sein Zuhause vermissen muss. Aber das Daegu, das er meint, das hat Kinam immer nur dann zu Gesicht bekommen, wenn Chan auf sein Klopfen an der Fensterscheibe schon wartete. Wenn sie gemeinsam hinaus in die Nacht geklettert sind, anstatt ihr zu entfliehen.

Heute wartet ein anderes Daegu auf sie.

Die schillernden Lichter der Nacht treffen auf eine Trostlosigkeit, die mit urbaner Schönheit nichts zu tun hat. Die Bilder, die am Fenster vorbeiziehen, haben keine Farbe; alles Grau in Grau *in Grau*, ganz so, wie die tote Katze im surrealen Schein der auf rot wechselnden Ampel. Gangtags weben sich wie Hintergrundmelodien in die auf Hauswände gesauten Graffiti.

Der Hyundai ächzt unter dem Gewicht seiner Insassen, als Sehun ihn anrollen lässt. Gyeoms Oberschenkel drücken sich in Kinams, der Rücksitz zu eng für die fünf Köpfe, die sich in den Wagen quetschen. Chans Finger lösen Kinams Faust aus dem Stoff der Jogginghose, in dem sie krampft, seit sie das Industrieviertel hinter sich gelassen haben.

Kinam schluckt, als er Chan die Hand überlässt. Die beklemmende Stille bleibt. Selbst die paar Downbeats, ungeschönt, nicht mal mit Lyrics versehen, die aus Sehun uraltem MP4-Player schallen, setzen wieder aus, als die Reifen durch ein weiteres Straßenloch rollen.

Nicht mehr lange, dann habe sie das Stadtschild erreicht.

Danach werden die Straßen noch schlechter und bleiben es, damit die Bürgermeisterkandidaten sie im nächsten Jahr zu ihren Wahlkampfkampagnen machen können. *Für ein besseres Daegu.*

Als wäre das mehr als ein leeres Versprechen, so lang die Spraytags der Gang die Sprache der Jopok-Offiziere bleibt. Immer dort, wo die Graffiti sich als Kunst tarnen, machen sie Kinam Angst. Wenn sie Blicke auf sich ziehen, weil sie schön sind, und damit selbst die neugierig machen, die ein Daegu leben, das Kinam vermissen könnte.

Kinam lässt den Blick von der Straße zu Daehyun gleiten, der dort vorne auf dem Beifahrersitz nicht aussieht, als gehöre er in diesen Wagen. Seoul spricht aus jeder seiner Poren – aus der aufrechten Haltung; dem wahrscheinlich unbewussten Rümpfen seiner Nase. Vermutlich nur Instinkt, wenn man sich einer solchen Hässlichkeit wie Daegu gegenüber sieht.

»Scheiße, Mann.« Gyeom zieht scharf die Luft ein und blickt unsicher über seine Schulter, als sie die letzte Kreuzung hinter sich lassen und in eine dunklere Straße einbiegen.

Sehun schickt einen Blick in den Rückspiegel. »Was?«

»Könnte schwören, uns folgt jemand.«

Das abgenutzte Leder des Lenkrads knarzt, als Sehuns Hände sich darum schließen. Er verzieht den Mund in einem unausgesprochenen Fluch.

»Hab eine Scheißangst, ich sag's euch. Messer und Baseballschläger sind okay, damit können wir umgehen, aber seitdem Kinam was von 'ner Waffe gequatscht hat–«

Daehyun blickt in den Seitenspiegel. »Uns wird nichts passieren, bis wir bei Yohan waren.«

»Und dann was?«

»Dann gehen wir wieder.«

»Ja, klar«, braust Gyeom auf. »Bist'n ganz schön aufgeblasenes Arschloch dafür, dass du hier in einer Schrottkarre sitzt, die pfeift, sobald man schneller fährt als 100! Das Ding hier ist kein geeignetes Fluchtfahrzeug! *Dann gehen wir wieder* – am Arsch!«

»Wir haben einen Plan«, wirft Chan ein, seine Hände noch immer um Kinams geschlungen. »Und wir haben einen Plan B und einen Plan C, wenn-«

»Wenn nicht alles in die Hose geht und Sungjin uns wie ein Irrer umnietet, was man bei ihm eh nicht wissen kann, weil's auch nicht krasser wäre als der Scheiß, den er sonst so abzieht. Seinem Bruder Heroin spritzen, ich mein-«

Kinam reißt den Blick herum und wirft ihn aus dem Fenster, um seinem Spiegelbild dabei zuzusehen, wie sich die Fratze in neutrale Gelassenheit zwängt. *Heuchler.* Chan lehnt sich ihm entgegen, aber auch das hilft nicht.

»Gyeom«, warnt Sehun.

»Was?«

Hinter Kinams Stirn pocht dumpfer Schmerz. *Sie können ihn in seiner Panik nicht gebrauchen.*

»Hör auf, Panik zu verbreiten, oder ich setz deinen Arsch an der nächsten Stelle vor die Tür.«

»Hier?!«

»Ist mein Ernst, Mann.«

»Okay, *was*, das alles wird funktionieren, weil unser Dude Daehyun mehr als nur fucking Seoul Prestige mitbringt? Fuck, bin ich der Einzige in diesem Scheißhyundai mit genügend

Streetsmarts, um sicher sagen zu können, dass das kein guter Plan-«

»Ist okay, Angst zu haben.« Chan blickt an Kinam vorbei zu Gyeom. »Hab ich jedes Mal. Geht nicht anders.«

»Ich- scheiße, ja, ich hab Angst, okay?«

Kinam kann im Fenster sehen, wie Gyeom sich aufrichtet, wie er sich mit den Händen durchs Haar fährt.

»Hab nur das Gefühl, wir zetteln hier was an. Tut mir leid, dass ich nicht der größte Seoulfan bin, wenn es um Daegu geht, okay?«

»Wenn Hanbin und Soyeon in zwei Stunden nichts von uns hören, wissen sie, was zu tun ist. Ist nicht der größte Trost, aber es ist besser als die Alternative. Wie oft haben wir drüber geredet? Viel zu oft, Mann, viel zu oft.« Sehun drückt das Gaspedal durch und schlittert über die Geschwindigkeitsbegrenzung.

Chan dreht den Kopf. »Hängen immer noch an uns dran.«

»Gut.« Daehyun lehnt sich im Sitz zurück. »Das heißt, sie nehmen uns ernst.«

Danach bleibt es still, bis sie den Schrottplatz erreichen. Rechtsseitig an eine Straße gebettet, die aus Daegu herausführt, strategisch klug neben einem Feld platziert. Würde sich endlich mal jemand trauen, das Scheißding umzugraben, die Hälfte der Vermisstenkartei Daegus könnte in Mordermittlungen umgewandelt werden.

Im Schritttempo holpern sie über den Weg. Das Auto hinter ihnen, eine ausländische, aber herunter gerittene Karre, folgt mit blendenden Scheinwerfern. Keine Chance, zu sehen, wer drin sitzt. Die sechs Männer, die das Tor bewachen, kennt Kinam nicht. Was ihn nicht überrascht, aber den Knoten in seiner Brust trotzdem enger schnürt.

Sehun setzt die Lichthupe und das weite Tor öffnet sich ihnen. Die Gesten der Kerle am Tor weisen ihnen den Weg zu einem offenen Spot links von ihnen. Das Auto hinter ihnen hupt kurz, bevor es langsam an ihnen vorbeizieht.

Gyeom stöhnt. »Fucking Scheiße, wo sind wir hier?«

Am einzigen Ort in Daegu, der sich nie verändert.

Die gepressten Autos sind zu den immer gleichen beachtlichen Stapeln aufgetürmt. Das Meer an ausrangierten Karren ist ein Vorbote jenes Schicksals, das dich früher oder später erwartet, wenn man dich hierher schleift.

Denn hier fragt niemand nach, sieht niemand hin, hört niemand zu.

Das Geräusch der aufspringenden Autotür lässt Kinam zusammenzucken. Chan lässt seine Hand los und Sehun sieht nicht zurück, bevor er aussteigt. Seine Tür schlägt zu.

Fuck.

Schimpfend stößt auch Gyeom seine Tür auf und Kinams Zwerchfell zuckt, als er ihm folgt. Ihm ist so scheiße schlecht.

Aber die Kälte der Nacht hilft. Und die Silhouetten, die sich, egal, wohin er guckt, aus den Schatten erheben, tun ihr Übriges.

Yohans Vorstellung eines Willkommenskommitees.

Zahllos lungern sie zwischen den geparkten Autos oder lehnen an den Gebäuden, die sich an den ausgeleuchteten Vorhof anschließen.

Daehyun schultert seine Geldtasche, als Gyeom den Kofferraum zuschlägt. Sehuns ruht zu seinen Füßen und als Kinam um den Wagen herumtritt, stößt Chans Schulter gegen seine, bevor er Gyeom die Tasche abnehmen kann.

»Nicht.«

Kinams Finger zucken zu Chans Hand, aber er greift nicht nach ihr. Der Blick, den er Chan erwidert, sagt auch so genug.

»Kinam, Kinam, *Kinam*, ist das eine Art? Zurück in Daegu und ich bekomm nicht mal ein Hallo?«

Er wirbelt herum, aber das Lachen hätte er überall erkannt. Donghyuk tritt aus den Schatten, das verfickteste Grinsen auf der Drecksfresse.

Wie er ihn hasst.

Nicht nur das Grinsen, auch die ruinierten Nachmittage, den penetranten Parfümgestank. Und dass er sich was drauf eingebildet hat, Yohans rechte Hand zu sein, obwohl er wusste, dass er bloß Platzhalter war, bis Sungjin in den Posten hineinwachsen würde.

Die Scheißsiegelringe, die selbst hier draußen die Reflektionen der Lichter einfangen. Yohan hat sie ihm geschenkt und nichts gesagt, als Donghyuk sie an Sungjins Wange ausprobiert hat. War ja nichts Neues. Der Wichser hat jede Grausamkeit an Sungjin ausprobiert. War alles fair game, solang seine Konkurrenz am Ende schwach aussah.

Donghyuks Arme brechen in ein Willkommen, für das er geschlagen gehört. An jedem anderen Tag hätte Kinam ihm den Scheißgefallen getan.

Aber heute spuckt Kinam bloß auf den Boden vor seinen Füßen. »Muss wohl vergessen haben, dich zur Welcome Back Party einzuladen.«

»Musst du wohl. Ich war schwer enttäuscht.« Donghyuk schnalzt mit der Zunge, aber sein Blick verhärtet sich, wo er ihn über Kinams Rückdeckung gleiten lässt und den Fremden entdeckt. »Yohan übrigens auch. Nicht überrascht, dass dein Wort dreckwert ist, aber enttäuscht.«

»Schlechte Nachrichten sind ein schlechter Gast. Zu denken, der Sohn eines Jopok-Offiziers käme alleine zu einem Treffpunkt wie diesem, ist«, Daehyun schiebt sich an seine Seite, bevor er sich langsam auf dem Schrottplatz umsieht, »schiere Arroganz. Wenn nicht, Dummheit.«

Unter Donghyuks Starren neigt Daehyun bloß den Kopf und Kinam will lachen. Skrupellosigkeit und Abscheu stören einen Daehyun ihn nicht. Sehuns Skepsis genauso wenig wie Gyeoms Angst. Für Daehyun sind Donghyuks Einschüchterungsversuche nichts als traurig.

»Und du bist Teil des Deals, nehm ich an?«

»Ich bin der Deal. Entweder wir alle betreten das Gebäude oder wir gehen.«

»Ah.« Donghyuk rafft nichts. »Wo hast du denn Verhandeln gelernt? Musst mal richtig hingucken. Gehen ist gar nicht so einfach.«

»Deswegen ist es ein Schrottplatz.« Daehyun beobachtet, wie sich in den Schatten die Formationen ändern. Sehun flankiert Chan und Gyeom tritt in die entstandene Lücke in Kinams Rücken. *Stört Daehyun wenig.* »Pressen, Felder ... Ich bin sicher, wenn wir nur ein bisschen abseits des Schusses laufen, wird mir fauliger Gestank auffallen. Vielleicht auch ein paar Gruben. Yohan macht das hier zum Schauplatz, weil es sein Statement sein muss. Immerhin ist das sein einziger Deal, während unser Kinam-«

Donghyuk verrutscht das Lächeln.

»-viele Optionen hat und die beginnen, zu greifen«, Daehyun wirft einen Blick auf die Golduhr, unter der seine Tätowierungen schimmern, »wenn wir in zwei Stunden nicht zurück sind.«

»Yohan hat erzählt, dass der Kleine ein bisschen übermutig geworden ist. Nun.«

»So verhandelt man zumindest in Seoul.« Ein lässiges Lächeln ruht in Daehyuns Mundwinkeln, aber Donghyuk brennt sich in Kinams Fresse.

»Sollen wir dann, Flowerboy? Yohan hat nicht ewig Zeit. Bist nicht der einzige Sohn, der sich als Enttäuschung entpuppt hat. Aber weil du's jetzt so eilig hast ... Zwei Fliegen mit einer Klappe, sagt man nicht so?«

Sehun stöhnt. »Bringst du uns jetzt zu ihm oder was?«

»Bitte.« Donghyuk tritt zur Seite und streckt den Arm einladend zu dem Gebäude aus, das sich jenseits des Labyrinths an Wagen gegen die Schatten der tiefhängenden Wolken erhebt. »Nach euch.«

»Aufreihen und stehenbleiben.« Donghyuks Blick hängt sich an Kinam auf, an Chans Hand, die er noch immer hält, und sein Hass ist unverhohlen.

Ließe man ihn, wäre er der Erste, der den Flowerboy bestraft. Für Verbrechen gegen die Männlichkeit. Für weibische Schwäche. Für den Mut zur Perversion und die Schamlosigkeit.

Kinam lässt seinen Daumen über Chans Handrücken gleiten und Donghyuk muss sich vor Ekel wegdrehen.

Schwach.

»Taschenkontrolle«, winkt er Handlanger heran. Wie geklont kommen sie daher mit ihrem kurz geschorenen Haar, zu viel Härte in den jungen Fressen.

Sehun schiebt Gyeom eine Hand in den Rücken und drückt ihn vorwärts. Daehyun fängt Kinams Blick auf, bevor er Donghyuk wieder die ausdruckslose Maske entgegenknallt. Ist ein beschissener Teil des Plans, aber zumindest ist es immer noch der Plan.

Fremde Hände reißen an seinem Körper, aber Kinam streckt bloß die Arme zur Seite. Chans Finger halten an seinen fest, bis jemand seinen Ellenbogen hart in ihre Handgelenke rammt.

»Was, glaubt ihr etwa, wir rücken hier mit irgendwelchen Waffen an?« Gyeom lacht feucht, als ein Kleiner mit Zahnlücke vor ihm zum Stehen kommt. »Ich mein, wo sollte ich das verstecken, hmm? In meinem Arsch, viel-«

»Chan scheint sehr viel einfallsreicher zu sein als du, du Bastard.« Donghyuk nimmt das Messer entgegen, das man ihm reicht. Kinams Blick zuckt zu ihm herüber, aber Chan reckt bloß sein Kinn.

Empört Gyeom schnaubt, nur um dann die Schulter fallen zu lassen. »Natürlich hat der kleine Saftsack'n Messer an sich, ist ja fucking klar.«

»Regel Nummer Eins: Trag immer ein Messer an dir.« Chans Schulterzucken schubst Donghyuks Lächeln unter den Gefrierpunkt.

»Interessante Regel. Nie davon gehört.«

»Ist Goyas Regel.«

Ein Wunder, dass Donghyuk von ihrem Namen nicht vor dem Mund zu schäumen beginnt. »Sagst ihren Namen, als hätten ihre Regeln sie irgendwo hingebracht, Kleiner. An deiner Stelle wär ich vorsichtig.«

»Sie hat's immerhin rausgeschafft.«

»Nun.« Donghyuks Blick glimmt, als er ihn in Sehuns Seele wühlt. »Darüber lässt sich streiten, nicht wahr?«

Man kann von Glück sprechen, dass das Nicken, das ihnen den Weg freigibt, rechtzeitig kommt. Noch ein Kommentar und Kinam hätte Donghyuk die Zähne eingeschlagen, hätte Sehun es nicht selbst übernommen.

Scheiße.

Er muss sich zusammenreißen.

Durch den Vorbau werden sie in jene alte Werkstatt gedrängt, aus der man ihn als Kind getreten hat. Grelles Licht lässt die Hebebühnen Schatten werfen, an die er schon in seinen Albträumen zu viel Zeit verschwendet. Die Männer, die hier aufgehängt wurden, als er sich mit sieben unter einer der Werkbänke versteckt hat, haben ihn nie gehen lassen.

Yohan kennt vermutlich nicht mal mehr ihre Namen.

Aber auch heute hat Yohan einen Körper an der Hebebühne hochgezogen. Seine Zehenspitzen schrammen nur noch gerade so die abgenutzten Metallplatten. Kann nicht mehr lang dauern, bis sein Gewicht ihm die Schultern aushebelt.

Dunkelrote Striemen verschiedenster Nuancen bluten in das verwaschene Weiß des T-Shirts und-

Nein.

Daehyuns Arm brettert hart in seine Brust, als Kinam nach der zierlichen Schlampe greifen will, die die Kabel in der Hand hält, mit denen sie seinen Bruder ausgepeitscht hat. Als wäre Sungjin nur ein dahergelaufener D-Boy.

Fuck!

»Schick sie weg«, poltert Kinam und Yohan fährt zu ihnen herum, wo er über einen Schreibtisch gebeugt da stand. Er wirft

ein Blick herüber zu der grimmigen Kleinen, die die Luft mit ihrer bloßen Existenz verpestet.

»Wen? Gyuri?« Anerkennung für diese Frau funkelt in Yohans Augen. Kinam will kotzen. »Oder meine Leute?«

Höhnend breitet Yohan die Arme aus und tritt einen Schritt zurück. »Dachte, ich hätte dich das gelehrt, Sohn. Präzision kann Leben retten.« Die Drohung ist unverhohlen, als Yohans Fokus an Kinam vorbei zuckt.

Gibt nur einen unter ihnen, an dem Yohan noch mehr Mordfantasien erprobt hat als an Kinam.

Was immer ihm Chans Blick erwidert, Yohan es quittiert unwirsch. »Ruh deinen Arm aus, Puppe. Wir brauchen deine Ausdauer später noch eine Weile.«

Sungjin wimmert. Aber der Hüftschwung, mit dem Gyuri sich an ihnen vorbeischiebt, lässt keinen Raum für Missverständnisse: die Ausdauer, die sie sich aufspart, wird sie sich von Yohan so gründlich aus dem Körper ficken lassen, dass auch das als Foltersession durchgeht.

Falls sie sich denn seinen Schwanz verdient hat.

»Und was ist mit ihm?« Daehyun tritt einen Schritt vor, einen emotionslosen Blick auf das blutige Wrack gerichtet. »Lassen Sie ihn hängen?«

Bedacht schiebt er sich in Yohans Fokus, während er den Raum durchquert.

»Ich lasse ihn hängen.«

»Ihr Ältester, nicht?«

Unter einem Stöhnen knickt Sungjin auf den Zehenspitzen zur Seite, wieder und wieder und *wieder*, die dunklen Sneaker Blut getränkt. Hinter Kinam rasselt Gyeoms Atem, aber Sehuns Wärme bollert in seinem Rücken, Stahlverkleidung für das

Rückgrat, das Kinam beim Anblick seines Bruders nicht mehr zu fassen bekommt.

Daehyun neigt seinen Kopf. »Sind Sie sicher?«

»Wieso? Hat mein Gast einen konstruktiven Vorschlag anzubringen?«

»Wenn Sie es so ausdrücken.« Schneeweiße Zähne, wie Daegu sie nicht kennt, strahlen Yohan ein helles Lächeln entgegen. »Was ist der Sinn von Folter, wenn er bewusstlos ist und seine Arme nicht mehr bewegen kann? Wie kann er Ihnen dann verraten, was sich mit seinem Bruder zugetragen hat?«

»Oh.« Yohan bleckt trotzdem die Zähne. »Unnötig, zu wissen, was zwischen den kleinen Wichsern passiert ist. Sind beide noch am Leben. Ist'n Problem. Mehr muss ich nicht wissen.«

»Ah. So einfach ist das also.«

»Schön, dass Seoul das versteht«, mokiert Yohan und will sich wegdrehen, aber Daehyuns schweres Seufzen hält ihn zurück. »Was?«

»... es ist nur so *anmaßend*, das ist alles.« Unbeeindruckt gestikuliert Daehyun in Sungjins Richtung. »Diese Art von Geschäftsbedingungen. Ich meine, sehen Sie ihn sich an. Er wimmert. Er blutet. Und mit Sicherheit stinkt er auch.«

»-Donghyuk, warum hast du diesen Trottel reingelassen?«

»Boss, er hat gesagt, er ist der Deal.«

»Ich lege zwölf drauf, wenn Sie ihn so lange abnehmen, bis wir fertig sind.«

Yohan lässt die Zigarette im aggressiven Orange eines heftigen Zugs aufglimmen. Chans Atem geht in Kinams Ohr unregelmäßig.

»Zwölf was?«

»Zwölf Millionen Won.« Die Geldtasche in Daehyuns Hand wird zum Zentrum der Aufmerksamkeit, während er an Kinams Seite zurückkehrt.

»Er bleibt hängen. Vorerst.« Nur für den Bruchteil einer Sekunde pinselt sich Güte in Yohans Fratze. »Das hier ist immer noch Daegu. Du hast hier nichts zu sagen. Wirst du auch nie. Aber wenn Kinam sagt, dass sein Bruder das Geld wert ist, müssen wir schauen, was das für mich kann. Und dann nehm ich ihn vielleicht runter.« Das leise Lachen lässt die Kippe in seinem Mundwinkel beben. Asche rieselt zu Boden. »Komm, Sohn. Bin gespannt, was Seoul angeblich aus dir gemacht hat, was ich nicht in dich schnitzen konnte.«

Als Kinam an den Tisch tritt, hinter die klapprigen Stühle, die nur für ihn und Daehyun aufgestellt wurden, rückt Gyeom nach. Er schleift die Geldtasche über den Boden und tätschelt Chan den Rücken. Chan ist bleich, seit sie ihm das Messer abgenommen haben.

»Zwölf Millionen Won oder Söhne, die dir ans Bein pissen.« Kinams Blick kehrt zu seinem Vater zurück. »Wär dumm, lang zu fackeln, meinst du nicht?«

»Aber siehst du, Kinam. Das hier, das hat etwas mit Nachfolge zu tun.« Yohan sinkt auf den Stuhl ihm gegenüber.

Daehyuns Hand an seiner Schulter drückt auch Kinam in einen Stuhl.

»Appellierst an Raffgier und vergisst, wer ich bin. Vergisst, dass jemand wie Sungjin nicht mit Geld aufgewogen werden kann. Zwölf Millionen Won und dann was? Hat er mich immer noch verraten. Denken plötzlich alle, es wär okay – dass man sogar Geld rausschlagen kann, wenn man's nur richtig anstellt.« Yohan schüttelt den Kopf. »Tot hingegen ... ist er *alles* wert. Und du weißt, warum, nicht wahr? Bist am Ende nicht so dämlich, wie du dich anstellst. *Ein Exempel.* Das ist mehr wert als 12 Millionen. Nicht wahr, Donghyuk?«

Donghyuks Blick zuckt nervös. Von einer namenlosen Unruhe ergriffen kratzt er sich den Unterarm, schluckt trocken. »Ganz recht. Aber für zwölf Millionen könnte er ja mitentscheiden dürfen, wie er stirbt.«

Yohan nickt. »Das könnte was fürs- Wie sagen die jungen Leute? *Statement.* Es könnte was für's Statement.«

»Das ist bedauerlich, aber nicht der Grund, aus dem wir hier sind«, unterbricht Daehyun und öffnet mit leisem Surren den Reißverschluss seiner Aktentasche.

»Richtig. *Mein Sohn* will etwas von mir. Das hier ist deine Chance, Kinam. Appa hört zu.«

Kinam lässt seinen Blick kurz zu Daehyun zucken. Aber am Ende bohrt er sich in das kalte Braun seines Vaters, der auch jetzt auf ihn herabblickt, wie er es immer getan hat, weil es dafür weder den Rap braucht noch seine Sexualität. Egal, was er getan hätte, er wäre nie gut genug gewesen.

»Im Grunde ist es einfach. Ich kehre nach Seoul zurück und nehme Chan mit. Mir egal, was du mit Sungjin machst. Für ihn bin ich nicht hier. Aber tot sind Chan und ich für dich deutlich mehr Stress als Statement. Seoul hat seinen Narren an mir gefressen und Daegu mag mich hassen, aber-« Kinam lehnt sich in seinem Stuhl zurück, bis er an seinem Lächeln nicht mehr zu ersticken droht. »Mit Daegu verhandelst du heute auch nicht.«

Die Hand als stummer Befehl nach einer weiteren Kippe ausgestreckt hebt Yohan seinen Blick auf Chan. Jahre des Zorns entladen sich, Abscheu für den Abschaum, der ihm den Sohn genommen hat, aber dann bricht ein Lächeln frei.

Ein grausames, kleines Ding – Kinam könnte ihn dafür töten.
»Wir sind nicht daran interessiert, mit verdeckten Karten zu spielen.« Daehyun kommt ihm zuvor. »ERA ENTERTAINMENT will Kinam und ich bin hier, um sicherzustellen, dass Kinam in Seoul ankommt. Da Sie Teil der Rahmenbedingungen sind, habe ich es mir erlaubt, Ihnen ein Angebot zu machen.«
»Eines, das ich nicht ausschlagen kann?«
»Nun, natürlich können Sie das. Ich denke aber nicht, dass Sie es werden.«
»Warum Kinam?« Ruhe flutet den grobschlächtigen Körper. »Warum riskiert eine Entertainmentagency das Leben eines Angestellten für diese kleine Missgeburt? Da draußen laufen doch tausend rum, die können, was er kann. K-Gesichter für K-Pop, K-Drama, K-*Alles*. Was braucht ihr mehr? Wozu-«
»Wow, du hast es wirklich nicht verstanden, oder?« Chans Lachen zerteilt die Stille. »Glaubst ernsthaft, das hier ist eine Scheißliebesgeschichte.«
»Chan.« Sehuns Hand schließt sich um sein Handgelenk. Chan schüttelt ihn nur ab. Hat zu lang geschwiegen. Kinam kann das verstehen.
»Nein.« Er kümmert sich nicht um Donghyuk, der an Yohans Seite rückt. Er tritt einfach vor. Was kann Yohan ihm schon, wenn er doch in seinen Feuern geschmiedet wurde? Und was kann ihm Gyeom, der sich bloß an seine Fersen klemmt?
»Du weißt nicht, warum sie ihn wollen? Was für eine Scheiße. Du hast ihn doch damit abgefüllt. Hast sie ihm doch vermacht, die Geschichten. *Alle davon.* Geschichten von abgefuckten Vätern, die man sich aus der Scheißidentität schneiden muss, solang man noch kann. Geschichten von Leben und Tod. Dutzende.«
»Hunderte, wenn man's genau nimmt.«

»Hunderte, du hörst es.« Kinams Worte lassen Chans Blick von Yohan abschweifen, aber seine Augen bleiben hart. »Und er hat keine Angst, sie zu erzählen. Warum sollte er auch? Hatte das wahre Monster doch zuhause. Was könnte Seoul ihm da noch anhaben? Sitzt hier, so fucking ahnungslos. Bist auch ein bisschen überrascht, dass es Leute gibt, die sich für ihn einsetzen, weil auf dich hinter jeder Ecke wer wartet, der dich stürzen will – aber du hast ihn unzerstörbar gemacht.«

Chan schnaubt, sein Ekel genauso unverhohlen wie Yohans. »Solang er rappt, gewinnt er. Kannst mich noch hundertmal verprügeln lassen, kannst mich ins Krankenhaus bringen oder ins Grab, nur zu. Gib ihm noch 'ne Story. Gib ihm noch einen Grund, dich anzuzünden. Gib–«

Daehyun öffnet die Aktentasche auf dem Tisch und zieht die Dokumentenmappe hervor. Das reicht, um Chan das Maul zu stopfen und Yohan von dem Mord abzulenken, den er garantiert plant.

»ERA ENTERTAINMENT versteht, dass Sie momentan in keiner Position sind, einen Umbruch im Machtgefälle zu erlauben. Seit 2013 befinden Sie sich immer wieder in Gesprächen mit ansässigen Baufirmen, haben es seither aber nicht geschafft, Fuß zu fassen. Gegen diese Ablehnung sind Sie systematisch vorgegangen – Vandalismus.« Er blättert um und deutet auf eine Liste, die mit verschiedenen Verweisen versehen ist. »Hausbesetzungen und, natürlich, Bestechung ansässiger Bewohner, nicht in Buyouts einzugeben. In manchen Vierteln hat das die Popularität der Gang hochgeschraubt; uns wurde berichtet, dass die Polizei Daegus von einer kalten Zone spricht. Was auch immer dort geschieht, die Gesetzeshüter der Stadt haben Schwierigkeiten, gegen Ihre Organisation vorzugehen.«

Yohan schweigt. Normalerweise wäre Kinam dankbar dafür, aber Yohan übergeht Respektlosigkeiten nicht. Niemand spricht mit ihm wie Chan und kommt ungestraft davon.

Donghyuk, dieser Wichser, verschränkt die Arme vor der Brust. Daehyun lässt sich nicht beirren. »Kein einziges Bauprojekt wurde in diesen Gegenden durchgesetzt. Selbst Streiks und Demonstrationen vor dem Rathaus haben daran nichts geändert. Sogar Projekte wie einfache Schulsanierungen sind nur über Dienstleister gelaufen, die nicht mit den entsprechenden Firmen in Kontakt standen.«

»Das nennt man Wettbewerb«, grunzt Donghyuk. »Wenn sie uns nicht-«

Doch Yohans Geste lässt ihn seine Zunge verschlucken.

»Kinam hat berichtet, dass es schon vor seinem Seoul Aufenthalt öfter Geschäftsreisen gegeben hat, unter anderem auch nach Seoul.« Daehyun lächelt. »Wir vermuten Konkurrenzgespräche, aber auch große Ambitionen in eine Richtung, die man sich erst erschließen muss. Am Ende ist Seoul ein hartes Pflaster für alle.«

»Du weißt, dass ich dich nicht gehen lasse, ehe du mir nicht sagst, wo du diese Informationen her hast.«

»Natürlich.« Als Daehyun den Unterarm auf dem Tisch ablegt, leuchten seine Tätowierungen durch das Weiß des Hemdes. Seine Finger tippen mit dem Stift auf das Blatt Papier vor ihm. »Vorerst komme ich jedoch zum Kern unseres Deals. Es hat sich die letzten Wochen in Daegu viel getan. Ihr Feldzug über die letzten Jahre hat gefruchtet. Sie sind endlich in einer Position, in der man Ihnen Gehör schenkt. Drei Baufirmen sind bereit für Neuverhandlungen, eine Firma ist bereits in Verhandlungen mit Ihnen. Wenn alles gut geht, sind Sie noch am Ende des Quartals beteiligter Gesellschafter.«

Daehyun breitet die Blätter mit verschiedenen Firmenlogos vor Yohan aus. Kinam kennt nicht mal die Hälfte von ihnen, aber durch Yohans Gesicht zuckt Staunen. »Sie sind ein ambitionierter Mann, Yohan. Das hat Kinam von Ihnen.«

Yohans Schweigen schwillt im Raum an, bis sich auch der Hunger all jener darin festbeißt, die immer nur abkriegen, was übrig bleibt, nachdem die Jopok-Offiziere sich sattgefressen haben.

»Es liegt an Ihnen«, fährt Daehyun fort und lehnt sich im Stuhl zurück. »ERA ENTERTAINMENT ist bereit, viel Geld zu zahlen, um Kinam und Chan von den Blutsünden reinzuwaschen. Ist es Geld, das Sie nötig haben? Nein. Aber es sind US Dollar, die Sie als zusätzliche Einlage in Ihre Businessabenteuer investieren können. Als anonymisierte Spenden. Stellen Sie's geschickt an ... Sie verstehen, was ich meine.«

»-Daehyun, Alter! Weißt du, was das für Daegu bed-«

Gyeoms Finger graben sich tief in Daehyuns Schulter. Es muss wehtun, aber im Blick, den Daehyun für Gyeom übrighat, zeigt es sich nicht.

»Ich bin nicht für Daegu hier, sondern für Kinam. Und Chan – weil Kinam ihn zu seiner Bedingung gemacht hat. Der Rest interessiert ERA ENTERTAINMENT nicht.«

»Aber-«

»Wir sind dazu bereit«, übergeht Daehyun ihn, »Ihnen die Türen nach Seoul zu öffnen. Ich weiß, dass es bisher nur ein Druckmittel ist, um Ihren Stand in Daegu zu verbessern, aber es gibt eine Firma in Gangnam, die am Ausbau des städtischen Klärwerknetzwerks in Daegu interessiert ist.«

Sehuns Hand auf seinem Arm löst Gyeoms Finger aus Daehyuns Schulter, aber das ändert nichts. Sie haben Daehyun vertraut und er verscherbelt ihr Zuhause an ein Monster.

Kinam mag ihr Freund sein.

Aber das hier ist ihr Leben.

Fuck, Kinam verdient es nicht, dass sie die Klappe halten. Denn wenn es nach Kinam geht, kann Daegu verrecken. Für Kinam ist es in jedem Leben Chan.

»Donghyuk.«

»Ja, Boss?«

»Häng Sungjin ab.«

»Aber-«

Kinams Blick will zu Sungjin zucken, aber er sperrt ihn aus – seine Stille genauso wie Sehuns.

»Du tust, was ich sage, oder du bist der Nächste, der dort hängt.«

»Die Gang braucht Konsequenzen für sein Fehlverhalten, Yohan!«

Yohan schnippst ihm bloß den Stummel seiner Zigarette ins Gesicht. »Meine Sorgen sind erst deine, wenn ich sie dir zutrage. Und jetzt – *tust du, was ich dir sage.*«

Steif schiebt sich Donghyuk aus dem Lichtpegel und entfernt sich vom Tisch. Das wird 'ne saftige Strafe. Widerworte? Vor Publikum? *Autsch.*

»US Dollar? Wie viel?«

»Nun.« Daehyun mustert Yohan. »Das kommt ganz drauf an. Wie viele US Dollar ist Ihnen Kinam denn wert?«

»Wer bist du?« Yohan ruckt sein Kinn vor, nickt zu den Tattoos auf Daehyuns Unterarm, den schwarzen Wirbeln, dem Bunt darunter. »Zu wem gehörst du?«

»ERA ENTERTAINMENT.« Kinams Grinsen ist von innen hohl, als der Name seiner Agency in solcher Selbstverständlichkeit von Daehyuns Lippen perlt. »Also, wie viel? Kinam hat gesagt, was er will.«

In seinem Rücken brennt das Loch, das Sehun hinterlässt, als er den Blick abwendet. In einer anderen Welt würde Kinam sich dafür entschuldigen, aber in dieser ... streift er Daegu ab. Soll ein anderer für diese Stadt kämpfen. Kinam kann es nicht – und Kinam will es auch nicht.

Er schuldet dieser Stadt gar nichts.

»Fünfhunderttausend. Aber nur für Kinam. Nicht für ... die Schwuchtel.«

Sein Protest erstirbt in Daehyuns Entschiedenheit. »Chan ist Teil von Kinams Deal.«

»Nun, dann haben wir wohl ein Problem, nicht wahr? Wenn ERA ENTERTAINMENT nicht mehr zahlen kann ...« Yohan lehnt sich im Stuhl zurück und weil Yohan ein Wichser ist, funktioniert es.

Daehyun bringt auf dem Tisch die Hände zusammen, Fingerspitze an Fingerspitze gelegt. »Billiger, als wir erwartet haben.«

Kinams Atem stockt, aber Chan schiebt seine Hände in seinen Nacken, und da sind seine Fingerkuppen, die die Dog Tags nachfahren. Da ist auch kühler Druck auf seiner überhitzten Haut.

Also atmet er ein.

Also atmet er aus.

»Ich denke, das ist verständlich – Fünfhunderttausend US Dollar sind in Daegu mehr wert als in Seoul.« Daehyun schnalzt mit der Zunge. »1,5 Millionen US Dollar. Das ist Kinam uns wert.« Die Härte, die sich durch seine Züge frisst, kann es mit Yohans aufnehmen. »Das ist es, was ERA ENTERTAINMENT zu zahlen bereit ist und Chan ist Teil dieser Transaktion oder sie findet nicht statt.«

Unglauben zuckt über die Gesichter von Yohans Männern. 1,5 Millionen US Dollar. In welcher Scheißwelt kann einer wie Kinam, ein gottverlassener Flowerboy so viel Scheißgeld wert sein?

»Findet sie nicht statt und sollten wir nicht in den nächsten«, Daehyun blickt erneut auf seine Uhr, »vierzig Minuten am vereinbarten Treffpunkt aufschlagen, werden im zehn Minutentakt Informationsbündel an die ansässige Polizei, die Presse und Ihre Rivalen nach Gyeongsan gesendet – mit dem gleichen Angebot, das wir Ihnen unterbreitet haben.«

»Stehst du Pisser tatsächlich vor unserem Boss und drohst ihm?« Die blaffende Glatze kann kaum älter sein als Kinam. Trotzdem wagt sie es, an den Tisch heranzutreten und zu Yohan vorzustoßen.

Doch Yohan lacht bloß. »1,5 Million US Dollar, mh?«

Gänsehaut jagt Kinams Rücken hinab.

»Zweihundertfünfzigtausend haben wir bereits hier, als Anzahlung. Wir sind nicht dazu bereit, offizielle Vertraglichkeiten aufzusetzen und wir gehen davon aus, dass das auch in Ihrem Interesse ist. Wir nehmen uns die Freiheit heraus, weitere drei Jahre auf die gesammelten Beweise zu bestehen, als Absicherung. Sollten Sie trotz der heutigen Vereinbarung gegen Ihre finale Entscheidung verstoßen, sind wir noch nicht in Verjährungsprozessen und können dafür sorgen lassen, dass Sie belangt werden. Das ist in unserem – und in Kinams Interesse.«

Daehyun richtet den Blick über seine Schulter. Während Sehun die Tasche mit einem Tritt vorschiebt, braucht Gyeom länger. Kann man ihm nicht übelnehmen.

Sehun baut aus Trümmern ein Zuhause. Das hat er immer schon. Aber Gyeom ... Gyeom hat nur das hier, nur diese Stadt, die sich länger und härter wehrt, als man ihr zutraut.

Mit einem Stoß seines Fußes schiebt Gyeom die Geldtasche zu Yohan herüber, der mit einem Fingerzeig dreien seiner Männer anordnet, sie entgegenzunehmen.

Das Raunen breitet sich in der Halle aus, sobald sie den Reißverschluss öffnen und sich der druckfrische Geruch neuer Banknoten unter die staubige Luft mengt.

»Sie können sich die Zeit nehmen, zu zählen, aber wir brauchen eine Antwort. Ist all das in Ihrem Interesse oder haben Sie der Sache noch etwas hinzuzufügen?«

»... was sagst du, Flowerboy? Haben wir einen Deal?«

Kinam weicht Yohans Blick nicht aus, als er die Hand ausstreckt. Ist 'ne erbärmliche Rebellion, aber immerhin zittert er nicht.

»Herzlichen Glückwunsch, Appa. Wie fühlt's sich an, unter die Bauherren zu gehen?«

Schwielig umgreifen jene Hände Kinams, die ihm all die Jahre über immer nur rohe Gewalt beigebracht haben. Blut war immer das Einzige, das sie miteinander verbunden hat. Dieser Deal hier, ... der nimmt ihnen selbst das.

»Die restlichen Zahlungen gehen von einem Konto unter dem Namen Ahn Kapsoo ein – es ist ein J.P. Morgan Bankkonto und der Betreff wird sich direkt auf Ihr Involvement beziehen. Sollte der Geldtransfer je zurückverfolgt werden, führt die Suche nach Singapur, das anderen Regulierungen unterliegt.«

»In welcher Höhe?« Yohan lässt seine Hand los und schiebt sich auf dem Stuhl nach hinten. Er hat keine Eile, als er sich aus ihm erhebt.

Ficker.

»Wöchentlich hunderttausend US Dollar. Auf diese Weise stellen wir sicher, dass Kinam und Chan unbeschadet in Seoul ankommen und sich in der Stadt einleben können.«

»Und ihr euer öffentliches Pressestatement verfassen könnt, nehm ich an.«

Unbeeindruckt vom abschätzigen Tonfall sammelt Daehyun bloß die Blätter zusammen und verstaut sie zurück im Ordner. Mit entschlossenen Handgriffen versenkt er ihn wieder im Leder, das lässig über seine Schulter geschoben wird, bevor er sich ebenfalls erhebt.

Kinam traut seinen Beinen noch nicht. Er kann die Hitze von Yohans Pranke immer noch auf seiner Haut spüren. Und wo er Jubel erwartet hat, weil er frei ist, endlich verfickt nochmal frei, ist nur eine Erschöpfung, die ihn hier und jetzt in Grund und Boden ballern will.

Es tut weh.

Die Hände an seinen Schultern sind ruppig. Aber Gyeoms »Komm...« schlägt in heißem Atem gegen sein Ohr. Wie beschworen drückt er sich aus dem Stuhl hoch. Ausgerechnet Gyeom. Dass es ausgerechnet Gyeom sein muss. *Fuck.* Kinam tritt an Daehyuns Seite, aber alles in ihm dröhnt. Er hat keine Ahnung, was jetzt kommt.

In welcher Scheißwelt war's das?

In welcher Scheißwelt ist es mit einem Handschlag getan? Einem Handschlag und 1,5 Millionen, okay.

Aber trotzdem.

Trotzdem-

Nickend schiebt Yohan seinen wuchtigen Körper in einen gemächlichen Schritt. Schulter an Schulter überreicht Daehyun ihm eine Visitenkarte, die nur dem Bankkontakt gehören kann. Chan manövriert sich in Kinams Rücken, bereit, ihn zu tragen, sollte die Kraft ihn verlassen. Ist geil, dass alle wissen, wie schwach er wirklich ist.

»Wie fühlt sich das so an, Nam Daehyun, mir meine Entscheidungsfreiheit abzuluchsen?«

»Ich hab keine Emotion dazu. Geschäft ist Geschäft.«

Am anderen Ende der Halle wartet das alte, blecherne Tor. Unüberwindbar ragt es vor ihnen auf, je zahlreicher die Schritte werden, die sich hinter ihnen in Bewegung setzen.

Die ihre Kreise enger ziehen.

Sehun rückt näher an Chan – Gyeom tut es ihm gleich, noch bevor Daehyun die Stirn in Falten legen kann. Als Kinam sich umdreht, tut Daehyun es auch.

Das Straßenklima kippt.

»Ich dachte, wir haben einen Deal«, hallt Daehyuns Stimme kalt.

»Halt's Maul.« Yohan schließt zu ihnen auf. Chan dreht sich in seinem Rücken nach ihm um und Kinam will zwischen sie treten, will–

»Glaubst du, er ist es wert? 1,5 Million US Dollar. Ist es das, was mein kleiner Schwanzlutschersohn wert ist?«

Gyeom tritt an Chans Seite.

»Ist nicht mehr dein Sohn. Wann kapierst du's endlich? Ist vorbei.« Die Augen verengend verschränkt Chan die Arme vor dem Körper. »Ob er's wert ist? Ist das dein Ernst? EE kriegt ihn spottbillig. Mit ihm werden sie Geschichte schreiben, aber davon wirst du nichts mitkriegen.« Chan hält inne. »Na ja, ich schätze, du wirst es im Fernsehen mitverfolgen können. *Dein Sohn* – dass ich nicht lache.«

Dumm.

Lebensmüde.

Und dumm.

Yohans Lächeln ist ein Todesurteil. »Geschichte schreiben also.« Seine Augen sind stählern. »Wenn wahr ist, was er sagt, will ich einen neuen Deal.« Yohan leckt sich die Lippen. »Du hast mich über den Tisch gezogen, Anzugträger. Und wir lassen uns nicht über den Tisch ziehen. Nicht hier in Daegu.«

Irgendwo löst sich ein »Fuck« und vielleicht kommt es von Gyeom, aber vielleicht kommt es auch aus der Menge der Männer und Frauen, die sich wie die sieben Kreise der Hölle um Yohan legen.

»Kinam hat Geschichten. Hab ihn damit abgefüllt. Ist es nicht so, Arschloch?«

Sehun könnte es schaffen. Zur Tür hechten, sie aufreißen und ihnen den Weg in die Nacht öffnen. Aber er steht auf der falschen Seite und es sind einfach zu viele zwischen ihm und der Tür.

»Was wollen Sie?«

»Einen Anteil an ERA ENTERTAINMENT.«

Yohans Gefolge rückt nach, die Hierarchie längst wieder etabliert. Messer blitzen in den Reflexionen der Deckenstrahler.

»Ausgeschlossen.«

»Dann Boygroup-Dividende. Wenn ich ihm das gegeben habe, was er da in die Welt bläst, habe ich euren heißgeliebten Flowerboy immer noch zu dem gemacht, was er heute ist. Dann bin ich immer noch sein Erschaffer und dann habe ich Anrecht – auf alles.«

»*Kannst du vergessen.*« Hart treten die Kieferknochen unter Kinams Haut hervor. Hart schließt sich auch seine Hand um Chans zitternde Faust. Sein rasender Puls erinnert sich noch an den Schmerz, der ihm halb den Körper entzweigerissen hat, und es bleiben schon wieder zu viele Dinge ungesagt.

Aber es reicht nur noch für einen letzten Druck um Chans Finger, ein mickriges *Auf Wiedersehen*, bevor Kinam seine Hand loslässt und mit ausgebreiteten Armen auf Yohan zutritt. Das Lachen zwischen seinen Zähnen ist tot.

»Wenn dir 1,5 Mille nicht reicht, dann bring's hinter dich, Mann. Komm, dann stich mich ab, setz dein Statement. Beiß dir weiter die Zähne an Daegu aus, aber mehr bekommst du nicht.«

»-hörst du dich reden, Mann?«

Bis sie an Kinam vorbei tritt, ist sie nichts als ein Schatten, eine Silhouette in Schwarz.

Yohan knurrt. »Hab mich schon gefragt, wann du dich zeigst, du kleine Schlampe.«

»Hast schon auf mich gewartet, ich weiß.« Ihr melodiöser Tonfall macht diese ganze Scheiße so krass surreal, dass Gyeom beinahe zu spät nach Sehuns Armen greift.

Chan stockt. »Was zur Hölle, Noona.«

Sie trägt Zöpfe. Graue, geflochtene Frenchbraids, die sie unter einer schwarzen Cap über ihre Schultern fließen lässt. Kinam weiß, was das heißt. Ihr Hüftschwung ist die Parodie von Gyuri, als sie auf Yohan zutänzelt, und die Lautlosigkeit ihrer Schritte ist so sehr Drohung wie die gezückten Messer. Hier steht sie, mitten unter ihnen, und niemand hat sie kommen sehen.

»Fühl mich fast geehrt, Yohan. Dass ich am Ende doch noch deine Anerkennung bekomme.«

Ein erstickter Laut brettert zwischen Sehuns Lippen und es ist Gyeom, der ihm das »Halt die Fresse« in den Rücken stempelt. Goya blickt nicht zurück und als sich der Glatzkopf zwischen sie und Yohan schiebt, tut er es, weil man sie aufhalten muss.

Sie ist zu gefährlich, um ihr Raum zu lassen.

»War ein Fehler, hierher zu kommen. Du kennst die Regeln«, keucht der Mann und drängt sich ihr im blanken Protzen seines

Oberkörpers entgegen. Aber Goya lässt sich nicht einschüchtern. Sie summt, als ihr Kappenrand gegen seine Stirn schlägt.

»Hmm, Regeln, ja sicher.«

Selbst Kinam sieht es zu spät, dabei hätte wenigstens er mit dem Butterfly rechnen müssen, das zwischen Goyas Fingern aufschlägt. Sehun flucht und Kinam stößt ihm mehr Ellenbogen als Arm in die Brust, als Sehun an ihm vorbeihechten will.

Er ist nicht allein in dem Wunsch, Goyas Arm zu packen. Sie hinter sich zu ziehen, als hätten sich ihre Überlebenschancen nicht verdreifacht, seit sie aufgetaucht ist. Aber Goya ist nicht hier, um gerettet zu werden. Goya ist hier, um sie zu retten.

»Erinnere mich vor allem an die, die alle anderen dominiert. *Ein Leben für ein Leben* war's, nicht wahr. Und so, wie ich das sehe-«

Sehun lehnt sich mit vollem Gewicht gegen seinen Arm, als Goya das Messer in den Händen kreisen lässt, aber er bricht nicht durch – und vielleicht ist das dem Blick geschuldet, den Daehyun ihm entgegenschleudert.

»-geht's heute Abend um Kinam *und* Chan, richtig? Wie viele sind das? Leben? Kannst du zählen?«

»Nein!«, braust Sehun auf. Gyeom keucht, als er die Arme um ihn wirft. »Nein! Hörst du? So nicht, so machen wir das nicht, so- *So nicht*, Goya, so-«

»Ernsthaft, lass die Scheiße, ich-« Chan ist die Kehle bis obenhin zugeschnürt.

»Goya.« Sehuns Stimme ist rau, nicht mehr als ein Wimmern, aber Kinam wird taub für alles außer für den Herzschlag, der sich in seiner Brust verlangsamt. *Lass das*, will er sagen, aber wie könnte er?

Vielleicht schafft es Chan so, wenn er rennt. Vielleicht Daehyun. Wenn Goya-

Er will Chan das »Renn« schon jetzt einprügeln, einen anderen Deal mit Daehyun schließen – 1,5 Milllion US Dollar und dafür bringt er Chan hier raus, ganz egal, was mit Kinam passiert.

Hauptsache, Chan rennt.

Doch dann ruckt der Glatzkopf schon nach hinten und Goya taumelt, als er gewaltsam nach vorne schlägt und ihr die Cap in die Stirn rammt, doch dieses Momentum ist eines, das sie nutzt – für die Drehung auf den Zehenspitzen, für das Ducken unter dem Arm hindurch, der schon mit dem Emblemring auf der Faust ausholt.

Gerangel bricht aus. Daehyun will sich vor Kinam schieben, aber er muss sehen, *er muss-*

Als Kinam unter seinem Arm hindurch taucht, hat Goya sich bereits um Yohan geschlungen – seine Größe genauso bedeutungslos wie die grobschlächtigen Pranken, die nach ihr greifen, während sie ihren Arm um Yohans Hals windet. Der Würgegriff, in dem sie ihn hält, löst sich nicht mal, als jemand ihre Zöpfe packt und daran reißt, als könnte man sie so von Yohan pflücken.

Und dann ist da Yohan, der schreit. Yohan, der »WEG!« brüllt, »GEHT WEG VON IHR!«

Blut.

Goyas Klinge ritzt in Yohans Haut, dort, wo die Halsschlagader wütend pulsiert und erste Rinnsale den wuchtigen Hals hinabschickt. Mehr braucht es nicht, um die Meute in Armeslänge auf Abstand zu halten.

»Was willst du?!«

»Zeit, für euch zu gehen.« Goya beachtet Yohan nicht, der unter ihrer Klinge erstarrt.

Stattdessen hebt sie die Augen, sucht das dunkle Braun Sehuns, das ihr helles wie magnetisch anzieht. Dort, wo Tränenschleier Kinams Sicht verstellen, verhakt sie sich in Sehun, wie es nur Menschen wie sie können.

Menschen wie Chan.

Und wenn Sehun sie lässt, wird Goya für immer in diesen sanften Nuancen existieren.

»Ihr müsst gehen.« Sie verschwendet keine Zeit mit Entschuldigungen, Erklärungen, mit letzten Worten. »Das ist kein Ort für euch. Hätte nie einer sein dürfen. Du nimmst sie und du gehst und du gehst mit.«

»Kannst du vergessen, dass ich zulasse, dass hier jemand lebendig rauskommt.«

»Halt's Maul!« Goya drückt fester zu und Schmerz und Frustration entlocken Yohan einen ersten Schrei.

»Donghyuk!«, verlangt er. »*Donghyuk*, verdammte Scheiße!«

Von hinten greift Chan nach Kinams Hand. Als er den Kopf herumreißt, gefriert ihm mit Yohans »Mach deinen verfluchten Job! Macht alle euren verfickten Job und bringt diese Schlampe um!« das Blut in den Adern.

Donghyuk schreitet betont langsam aus den Schatten in den Lichtpegel – und da-

Fuck.

Die Silhouette hinter ihm hält eine Waffe, presst sie Donghyuk zwischen die Schulterblätter.

Fuck.

Schrill lacht Yohan auf. »Dachte, du hängst längst im Traumland.«

Sungjin. Noch immer blutig, aber auf den Beinen.

»Natürlich.« Die Erkenntnis, den ältesten Sohn unterschätzt zu haben, verzerrt Yohans Tonfall. Er hat nie von Sungjin gesprochen wie von Kinam. Wollte ihn immer zu dem machen, das ein Vater in seinem Sohn sehen will. Will's vielleicht immer noch. »Wo du bist, ist die Schlampe nicht weit. Hätt es mir denken sollen, als sie dich heute hier aufgegabelt haben. Du kleine Missgeburt. Hätte dir die Schulter auskugeln sollen.«

»Ist nicht mehr so leicht, Yohan.« Sungjins Stimme ist leise, aber überdeutlich. »Hab trainiert. Fünfmal die Woche. Halte was aus.«

»In einem anderen Leben bring ich dich höchstpersönlich um.«

Aber dieses andere Leben bekommt er nicht. Je mehr Yohan sich aufregt, desto schneller presst sich das Blut durch den Riss und versickert in dem Hemdkragen, der das Rot schon über seine Schultern ausbluten lässt.

Donghyuk hebt die Hände über den Kopf, die Lippen fest aufeinandergepresst. Der Scheißlauf in seinem Rücken ist eine Sprache, die nicht mal Jopoks verstehen. Sie hängen an ihren Messern. An ihrer Persönlichkeit, dem Körperkontakt, der Dominanz.

Eine Schusswaffe ist so schrecklich anonym.

Es sei denn, sie ist es nicht.

Sungjin schiebt Donghyuk vorwärts, vorbei an Daehyun und Gyeom, vorbei an Sehun, sogar vorbei an Kinam und Chan – und dort, wo Sungjin stehen bleibt, steht er auf Kinams Seite und nur auf Kinams Seite.

»1,5 Millionen US Dollar, Donghyuk … wie klingt das für dich?«

»Das wagst du nicht!«, protestiert Yohan, aber Goya drückt das Messer tiefer in seine Haut und über den Schmerzenslaut hinweg sehen Sungjin und sie sich an.

Fuck.
So sieht kein Abschied aus. Aber das hier wird einer werden. Sie sind immer noch umstellt.
Sie sind immer noch-
Panik stiehlt sich in seine Glieder und Kinam hat ihr nichts entgegenzusetzen, nicht mehr.
»Hab dich was gefragt, Donghyuk«, unterbricht Sungjin den Blickkontakt. Kinam zieht keuchend Luft in seine Lungen, als Sungjin den Lauf der Pistole an Donghyuks Hinterkopf hebt.
»-klingt nach 'nem sauberen Deal«, hechelt er, »klingt nach- klingt nach einer Chance.«
»Hey, Großstadthengst.«
»Ja?« Daehyuns Stimme hinter Kinam ist rau.
»Der Deal ... gilt der nur für Yohan?«
Daehyun stockt. Gyeom sieht zu ihm herüber und nickt. »Der Deal ist jederzeit anpassbar. Aber unsere Bedingungen bleiben.«
»Hast du das gehört, Donghyuk? Ist anpassbar. *Auf jeden.* Aber die Bedingungen bleiben.«
»J-ja, ich hab's gehört. Ich- hab's verstanden.«
»Bist du zufrieden mit 1,5 Millionen US Dollar? Warst immer hungrig, Donghyuk, aber jetzt, jetzt musst du's mir beweisen. Weil wenn nicht, dann blase ich das Hirn aus deinem Schädel und dann bin ich derjenige, der die Frage beantwortet, nicht du. Denk nach. Hast dir so viel Mühe gegeben, mich auszustechen.«
Donghyuk leckt sich die Lippen und am Ende ist auch Yohan nicht mehr als ein Bündel an Druckpunkten und Sollbruchstellen.
»Du Verräterschwein!«, brüllt er. »Damit kommt ihr nicht durch, ihr kleinen Wichser!«
Kinams Knie zittern, als Yohans Stimme unter der Verzweiflung bricht.

»Bist du taub oder was?!«, blafft Goya. »Sungjin hat dir eine Frage gestellt, mach dein Maul auf.«

»Ja!« Donghyuk stolpert über die Worte, »ja, bin ich!«

»Die Bedingungen bleiben – Kinam und Chan-«

»Sind reingewaschen, haben nichts mehr mit uns zu tun, können machen, was zur Hölle sie in Seoul auch immer machen wollen!«, ruft er, die Schultern hochgezogen. »Ich ehre den Deal, ich schwör's, fuck, Sungjin, ich schwöre es, wirklich!«

Sungjin tritt langsam nach hinten und am Ende ist es nicht Yohan, zu dem Sungjin treibt. Am Ende ist er keine zweite Goya, am Ende hat Sungjin nur einen einzigen Bruder und vor dem steht er, als er die Waffe langsam von Donghyuks Hinterkopf zur Stirn Yohans gleiten lässt.

Das ist so abgefuckt. Das ist so scheiße abgefuckt.

Zähnefletschend lacht Yohan, während Kinam den Atem anhält, um keines der albernen Worte aus seiner Kehle entfliehen zu lassen. Bringt nichts, sich vor dem Ende zu fürchten. Ist egal, ob er's wahrhaben will.

Dieses Mal gibt's kein *Es sei denn.*

»Mach dich nicht lächerlich, Sungjin! Du bist kein Killer. Keiner meiner Schlappschwanzsöhne ist das.«

»Nein«, bestätigt Goya. Als sich in Kinams Kehle noch das Lachen zusammenballt, das nicht vor Schüssen schützt, aber vielleicht vor dem, was danach kommt, wendet sich Sungjin schon um.

Die Waffe gesenkt, das »Kinam!« ein Befehl, das *»Schau mich an«* gerade noch rechtzeitig, um Goyas »Aber ich bin's« zuvorzukommen.

Als der gurgelnde Aufschrei kommt, ist Sungjin schon da und zieht Kinam an seinen Oberkörper, so fest und beinahe innig, dass er nicht wegkommt.

Dabei muss er's wissen.
Ob-
Dass das nasse Röcheln Yohans ist.
»Schau nicht, *schau nicht hin*«, wispert Sungjin, während hinter ihm die Hölle losbricht und dann-
Dann brettert Chan in Kinams Rücken, wird dort von Sungjin gehalten. Sungjins rasendes Herz ist unter Kinams Ohr gepresst. Er blufft. Als er sie von seinem Körper drängt, ist das alles nur ein riesiger Bluff und-
Leblos sackt Yohans Körper hinter ihnen zu Boden.
Sungjin schubst sie zurück, bis sie stolpern.
Weist sie an, »Raus!«
Weist sie an, »Rennt!«
Aber nicht einmal Goyas Stöhnen kann Kinam die Kontrolle über seine Füße zurückgeben. Yohan liegt da, mitten im Weg, und- und aus seinem Hals-
»Beweg dich!« Chan fängt Kinams Stolpern auf, als Sungjin ihre Hände packt und selbst zu rennen beginnt. In raumgreifenden Schritten zieht er sie vom Geschehen weg, zurück zu der Tür, an der sie schon einmal gestrandet sind.
Hinter ihnen brüllt Sehun.
Goyas Stöhnen wird ein vernichtendes Gurgeln.
Arme lösen sich aus der Menge, Fäuste schwingen in seine Richtung, Hände wollen Kinam packen. Hände wollen ihn höchstpersönlich aus dieser Scheißwelt tilgen, aber Chan zerschlägt ihre Griffe noch im Rennen.
Kinam ist schneller, schneller sogar noch als Chan, schneller als Sungjin. Die Farben verwaschen sich in einem rasenden Blick über seine Schulter und er verliert auf halbem Wege auch diese Konturen. Es sind zu viele, um Sehun zu finden, zu viele,

um selbst Gyeom auszumachen, das Blau seiner Haare nirgendwo zu sehen.

Daehyuns Gesicht erkennt Kinam erst, als er keuchend von hinten in Chan reinbrettert. Das Hemd an der Schulter angerissen und über der Brust rot verfärbt sind seine Augen wach und dem Wahnsinn nur einen Sprung voraus. »Bist du okay? Seid ihr okay?!«

Leer starrt Kinam ihn an. Es wird nie wieder eine Welt geben, in der er okay ist, in der er je okay sein könnte, er- *Hat er Goya denn nicht gehört?*

»Wo ist Sehun?!«

Chans Frage geht im Knirschen eines brechenden Kiefers unter. Sungjins hastiges »Kommt!« erlaubt Daehyun die harte Hand in Kinams Rücken, das nichtssagende »Gyeom ist bei ihm«. Er packt Chans Kragen und zieht ihn mit sich, wie Sungjin Kinam mit sich zieht.

Vorbei an dem Jungen, der dort am Boden gekrümmt nicht anders ist als sie – nur auf der falschen Seite der Tür.

Die Nachtluft ist nur ein weiterer Schlag in die Fresse.

Sungjin treibt sie vorwärts, immer weiter, und schubst Kinam von sich. Dabei bekommt Kinam seinen Blick nicht zu fassen, kriegt ihn einfach nicht-

»Zum Wagen!«, dirigiert Daehyun. Er lässt Chans Kragen mit genug Schwung los, dass Chan nicht einmal stehen bleiben könnte, wollte er es.

Aber das Schreien hinter ihnen ist leiser geworden.

Genauso wie Sungjins Schritte hinter Kinam.

Er ist stehen geblieben. Sieht ihm nach, als Kinam herumfährt, sieht ihm nach, wie er's im Keller nicht konnte, weil er ihn rennen lässt.

Weil er ihn wieder rennen lässt.
Aber Kinam rennt nicht.
»Kinam!« Chans Stimme erhebt sich zitternd gegen den Wind.
Kinam kann ihm nicht antworten. Hier und jetzt hat er nur Augen für Sungjin. Für den blutenden, schwitzenden, bebenden Sungjin. Sungjin, der ihm einen Deal- Sungjin, der Yohan-
Nein.
Goya, die Yohan-
Chans Schritte sind auf dem ungepflasterten Boden schwerfällig, als er zu Kinam zurückkommt. »Komm mit!«
Chan packt ihn hart an der Schulter und der Schmerz sinkt in Kinams Bewusstsein, aber er kann trotzdem nichts gegen das Blei um seine Füße tun.
»Kinam, verdammte Scheiße!« Grob graben sich Chans Finger in sein Kinn, reißen ihn herum, bis er ihn ansieht. »Wir haben keine Zeit, Sungjin weiß schon, was er tut, ich- *Fuck!*«
Mit dem Handrücken wischt Chan Blut unter seiner Nase weg und schmiert es sich dabei über die Wange. Kinam runzelt die Stirn. *Seit wann blutet Chan? Wieso blutet Chan?*
Seine Hand zittert, als Kinam sie an Chans Wange heben will, aber bevor er seine Finger gegen die selbst im Mondlicht rotschimmernde Haut senken kann, wird Chan ihm entrissen. Kinam greift instinktiv nach dem Körper, der Chan so erbarmungslos mit beiden Fäusten am Kragen packt.
»Weißt du noch, was du mir versprochen hast?« Sungjin schüttelt Chan.
Sungjin.
»Ich-«
»Du hast bekommen, was du kriegen kannst und es bleibt dabei!« Sungjin krallt sich in den Stoff des T-Shirts. Sein Körper

presst Chan gegen die Karosserie des Wagens hinter ihm. »Du lässt Kinam keine Scheiße durchgehen. Keine einzige, hast du gehört?! Ihr verschwindet nach Seoul und ihr schaut nicht zurück, *ihr schaut nicht zurück*, egal, was heute passiert-«

Nicht nur das Metall ächzt unter Sungjins Wucht. »Sungjin, ich-«

»Keine Nachtbusscheiße zurück nach Daegu; wenn die Presse Fragen zu Gangrelations hat, hält er seine Fresse und du hältst sie auch – Kinam baut nur Scheiße, wenn man ihn lässt. Aber du, du lässt ihn nicht, du ermunterst ihn nicht und du sorgst dafür, dass er den Ball flachhält, dass er- dass er sich auf seine Scheißkarriere konzentriert, okay?!«

»Hab's versprochen«, presst Chan hervor. »Okay, Mann.« Und weil Sungjin Chan vorreißt, nur um ihn wieder in das Metall zu stoßen, nickt Chan, wieder und wieder *und wieder*.

Kinam versteht nicht, *versteht nicht*, bis Chan trocken schluckt. »Kannst dich auf mich verlassen, Mann.«

Sungjin bebt unter seiner Hand. »... versprich's nochmal.«

»Ich versprech's, *ich versprech's*.«

So abrupt, wie er ihn gepackt hat, gibt Sungjin Chan frei und obwohl Kinam an seinem T-Shirt reißt, wendet er sich Daehyun zu: »Morgen früh seid ihr aus der Stadt.«

»Nein.« Kinams Hand krallt sich in Sungjins Haut. »*Hyung!* Komm mit, du kannst da nicht wieder rein- du kannst da nicht-«

Aber das Gewicht von Sungjins Hand auf seiner, als er bloß den richtigen Winkel finden muss, um Kinams Griff zu lösen, ist endgültig. In den Augen seines Bruders hat Trost neben der Verzweiflung keinen Platz. »Du hast mich gehört, Mann.«

Seine Augen lodern, als er über Kinam hinweg blickt. »Morgen früh seid ihr nicht mehr da. Egal, was es noch zu klären gibt, ihr habt nur heute Nacht.«

Daehyun sagt nichts. Sein Atem stockt nur kurz, bevor er den Schlüssel ins Schloss rammt und mit dem Klacken der Zentralverriegelung sein ganz eigenes Versprechen abgibt.

»Einsteigen«, bellt er.

Aber noch hält Sungjin seine Hand – und in Kinams Welt bedeutet das was. Bedeutet das alles. »Du stirbst, wenn du bleibst. Yohan ist- Aber Donghyuk, er wird dich nicht- Er kann dich nicht am Leben lassen- Komm mit. *Komm einfach mit.*«

Hinter ihnen röhrt der Motor auf. Chan packt Kinams Handgelenke, die aufgeschürften Dinger, die sofort kreischenden Schmerz durch seinen Körper zucken und ihm die Knie weich werden lassen.

Kinam stolpert gegen Chans Brust und wie er den Arm um Kinams Rücken schlingt, ist er bereit, ihn mit sich zu zerren, wenn's nicht anders geht.

Sungjin, Sungjin, der Chan Erinnerungen in den Körper prügelt, Kinam fernzubleiben; Sungjin, der Kinam würgt, bis er sich darauf besinnt, dass Chan nicht der richtige Umgang für ihn ist – der lässt es einfach zu.

»Hyung, bitte-« Kinams Hand greift ins Leere.

»Mach was draus, kleiner Bruder. Lass nicht zu, dass es umsonst ist.«

Chans Hand rutscht, bis sie auf seiner Schulter liegt. Kinams Kehle ist in die Beuge seines Ellenbogens gequetscht, als Sungjin herumwirbelt und zurückläuft – dorthin, wo er hergekommen ist, dorthin, wo er gefoltert wurde und wo nichts auf ihn wartet außer dem Tod.

Der kleine Bruder am Ende aller Dinge genug, um sein Leben in die Waagschale zu werfen.

Weil es heute Nacht um Kinam und Chan geht.

Weil Sungjin zählen kann.
Wie Goya zählen kann.
Und Kinam – Kinam kann es auch.

KAPITEL 13

Chans Elternhaus ist das Einzige der Vorstadtsiedlung, das nicht im Dunkeln da liegt, und jetzt, da der Motor erstirbt, lässt Chan den Kopf fallen. Seine Kiefermuskeln mahlen angespannt, als er das Gesicht in den Händen vergräbt. Kinams Finger zucken im Rhythmus der Blitze, die jäh den Nachthimmel zerreißen.

»Was auch immer sie dir gleich an den Kopf werfen, ich klär das«, fordert Chan hart, bevor er sich an Daehyun wendet. Der Moment verharrt in der Luft, aufgeladen von dem Blickwechsel, den Chan verweigert, doch Daehyun nickt.

»Okay.«

Das Lichterspiel am Himmel malt Chan die Müdigkeit tief unter die Augen und Kinam legt seine Hand in Chans. Sie müssen aufhören, Gräber in sich zu schaufeln.

Die Toten müssen draußen bleiben.

Endlich sieht Chan zu ihm auf. »Morgen sind wir in Seoul.«

»Morgen sind wir in Seoul.« Für ein Versprechen ist es zu schwach, aber es ist alles, was Kinam hat.

Als die Autotür aufspringt, treten sie langsam in den Kegel einer Straßenlaterne. Die Schatten, die sie werfen, sind lang und hager und legen sich in Graunuancen über die Nacht.

Scheiße, Kinam weiß nicht mal, ob sie ihn reinlassen werden. Nach allem, was war, könnte er's verstehen, wenn nicht.

Aber das Haus am Ende des von Rosenbeeten gesäumten Kieswegs erhebt sich gegen die Gewitterwolken und alles, was Kinam will, ist, sich in seine Sicherheit zu flüchten. *Nach Hause kommen.* Er ist so scheiße. Er ist so scheiße. Und er ist auch so scheiße allein, so scheiße selbstsüchtig und er sollte das nicht mehr von ihnen wollen, darf es nicht von ihnen verlangen, er ist nicht ihr Sohn, ganz egal, wie oft er es sich gewünscht hat. Das ist-

»Chan!«

Die Tür kracht in die Hauswand und der Schrei ist genug, um Chan die Hand in seiner drücken zu lassen. Nabi springt die Treppen herunter.

Sie verliert in einem holprigen Rutschen über die letzte Kante einen Hausschuh und schert sich nicht drum. Der Kies unter ihren Füßen ist bedeutungslos, wenn nur noch zwei, drei Schritte sie von ihrem Sohn trennen.

»Du bist in Ordnung!« Sie packt Chan an seinen Schultern und reißt ihn an sich. »*Du bist in Ordnung!*«

Ihre Hände sind beinahe grob, wie sie da über Chans Rücken fahren. Sie lassen keinen Zentimeter unbetastet – suchen alles auf Wunden ab, als wäre es so leicht, die neuen von den alten zu unterscheiden.

Daehyun trägt sich an Kinams Schulter. Sie gehören beide nicht hierher. Zu sehen, wie Nabis Finger Chans Gesicht ertasten, die geschwollenen Augen und aufgeplatzten Lippen, die blutige Nase, steht ihnen nicht zu. Dieser Moment braucht keine Zuschauer.

»Wo bist du gewesen?« Ihr Schluchzen ebbt in ein zittriges Ausatmen ab.

Chan schlingt die Arme um ihre Taille, aber sie schiebt ihn von sich. »Wo zur Hölle bist du gewesen, Chan?!«

Kinam schlägt den Blick zu Boden. Er muss nicht wissen, was anderthalb Jahre Gang aus der Frau gemacht haben, deren Augen immer lächelten.

»Verschwindest einfach aus dem Krankenhaus und meinst – *was?* – mit einer verdammten Kakaomessage ist alles getan?«

»*Nabi.*«

Kinam reißt den Kopf hoch. Jinoks Stimme ist mit einem Mal direkt neben ihnen. So, wie sie plötzlich da war, wenn Chan und Kinam sich in der Küche für ein Frühstück verbarrikadiert hatten. Oft genug hat sie sie einfach machen lassen. Jetzt hat sie den Wind in den hellbraunen Locken und ihre Entschlossenheit tränkt jede Geste, selbst als sie sich nur das Haar hinters Ohr streicht.

»Haben wir das dir zu verdanken?! All *das?* Das ganze Theater, in dem Chan, in dem wir hier stecken-« Nabi schiebt sich Kinam ins Gesicht.

Jinok greift nach ihrer Ehefrau. »Die Nachbarn-«

Aber Nabi windet sich aus ihrem Griff. »Nein!« Der Blick über den dicken Rand der Schildplattbrille voller Empörung, das Kopfschütteln energisch. »Nein! Dieser verfluchte Junge stößt uns seit anderthalb Jahren immer weiter und weiter *und weiter* weg und ich hab es satt, *so satt*. Wenn er nicht endlich seinen Mund aufmacht-«

»*Es sind Kinder.*«

Jinoks Blick ist so final wie ihr Tonfall und findet nach Chan auch Kinam. Er öffnet den Mund, um sich zu entschuldigen. Oder sich zu erklären. Das alles hier zu erklären.

Aber was könnte er schon sagen?

Jinoks Hand schließt sich um seine, viel weniger grob, als ihr zustünde. »Egal, was du ihm zu sagen hast, das kann warten, bis wir drinnen sind. Und dann«, Jinoks Blick geistert weiter zu Daehyun, der in seinem blutüberströmten Hemd gefundenes Fressen ist, »will ich von Ihnen wissen, wer Sie sind und wie Sie im Zusammenhang mit dem Verschwinden meines Sohnes stehen, und dann entscheide ich, ob ich Anzeige gegen Sie erstatte.«

»Ich hab doch gesagt, ich komm nach Hause.«

»Mrs. Byun, entschuldigen Sie die Störung.« Daehyuns Stimme erhebt sich über Chans. Chan legt einen Arm um Nabis Schulter, die Geste zu erwachsen dafür, dass seine Mütter ihm sonntags noch das Frühstück ans Bett gebracht haben, um zu dritt zwischen den Decken und Kissen zu versacken, bis Kinam ihnen den Platz in diesen Laken streitig gemacht hat.

»Mein Name ist Nam Daehyun. Ich habe ein Angebot für Sie und Ihren Sohn, aber ich denke, davor ist es an Chan, Ihnen ein paar Fragen zu beantworten. Ich wäre gerne früher damit zu Ihnen gekommen, aber-«

»*Drinnen*, Eomma.« Chans Stimme ist leise und kurz sieht es aus, als wolle Jinok protestieren. »Das hast du selbst gesagt.«

Chan wartet, bis Jinok zu ihm aufgeschlossen hat, einen Arm noch immer um Nabi geschlungen. Die schweißige Anspannung seines Gesichts verrät, dass er Schmerzen hat.

»Es ist alles okay, Eomma. Ich bin okay. Mehr als okay, ehrlich gesagt.«

Daehyuns Hand drückt Kinam vorwärts, während Nabi sich aus Chans Umarmung windet und Jinok die beiden in geübter Effizienz über die Türschwelle ins Innere des Hauses schiebt. Aber kaum, dass die Tür hinter Daehyun ins Schloss gefallen ist, verliert Nabi die Kontrolle. »Mehr als *verdammt nochmal* okay?!«

Zornig stürmt Nabi in ihrer exzentrischen Seidenbluse durch die Idylle des einzigen Ortes, den Kinam je für ein Zuhause gehalten. Ihre Schritte, selbst auf dem Teppich ein hörbares Stampfen, sagen, er hat sich geirrt.

Chan folgt ihr seufzend.

»Hast du den Verstand verloren?!«, schallt zu ihnen herüber, während Jinok sich in die Wohnküche schiebt. Kinam lässt sich vom Momentum tragen, damit er Chan in diesem ganzen Chaos etwas sein kann, *irgendetwas*, auch wenn ihm die Ohren ringen und der Kloß in seinem Hals unaufhaltsam wächst.

»Weißt du eigentlich, wie wir uns gefühlt haben, als uns das Krankenhaus kontaktiert hat, dass unser Sohn beinahe tot geprügelt wurde?!«

Unter Nabis Tigern hat der Teppich vor der cremefarbenen Couch begonnen, Falten zu schlagen. »Kann dein Spatzenhirn eigentlich nachvollziehen, was da in unseren Köpfen, in unseren Herzen los war?«

Daehyun bleibt im Türrahmen stehen, aber Kinam kann es nicht. Die Hand, mit der er Chan über den Rücken streichen wollte, zittert.

»Mama-«

»Dann erzählt uns das Krankenhaus von all den *Auffälligkeiten*, Auffälligkeiten, zu denen wir befragt werden. Denn klar, *klar*, unser Chan ist anders, seitdem Kinam nach Seoul gegangen ist, aber es ist auch unser Chan – *unser Chan*. Er ist anständig. Er ist gut. Er ist so«, ihre Stimme bebt, »verdammt gut. Herzschmerz, dachten wir uns. Wir alle kennen das und wir haben uns geschworen, es nicht kleinzureden, weil es bei Teenagern viel zu oft kleingeredet wird. Aber dann will man uns weismachen, unser Chan ist in Gangaktivitäten verwickelt?«

Ihr bitteres Auflachen ist dem Chans nicht unähnlich – dieselbe Blockade ihres Kehldeckels, die verrät, wie viel Kraft es braucht, nicht zu weinen. Als Chan sich einen Schritt nach vorne schiebt, weicht Kinam zurück.

Zum Geräusch des aufgedrehten Wasserhahns rutscht seine Hand von Chans T-Shirt. Natürlich setzt Jinok jetzt Tee auf. *Natürlich.*

Diese Scheißfamilie.

Diese Scheißdrecksfamilie.

Die so elendig warm ist, dass er-

»Mama.«

Kinam beißt sich die Lippe wund.

»Nein, nicht-« Nabi weicht Chan aus, als er ihr den Weg abschneiden will. »Wir schwören uns auch da, nicht taub zu reagieren. Wir schwören uns, unseren Sohn zu beschützen und wir leiten alles in die Wege. Wir kooperieren mit den Ärzten, wir kontaktieren deine Tante in Seoul, denn vielleicht, *vielleicht* hat ja eine Psychologin auch Input für uns, wer zur Hölle weiß es schon, wir sicher nicht. Wir sprechen mit der Polizei, wir wollen der Sache auf den Grund gehen und die Polizei ist so bereit, Chan, so verdammt bereit und dann-«

Gefangen zwischen Schluchzen und Zittern wischt sie sich unwirsch über die Wange. »Dann redest du nicht mit mir. Nicht mit uns, nicht mit der Polizei. Verschwindest sogar – aber hey: du bist *mehr als okay!*«

»Wir haben deshalb die Polizei kontaktiert«, schaltet sich Jinok ein. »Was ...?«

Ihre Worte driften davon. Kinam spürt ihren Blick auf sich, aber er traut sich nicht, ihm zu begegnen, unsicher, was noch in seinen Augen schimmern könnte.

Daehyun räuspert sich und vielleicht fängt Jinok sich deshalb. »Was ist passiert? Müssen wir nochmal die Polizei rufen? Seid ihr ...?« Sie schluckt. »Seid ihr in Gefahr?«

»Nicht mehr, Eomma.«

Das Leder der Couch knarzt, als Chan sich in die Polster sinken lässt. Es dauert, bis Kinam versteht, dass das Klopfen auf den Platz daneben ihm gilt. Schwerfällig schiebt er sich aus der Starre in die Bewegung. Seine Knie knacksen, als er sich setzt, und Chans Hand schließt sich um seine.

»Du auch«, fordert Chan und für einen Moment lodern Daehyuns Augen auf. Dann lässt er bloß Nabi an sich vorbei treten.

Er sinkt an die Kante der Couch, lässt Platz zwischen sich und Kinam und Chans Mütter können noch so bereit sein, zuzuhören. Kinam weiß, heute Nacht ist Daehyun ihre einzige Chance auf Augenhöhe.

»Sprich.« Die Teetassen klappern, als Jinok sie auf dem Tablett drapiert.

Chans Unwille hängt schwer in der Luft zwischen ihnen. Aber nach allem, was passiert ist, kann Chan nicht von ihnen verlangen, ihm zu vertrauen. Vielleicht wäre das anders, hätte Chan seine Sturheit nicht von Jinok und das Talent, Gott und die Welt an die Wand zu argumentieren, nicht von Nabi. Aber wie oft hat Kinam ihm schon dabei zugesehen, genauso durchs Studio zu tigern wie Nabi jetzt. Wie wütend er dann war. Wie ungnädig.

Dass sie es wagen, Kinam nicht mit offenen Armen willkommen zu heißen. Aber schlimmer noch, dass Kinam es wagt, sie zu verstehen. Sie in ihrer Engstirnigkeit zu verteidigen. *Homofeindlichkeit. Internalisierte Scheiße. Kein Wunder bei Kinams Zuhause.* Aber nicht mit Chan.

Eine Woche später durfte Kinam plötzlich über Nacht bleiben. Eine Woche später wunderte sich keiner mehr, wenn statt Chan auch er im Wohnzimmer über Hausaufgaben saß.

Einen Monat später wurde Kinam bei der Essensplanung mitgedacht. Und wenn nach dem Essen der Abwasch anstand, dann schickte man ihn mit derselben Selbstverständlichkeit in die Küche, mit der auch Chan dazu verdammt wurde.

Und jetzt das.

Jetzt Chan, der wartet, bis Jinok die Teetasse vor ihm auf dem Tisch abstellt, während ihre Ehefrau schon den Sessel in die Mitte des Raumes schiebt, bis er dem Sofa gegenüber steht.

Auf jeder Armlehne lässt sich eine Frau nieder.

Chan seufzt. »Ihr werdet das anders sehen als ich, aber ich-« Beinahe bricht Chans Stimme, aber er versteckt es unter einem Räuspern.

»Euch von der Gang zu erzählen, hätte rein gar nichts gebracht. Ihr hättet euch nur Sorgen gemacht, von denen ich euch nicht hätte ... erlösen können. Tut mir leid, dass ihr es vom Krankenhaus erfahren musstet. Ich dachte, ich hätte es ... unter Kontrolle.«

Kinam drückt seine Hand. Ein heiseres Lachen kämpft sich Chans Kehle hoch. »Ihr wisst, unter welchen Umständen Kinam damals gegangen ist. Es hat nicht lang gedauert, bis die Gang rausgefunden hat, dass ich es war, der Kinam darin bestärkt hat, zu rappen. Und das hätte vielleicht schon gereicht, aber als ...«

Chan zögert und bricht Kinam das Herz.

»Als sie rausgefunden haben, dass wir mehr waren als Rapbuddies, hat sie das in einer Ehre gekränkt, in einem Kodex verletzt, was weiß ich. Dass einer mit Gangblut schwul ist, heißt, jemand hat ihn verdorben ... Ich kann mich vermutlich glücklich schätzen, dass Sungjin es auf mich abgesehen hatte. Ein anderer hätte mich vielleicht–«

»Chan.« Daehyuns Tonfall ist eine Warnung. Blinzelnd hebt Chan den Blick in die Gesichter seiner Mütter. In Jinoks Augen glänzen Tränen. Aber es ist die Art und Weise, wie Nabi sich die Zähne in den Handballen rammt, um nicht zu schreien, die Kinam die Brust zerquetscht.

»Ist auch egal – ich … ich hab versucht, mich nicht zu verraten. Es tut mir leid, dass ihr … dass ihr enttäuscht seid oder ich- ich nicht mehr *euer Chan* bin, aber ich hab's versucht. *Ich hab's wirklich versucht.* Ich hab mir Regeln gegeben, mir Grenzen gesetzt und ich hab nicht dagegen verstoßen, nicht ein einziges Mal. Ich hab nicht … ich hab nicht *aufgegeben*, egal, was sie wollten. Ich hab geschaut, dass ich Beweise sammeln konnte. Um sie zu belangen, wenn ich mir den Weg auf die Uni hätte erkaufen müssen. Ich hab euch nichts erzählt, weil …«

Das Schluchzen lässt Kinam den Kopf an Chans Schulter vergraben.

»Ich wollte nicht, dass ihr mich so seht, das- ich wollte nicht, dass das alles ist, was bleibt. Aber dann kam Kinam zurück und- er muss hier weg. Er muss hier wieder weg und ich kann nicht bleiben, wenn er geht, weil die Gang- bitte, ich-«

Nass schieben sich Chans Finger in Kinams Nacken und halten ihn dort, wo heiß seine Tränen im Stoff von Chans T-Shirt versickern, wo jeder Atemzug versucht, das nächste Schluchzen zu unterdrücken. »Wir sind nicht mehr in Gefahr, aber wir können nicht bleiben. Wir haben einen Deal, es gibt einen Deal, ich-«

Sie geben sicher ein erbärmliches Bild ab. Wie sie da ineinander hängen, ineinander verkrallt, nicht bereit, abzurücken, nicht bereit für einen einzigen Zentimeter Distanz. Weil nichts, was heute Abend passiert ist, je hätte passieren dürfen.

»Diese homophoben Arschlöcher«, entweicht Nabi leise. »Ich zünde ihre Welt an.«

Kinam kann den Kopf nicht von Chans Schulter heben, nicht wenn sich Chans Finger in seinen Dutt krallen, aus dem längst Strähnen fallen, der vor Dreck steht, vor Angstschweiß und den letzten Ausläufern des Heroins.

Die Luft entrinnt schwer aus Nabis Lungen, als sie die Beine überschlägt und sich im Stuhl zurücklehnt, die Rastlosigkeit klebrig zwischen all dem Zorn.

»Weißt du«, Jinoks ruhiger Tonfall lässt Chan den Blick heben und Kinam den Kopf drehen, »Wir-«, Jinoks Augen zucken zu Daehyun, bevor sie sich in Chan graben. »Wir sind deine Eltern, Chan. Und wir kommen aus Daegu. Wir haben angefangen, zuzuhören, als Kinam in unser Leben getreten ist. Wir haben die Gang nie unterschätzt. Du hättest mit uns reden sollen. Wir haben einen Schutzauftrag dir gegenüber.«

»Du musst von jetzt an mit uns reden, ihr beide müsst das«, stimmt Nabi zu. »Da draußen sind Polizisten unterwegs, die nach dir suchen; bis vor einer Stunde hatten wir einen Polizisten hier, der die Nachbarschaft überprüft und unser Grundstück abgesichert hat – nur für den Fall. Wenn du willst, dass wir euch zuhören, wird es Zeit, die Karten auf den Tisch zu legen.«

Das Prickeln beginnt in Kinams Fingerspitzen. Nur einen halben Herzschlag lang, dann ist es wieder weg. Aber die Hitze bleibt, die Hitze, die dickflüssig durch seine Adern schwappt. Schweiß tropft aus seinem Haar in seinen Nacken.

»Von welchem Deal reden wir?«

»Kinam hat ein Angebot von ERA ENTERTAINMENT für die Position des Leaders in einer neuen Boygroup bekommen.« Daehyuns Stimme rutscht in die gewinnende Geschäftlichkeit zurück, als hätte er nicht dieselbe Nacht hinter sich. »Kinams Bedingung war, nicht ohne Ihren Sohn zu gehen. Also haben wir einen Plan ausgefeilt, der die Sicherheit beider Jungs garantiert.«

Nabi beeindruckt das nicht. »Haben Sie das also?«

Daehyun neigt den Kopf. »Es musste sehr schnell gehen. Verzeihen Sie mein Priorisieren in die Richtung der beiden.«

»Was ist das für ein *Plan*?«

»Kinam und Chan sind von den Schulden befreit, die noch ausstehen und es ist Kinam frei, nach Seoul zu gehen und die Position anzunehmen. Es wäre besser, wenn Chan ihn begl-«

»Was habt ihr getan?!« Ruckartig gleitet Jinok von der Lehne und der hochflorige Teppich verschluckt ihre hastigen Schritte, doch ihre Hände reißen an Chans Arm, als sie vor ihm auf die Knie sinkt. Ihre Augen sind geweitet und Kinam wendet den Blick zu spät ab.

In ihren Augen tobt die Angst.

Das Prickeln ist zurück.

Kinam will's sich von der Kopfhaut kratzen.

»Liebling.« Nabi schiebt sich aus dem Sessel.

»Chan, was habt ihr getan?!« Jinoks Stimme ist ein Schraubstock. »Was ist heute Abend da draußen passiert?«

»Eomma.« Chans Handgelenke werden unter ihrem Griff weiß. Schmerz zuckt durch seinen Ton, egal, wie viel Mühe er sich gibt, ihn zu unterdrücken. »Ich- Yohan hätte ihn umgebracht. Sungjin- Kinams Hyung, Yohan hatte ihn schon in die Hände bekommen, und dann- Es sollte nur Geld sein, es sollte nichts als-«

Die Enge in Kinams Brust kommt so schnell, dass er ihr nichts entgegensetzen kann. Im einen Moment kann er atmen und im nächsten nicht. Da sitzt jemand auf seiner Brust.
Sungjin drückt ihn an eine Wand.
Die Plastiktüte ist zurück.
Sie klebt an seinem Hals.
In seinem Hals.
Kinam kann's wieder schmecken.
Ein ersticktes Japsen stolpert aus seiner Kehle. Blicke schweifen zu ihm, aber- er kann das nicht, er- Er kann nicht hier sitzen und reden, *erzählen*, Rede und Antwort stehen, zuhören, wie man Sinn in etwas zwingt, das keinen ergibt und-
Es hätte nicht eskalieren dürfen.
Sie hatten einen Deal, einen Deal und dann-
Dann ist da jemand gestorben; jemand ist gestorben, für Kinam, wegen Kinam, was für einen verfickten Unterschied macht es noch und-
Das Prickeln wird zu Eiskübeln. Kinam spürt seine Füße nicht mehr. Es treibt ihn aus dem Sofakissen und weg, vorbei an Daehyuns Hand, die nach ihm greift, um – *was* zu tun? Ihn zu stützen, zurückzuhalten, hier zu halten, was-
Da ist jemand gestorben, für Kinam, wegen Kinam, was für einen verfickten Unterschied macht es noch und-
»Kinam, warte-«
Dieses Mal reicht Chan nicht.
Im Flur, auf halbem Weg zu Chans Zimmer, treibt die Atemlosigkeit ihm den Schwindel aus dem Kopf in die Glieder. Er stolpert gegen die Wand, bevor er haltsuchend an ihr herabsinkt, unkontrolliert und polternd. Er vergräbt seinen Kopf zwischen seinen Knien.

Atmen.
Er muss atmen.
Weil er's noch kann.
Und andere nicht mehr.
Andere, die nie wieder auf Sofas sitzen werden, andere, die niemand fragt, ob sie ihre Geschichte erzählen, weil es nichts mehr zu erzählen gibt, weil sie ausgelöscht sind, getilgt aus ihren eigenen Geschichten, zum Nichts verdammt, ganz so wie Yohan es ihnen prophezeit hat, ganz so wie-
»Lass mich los!«, heischt Chan irgendwo. »Fuck, ihr versteht das nicht, ihr-«
Kinam lässt den Kopf einfach hängen und schließt die Augen und vielleicht erschüttert ihn die Vibration seines Handys deswegen so sehr.
Jetzt kann's vibrieren, dieses Scheißteil?
Jetzt.
Wieso nicht vorher?
Wieso nicht für Goya?
Wieso nicht, als er Sungjin warnen wollte?
Um ihm-
Sungjin.
Kinam schlägt sich das Handy gegens Ohr. »Sungjin?« Heiser bricht seine Stimme. »Bist du das?«
Seine krampfenden Finger sind bereit, das Gehäuse zu zerdrücken. Seine Übelkeit pocht in ihm wie ein entzündetes Organ. Wie lang geht das schon? Stunden? Tage? Wann bricht endlich dieses Drecksfieber?
Bitte. *Bitte.*
»Ich weiß, dass du da drinnen bist.«
Nein.

»Donghyuk.«

»Komm ans Fenster des Jungens.«

Grabesstille hallt durch Kinams Brust. »Und dann was?«, ringt er sich ab, die Kehle rau von den Tränen zwischen seinen Wimpern. »Räumst du die Nachkommen aus dem Weg? Rottest die Sippe aus? Keine Sorge, ich stell keine Ansprüche.«

Kinams Knie wackeln, als er sich aufrappelt und die Vorhänge zurückstreicht. »Was willst du, Donghyuk?«

Im blassen Licht, halb verborgen von Jinoks immergrüner Hecke, steht ein BMW. Veraltet, aber neu für die Silhouette, die sich hinter der getönten Scheibe abzeichnet.

Die Scheibe wird heruntergelassen. Donghyuks Ellenbogen schiebt sich über den Fensterspalt. Nur dreißig Meter Luftlinie liegen zwischen ihm und dem ausländischen Wagen. Statussymbol für Yohans Besties, aber nie für Donghyuk, egal, was er für Yohan gemacht hat. Egal, wie groß alle anderen Ehren waren. Für 'ne Karre hat's nie gereicht.

Erbärmlich.

Nichts täuscht über die schmuddelige Visage hinweg, das zerzauste Haar, die harte Fresse. Einer wie Donghyuk bringt es nicht zum König. Nicht ohne einen wie Kinam.

Kinam lauscht auf seinen Herzschlag, untermalt vom Rauschen des Regens, den er hier am Fenster hören kann, akzentuiert von den umherzuckenden Blitzen.

»Du bist frei.« Donghyuk klingt selbst in seinem Stolz noch bitter. »Bin gekommen, um's dir persönlich zu sagen, weil's so persönlich bleiben muss. Denke, dass du das verstehst. Tust du doch, mh?«

»Und Chan?«

Donghyuk atmet aus, als würde sich Tabakrauch zu tief in seinen Lungen ballen, aber es stößt sich kein Rauch in das gelbliche Licht.»Dein Byun Chan auch. Selbst deine kleinen Rapperfreunde sind es, wenn sie auf ihrer Seite der Stadt bleiben können und aufhören, Ärger zu machen. Sind alle frei.« Lahm gräbt sein Blick tiefe Schluchten. »Die Schuld wurde beglichen.«

Kinams Knie geben nach, aber bevor er zurückstraucheln kann, sind da Hände an seinen Ellenbogen, Augen neben seinen im dunklen Flur. Chans Brust stützt ihn, während er gegen die Tränen anschluckt.

Er leistet keinen Widerstand, als Chan die Hand um seine legt und das Handy an sein eigenes Ohr führt. Er dreht sich bloß vom Fenster weg, vergräbt den Kopf unter Chans Kinn und schlingt die Arme um seinen Rücken. Da ist ein Herzschlag unter seinem Ohr.

Das muss reichen.

»Wir haben verstanden.« Chans Ruhe ist ihm fremd. »Wir werden dir nicht mehr in die Quere kommen.«

Mit einem Klicken erstirbt die Leitung und Kinam weiß nicht, von welchen ihrer Lippen das Schluchzen zuerst bricht, aber da sind Arme um ihn, Chans Arme, und dann-

Arme stärker als Chans.

Entschiedener als Chans.

Arme, die sie navigieren, erst auseinander und dann an zwei Oberkörper, die weicher sind und doch fester drücken.

Sanfte Fingerspitzen ziehen Kreise über Kinams Rücken.

»Bett«, entscheidet Jinok.

Die Holzdielen, die hier hinten den Teppich ablösen, knarren kaum unter ihren Schritten, aber wo sie es tun, öffnen sie Fenster in Kinam, die Licht in die Dunkelheit bringen.

Nächte mit Chans Kichern im Ohr. Nächte mit Chans Geruch in der Nase. Nächte mit Chans Atem auf seiner Haut. Und dann der nächste Morgen. Dann Aufwachen mit Chans Haar im Mund. Mit Chans Fingern in seinem T-Shirt. Mit Chans Müttern, die zum Frühstück rufen.

»-wir reden morgen«, sagt Nabi, als Jinok Chans Zimmertür aufstößt.

Sie lässt Kinam los, um die Nachttischlampe anzuknipsen. Ihr Licht ergießt sich bis in die hintersten Ecken der Schatten und legt das Bett frei, dessen Laken wieder makellos über die Matratze gespannt sind.

Dabei war Chan nicht mehr zuhause. Nicht, seit er Kinam aus dem Fenster gelotst hat. Die liegengelassenen Hefte und Schulbinder auf dem Schreibtisch erzählen von *Ich würde es wieder tun, weißt du?* und *Du stürzt dich für mich so begierig in diese Scheiße.*

Kinam schlingt die Arme um sich, unfähig, sein Schluchzen zurückzuhalten.

»Wir reden morgen«, bestätigt Jinok, bevor sie ihn auf die Bettkante manövriert. Am anderen Ende des Zimmer lässt Nabi die Rollos herunter, doch kurz bevor das Mondlicht gänzlich verschluckt werden könnte, hört sie auf – einem einzigen Schimmer zuckender Blitze bleibt es erlaubt, über die Holzdielen zu tanzen.

»Morgen wissen wir mehr. Wir alle. Bis dahin lassen wir den Schlaf entscheiden, was er kann.«

Als Chan neben ihm in die Matratze sinkt, kann Kinam wieder atmen – und das ist genug, um sich wirsch die Tränen aus dem Gesicht zu wischen; genug, um zu ihnen aufzusehen, zu diesen Frauen, die er nicht verdient, aber verdienen will. Die er wollte, seit er das erste Mal durchs Fenster die Schwelle ihres Hauses übertreten hat.

Er räuspert sich. »Es tut mir leid.«

»Morgen«, verspricht Chan und sein Lächeln schafft einen fragilen Waffenstillstand in einem Haus, das nie vorhatte, gegeneinander Krieg zu führen.

Nabi erwidert es. »Egal, was es ist, wir kümmern uns. Und wir schaffen das, weil wir es immer schaffen. Okay? Als Familie.«

Auch Jinok nickt. »Wir sind in der Küche, wenn ihr noch etwas braucht.«

Ihren Arm um Nabis Taille gelegt zieht sie sich in den Türrahmen zurück. Salzig verwischt ihr Innehalten vor Kinams Augen.

»Wir sagen Bescheid, Eomma. Ganz bestimmt.«

In seinen Schoß hinabstarrend erkennt Kinam zwischen Chans Fingern sein Handy. Kinam hat das gewollt. Der Plan ist aufgegangen.

Egal, was es kostet.

Mach was draus, Kleiner. Ein Wimmern stiehlt sich über seine Lippen. Und was immer da Unausgesprochenes im Blickkontakt zwischen Chan und seinen Müttern ans Licht gebracht wurde, es wartet. Sanft streicht Chans Hand über Kinams Rücken.

»Egal, was da draußen war – hier seid ihr in Sicherheit.«

»Gute Nacht, Mama.«

Chan wartet, bis sich die Tür hinter den beiden Frauen schließt, bevor er die Hand aus Kinams Schoß nimmt. »Es ist vorbei«, wispert er leise und lehnt sich vor, seine Lippen ein sanfter Druck an Kinams Schläfe.

»Die Schuld ist beglichen«, wiederholt Kinam Donghyuks Worte und lehnt sich in Chans Berührung, lässt die Augen zufallen.

»Weißt du, was das heißt? Seoul wartet.« Gott weiß, wo Chan es hernimmt, das raue Lachen, aber Kinam lässt sich davon die verbleibende Härte aus dem Körper waschen. »Du kannst es mir endlich zeigen. Ganz genauso, wie du es mir versprochen hast. Erinnerst du dich noch? Erinnerst du dich noch an die Nächte?«

»Ob ich mich erinnere?« In einem schwachen, aber fassungslosen Schnauben hebt Kinam eine Hand in Chans Nacken und dreht seinen Kopf, bis er seine Stirn an Chans lehnen kann. »Manchmal waren sie alles, an das ich denken konnte.«

Chan muss nur das Kinn recken und Kinam erwidert seinen Kuss, dankbar und in einer Sehnsucht, die Chan ein Jahr in seinen Armen halten könnte und doch ungestillt bliebe. Unter Kinams Lippen formen sich Chans zu einem Lächeln.

Bereitwillig teilt er seinen Atem, liebkost die tränennasse Wange und muss sein Gewicht kaum verlagern, bis Kinam in die Kissen sinkt. Langsam schiebt Chan sich über ihn, vertieft die Küsse für einen Moment, bevor er sich neben Kinam abrollt. Seine Arme zittern, wo ihre Schultern sich ineinander pressen.

Chan dreht sich auf seine Seite, den Rücken der Wand zugewandt – eine Schlafposition, die ihnen längst in Fleisch und Blut übergegangen ist. Das Hochrutschen auf dem Bett, Chans Kopf an Kinams Schulter, der sanfte Atem, der Kinam am Hals kitzelt.

Er kann die Nächte kaum zählen, in denen sie so ineinander verschmolzen sind. Und doch braucht er mehr von ihnen.

Alle.

»Wehe, du schnarchst.« Chan stupst ihn mit der Nasenspitze an und Kinam kann nicht lachen, aber er dreht den Kopf zu Chan, um die Nase in seinem Haar zu vergraben.

Wortlos, aber vorsichtig schlägt Chan die Decke über sie und Kinam stöhnt, als sie sich in ihrem schweren, vertrauten Gewicht auf seine Brust legt. Wenigstens einen Moment lang ist die Enge vergessen, die jenseits seiner Rippenbögen lauert. »Ich hab vergessen, dass du's nachts auf einen Hitzeschlag anlegst.«

Chan piekst ihn in die Seite, ein stummes *Bleib einfach liegen*, auf das Kinam noch nie gehört hat. Wie in so vielen Nächten zuvor strampelt er sich die Decke wenigstens von den Beinen.

»Kein Problem«, flüstert Chan, als wieder Ruhe einkehrt und bettet sein Ohr über Kinams Herzschlag. Die Müdigkeit streckt seine Vokale in ein Gähnen.

Zögerlich sinken Kinams Finger in sein Haar. »Kein Problem?«

»Ab morgen haben wir Zeit.«

»Zeit?«

»Mhm.« Chan reibt seine Wange an Kinams Brust und schiebt seine Hand in Kinams Taille. »Wir erinnern dich einfach wieder daran.«

Chan muss hören, wie sein Herz stolpert, aber Kinam neigt bloß den Kopf, bis er seine Nase in Chans Haar vergraben kann – und findet unter all dem, was heute Nacht passiert ist, seinen Geruch.

»Okay?«, fragt Chan leise.

Kinam nickt, als seine Tränen in Chans Haar versickern.

< JINNIE

DIENSTAG 04:22

Holy Shit. Ich komm wieder

Ich komm zurück. Nach Seoul.

Jin, kannst dus glauben?

Scheiße, Jinnie.

Nie mehr Daegu.

DIENSTAG 04:23

Und ich bring ihn mit. Sie lassen es mich sagen. ERA ENTERTAINMENT lässt es mich sagen.

DIENSTAG 04:53

Wusst ich's doch.

Jinhwan. Scheiße.

DIENSTAG 04:55

Ich weiß, wir hatten das anders geplant. Ich weiß, du und ich, wir hättens sein sollen.

Du und ich und die Stage. Und Nächte auf Seouls Dächern. Nächte in Tanzstudios. Nächte in Dorms. Ich weiß, dass du wütend bist. Ich weiß, ich hab dich allein gelassen. Ich weiß, wir hatten uns das versprochen.

Aber weißt du was?

DIENSTAG 04:58

Wir werden wieder Nächte haben. Nächte auf End of the Year Awardshows. Tage mit Prerecordings bei Mnet. Nachmittage und Inkigayo Sandwiches.

Holt euch den Rookie Award dieses Jahr. Nächstes Jahr gehört er uns. Mir.

Dem ersten schwulen Idol.

DIENSTAG 05:05

Fuck it all, Kinam.

Nein, fuck du it all, Jinhwan.

DIENSTAG 05:07

Seoul ist ein Dorf, hast du das nicht auch gesagt? Wenn das wahr ist, lass uns Nachbarn sein. Was meinst du?

Lass uns Nachbarn sein, Jinhwan Seonbaenim.

DIENSTAG 05:09

Seonbaenim, wow. Du mein Seonbaenim.

Ich kann förmlich vor mir sehen, wie du grinst.

DIENSTAG 05:11

Hyung nenn ich dich trotzdem nicht. Kannst du vergessen!

DIENSTAG 05:12

Aber wenns was anderes gibt, was ich für dich tun kann, sags mir, okay? Sags mir, wenn wir uns das nächste Mal sehen.

Sags mir in Seoul.

»... Chan?«

Stöhnend wirft Kinam die Arme über den Kopf. Mit einem Knacken schnalzt sein Halswirbel wieder zurück ins Gelenk, als er den Nacken streckt. Was für ein Scheißluxus, sich wieder dran gewöhnen zu dürfen, verspannt aufzuwachen, weil man sich nachts um einen warmen Körper schmiegen durfte. Was für ein Drecksglück er hat.

Kinam blinzelt der Maserung der hölzernen Zimmerdecke entgegen, die er so gut kennt wie die in seinem eigenen Zimmer. Beinahe ist er versucht, liegen zu bleiben, aber die andere Seite der Matratze ist leer und Chan ist wichtiger als Bequemlichkeit. *Chan und Seoul.*

Faul streckt sich ein Lächeln über Kinams Lippen. Seoul kriegt ein schwules Idol. Soll's dran ersticken.

Die Schranktüren quietschen und er lässt den Kopf zur Seite fallen. Der Frisch-Aus-Der-Dusche-Chan gehört zu seinen liebsten. »Guten Morg- *Oh, Shit.*«

Reflexartig zieht er die Decke bis unters Kinn. »Nabi-ssi, ich-« Chans Mutter dreht sich nicht zu ihm um, hebt einfach weiter T-Shirts aus dem Schrank und stapelt sie in den Koffer, der zu ihren Füßen gähnt. Langsam setzt er sich auf. »Ich- ich hab dich nicht gesehen.«

»Wie auch?«, erwidert Nabi, Luft harsch ausatmend, das kurze Haar heute widerspenstig, die Bluse, dieselbe von gestern Abend, zerknittert. »Schließlich hast du geschlafen.«

Über ihre Schulter hinweg trifft ihn ihr Blick und einen Moment lang hebt sich die Welt aus ihren Fugen. Es ist morgen. Heute wollen sie reden. *Über alles.* Ein Schatten der Panik kratzt in seinem Hals. Kinam hat keine Antwort für sie.

Aber anstatt Fragen zu stellen, wendet Nabi sich wieder dem

Schrank zu. »Ich weiß nicht, welche Größe du hast.« Sie hebt einen weiteren Stapel T-Shirts aus dem Regalbrett. »Nicht, dass Chan nicht sowieso alles zu groß trägt, aber zumindest für den Winter sollte das reichen.«

»Er-« Der Protest stirbt auf seinen Lippen. Auf dem Nachttisch steht Wasser. Er kann sich nicht dran erinnern, ob Chan's hingestellt hat oder ob auch das etwas ist, wofür er Nabi danken muss.

Als ihre Worte zu ihm zurückkommen, verschluckt er sich fast. »Warte, welche Größe *ich* hab? Nabi-ssi, das-« Er lässt den Blick durch den Raum gleiten und es ist nicht bloß ein Koffer, der da Klamotten schluckt. Ein zweiter steht daneben, mit denselben Häufchen T-Shirts, Hosen, Pullover. »Du musst nicht- Ihr müsst nicht- Wirklich. Ich hab schon zu viel ... angerichtet, ich kann für meine eigenen Klamotten sorgen. Das-«

»Und wie willst du das tun, mh?« Ohne ihn anzusehen, stemmt sie die Hand in ihre Seite. »Willst du nochmal in diesem Loch halten und dann – was – den Schrank mit löchrigen T-Shirts und den verwaschenen, viel zu kleinen Sweatshirts plündern, die dein Bruder dir überlassen hat? Ja.« Nabi grapscht sich ein paar der Hemden, allesamt viel zu groß, mit hochstehendem Kragen und wirbelnden, dunklen Batikmustern. Chans Idee von gutem Geschmack. »Das kannst du vergessen.«

Mit großen Schritten tritt sie ans Bett heran. Die Decke zurückschlagend schiebt Kinam die Beine über den Bettrand, um ihr Platz zu machen. Energisch streicht sie die Laken glatt und faltet die Hemden akribisch zusammen. Schnell zieht er sich das Kissen über die Boxershorts.

»Das-«

»Kannst du vergessen«, wiederholt sie grimmig, »dass ich zulasse, dass du heruntergeritten in Seoul landest, damit jeder sehen kann, was für ein miserables Arschloch dein Erzeuger ist. Man könnte ja meinen, wenn man der größten kriminellen Organisation Daegus angehört, dass man es sich wenigstens leisten kann, seine Söhne adäquat einzukleiden. Aber hier sind wir und mir, *mir* macht das nichts aus«, schimpft sie und als sie die Hemden aufeinanderstapelt, peitschen ihre Schritte an Kinam vorbei, um sie in den Koffer zu legen.

»Das ist *zu viel*.«

»Zu viel wovon?«

Schwungvoll richtet sie sich auf. Sie bläst sich entnervt eine Strähne aus der Stirn und verengt kurz die Augen, als sie Kinam das Kissen vom Schoß reißt. »Wa-«

Sie greift nach seiner Hand und da steht er, neben ihr, beim Koffer, vor Chans Kleiderschrank.

Und er kann schon wieder nicht atmen.

»Was du musst, ist an deiner Selbstliebe arbeiten, Kinam, an deiner Einstellung. Du hast gar nichts angestellt. *Du* bist ein Opfer. Und du ziehst das jetzt an.«

»Ich-« Seine Finger ballen sich im Stoff des roten T-Shirts und dass sie zittern, als er die schwarze Cargohose überzieht, die Nabi ihm in die Hand drückt, ist eine verfickte Schande. In welcher Welt verdient er das hier?

»Danke«, bringt er leise über die Lippen, als er auch ins T-Shirt schlüpft. »Für alles. Für den Koffer und für- für gestern, und für ... die Zeit davor. Vor Seoul. Ich werd nicht zulassen, das Chan noch einmal Opfer von irgendetwas wird, ich versprech's. Ich lass ihn nicht mehr allein.«

»Keine Versprechen für meinen trotteligen Sohn, Kinam – damit wär mir schon sehr geholfen. Nicht solche.«

Tief atmet sie durch. Kinam wünschte, da würde nicht so viel Gewicht in ihrer Brust mitschwingen. »Keine Welt, in der du dich für das Leben deines Partners verantwortlich fühlst, ist in Ordnung. Bei Kindern ist das was anderes, aber nicht bei Lebenspartnern. Chan weiß das eigentlich – zumindest dachten wir das. Da wartet eine Karriere auf dich und eine Schule auf ihn und ihr werdet genug zu tun haben, da müsst ihr euer Miteinander nicht unnötig aufladen, ja?«

Sie zwinkert ihm zu.

Sie zwinkert ihm zu.

Die Augen hinter dem schicken, stilvollen Schildplatt müde, die Wimpernkränze rotgerändert, zwinkert Nabi ihm zu.

Kinam senkt den Kopf und schluckt herunter, dass er alles für Chan tun würde. Dass Liebe bereit sein sollte, Grenzen zu überwinden. Dass es doch Hass ist, der Grenzen immer und immer wieder betont.

Hass.

Nicht Liebe.

»Kann ich helfen? Kann ich einfach helfen? Irgendwas machen?« Kinam hält die Luft an. »Bitte?«

»Chan bereitet gerade das Frühstück vor. Der Reis kocht schon, aber er hat irgendwas mit Ei vor – *Omelette*. Weil du das so gerne magst. Aber wenn er etwas nicht kann, dann Omelette. Wenn du uns also davor bewahren würdest, wäre ich dir sehr dankbar.«

»Danke.«

Kinam würde alles für Chan tun. Und er kann sich nicht vorstellen, dass es Chan anders geht. Er will sich nicht vorstellen, dass es Chan anders geht.

Er will nicht, dass es Chan anders geht.

»Ich- guck mal, was ich retten kann. Bei uns im Dorm konnten sie's auch nicht.«

Mit einem Nicken lässt sie ihn durch – und er ist dankbar, dass sie ihm keine tröstende Hand in den Rücken legen will. Nicht, dass er sie nicht gebrauchen könnte, aber er wüsste nicht, wie er sie aushalten soll.

Als Kinam ins Wohnzimmer tritt, nimmt Daehyun gerade einen Schluck von seinem Kaffee. Er hat das Hemd von gestern gegen ein frisches getauscht, aber die Schatten unter seinen Augen und das Chaos der gelegten Frisur verraten genug.

»Scheiße!«

Jinok lässt bloß den Kopf zwischen ihre hochgezogenen Schultern sinken. Wenn sie nicht mal mehr checkt, ob ihre Küche schon in Brand steht, kommt Kinam wahrscheinlich zu spät.

»Guten Morgen«, murmelt Kinam, als er sich aus dem Türrahmen schiebt.

Chan dreht sich nicht um, als Kinam hinter die Küchenzeile gleitet. Über seinem Kopf keucht die Dunstabzugshaube. »Nabi hat mich schon gewarnt, dass du am Experimentieren bist.«

Polternd lässt Chan die Bratpfanne ins Spülbecken fallen. Dem verbrannten Ei, das daraus emporstinkt, kann sowieso nicht mehr geholfen werden. Lächelnd schlingt Kinam die Arme um Chans Taille und drückt ihm einen Kuss aufs Schulterblatt.

Die Stuhllehne knarzt, als Daehyun sich hineinlehnt und die Arme über den Kopf streckt. Chan sinkt tiefer in seine Umarmung, aber Kinam kann sich den Blick über seine Schulter nicht verkneifen. Jetzt, da Jinok den Kopf wieder gehoben hat, zeichnet vor allem Müdigkeit ihr Gesicht.

»Ich denke nur, dass es den anderen Mitschülern gegenüber nicht fair wäre.«

Daehyun faltet die Hände zusammen, als er sie wieder auf den Küchentisch senkt. »Unfair hieße, dass sie sich in einer benachteiligten Situation gegenüber Chan befänden, was – das kann ich Ihnen versichern, Jinok – nicht der Fall ist.«

»Aber andere Schüler mussten ein offizielles Auswahlverfahren durchlaufen, um sich einen Schulplatz zu sichern. Dass Chan nächstes Jahr einfach so dazustößt ...«

Chan unterdrückt sein Seufzen, aber Kinam spürt es trotzdem in seiner Brust protestieren. Beruhigend fahren seine Hände über die Wärme, die noch in Chans Schlafshirt hängt, und greifen schließlich an ihm vorbei, um den Wasserhahn aufzudrehen und das, was an Ei-Experiment gescheitert ist, im Abfluss verschwinden zu lassen.

»Was brauchen Sie von mir?« Daehyun klingt noch immer geduldig, bereit, aus der Frustration Jinoks etwas zu knüpfen, lässt sie ihn nur. »Öffnen sich Chan die Schulpforten auf unkonventionellem Wege? Ohne Frage. Bedeutet das, dass er sich dem System entziehen kann, sobald er im Klassenzimmer sitzt? Nein.«

Aus seiner Umarmung tretend holt Chan eine Tasse aus den Hängeschränken über der Spüle, die bauchig und voller Blumen zu der passt, die Jinok jetzt umklammert. Dabei war kalter Kaffee für Chans Mutter immer eine solche Strafe, dass sie das Haus dann lieber ohne verlassen hat.

»Kaffee?«, flüstert Chan und Kinam nickt, während er den Schwamm vom Spülbeckenrand greift und an den festgebrannten Stellen der Pfanne zu schrubben beginnt.

Aber je länger Jinok schweigt, desto schwerer wiegen die Ängste, die hier keinen Platz haben dürfen, weil sie in dieser Küche noch nie einen Platz hatten. Zwischen den Sukkulenten auf dem Fensterbrett ist es zu eng dafür.

Kinam lässt den Schwamm in die Spüle fallen, als er sich aufrichtet. »Die Schule zählt zu den besten Schulen der darstellenden Künste in Seoul, Jinok-ssi. Ein Freund von mir, ein Freund aus Seoul war auf der Schule, bevor er sich bei SKY-HIGH beworben hat – und man hat's gemerkt. Egal, was ERA ENTERTAINMENT sich als Alternative überlegt: nichts wird dasselbe für Chans Zukunft können.«

Er schluckt, als Jinok die Augen verengt. »Das ist mir wohl bewusst, Kinam.« Das Kinn senkend wendet sie sich wieder an Daehyun. »Könnte er das Schuljahr wiederholen? Ihm bringt doch die beste Schule nichts, wenn er den Schulstoff von Jahren aufarbeiten muss.«

Kinam spart sich die Entschuldigung. Chans Kiefer arbeitet unter seiner Haut, während er kurzerhand einen großen Schluck von Kinams Kaffee nimmt – und dann fluchend die Hände in die Keramik der glänzend veredelten Arbeitsfläche krallt.

»Heiß?«

Chan schlägt ihm mit dem Handrücken in die Magengrube. Das Lachen, das sich beinahe aus seinem Brustkorb gelöst hätte, erstickt in Daehyuns Erwiderung.

»Könnte er. Vorerst hat die Schulleitung zugestimmt, sich seine bisher produzierten Mixtapes anzuhören und anhand dessen zu evaluieren, ob er in die nächste Jahrgangsstufe voranschreiten soll oder nicht. Aber es ist in niemandes Interesse, Chan mit einer Lebensrealität zu konfrontieren, die ihn überfordert.«

Seufzend lässt Jinok ein entschuldigendes Lächeln zu. »... also machen wir das wirklich? Schiffen wir diese Jungs nach Seoul und lassen sie in die Welt?«

»Ich bin mir sicher, Sie dachten, Sie hätten noch ein Jahr, nicht?«

Ihr Lachen ist Kapitulation genug. Kinams Blick zuckt zu Chan, der die Kaffeetasse stehen gelassen hat, um an die Anrichte zu treten, auf der bereits der Reis und die Suppe stehen. Er hat den Blick auf seine Mutter gerichtet, aber sinkt in die Hocke, sobald sie ihn erwidert – und beginnt in den tiefen Schubladen der Küchenanrichte die richtigen Schälchen herauszusuchen.

Das Porzellan scheppert.

»Vielleicht ist das kein Trost, aber … Kinam und Chan sind alt. Beinahe zu alt für die Entertainment Industry Seouls. Die meisten Agencies halten einmal im Quartal ein Vorsprechen, manche – die größten Drei, die sich diesen Aufwand leisten können – sogar monatlich. Die meisten davon sind Jugendliche. Aber es werden auch immer mehr Kinder. Kinder sind-« Daehyun hält inne.

»-wie eine blanke Leinwand.«

Daehyuns Blick ruckt zu Kinam herüber und wieder von ihm ab. »Leichter zu beeinflussen«, präzisiert er. »Man kann sie in die Anforderung reinwachsen lassen, diese in ihrem Bewusstsein zum Normalzustand machen. Es ist ein hartes Pflaster – für Kinder meist ein grausames.«

Daehyun greift nach der Kaffeekanne, während Kinam sich die Zungenspitze an seinem verbrüht.

Chan steht wieder auf und stellt die Schälchen aufs Tablett. »Aber auf Kinam wartet kein Traineesystem, sondern ein fester Spot, Eomma. Das ist ein Unterschied. Und ich krieg eine Minor Producing Stelle bei ERA ENTERTAINMENT.«

»Also verkaufen wir eure Seelen nicht an die Möglichkeit einer Teufelsmaschinerie, sondern speien euch direkt hinein. Wie erstrebenswert.«

Daehyun lacht. »ERA ENTERTAINMENT ist gut, Jinok. *Anders*. Es ist eine neue, eine junge Agency, aber sie wurde von einer Frau aus dem Boden gestampft, die die Industry kennt und so, wie sie spielt, nichts mehr für sie übrig haben will. Die CEO-Line besteht aus zwei Frauen, die bereit sind, sich dieser Industrie zu ihren Bedingungen zu stellen. Sie waren bereit, dafür zu kämpfen. Sie haben gekämpft und sie haben gewonnen.«

»Ich weiß nicht, ob mich das beruhigt.«

»Das soll es auch nicht. Aber ich kenne Kang Heiran seit über einem Jahrzehnt. Und Sie kennen Chan sein ganzes Leben, kennen Kinam. Als ich nach Daegu fuhr, wusste ich nicht, was es ist, das Heiran in Kinam sieht, aber es hat mich nur ein paar Stunden an der Seite dieses Jungen, dieser jungen Männer gekostet, um es zu verstehen. Kinam ist außergewöhnlich. Ihr Chan auch. Auch wegen Ihres unerträglich jugendlichen Uns, auf das sie so pochen.«

»Hörst du?«, drängt Chan. Das hier ist nichts Neues. Vielleicht sind die Argumente dieses Mal schärfer, aber die Diskussion über Chans Zukunft und die Rolle, die die Musikindustrie in ihr spielen soll, ist so alt wie die Zeit selbst. »Am Ende wär ich sowieso in Seoul gelandet, Eomma. Mama hat es dir so oft erklärt: Alles spielt sich in Seoul ab.«

»Ja, ja, ich weiß. Seoul ist alles, was wir Südkoreaner haben.« Jinok stöhnt, aber es ebbt in ein Lachen ab, das ihr die Härte aus den Zügen wischt. »Verdammte Teenager«, atmet sie aus und lässt das Glitzern in ihren Augen die Blässe von ihren Wangen vertreiben. »Es ist immer ein Fehler, sie nicht ernstzunehmen. Ein Fehler, sie kleinzureden. Zu denken, man wisse es besser.«

»Immer«, bestätigt Daehyun. Sein Lächeln zuckt in ein kurzes Grinsen: »Also?«

»Anhand seiner Mixtapes wird er evaluiert und dann entscheidet sich sein Jahrgang?«

»Ja.«

Versteckt unter der Höhe der Arbeitsfläche suchen Chans Finger seine Hand.

»Er hat nebenbei eine Praktikantenstelle bei ERA ENTERTAINMENT und einen Festanstellungsvertrag der bei beschlossenem Schulabschluss zu greifen beginnt?«

»Ja.«

Ungeachtet der Schmerzen, die in seiner Rose aufblühen, lässt Kinam Chan seine Hand so stark drücken, wie er's braucht.

»Kinam und er müssen sich nicht verleugnen und können sich sehen, wenn es ihre Verpflichtungen hergeben.«

Kinam senkt sein Kinn auf Chans Schultern, knabbert nervös am Kragen, aber besiegelt Daehyuns Worte mit einem Kuss: »Richtig. ERA ENTERTANMENT hält nichts von persönlichen Einschränkungen. Es gibt keinen Dating Ban.«

Von hinten schlingt er den freien Arm um Chans Mitte. Chan dreht seinen Kopf weit genug, um einen Kuss auf seinen Kiefer zu drücken – nicht besonders romantisch, unter den Augen seiner Mutter, aber ein Versprechen, der Welt später noch Zeit hierfür aus den Rippen zu leiern.

Jinok verzieht den Mund. »Trotzdem wird ihre Beziehung in kontrollierten Dosen präsentiert, um eventuellen Pressewahnsinn im Schach zu halten.«

»Das und zusätzliche Deals werden die Beziehung der beiden schützen – und sie selbst.«

»... aber hat ERA ENTERTAINMENT diesen Einfluss? Kann ERA ENTERTAINMENT das garantieren?«

»Nein. Noch nicht. Aber Kang Heiran und Zhang Jolin haben ihn und sie sind bereit, ihre Karten auszuspielen, wenn es sein muss. Dass ERA ENTERTAINMENT eines Tages soweit sein wird, dafür werden Boygroup-Leader wie Kinam, Produzenten wie Chan sorgen. Bis dahin kümmern wir uns.«

Gänsehaut geistert über seinen Rücken. Er spürt Chans Blick auf seinem Gesicht, weiß, was es ist, das er sieht, weil er noch nie gut darin war, zu verbergen, wie sehr ihm die Herausforderung den Rap versüßt.

»-und wer Daegu packt, packt Seoul oder so ähnlich, nicht wahr?« Nabi rumpelt die Koffer in die Ecke des Hauseingangs, ehe sie sich ins Wohnzimmer schiebt.

»Wir unterschreiben«, nickt sie entschieden, bevor sie den Raum durchquert und ihrer Frau einen Kuss auf die Stirn drückt.

»FUCK YES!«

Chan schlägt sich die Hände vor den Mund, bevor Kinam ihn lachend von sich schiebt. Es tröpfelt in das Lachen seiner Eltern, in das Grinsen, hinter dem Daehyun sein Lachen zurückhält, und Chan strahlt.

»Ja«, gibt Jinok nach. »Wir unterschreiben. Wenn ERA ENTERTAINMENT die Schulgebühren deckt.«

»Nichts einfacher als das.«

Nabi sinkt neben ihrer Frau an den Esstisch. »Für die Unterbringung sorgen wir.«

»Perfektes Timing«, grinst Chan und greift das erste der beiden Tabletts. »Frühstück ist fertig.«

Es ist, als ginge man in der Zeit zurück.

Wie Chan da an den Küchentisch tritt und sich um die Schulter seiner Mutter schmiegt – ihr einen Kuss auf die Wange haucht. Bis Jinok zusammenzuckt und Chan fast das Tablett aus der Hand schlägt. Obwohl Nabi es fangen kann, bricht Kinams Herz.

Doch ihr Blick ertappt ihn bei den Gedanken, die sie ihm in Chans Zimmer noch so rigoros verboten hat. Ein entschuldigendes Lächeln auf seine Lippen zimmernd greift Kinam nach dem zweiten Tablett.

Er tritt von Daehyuns Seite an den Tisch und dann sind es geschickte Hände, die die Banchans, die Suppe und den Reis auf dem Tisch verteilen. Geschickte Hände, die zu erschöpften Gesichtern gehören, die beim dampfenden Essensgeruch schnell vergessen, was die letzte Nacht sie alle gekostet hat.

Als Kinam an den Tisch sinkt, hat Chan nur Augen für Daehyun. Worüber er auch immer mit Kang Heiran gesprochen hat, bevor er sich aus dem Krankenhaus entlassen hat, für Details scheint es nicht gereicht zu haben.

»Sie wollen meine Mixtapes hören?« Daehyun braucht noch nicht einmal zu nicken, bevor Chan die Folgefragen nachschiebt. »Weißt du, was sie erwarten? Was sind denn die Anforderungen? Meinst du, es ist klüger, viele verschiedene Genres einzureichen, auch wenn manche eher experimenteller Kram sind, den ich nicht nochmal anfassen würde, aber einfach um festzuhalten, dass ich vielseitig interessiert bin und Bock habe, mich in Sachen reinzufuchsen? Oder haben sie dann das Gefühl, ich kann mich nicht entscheiden? So ist es nämlich nicht, fokussieren kann ich mich schon, wenn es das erfordert. Ehrlich gesagt, ... na ja, ich weiß nicht, was schlägst du vor?«

Kinam lacht. »Alter, hol mal Luft.«

Unterm Tisch tritt Chan ihm hart gegen's Schienbein. Aber er lacht. Und für den Moment darf das reichen.

Der Vormittag weiß nichts von der beißenden Kälte des Nachtwindes. Nabis Wangen sind nass und Kinam will nichts mehr, als ins Haus zurückzulaufen und ihr Nachschub an Taschentüchern zu besorgen. Aber das würde nur aufschieben, was jetzt sein muss.

Der Sturm hat sich gelegt, aber in den Beeten stecken überall dünne Äste, die von den Bäumen und Hecken gerissen wurden. Wie zerrissene Skelette strecken sie sich verdorrt gen Himmel. Die Sonne scheint trotzdem.

»Habt ihr alles?«

Jinok reicht Chan den Rucksack, wie man ihn Schulkindern reicht; drängt ihm den Stoff mit beiden Händen in die Arme und an die Brust, und Kinam versteht das.

»Wir haben Wasser-«

»-viel Wasser für den Fall, dass wir in einen Stau geraten«, wiederholt Chan, was Nabi ihnen gepredigt hat.

Kinam wirft ihm einen Seitenblick zu. »Und die Reisbällchen, das Gemüse, oh, und das Obst, aber das nur für den Notfall. Ich glaub, wir packen's.«

Chan schließt die Hände um den Rucksack und lässt seine Fingerspitzen Jinoks Handrücken streifen. Noch verteidigt sich ihr Blick gegen die Tränen.

»Du erinnerst dich noch an Hyewon, richtig?«

Den Zettel, den Nabi Chan zusteckt, ziert in ordentlicher, eng aneinander liegender Schrift nicht nur Hyewons Name und ihre Anschrift, sondern auch diverse Kontaktmöglichkeiten. »Sie hat zu viel Platz, seit der Scheidung, sagt sie. Möchte ihre Wohnung aber auch nicht aufgeben. Wir- wir haben lange mit ihr telefoniert, heute Nacht. Sie ist bereit, dich aufzunehmen. Euch beide.«

»Bis der Dorm fertig ist, jedenfalls.« Daehyuns lautes Zuschlagen des Kofferraums unterbricht Nabis Worte.

Sie verschränkt die Arme vor der Brust, als könne sie das vor dem Abschied schützen. Schniefend holt sie Luft. »Sie ist viel in ihrer Praxis, aber ich habe ihr gesagt, dass ihr selbstständig genug seid.«

Während Kinam seinen Blick über die Karosserie gleiten lässt, schiebt Chan sich schon auf die Zehenspitzen und schlingt seiner Mutter die Arme um den Hals.

»Wir machen das schon, Eomma«, flüstert er.

»Komm her, Großer!« Ein überraschter Laut fliegt Kinam über die Lippen, als Nabi ihn an ihre Brust zieht, aber die paar Zentimeter, um die er sie bereits überragt, haben keine Bedeutung, als sie ihm über den Rücken fährt. Sie nimmt sein Gesicht in ihre Hände. »Du erinnerst dich noch, worüber wir gesprochen haben?«

Diese Scheißtränen. *Fuck.*

»Selbstliebe, Kinam«, betont sie, »und Grenzen.«

»Ich will auch«, drängelt Chan von der Seite und Kinam tritt zurück, kaum weit genug aus dem Weg, als Chan schon Nabis Arme füllt. Erstickt glucksend schlingt sie die Arme um ihn, und beinahe ist es, als hätte Chan nie aufgehört, in der Liebe seiner Mütter geschmeidig von Situation zu Situation zu gleiten.

Als Kinam Jinoks Blick auffängt, funkeln in ihren Augenwinkeln dieselben verräterischen Tränen. Sie drückt die Lippen in sein frisch gewaschenes Haar, Chans Geruch schwer zwischen den Strähnen.

»Wir melden uns, sobald wir da sind«, verspricht er und zögert. »Und wann immer es etwas zu erzählen gibt. Neue Demotracks oder gekillte Zimmerpflanzen. Sowas.«

»Komm schon. Hör auf, meinen Müttern das Herz zu brechen. Die sollen uns gehen lassen.«

Chans Finger schließen sich um Kinams Ellenbogen, aber anstatt an ihm zu zerren, führt er ihn bloß aus Jinoks Armen zum Wagen.

Kinam rutscht auf der Rückbank durch und wirft den Blick aus dem Fenster, die Straße herunter, dorthin, wo vor wenigen Stunden der BMW stand.

Als Chan nachrückt, lacht er noch. »Hör auf, zu weinen, Mama. Sonst fang ich gleich auch noch an. Und dann wird's kritisch.«

»Du bist unausstehlich«, urteilt Daehyun, als er auf den Fahrersitz sinkt.

Dann schlagen alle Türen zu und der Motor springt an. Wie vom Schlag getroffen wirbelt Kinam herum. Durch die Heckscheibe kann er sie sehen. Er hebt die Hand, aber mit einem Mal stapeln sich so viele Sätze auf seiner Zunge, dass er nicht zum Winken kommt. Hätte ja nicht die ganze Wahrheit sein müssen. Versionen davon hätten gereicht.

Versionen davon hätte er anzubieten gehabt.

Fuck.

Doch am Straßenrand werden die winkenden Gestalten kleiner und die Wahrheit wird warten müssen. Bis zum nächsten Besuch. Oder bis zum nächsten Rap.

Was immer früher kommt.

Seufzend will Kinam den Kopf an Chans Schulter sinken lassen, aber Chan lässt sich erschlagen gegen die Kopfstütze fallen. Er sieht bleich aus. Der vor Glück übersprudelnde Mustersohn eingetauscht gegen einen Jungen, der die schlimmste Nacht seines Lebens hinter sich hat – und anstatt selbst unter der Last zusammenzubrechen, die Arme um Kinam geschlungen hat, um ihn am Auseinanderbrechen zu hindern.

»Chan, ich-« Mit einem Kloß im Hals, der sich nicht herunterschlucken lässt, greift Kinam nach seiner Hand.

Er kapiert's nicht, bis es zu spät ist.

»Gyeom-« Chan richtet sich im Sitz auf und räuspert sich. »Gyeom hat mir geschrieben, gestern. Hab's eben erst gesehen. Sie haben's rausgeschafft, ... er und Sehun.«

Obwohl Kinam auf keinen dritten Namen hoffen darf, wartet er auf ihn. Daehyun lenkt den Wagen aus der Wohnsiedlung auf die Hauptverkehrsstraße, die unweigerlich aus Daegu herausführen wird, folgen sie ihr nur lange genug.

»Sehun ist stumm«, ergänzt Daehyun. Der Wagen stockt, als die Ampel auf rot springt und die Autos hinter ihnen beginnen, ungeduldig zu dicht aufzufahren. »Wir haben heute morgen geredet, Gyeom und ich.« Der Kälte zum Trotz fährt Daehyun das Fenster herunter und zieht die Zigarette hervor. Bei ihm ist es kein hübsches Etui, wie Sehun es hat, sondern bloß eine aus dem Automaten gezogene Schachtel, irgendeine Billigmarke, aus Frankreich vielleicht, die Schachtel verbeult, das Feuerzeug, das er daraus hervorzieht, billiges Plastik.

»Goya ist tot.« Daehyun klemmt sich die Zigarette in den Mundwinkel und Kinam bleibt der Atem weg.

»Sehun hat es mit ansehen müssen. Gyeom weiß nicht, wann er wieder in Ordnung kommt oder wie er wieder in Ordnung kommt. Er meint nur, zu wissen, dass er wieder wird, irgendwie. *Weil es Sehun ist.* Ihr würdet schon wissen, was er meint, hat er gesagt.«

Nach dem ersten gierigen Zug wirft Daehyun Schachtel samt Feuerzeug auf die Rückbank. Chans Stirn sinkt ans Fenster. Die Straße ist uneben, aber er kümmert sich nicht drum, dass die Scheibe wieder und wieder gegen seinen Schädel schlägt. Neuer Schmerz ist vielleicht besser als das Echo der letzten Nacht.

Kinam kann's sich nicht leisten, wegzusehen. Sonst ist er direkt wieder zurück und dann ist da nur noch Sehun, Sehun und eine blutende Goya, Sehun und eine Goya, die nicht mehr blutet, Sehun und Gyeom, der ihn von ihr fortreißt.

Sehun, der sich wehrt, bis er es nicht mehr tut.

Bis er nicht einmal mehr redet.

»Niemand wird wieder, nur weil er so oder so ist. Nicht nach solchen Nächten. Und ERA ENTERTAINMENT – das habe ich auch deinen Eltern versprochen, Chan – will, dass ihr in Seoul mit jemandem redet, der das Fachwissen hat, um das Geschehene mit euch zu verarbeiten.«

Der Rauch zittert im Fahrtwind, als Daehyun die Zigarette in den Straßengraben schnippst. Kinam behält sie im Blick, bis der Straßenverlauf sie um eine Kurve schubst. Ihm bleibt nichts außer dem Himmel in seinem scheiß wolkenlosen Blau, das schon jetzt ewiglange Schatten in die Welt malt.

Kinams Finger schließen sich um die Zigarettenschachtel.

»Ihr könnt Daegu nicht mit in euer weiteres Leben verschleppen. Das hier-«

Beinahe zerquetscht er den Filter zwischen den Lippen.

»-muss ein Abschied sein. Und bleiben.«
Giftig legt sich der Geschmack auf seine Zunge, als Kinam den Rauch in seine Lungen zieht. Chan schließt bloß die Augen und kann ja sein, dass Kinam jetzt keine Worte hat, aber er wird sie suchen müssen.

In ihre Stille hinein dreht Daehyun das Radio auf und als sie Daegu hinter sich lassen, zögert Kinam nicht, bevor er den Gurt löst und von seinem Platz auf jenen in der Mitte rutscht. Er schiebt seine Finger zwischen Chans, lehnt den Kopf an seine Schulter und wartet.

Harrt aus.

Hält aus, was immer es ist, das Chan sieht, wenn er die Augen schließt.

Es muss Stunden so gehen, aber irgendwann sind sie da, Chans Finger an seinen. Kinam hat aufgehört, zu zählen, die wie vielte Zigarette zwischen seinen Lippen klemmt. Ist'n Laster, das Seoul ihm lässt, solang er tanzen kann. Ist'n Laster, das Kinam sich erlauben kann.

Im Radio erzählen sie jetzt von TH13V3S zweitem Music-Show Win und Kinam schnaubt leise, bevor er seine Kippe Chan überlässt. Mit dem ersten Zug sinkt Chans Kopf von der Scheibe an Kinams Schulter. Dankbar bettet Kinam seine Schläfe darauf.

Mit dem Zeigefinger fährt Chan die Rose nach, die auf Kinams Handrücken prangt, bevor Chan sie unter seiner Handinnenfläche versteckt.

»Flowerboy ist zurück«, wispert er, als vor ihrem Fenster die Seouler Stadtgrenzen vorbeiziehen.

Kinam nickt. Im Rückspiegel fängt er Daehyuns Blick auf, bevor er die Augen schließt und einen Kuss in Chans Haar drückt.

Flowerboy ist zurück – und sie werden sich noch umsehen ...

AFTERCARE

Selbst für uns Autorinnen war Flowerboy manchmal echt viel. Wenn du dich während des Lesens oder auch danach überfordert oder schlecht fühlst, leg das Buch beiseite und nimm dir die Zeit und den Abstand, den du brauchst, damit es dir wieder besser geht.

Sprich gern mit einer Vertrauensperson oder einer Freund*in darüber, wie es dir geht. Wenn du dich damit wohl(er) fühlst, kannst du auch uns per social media kontaktieren. Wir sind, so gut es geht, für dich da und haben ein offenes Ohr.

Falls du das Gefühl hast, das reicht nicht, ist das vollkommen in Ordnung. Nicht immer kann man es alleine schaffen, sich wieder zu stabilisieren. Die folgenden Beratungsstellen können dir dabei helfen. Sie sind bundesweit verfügbar, qualifiziert und behandeln dein Anliegen vertraulich und komplett anonym. Du erreichst sie kostenlos telefonisch und über eine Chatberatung, falls du nicht telefonieren kannst oder magst.

Für psychischen Beistand wende dich zum Beispiel an die **Telefonseelsorge** (https://www.telefonseelsorge.de/). Du erreichst sie kostenlos und rund um die Uhr unter: 0800/111 0 111 oder 0800/111 0 222.

Falls du speziell mit einer Beratungsstelle für Jugendliche, eventuell sogar mit Jugendlichen sprechen willst, kannst du dich an die **Nummer gegen Kummer** (www.nummergegenkummer.de) wenden. Du erreichst sie kostenlos von Montag bis Samstag, 14-20 Uhr unter 116 111.

Falls du konkrete Hilfe suchst, zum Beispiel zum Thema innerfamiliäre Gewalt oder sexualisierte Gewalt (Belästigung, Nötigung, Vergewaltigung, ...), kannst du dich rund um die Uhr auch an das **Hilfetelefon Gewalt gegen Frauen** (https://www.hilfetelefon.de/) wenden. Du erreichst es unter 08000 116 016. Auch Menschen, die keine Frauen sind, aber Opfer von Gewalt wurden, können sich an das Hilfetelefon wenden.

Zusätzlich zu all diesen Angeboten gibt es auch lokale Angebote, die oft ebenfalls telefonische Beratung oder sogar eine Onlineberatung anbieten. Über diese kannst du dich auf den Internetseiten der **Gesundheitsämter** deiner Stadt oder deines Landkreises informieren.

Viele Gesundheitsämter weisen konkrete **Suchtberatungsstellen** aus, bei denen du dich zum Beispiel beraten lassen kannst, falls dich die Beschreibungen des Drogenmissbrauchs in Flowerboy an deine eigene Sucht erinnert haben und du befürchtest, eventuell rückfällig werden zu können.

Wir hoffen, dass du Flowerboy lesen kannst, ohne getriggert zu werden. Aber falls es doch passiert, zögere nicht, auf die Hilfsangebote zurückzugreifen. Keine Überforderung ist „zu wenig" Überforderung – es ist viel besser, sich rechtzeitig Hilfe zu holen, als zu warten, bis es ganz und gar unerträglich geworden ist.

Bitte passt auf dich auf.

DANKSAGUNG

Flowerboy war weder die erste Vision, die EraEra erträumt hat, noch war es das erste Projekt, an dem wir zusammengearbeitet haben. Aber dass es das Erste ist, das wir mit der Welt teilen, ergibt dann doch wieder viel Sinn.

Monatelang haben wir überlegt, wie wir Wege in die Idolfiction ebnen wollen, haben mit Projektideen jongliert, mit Konzepten geflirtet, hin und her überlegt und am Ende das große Glück gehabt, dass es dich gibt. Weil die Wege längst da sind und die tolle Gesellschaft auf diesen Wegen das allergrößte Geschenk ist. Diese Danksagung richtet sich also an allererste Stelle an dich.

An **dich**, der_die du Flowerboy gelesen hast und Kinam damit in die Industrie gefolgt bist, in der du sonst nur deinen favorisierten Groups Gesellschaft leistest. Wir hoffen, du bleibst uns und ihm erhalten.

Damit du das Buch aber in den Händen halten konntest, musste hinter den Kulissen ein paar Mal die Welt bewegt werden und auch dafür wollen wir uns von ganzem Herzen bedanken.

Bei *Clemens, Neela* und *Alaric*. Dafür, dass es okay war, dass wir uns unter der Woche von 8 bis 16 Uhr bei ihnen zuhause verschanzt haben und ganzen Universen Leben eingehaucht haben. Wir versprechen, wir revanchieren uns mit Ghibli-Dates, Eule-Sessions und Uno-Runden, die es in sich haben!

Bei unserer *Flowerboy-Gang*, dem allerbesten Testleser*innen-Team, das es gibt, und ganz besonders bei *Chaz* und *Adriana* für all ihre (un)geduldige Vorfreude. Ihr seid bezaubernd. Unglaublich, wie hemmungslos ihr euch in Kinam und Chan investiert habt. Noch unglaublicher, wie viel Liebe ihr für Hanbin aufgebracht habt. Damit haben wir niemals gerechnet. Inzwischen rankt sich ein ganzes Universum um ihn – und das verdankt er nur euch.

Bei unserer *Nadine*, die nicht nur die entscheidenden Verbesserungsvorschläge angebracht hat, sondern auch die allererste war, die meinte: *9lesen! Auf dem LitcampHH! Da müsst ihr mitmachen!* Die Liebe, die Flowerboy und wir von Anfang an von dir erfahren, ist unvergleichlich und vielleicht unser größter Erfolg.

Bei *Miyeon, Seojun* und *Jihun*, die sich auf Flowerboy eingelassen haben. Als unsere Sensitivityreader habt ihr letzte Gedankenlosigkeiten ausgemerzt, sodass sich unser Daegu, so fiktiv es gangversifft auch sein mag, tatsächlich koreanisch anfühlen kann. Tausend Dank für euer kluges Fingerspitzengefühl.

Bei *Moonie*, Hanbins größtem Fan, die uns auf der BuchBerlin in alle Munde gebracht hat und die uns mit ihrem Podcast *Seoulified* nicht nur eine Bühne geboten hat, um über Idolfiction und unseren Flowerboy zu sprechen, sondern die auch unsere erste Lesung ans Land gezogen, organisiert und moderiert hat. Der Abend bleibt unvergesslich.

Außerdem bedanken wir uns bei *Go Taeseob (Holland)*, einem großartigen Künstler, der uns endlos inspiriert – seine Musik, seine Photoshoots, seine Musikvideos. Als tatsächliches erstes schwules Idol ist er derjenige, der neue Wege ebnet und die Welt verändert. Wo wir können, wollen und werden wir ihn unterstützen. Jeder sollte lieben dürfen, wen er_sie liebt, und dennoch der eigenen Berufung folgen können. Hwaiting, Holland.

Bei *BTS*, denn: wie könnten wir nicht. BTS ist der Anfang von GRMY – und der ständige Wegbegleiter. Wo immer Zweifel auf uns warten, erinnern uns Namjoon, Seokjin, Yoongi, Hoseok, Jimin, Taehyung und Jungkook daran, wie lohnenswert es ist, sich mit Haut und Haar seiner Kunst zu verschreiben. Sie helfen uns darauf zu vertrauen, dass da, wo man seine Kunst mit der Welt teilt, immer auch Menschen warten, die bereit sind, hinzusehen, zuzuhören, mitzugehen.

Deshalb bedanken wir uns auch bei *ARMY*, BTS' Fandom – und ganz besonders bei *Farina, Bangtan Germany, ARMY's Unite Germany & Sarah Jane Cheeky*, unglaublich engagierten Frauen, die alles dafür tun, uns ARMYs in Deutschland Orte zu geben, an denen wir unser Fansein zelebrieren dürfen. K-Pop zu lieben, wird noch viel zu oft belächelt und kleingemacht. Danke, dass es euch gibt und damit safe spaces für deutschsprachige Fans. Ihr seid unersetzlich.

Sie ist die ganzen Liebesbekundungen inzwischen sicher schon satt, aber ganz besonders herzlich bedanken wir uns bei unserer geliebten *Dorina*! Da wo so viele Leute der Anfang von GRMY sind, bist du unser Leuchtturm in GRMYs Zukunft. So viel ist klarer geworden, so viel ist runder und schöner geworden, seit du Teil unseres GRMY Teams bist. Was für ein Glück, dich auf Twitter wiedergetroffen zu haben und kurzerhand in unsere hektische, aber vor Liebe beinahe platzende Welt entführt zu haben. Wer wären wir ohne dich?

Und bei *Teodora*, dem Genie hinter dem Cover, aber auch hinter den Illustrationen innerhalb des Buches. Da wo wir euch mit Worten Menschen in den Kopf pflanzen können und euch hoffentlich dazu bringen, sie zu lieben, hat sie Flowerboy ein Gesicht gegeben – und wir wissen, wie viele darüber zu uns gefunden haben. Dass sie sich darauf eingelassen hat, von Anfang an mit diesem völlig unbekannten Buchlabel zusammenzuarbeiten, ist 2019 unser größtes Glück.

Und schlussendlich auch bei *Rose*. Danke für deine Geduld, danke für deine Euphorie und Freude. Danke für deine Unterstützung und deinen Glauben an uns. Danke, dass du uns traust, das richtige Team für deine Geschichten zu sein. Wir nehmen alles, was du uns anbieten möchtest. Dass du unsere erste Autorin bei GRMY wirst, bedeutet uns die Welt – und dass du uns mit Zenith schon einen Vorgeschmack schenkst, macht aus diesem Ende nur einen weiteren Anfang. Die Zukunft wartet sehnsüchtig auf dich.

Ihr alle habt Flowerboy geholfen, zu werden, was es ist.

Es gibt keine Worte dafür, wie dankbar wir euch sind. Aber hoffentlich siehst du uns die wenigen nach, die wir doch gefunden haben.

In Liebe und Dank,
EraEra

ERA ERA in den Sozialen Medien

Wenn dir Flowerboy gefallen hat, gibt es verschiedene Wege, wie du uns dabei helfen kannst, mehr Leute auf unseren Daegu-Rapper aufmerksam zu machen – wir würden uns riesig freuen!

1) Rede darüber!

Sprich mit Freunden, mit Familie, mit anderen K-Pop Fans über Flowerboy. Online, offline. Wo auch immer. Sprich mit denen, die sowieso schon von Flowerboy sprechen! Wenn es uns gelingt, mit Flowerboy mehr K-Pop Fans miteinander in Kontakt zu bringen, damit wir uns nicht mehr so verstreut und einsam fühlen, haben wir schon gewonnen.

2) Benutz den Hashtag!

Solltest du auf Social Media über Flowerboy sprechen, nutze gerne den #Flowerboy Hashtag. Je mehr Leute im Hashtag aktiv sind, desto sichtbarer wird er für andere. Was du im Hashtag teilen willst, ist natürlich ganz dir selbst überlassen – teilst du Bilder vom Buch? Deinem E-Reader? Dem Print? Teilst du Zitate? Regst du dich über Charaktere auf? Erstellst du Playlists? Machst du noch einen Reread? Hast du AU Headcannons? Wir sind gespannt.

3) Schreib eine Rezension!

Diejenigen Leser*innen, die noch nicht wissen, was die koreanische Entertainment-Industrie alles kann, finden uns vermutlich am ehesten über Seiten wie amazon, lovelybooks oder goodreads. Wenn du da kurze Bewertungen darüber hinterlässt, wie dir das Buch gefallen hat, wird es anderen eher vorgeschlagen. Vielleicht geben sie dann auch einem ungewohnten Setting eine Chance!

d) Besuch unseren Patreon!

Kinams Geschichte ist nur die erste Geschichte von ganz vielen, die wir für dich geplant haben. In der nächsten Zeit wird es immer wieder neue Projekte auf Patreon geben! Du kannst kostenlos mitverfolgen, wie das Projekt entsteht und Szene für Szene mitlesen! Wir freuen uns über jede_n, der_die uns Gesellschaft leisten mag.

Natürlich ist all das freiwillig. Du schuldest uns überhaupt nichts. Wir sind dir schon jetzt endlos dankbar, dass du Flowerboy und uns eine Chance gegeben und die Geschichte gelesen hast.

Aber wenn du uns unterstützen willst, weißt du jetzt, wie.
Also lass von dir hören – wenn du magst!

ÜBER DAS AUTORENDUO

EraEra ist das Pseudonym eines Dresdner Autorinnenduos. Seit etlichen Jahren befreundet und fast genauso lang auch intensiv in das Schreiben der jeweils anderen involviert haben Kira und Ena Ende 2018 beschlossen, endlich auch gemeinsam schreiben zu wollen. Groß geworden auf Schreib- und RPG-Foren zählt für die beiden in ihren Geschichten vor allem eins: Menschlichkeit, ungeschönt und in all ihren Facetten. Deshalb haben sie auch das Idolfictionlabel GRMY Books gegründet und erzählen jetzt von den Höhen und Tiefen der (Zwischen-)Menschlichkeit in der südkoreanischen Entertainmentindustrie. So schnelllebig die Industrie auch sein mag, nirgendwo finden sie so viel Inspiration. Schon jetzt stehen Projektpläne, die mindestens bis 2025 reichen.

Besucht GRMY Books auf ihrem Patreon *patreon.com/grmy_* oder auf Social Media (grmy_books).

ÜBER DIE ILLUSTRATORIN

Teodora Novak, born 1999, is a serbian illustrator whose work focuses on themes of the self, darker, surrealist elements and characters in fantastical horror settings. She has a long-standing and loving history with K-Pop art work and as the artist behind one of the most well-known Agust D fanarts, she is well-versed at taking visual concepts and elevating them to develop them further. When she can't be found whipping up intriguing fanart or stunning personal art works, she studies illustration at the Academy of Arts - Novi Sad. Her art work has been published in several zines, such as the Blood, Sweat & Fears zine. You can take a look at her art work at www.artstation.com/elixrai.

rose
witt

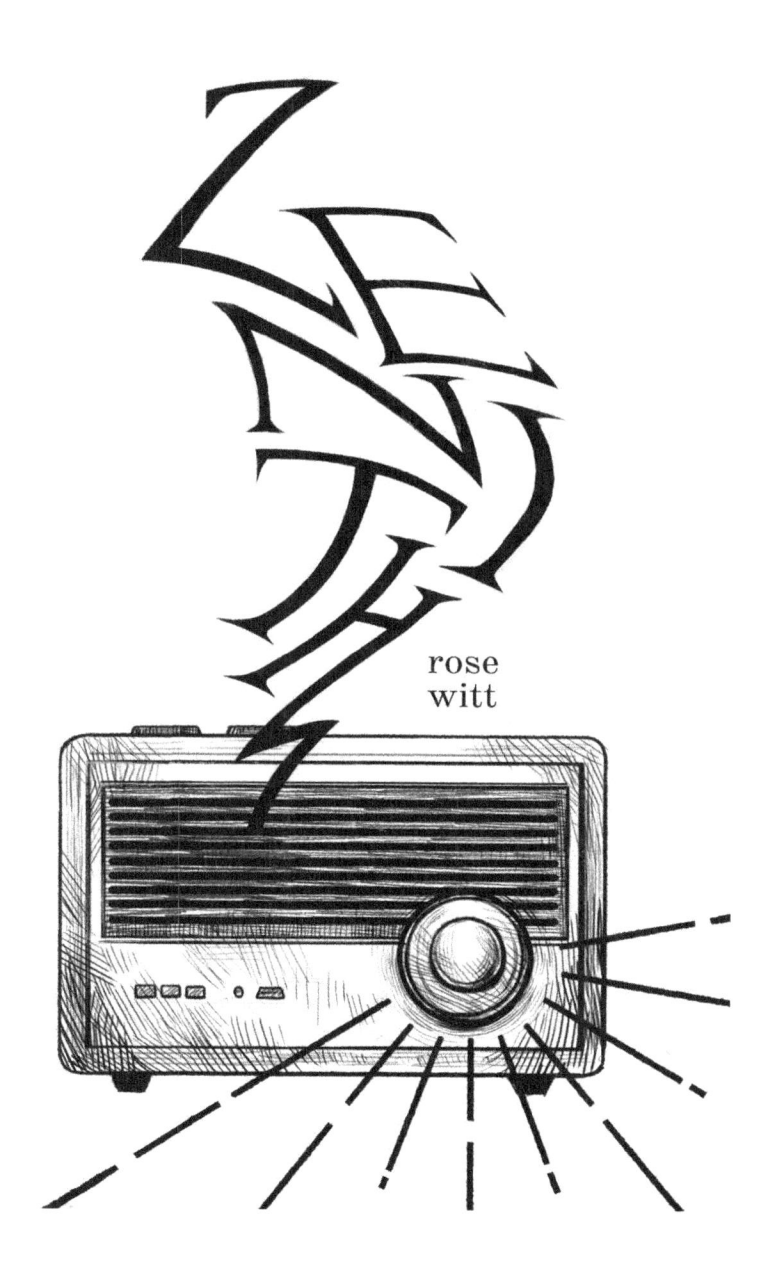

Bukhansan National Park
3. Januar 2020

LIABILITY

Vollkommene Stille hätte Hyungmin zwar mehr behagt, aber das nervenaufreibende Klackern der Tastentöne von seinem Beifahrersitz bedeutete immerhin, dass er nicht alleine war.
Minho schlug ohne Unterlass in die Tasten seines Handys. Seit sie die Stadtgrenzen passiert hatten, hatte er nicht ein einziges Mal den Blick gehoben.
Manchmal, überlegte Hyungmin, während er seinen Blick wieder auf die Straße richtete, war es ziemlich offensichtlich, was das Schicksal von ihm wollte. In diesem Fall zumindest war es kristallklar.
Ganz gleich, wie er es drehte und wandte, im beschönigend dimmen Licht der Straßenlaternen: in den zweiunddreißig Jahren seines Lebens hatte er sich so viel Schuld aufgeladen, dass sich ihrer zu entledigen ein Ding der Unmöglichkeit sein sollte.
Aber Park Minho auf seinem Beifahrersitz, Tastentöne bis in den Anschlag aufgedreht, war die Chance auf eine Seele, die noch nicht zu korrumpiert war, um sie aus dem Morast der branchenbedingten Verdorbenheit zu ziehen.
»Wir sind fast da«, sagte Hyungmin, mehr zur eigenen Vergewisserung, dass er den Weg noch kannte, und Minho schreckte auf.
Hyungmin hatte viel über ihn in Erfahrung bringen können, alleine in der Zeit, in der sie sich in seiner Wohnung

verbarrikadiert hatten und Tag und Nacht an diesem verdammten Album gearbeitet hatten, das nun auf der Schwelle stand, in die weite Welt entlassen zu werden.

Je weiter es vorangeschritten war, desto elektrisierter war Minho geworden, ungeduldiger, ungezügelter; hatte sich die zuvor zusammengesetzten Snippets immer und immer wieder angehört, mit wütendem Perfektionismus an seiner eigenen Stimme, der Artikulation seiner Worte herumgeschliffen, bis selbst Hyungmin, der von Enigmas gnadenloser Maschinerie genauso gepiesackt worden war, keinen Raum für Verbesserung mehr gesehen hatte.

Wie jeder aus dieser Industrie, wie jeder, der für die Bühne geboren war und jede andere Profession als Vergeudung seines Potentials gesehen hätte, lebte Minho nur von Hoch zu Hoch und ertrug Phasen wie die jetzige bloß mit widerwilliger Ungeduld.

»Weniger als zwanzig Stunden, dann ist es draußen.« Minhos Stimme klang heiser.

»Fühlt sich gut an, oder?« Hyungmin löste seinen Blick kurz von der Straße, die sich in Serpentinen in den Rücken des Bukhansan eingrub. »Dass es bald getan ist.«

»Es ist beängstigend«, erwiderte Minho. »Vor allem beängstigend. Dieses Album ist Wahnsinn, nicht nur wegen Enigma, die uns im Nacken sitzen, sondern ... wegen allem, das in dieser abgefuckten Industrie vor sich geht.«

»Minho ...«, seufzte Hyungmin.

Ihre Blicke trafen sich den Bruchteil eines Augenblicks, bevor die vertraute Anhöhe im Scheinwerferlicht seines SUVs Gestalt annahm.

Es war schwer zu übersehen, dass Minho etwas anderes erwartet hatte, denn sein Blick schweifte suchend über die ausgestorbene Anhöhe, als versuchte er, sich einen Reim auf das zu machen, was die knapp eineinhalbstündige Fahrt hierher gerechtfertigt hätte. Im Licht der Scheinwerfer warfen die Akazien geisterhafte Schemen über den Asphalt, der am Rande des Parkplatzes in festgetretene Erde überging.

Seit Hyungmin das letzte Mal hier gewesen war, mussten mehr als zehn Jahre vergangen sein – ein gesamtes Jahrzehnt, in dem die bloße Erinnerung an diesen Ort genügt hatte, um seine Pläne mit neuem Wagemut zu befeuern. Vielleicht war das hier der erste Schritt in die richtige Richtung – und Minho auf seinem Beifahrersitz die goldene Münze unter seiner Zunge, die den Fuhrmann seines Gewissens überzeugte, ihn doch noch ein letztes Mal über den Fluss zu setzen.

Als Hyungmin den Motor ausstellte, machte sich eine gespenstige Stille über ihnen breit, die jedes Geräusch im Keim erstickte.

Er löste den Gurt und öffnete die Tür. Die winterliche Kälte kroch sofort durch den Spalt zu ihnen hinein, verbannte die Behaglichkeit, derer sie sich während der Fahrt hingegeben hatten.

Hyungmin machte ein paar Schritte auf dem Asphalt des Parkplatzes, hin zum Kofferraum, in dem der Sender in mehrere Wolldecken eingeschlagen war, sodass er keinen Schaden nahm. Als er die Klappe des Kofferraums öffnete, hörte er, wie Minho ebenfalls aus dem Auto ausstieg und ein paar Schritte an ihm vorbei in Richtung der Stadtansicht tat, die sich als schimmernder Teppich vor ihnen ausgebreitet hatte.

Andächtig schlug Hyungmin die Decken zurück und förderte den Anblick auf das delikate Konstrukt zutage, das niemand außer Changho jemals wirklich verstanden hatte. Hyungmin hatte es die letzten Jahre in seinem Kellerabteil gebunkert, in einer alten Schachtel seines längst aussortierten Reiskochers, und zugesehen, wie der Staub sich darauf festgesetzt hatte.

Plötzlich erschien Minho neben ihm, der ihm neugierig über die Schulter blickte: »Was ist das, Hyung?«

»Ein UKW-Sender.«

Minho lehnte sich gegen das Auto und runzelte die Stirn. »Und ... du hast den in deinem Kofferraum, weil ...?«

»Weil ich dabei bin, dich in ein essentielles Stück Bandgeschichte einzuführen.«

Reges Interesse machte sich auf Minhos Gesicht breit, wie immer, wenn Hyungmin etwas in die Richtung andeutete. »Limitless-Geschichte?«

Hyungmin stieß einen leisen, fast unhörbaren Seufzer aus. »Genau.« Dann riss er sich von dem Anblick des alten Geräts los und wandte sich zu Minho um. »Auf dem Rücksitz liegen ein paar Decken und mehrere Thermoskannen mit Tee oder Kakao. Kannst du sie dort nach vorne tragen?«

Er deutete in Richtung der Anhöhe, von wo der Ausblick über die Stadt von den hochgewachsenen Akazien in pittoreske Rahmung gesetzt wurde. Dort standen mehrere Picknickbänke in einem annähernden Halbkreis um eine verwaiste Feuerstelle gruppiert.

Minho nickte und löste sich von der Flanke des Autos, nicht, ohne Hyungmin zuvor einen langen, sehr neugierigen Blick zuzuwerfen. Während Minho seinen Aufforderungen Folge leistete, zog Hyungmin den Generator aus einer anderen Kiste hervor, den er noch heute Morgen bei seinem KFZ-Mechaniker hatte durchchecken lassen. Soweit seine Erinnerung Licht auf die Umstände warf, versuchte er, die richtigen Kabel in den Sender zu stecken – und wünschte sich, er hätte Changho damals aufmerksam zugesehen anstatt nur missbilligend daneben zu stehen. Keine Minute später tauchte Minho wieder hinter ihm auf.

»Kann ich dir irgendwie helfen, Hyung? Du siehst ... überfordert aus.«

Er schüttelte den Kopf. »Hab's gleich.«

»Was hast du vor? Kontakt zu Außerirdischen aufnehmen?«

Hyungmin schnaubte bloß, während er versuchte, die plötzlich aufbrandende Erinnerung an Kyungtae zu unterdrücken. Außerirdische, natürlich.

Auch, wenn es gerade die in solchen Augenblicken aufwallende Ähnlichkeit zu seinem ehemaligen Maknae gewesen war, die Hyungmin so beharrlich um Minho hatte werben lassen: es war wirklich verflucht, wie sehr ihn sein Protegé manchmal an Kyungtae erinnerte.

Nachdem Hyungmin das Gerät eine Weile lang bekniet und umschmeichelt hatte, sprang es schließlich mit einem leisen Summen an und Hyungmin klatschte triumphierend in die Hände. »Ha! Nimm, das, Changho.«

»Underscore ist gut mit Technik?«, entfuhr es Minho überrascht.

Der Stagename ließ Hyungmin blinzeln. Aber natürlich, für Minho war Changho Underscore – Rapperpersönlichkeit extraordinaire, mit allen Klauseln und Richtlinien, die damit einhergingen.

»Oh, ja. Er war großartig. Sein Vater war ... irgendeine Art von Erfinder, wenn mich nicht alles täuscht. Er hat Changho früh beigebracht, wie man einfache Schaltkreise konstruiert und die ganze Sache mit dem UKW ist auf seinen Mist gewachsen.«

»Welche Sache mit dem UKW?«

Hyungmin deutete auf den Transmitter, der inmitten der alten Wolldecken in seinem geradezu schon peinlich sauber geleckten Kofferraum stand. »Genau hab ich's auch nie verstanden, obwohl Changho immer wieder versucht hat, es uns zu erklären.«

»Uns?«, fragte Minho.

Hyungmin nickte, ohne darauf einzugehen. »Der UKW-Transmitter sendet Wellen aus, die vom Radio registriert und wieder in Ton umgewandelt werden.«

Er zog seinen Laptop aus der Tasche, der ebenfalls in der Kiste gelegen hatte und stellte ihn neben dem Transmitter auf dem Boden des Kofferraums ab. Mit zwei Klicks hatte er sich im Menü zu dem passwortgeschützten Ordner vorgearbeitet, der die Audiofiles zum Album gespeichert hatte.

»Ist das Liability?«, fragte Minho überrascht, der wieder über seine Schulter blickte.

»Jep«, murmelte Hyungmin, in Gedanken versunken, während er Minho ein kleines, tragbares, batteriebetriebenes Radio in die Hand drückte. »Geh schon mal vor, ich bin in einer Sekunde bei dir.«

»Verrätst du mir dann, was das hier wird?«

»Los jetzt.«

Keine halbe Minute später hatte Hyungmin, soweit er es nachvollziehen konnte, den Prozess zum Laufen gebracht und nachdem er einen letzten Sicherheitscheck vollzogen hatte, schloss er die hintere Tür des Autos, die Minho offen gelassen hatte, und folgte ihm zu der Bankreihe, die man für die Besucher des Parks direkt vor der Ansicht der Stadt aufgezogen hatte.

Minho hatte sich in eine rote Decke gewickelt und aus einer Tasse in seinen Händen dampfte heißer Kakao, während er gedankenverloren auf die Stadt blickte, die sich vor ihm erstreckte, soweit das Auge reichte.

Die klirrende Kälte war allgegenwärtig und selbst für eine Januarnacht intensiver als erwartet. Es fühlte sich an, als würde Hyungmins Lunge unter stechendem Schmerz auskristallisieren.

Hyungmin kniete sich zu dem Radio hinab, das neben Minho auf der Bank stand und schaltete es ein, bevor er am analogen Rädchen die Frequenz einstellte und den Lautstärkeregler dann so weit nach oben drehte, dass Minhos Stimme plötzlich leise, aber durchdringend aus dem Lautsprecher klang.

Minho fuhr überrascht zu Hyungmin herum.

»Am Vorabend unseres Debuts, am siebten September 2007, um genau zu sein, waren wir zum ersten Mal hier«, sagte Hyungmin. »Es war eigentlich Changhos Idee, aber weil ich ‚Limitless' Leader war, war ich letzten Endes derjenige, der die ganze Mission abgesegnet hat.«

Er vermied es, Minho anzusehen, der wiederrum das Radio anstarrte, das seine Stimme ganz leise auf der kleinen Anhöhe verteilte.

»Du musst bedenken, zu dem Zeitpunkt waren wir fünf kopflose Trainees, die von unserem Label zusammengeworfen wurden, um am folgenden Morgen vor einer gesamten Nation eine geschlossene Reihe zu präsentieren. Vermutlich hat Changho geglaubt, dass wir uns dadurch besser zusammenschweißen können. Du weißt schon, sich gemeinsam die Finger schmutzig zu machen und so ...«

Hyungmin erhob sich aus der Hocke und nahm neben Minho auf der Bank Platz, die dieser sorgsam mit Decken ausgepolstert hatte.

»Es sollte eine einmalige Ausstrahlung sein, ganz nach unseren eigenen Regeln. Publikum: ungewiss. Vielleicht ein paar Außerirdische oder irgendein Weltraumabenteurer, der in ein paar hunderttausend Jahren am Rande unserer Galaxie strandet.«

Minho hob eine Augenbraue. »So einen Akt der Rebellion hätte ich dir gar nicht zugetraut.«

»Ich auch nicht. Aber Changho war ... Changho. Er hat diesen uralten UKW-Transmitter aufgetrieben. Ihn einfach vor mir auf den Küchentisch gedonnert und gesagt, dass wir in der Nacht in die Berge fahren würden und unser Album in die Sterne bomben, bevor Enigma morgen die Chance dazu hätte.«

»Scheiße, Hyungmin, stell dir vor, wenn das wer gehört hätte. Kannst du die Schlagzeilen vorstellen? Heiß erwartete Boygroup sabotiert ihr eigenes Debüt. Engima hätte euch geviertelt.«

»Genau das war meine erste Reaktion, aber Changho war darauf vorbereitet: Wir würden es nur einmal ausstrahlen, direkt in den Himmel gerichtet, und auf einer Frequenz, die sonst keiner hört. Und selbst wenn irgendein Hobby-Radiotechniker zufälligerweise in dieser Nacht auf dieser Frequenz herumspielt ... was will er tun? Die Chancen, dass er weiß, was wir da durchs Radio jagen, sind gering und zu dem Zeitpunkt hatte niemand wirklich eine Ahnung, wer wir waren.«

Minho runzelte die Stirn. »Okay, aber wenn kein Risiko bestand ... wieso dann überhaupt?«

»Kein Risiko? Sich in der Nacht vor dem Debüt rauszuschleichen, ist reiner Wahnsinn.« Hyungmin schüttelte ungläubig den Kopf. »Aber wenn du mich fragst, war das alles ohnehin mehr Changhos Versuch, die Stimmung aufzulockern, als wirkliche Rebellion.«

Minho nahm einen Schluck von seinem Kakao und legte den Kopf in den Nacken, um in den sternenklaren Himmel aufzublicken. »Also nur weil Changho diesen wahnwitzigen Plan gefasst hat, hast du entschieden, Verantwortungsgefühl und Vernunft Zuhause zu lassen und einfach damit durchzubrennen?«

Hyungmin blinzelte ein paar Mal rasch hintereinander. »Na ja, es war Changho. Ich hab' ihm vertraut.«

Minho gab ein nachdenkliches Summen von sich. »Du sprichst nie über ihn, aber damals zu Limitless-Zeiten wart ihr Koreas Paradebeispiel für selbstlose Freundschaft. Jeder hat euch für diese Verbundenheit beneidet ... du weißt schon, dieses tiefe Verständnis füreinander, ohne Worte finden zu müssen.«

Hyungmin lehnte sich zurück, während er Minhos Worte abwog. »Ich habe damals ... viel vorgetäuscht, aber diese Freundschaft auf keinen Fall. Zumindest nicht zu Beginn, am Ende ... wurde es immer schwieriger.«

»Das beruhigt mich, Hyung. Ich habe euch wirklich idealisiert. Wär' bitter zu wissen, dass das auch nur eine weitere von Enigmas gerissenen Marketingstrategien war.«

Hyungmin schüttelte hastig den Kopf, als wollte er dieser Idee überhaupt nicht erlauben, in irgendjemanden von ihnen beiden Fuß zu fassen. »Nein. Nein. Changho war mein bester Freund. Er hat an mich geglaubt, als niemand anderes es getan hat und der einzige Grund, wieso wir nicht mehr miteinander sprechen, sitzt hier vor dir.«

»So sehr kannst du nicht verschissen haben, dass Changho nicht mehr-«

»Doch«, sagte Hyungmin schlicht. »Doch, kann ich. Hab' ich.«

Er sog tief die Luft ein, während seine Finger nervös an den Fransen der Decke herum zu spielen begannen.

Gott, wie sehr wünschte er sich gerade eine Zigarette.

»Der Grund, wieso ich entschieden habe, diese alte Tradition heute wieder aufleben zu lassen, ist, weil ich niemandem jemals wirklich erzählt habe, was damals geschehen ist. Wieso Limitless nur vier Jahre nach dem Debüt im Kerker von Enigma verschwunden ist und danach nie wieder ein Album rausgebracht hat. Wieso alle Mitglieder ihre Verträge fristlos gekündigt haben und jetzt in alle Himmelsrichtungen zerstreut sind.«

Minho stellte die Tasse neben sich auf der Bank. »Schlechtes Management und Vertragsunstimmigkeiten, dachte ich. Ist das nicht der offizielle Grund?«

»Offiziell. Klar. Aber wann hat sich ein Label jemals von der Öffentlichkeit in die Karten blicken lassen?«

»Was war es dann?«

Ja, Minho erinnerte Hyungmin wirklich an Kyungtae – in seiner ungestümen Ungeduld, seiner Neugierde, seinem Grimm, der ihm immer anhaften würde, ganz gleich, wie delikat und unschuldig das dazugehörige Gesicht sein wollte.

»Es ist keine kurze Geschichte«, sagte Hyungmin schließlich, als er seinen Gedanken lange genug Zeit gegeben hatte, sich zu ordnen. »Und gewiss keine fröhliche.«

Minho verzog seine Mundwinkel. »Wann schreibt unsere Industrie schon mal Märchen?«

7. September 2007

LIMITLESS – The First Mini Album

Eine gar eigenartige Aufbruchsstimmung, wie sie nur in den bedeutsamsten Momenten menschlicher Geschichte zum Vorschein kam, hatte sich über der nachtdurchtränkten Anhöhe ausgebreitet.

Halb berauscht von ihrem eigenen Potential, das sich langsam, aber stetig in Richtung Selbstvervollkommnung verschob, konnten die fünf Neuankömmlinge es allesamt am eigenen Leib spüren, brauchten niemanden, der es ihnen vorsagte: an diesem Abend, hier oben über der Stadt, war die Schwelle greifbar, *überschreitbar*.

Hyungmin hatte das Auto im Mondschatten einer hochgewachsenen Fichte geparkt und während er noch am Zündschloss herumnestelte, war Changho auf dem Beifahrersitz derjenige, der zuerst aus dem Auto auf den Schotter des Parkplatzes sprang. Hyungmin verharrte mitten in der Bewegung, um seinem besten Freund dabei zuzusehen, wie er dort draußen auf dem Parkplatz den Kopf in den Nacken warf und sich ein paar Mal selbstvergessen um seine eigene Achse drehte.

Schließlich sprang Changho wieder auf das Auto zu und gab dem Blechdach einen übermütigen Klaps mit seiner flachen Hand, ehe er durch das heruntergelassene Fenster zu seinen Bandmitgliedern hineingrinste, die offensichtlich noch zögerten, ihm ins Ungewisse zu folgen.

»Dieser Ort ist perfekt. Ich *wusste* es!«, triumphierte Changho und riss die hintere Tür auf. Unter seinem herausfordernden

Blick schnallte Hosung sich nun ebenfalls ab. »Jetzt kommt schon, Leute, und bleibt nicht wie ein paar ölgetränkte Sardinen in eurer Büchse kleben.«

Er zog Hosung, der als einziger im Ansatz so etwas wie Entdeckermut gezeigt hatte, am Kragen seiner Jacke aus dem Auto, wo dieser allerdings sofort wie angewurzelt stehen blieb und die Arme steif vor seiner Brust verschränkte.

Hyungmin seufzte tief und öffnete die Fahrertür. Seinem guten Beispiel folgte Kyungtae, der sogar noch vor Hyungmin auf den Schotter des Parkplatzes trat und Changho über das Autodach einen wenig enthusiastischen Blick zuwarf.

»Changho-ssi, wir sind am anderen Ende der Stadt. Auf dem verdammten Bukhansan. Kannst du der versammelten Gesellschaft bitte einmal erläutern, was genau an diesem willkürlichen Parkplatz in der Einöde ... *perfekt* ist?«

Der letzte, der sich aus dem Auto bequemte, war Beomsoo, der mit verschlossenem Gesichtsausdruck über Kyungtaes Sitz nach draußen rutschte und sofort einige Schritte von ihnen fortmachte und mit düsterem Blick auf seine Schuhspitzen starrte.

»Nun, Kyungtae-ssi, du hast es selbst schon angesprochen. Erstens, wir sind in der Einöde. Mitten auf dem Bukhansan, wo wir endlich mal etwas anderes hören als den Nachtverkehr von Gangnam.« Changho grinste Hyungmin zu, der als einziger vollends in den Plan eingeweiht worden war, ehe Changho das Auto in Richtung Kofferraum umrundete und die Heckklappe öffnete.

Kyungtae trat sofort neugierig heran, genauso wie Hosung, der allerdings einen fragenden Blick in Hyungmins Richtung warf – ganz nach dem Motto, als Leader habe er sich doch bitte für die wahnhaften Einfälle des verschrobenen Changhos zu rechtfertigen.

»Was zur Hölle soll das sein?«, fragte Kyungtae mit einem verwirrten Blick zu Hyungmin, der nur beide Hände hob, als wollte er sie in Unschuld waschen.

»Das hier, mein liebster Maknae«, zwitscherte Changho vergnügt und riss die Wolldecke von der Kiste wie ein Magier bei der Enthüllung seines finalen Zaubertricks, »ist ein Ultrakurzwellen-Sender.«

»Und wem möchtest du eine Nachricht schicken?«, grinste Kyungtae, der die Situation offensichtlich nicht allzu ernst nehmen konnte. »Den Außerirdischen? Willst du nach Hause? Sollen sie dich etwa abholen?«

»Nein, du Vollidiot.« Changho schob seine Unterlippe vor und legte seine Stirn in Falten. »Wir werden unser *Album* zu ihnen schicken.«

»Ich bin *so* erledigt«, murmelte Hyungmin zu sich selbst. »Ich glaube, wir werden in die Geschichte eingehen, als die Band, die noch vor ihrem Debüt wieder eingestampft wurde. Und alles die Schuld ihres führungsschwachen Leaders, der jeder Schnapsidee seines Dongsaengs wie ein grenzdebiles Hündchen nachgejagt ist.«

»Du willst unser Album zu den Außerirdischen schicken?«, vergewisserte sich nun auch Hosung, der es aufgegeben hatte, sich ungläubig zu Hyungmin umzuwenden. »Darf ich fragen ... *wieso*?«

»Weil es einfach episch ist. *Ikonisch*, möchte man fast sagen.« Changho grinste ihn breit an, bevor er sich über den Kofferraum beugte, um den Sender einzuschalten. »Und es könnte so etwas wie unser Ritual werden.«

»Ritual?«, fragte Kyungtae mit gehobener Augenbraue. »Aber nichts ... irgendwie Okkultes, bei dem du willst, dass wir mit Blut irgendwo unterschreiben, ... oder?«

»Nun, das war eigentlich meine erste Idee, aber Hyungmin hat es mir verboten, weil er meinte, dass er in Erklärungsnot geraten würde, wenn wir auf einmal alle mit Blutvergiftung auf der Intensivstation rumliegen.«

Hosungs Kopf schnellte zu Hyungmin herum, der seine Schultern in die Höhe zog. »Ich *wünschte*, er würde Witze machen.«

»Außerdem bin ich nicht scharf auf Beomsoos Geschlechtskrankheiten«, fügte Changho hinzu und sofort brach Kyungtae in gackerndes Gelächter aus. Der Angesprochene selbst verzog keine Miene, sondern verdrehte lediglich die Augen, ohne auch nur im Ansatz amüsiert zu wirken.

Hyungmin schloss zum Kofferraum auf, den er am Nachmittag gemeinsam mit Changho mit allen Notwendigkeiten gefüllt hatte. Sein bester Freund hatte ihm schon seit Tagen damit in den Ohren gelegen, vor dem Debut irgendetwas für die Gruppenmoral zu tun – aus dem einfachen Grund, dass von dieser *Gruppe* zumindest im Augenblick noch nicht allzu viel zu sehen war. Vielleicht würde es Beomsoo etwas aus seiner Haut heraushelfen, Kyungtaes andauernder Nervosität guttun und Hosung zumindest das Gefühl geben, dass Hyungmin ungefähr wusste, was er tat.

»Kyungtae-ssi, Hosung-ssi, kümmert euch darum, dass die Decken und die paar Thermosflaschen gleichmäßig um die Feuerstelle verteilt werden«, sagte er betont gleichmütig und drückte den beiden perplexen Bandjüngsten besagte Artikel in die Hand. »Und Beomsoo-ssi, könntest du vielleicht ein Lagerfeuer in der Pfanne dort entfachen? Wir haben Kohle und Spiritus mitgebracht.«

Changho grinste ihm über den geöffneten Kofferraum zu. »Das ist eine gute Idee«, raunte er ihm zu, sobald die Maknaes auf Hyungmins Befehl hin abgezogen waren und auch Beomsoo den schweren Kohlesack über den Boden zur Feuerstelle zog. »Du wirst schon sehen. Mach dich locker, Hyungmin. Niemand wird jemals wissen, dass wir hier waren.«

Hyungmin warf ihm einen übellaunigen Blick zu. »Wieso habe ich mich von dir breitschlagen lassen?«

»Weil du tief unten genauso eitel bist wie ich. Du *willst* unsere Musik bei den Aliens sehen.«

»Hmpf.«

Changho grinste und klopfte ihm liebevoll auf die Schulter, ehe er sich daran machte, den Laptop aus der Tasche hervorzuziehen und an den Sender anzuschließen. »Außerdem schau sie dir an.«

Er nickte in Richtung Rand der Anhöhe, die auf die Stadt hinunterblickte, wo Kyungtae und Hosung schon munter dabei waren, die paar Bänke, die sich um die Feuerstelle drängten, zu einem behelfsmäßigen Kissenlager umzufunktionieren. Kyungtae hatte bereits den besten Platz okkupiert, seine Beine über die Länge einer Bank ausgestreckt und blickte genüsslich zu seinen Bandmitgliedern, die weiter den Kofferraum ausräumten.

»Hey, Prinzessin«, schnaubte Beomsoo, der in der Mitte ihres Lagers kniete und mit der Feuerpfanne hantierte. »Beweg deinen Arsch und hilf mit, sonst entfache ich das Feuer direkt darunter.«

»Nur ein Kratzer auf meinem edlen Antlitz und du schuldest Enigma gut zweihundert Millionen Won.«

Beomsoo prustete hämisch los, während er den Sack mit Holzkohle der Länge nach aufriss. »Du überschätzt deinen eigenen Wert enorm.«

»Kyungtae, hilf Hosung dabei, den ganzen Elektroschrott auszuräumen«, beschied ihn Hyungmin müde, während er sich durch sein Haar fuhr. »Los jetzt, ich sag' das nicht noch mal.«

»Elektroschrott?«, empörte sich Changho neben ihm.

»Meine Eltern sind Büroangestellte, Changie. Nicht jeder wächst mit einem allumfassenden Verständnis für Kurzwellentechnik auf.«

»Immerhin *irgendetwas* ist bei dir hängen geblieben. Habe ich dir eigentlich schon mal erklärt, wie genau die Frequenzen wieder rückübersetzt werden?«

»Bitte nicht«, murmelte er schwach, aber Changho war bereits in seinem Element. Changho drückte einem wenigen begeisterten Kyungtae die restlichen Kissen in die Hand, während Hyungmin nach wie vor über der Ladefläche lehnte.

»Hör auf, so eine Fresse zu ziehen. Das könnte dir vielleicht eines Tages wirklich nützlich sein!«

»In welcher Situation«, seufzte Hyungmin. »In welcher gottverdammten Situation wäre es das bitte?«

»*Hyung*!«, nörgelte Changho, als hielte er es nicht für möglich, dass Hyungmin tatsächlich solch eine grenzdebile Frage stellen konnte. »Damit kannst du über lange Strecken eine Nachricht versenden. Wie oft muss ich das noch durchkonjugieren? Kontaktaufnahme mit Außerirdischen aus der Bequemlichkeit deines Vorgartens! So was willst du dir doch nicht entgehen lassen.«

»Ich glaube, dieses Risiko nehme ich auf mich.«

Changho blies frustriert Luft in seine Wangen, während er den UKW-Sender mit einem Tastendruck an seiner Seite aktivierte und Hyungmin zwang sich, seine Aufmerksamkeit darauf zu richten.

»Und du bist sicher, dass unsere Kerkermeister nichts davon mitbekommen?«, fragte er, sobald Changho ihren altersschwachen Laptop hervorgezogen hatte und die sieben Lieder ihrer Debut-EP in den Sender speiste.

»Niemand hört auf der Frequenz und das Album dauert nicht mal dreißig Minuten.« Changho blickte zu ihm auf und Hyungmin konnte sich des Funkelns in seinen Augen kaum erwehren.

»Hoffen wir's.«

»Entspann dich, Hyungmin, einmal in deinem verdammten Leben.«

Fünf Minuten später saß er zwischen Hosung und Beomsoo auf der Bank, umrahmt von Decken, die Ersterer um ihn drapiert hatte. Obwohl der Sommer noch nicht ganz ausgeklungen war, hatte die Nacht eine erfrischende Kühle an sich – es war schon den gesamten Tag über nicht sehr warm gewesen und als Hyungmin das letzte Mal auf das Außenthermometer des Pickup-Trucks geblickt hatte, war die fünfzehn-Grad-Marke nur knapp überschritten gewesen.

Changho hatte ein altes Handradio zum Laufen gebracht und neben dem knisternden Lagerfeuer aufgestellt, um das Beomsoo sich mit schweigsamer Gewissenhaftigkeit kümmerte.

»Oh, mein Gott, ich höre meine Stimme!«, rief Kyungtae plötzlich und Changho drehte den Lautstärkeregler nach oben. Tatsächlich drangen nun die ersten paar Zeilen ihres Titletracks aus dem kleinen Radio.

Ein paar Augenblicke schwiegen sie alle andächtig, während sie zuhörten, wie das Lied sich zwischen ihnen ausbreitete, in das sie in den vergangenen Monaten ihr Blut, ihren Schweiß und ihre Tränen investiert hatten, als hätten sie keinerlei Zweifel an ihrem Erfolg gehabt.

»Wär' lustig, wenn das das einzige Mal wär, dass wir uns je im Radio hören«, sagte Beomsoo und Hosung warf ihm sofort ein Kissen ins Gesicht.

»Hör auf, Beomsoo. Das ist jetzt echt nicht der Moment.«

»Wir sind bei Enigma. Das ist das größte verdammte Label dieses Landes. In uns wird allein im nächsten Jahr mehr investiert als in sämtliche Straßen der Hauptstadt.« Hyungmin lehnte sich nach vorne, sodass er in die tanzenden Flammen ihres Feuers blicken konnte. Auf der anderen Seite der Feuerpfanne tat Changho dasselbe und ihre Blicke kreuzten sich. »Wenn man uns nicht vor den Nachrichten, nach den Nachrichten, zwischen den Wettervorhersagen *und* vor sämtlichen Eilmeldungen hört, dann haben unsere Chefs was falsch gemacht.«

»Wusste gar nicht, dass du dem Ganzen so optimistisch entgegensiehst«, grinste Changho. »Deine Bescheidenheit ist herzerwärmend.«

»Aber es stimmt doch, oder?«, fragte Hyungmin. »Unser Startvorteil ist ... massiv.«

»Gruselig.« Hosung zog die Schultern nach oben. »Gruselig, dass es morgen wirklich so weit ist. Ich weiß nicht, ob mich der Gedanke vor Panik lähmt oder einfach nur berauscht.«

»Ich meine, wir haben das Zeug dazu, wirklich, wirklich groß zu sein«, sagte Hyungmin nach einer längeren Schweigepause. Er ließ seinen Blick über seine Bandmitglieder schweifen.

Changho, auf der anderen Seite des Feuers, der seinen Blick glühend, beinahe fiebrig auffing und ihn ihm zurückreichte, wie das Versprechen, das sie einander gegeben hatten; Hosung, mit einem nervösen Ausdruck auf dem Gesicht, den er einfach nicht abzulegen vermochte. Kyungtae, tief vergraben in ihre mitgebrachten Decken, in Gedanken vermutlich schon auf der morgigen Debut-Stage der Musikshow, deren Termin seit Monaten in einem Kalender in ihrem Trainingsraum angestrichen war – und Beomsoo, der sich als einziger Hyungmins Versuchen widersetzte, seine Stimmung in irgendeiner Form zu kategorisieren.

Wie ein vollkommener Außenseiter in ihrer Mitte saß er am Rande der einzigen Bank, die nicht von jeweils zwei anderen Mitgliedern besetzt war, und blickte in die Baumschatten auf der anderen Seite der Anhöhe.

»Immer mit den Füßen auf dem Boden der Tatsachen bleiben.« Hosung zog seine Schultern nach oben, als sei ihm bei dem Gedanken an Hyungmins Höhenrausch nicht sonderlich wohl.

Changho fing seinen Blick furchtlos auf. »Boden der Tatsachen?«, schnaubte er. »Ich will den Zenit.«

»Er hat recht«, warf Hyungmin ein und über das Flackern des Feuers schenkte Changho ihm das breiteste Grinsen. »Wieso sollten wir uns mit etwas zufrieden geben, das nicht der Zenit ist?«

»Weil der Zenit der höchste mögliche Punkt ist«, sagte Hosung, offensichtlich äußerst verstimmt darüber, dass Hyungmin und Changho sich wieder einmal ihrem unaufhaltsamen Größenwahnsinn hingaben. »In jede andere Richtung geht es bergab. Ich weiß nicht, ob wir wirklich die Absoluten jagen sollten.«

»Ist doch scheißegal«, meldete sich Kyungtae zu Wort, während er sich aus dem Deckenberg hervorwieselte, in den er sich eingegraben hatte. »Ist doch scheißegal, wie wir das alles definieren. Wir werden auch so die größte Gruppe, die Korea jemals gesehen hat.«

Hyungmin lehnte sich zurück in das Deckenlager, das die anderen errichtet hatten, hob den Blick gen Himmel und ließ sich von den Stimmen seiner miteinander diskutierenden Member tragen, von der Musik, die sie heute den Sternen, morgen der Welt entgegenschreien würden.

Wenn er irgendwann einmal vergangen wäre, sein sterblicher Körper nichts als verstreute, ziellose Partikel vor der Unendlichkeit von Limitless, wie sie sich hier lostraten, würde man sich hoffentlich noch immer an sein Lebenswerk erinnern. *Sie.* Sie, die sie im Kreis um das Feuer saßen und so verstrickt ineinander waren, dass sie niemals wieder voneinander getrennt werden konnten.

An diesem Abend hatten sie begonnen, ineinander zu verwachsen. Mit ihrem ersten Akt als gemeinsame Hoffnungsträger ihrer Zukunftsvisionen, denen sie dabei zusahen, wie sie sich in einem Funkenregen in die Nacht entluden.

Noch waren sie nicht ganz Freunde, nicht ganz Weggefährten – aber Mitschuldige und Eingeweihte; und darin zu fünft. Zu fünft, wie sie hier saßen, und zu fünft, wie sie morgen der Nation begegnen würden.

15. Juli 2009

LIMITLESS – The Fourth Full-Length Album

Es war so warm, dass sie die Decken nicht brauchten, die sie wie üblich mitgenommen hatten. Sie blieben gefaltet auf der Lagefläche des Pickup-Trucks liegen, direkt neben dem Sender, der beflissen seine Signale in die Weiten des Sternenhimmels über ihnen schickte.

Die Lichter der Stadt flirrten vor Hyungmins Augen, unter der Decke aus heißer Luft und Abgasen, die noch nicht von dem erlösenden Regenschauer davongewaschen worden war. Hier oben, auf dem Bukhansan, wehte zumindest ein schwacher Wind, der das Feuer in ihrer Mitte speiste und die Blätter der Akazien rascheln ließ.

Die Anhöhe wusste zu jeder Jahreszeit ihre Reize vorzubringen, aber Hyungmin musste zugeben, dass er ihre Treffen im Sommer denen im Winter um Längen vorzog. So brauchte er sich keine Gedanken zu machen, dass Hosung, dessen Gesundheit ohnehin die meiste Zeit angeschlagen war, sich in der Winterluft erkältete oder Kyungtae sein Gewicht in heißem Kakao wegbecherte.

Changho, der bis zu diesem Augenblick den Sender kalibriert hatte, gesellte sich nun zu ihnen und ließ sich auf seinen gewohnten Platz auf der anderen Seite des Feuers sinken. Sein Blick begegnete Hyungmins, ehe sie sich beide mit einem eilig verborgenen Grinsen voneinander abwandten, gerade als Kyungtae in seinem sprudelnden Übermut Beomsoos verkniffenen Gesichtsausdruck nachahmte, den er bei der Dankesrede ihres Januar-Daesangs aufgesetzt hatte.

»Ich schwöre, Hyungmin hätte dich nicht sprechen lassen sollen«, schnaubte Kyungtae lachend, während er sich genüsslich zurücklehnte, offensichtlich sehr zufrieden mit der Tatsache, dass er wieder einmal im Fokus der Aufmerksamkeit stand. »Was hat er sich dabei eigentlich gedacht?«

Hyungmin seufzte tief auf und warf einen raschen Blick zu Beomsoo, der Kyungtaes Frotzelei stillschweigend über sich ergehen ließ. Er saß am dichtesten beim Feuer, auf einem umgekippten Eimer, in dem sie den angebrochenen Kohlesack transportiert hatten. Nichts an seinem regungslosen Gesicht ließ die Vermutung zu, dass er Kyungtae auch nur im Ansatz Gehör schenkte, und vielleicht spürte Hyungmin gerade deshalb eine Art ungeduldigen Unmut in sich aufsteigen. Er könnte wenigstens versuchen, sich in dem Ansatz von Schlagfertigkeit zu üben.

Jeder von ihnen wurde hin und wieder von den anderen auf die Schippe genommen, besonders von Kyungtae, der kein Blatt vor den Mund nahm und sich in den vergangenen Jahren im Fokus der medialen Aufmerksamkeit zu einer Art des vorlauten *Enfant terribles* gewandelt hatte.

»Lass stecken, Kyungtae«, seufzte Hyungmin mit einem erneuten Seitenblick in Richtung Beomsoo. Ihn sprechen zu lassen, war ein presseamtlicher Albtraum gewesen, aber Hyungmin hatte seine Lektion gelernt. »Wenigstens kann ich ihm an solch einem Event das Mikro in die Hand geben, ohne, dass er mir vollkommen vom Skript abweicht und auf einen abenteuerlichen inneren Monolog aufbricht, wie du das tust.«

Kyungtae verdrehte die Augen, ließ sich aber dazu durchringen, zumindest für die nächsten paar Minuten von Beomsoo abzulassen und Hyungmin tauschte einen eiligen Blick mit Changho über das Feuer hinweg, der nur unsicher seine Schultern nach oben zog. Auch, wenn Hyungmin inzwischen so weit gehen würde, auch den Rest der Band als seine Freunde zu bezeichnen, teilte er seine Sorgen über Beomsoo doch nur mit Changho.

Immerhin war es Changho gewesen, der sich Beomsoo erbarmt und den Schluss ihrer kurzen Dankesrede übernommen hatte, nachdem Beomsoo eineinhalb Minuten äußerst peinlich in blanker Panik ins Mikrofon gestammelt hatte.

Nach all den Jahren, die sie nun auf engsten Raum miteinander verbracht hatten, war Beomsoo nach wie vor ein Buch mit sieben Siegeln. Die meiste Zeit brachte er damit zu, sich in die Tiefen seines Laptops zurückzuziehen, um an Projekten für die Band zu arbeiten, anstatt sich mit ihnen über auszehrende Bandproben auszulassen. Ganz gleich, wie sehr Hyungmin sich bemühte, Beomsoo wollte so gar nicht zu ihnen passen.

Während Hyungmin seinen Gedanken nachgehangen war, musste Kyungtae offensichtlich aus ihrer Mitte aufgestanden sein, denn in diesem Augenblick kehrte er vom Auto zurück, seine Arme voll raschelnder Cellophanverpackungen. Ein unheilvolles Grinsen war auf sein Gesicht gepflastert, als er sich wieder auf seinen Platz neben Changho fallen ließ.

»Hab' unseren Vorratsschrank im Dorm geplündert, als Hyungmin gerade nicht hingesehen hat«, berichtete er und stapelte die Packungen ordentlich neben sich auf der Bank, während er einen Karton mit Erdnussmochi zur Hand nahm und ihn an der Seite aufdrückte. »Will jemand?«

Hosung war schon den halben Weg über dem Boden zu ihm gerobbt, als Hyungmin seine Stimme schneidend über die Szenerie erhob. »Kommt gar nicht in Frage, Kyungtae.«

Der Angesprochene, der bereits einen der pulvrigen Reiskuchen aus der Plastikform gelöst hatte, hielt in der Bewegung inne. Immerhin schien er seinen Leader genug zu respektieren, um seine Zähne nicht in die Kalorienbombe zu versenken.

»Hyung, nur einen. Bitte.«

»Vergiss es, Kyungtae. Wir haben morgen Comeback. Im *Landesfernsehen*. Du weißt genau, dass Fernsehkameras mindestens vier Kilo draufaddieren und wenn wir uns ehrlich sind, bist du schon wieder an der Grenze.« Er kam sich selbst grausam vor, wie er den vollkommen erschrockenen Kyungtae in seinem Visier hielt und ihn niederstarrte, bis er den unangetasteten Reiskuchen zurück in die Verpackung legte.

»Ich kann ja sagen, dass mein aufgequollenes Gesicht von der Aufregung kommt«, murmelte er, aber Hyungmin bemerkte, dass seine gute Laune mit einem Mal vollkommen verflogen war. »Und wir verbringen nicht umsonst den ganzen Morgen in der Maske. Zu irgendetwas müssen unsere Stilisten doch gut sein.«

»Nein«, sagte Hyungmin hitzig. Die unbändige Wut darüber, dass Kyungtae einfach nicht einsehen wollte, dass Hyungmin wohl am besten wissen würde, was gut für ihn war, kochte in ihm hoch. Er spürte, wie sämtliche Blicke auf ihm lagen. »Nein, Kyungtae. Du bist unser Visual, und *gerade du* musst morgen gut aussehen. Darüber haben wir schon gesprochen.«

»Komm schon«, wandte Changho ein, der von Hyungmins heftiger Reaktion genauso sehr vor den Kopf gestoßen schien. »Ein Mochi wird ihn nicht umbringen.«

»Es geht ums Prinzip. Wir lassen ihm immer alles durchgehen, weil es viel zu schwer ist, ihm nein zu sagen.« Hyungmin schüttelte den Kopf und lehnte sich auf der Bank nach vorne.

Hosung, der gerade eben noch Anstalten gemacht hatte, auf Kyungtae zuzurobben, verharrte bewegungslos auf der Stelle, sein Mund leicht geöffnet. »So geht das nicht. Ich habe es satt, für eure Versäumnisse gerade stehen zu müssen. Wer, glaubt ihr, muss seinen Kopf hinhalten, wenn es unseren andauernd wechselnden Managern und Kreativchefs nicht passt, wie wir von der Öffentlichkeit aufgenommen werden? Ich bin euer Leader, damit ich den Willen und die Anordnungen unserer Vorgesetzten an euch durchexerziere, nicht, damit irgendein Showhost weiß, wen er zuerst ansprechen soll.«

Changho stieß die Luft aus, die er angehalten hatte. »Das wissen wir, Hyungmin.«

»Dann hört doch bitte auf mich.« Er wandte sich an Kyungtae, der mit bebender Unterlippe zwischen ihnen in die Flammen des Feuers starrte. »Kleiner, ich meine das wirklich nicht böse. Wenn es nach mir ginge, würde ich dir sämtliche Mochis der Welt vor die Füße legen, aber du weißt, dass wir Verpflichtungen haben. Die Öffentlichkeit stellt gewisse Erwartungen an uns. Die können wir nicht enttäuschen, nur, weil du Hunger hast.«

Kyungtae nickte tapfer, aber Hyungmin kannte ihn gut genug, dass er wusste, wie wacker er gerade mit den Tränen kämpfte. Kyungtae war das größte Opfer seiner Emotionalität und auch, wenn diese die meiste Zeit dafür sorgte, dass er die gute Laune seines unbehelligten Geists über ihnen verteilte, waren die Abgründe, die sich nach einer Schelte auftaten, für ihn doppelt so tief wie für die anderen.

Früher hatte Hyungmin noch gezögert, ihn in solch einem Fall zu tadeln, hatte ihn lieber walten lassen, aber inzwischen wusste er, dass es einen guten Anführer ausmachte, selbst im

Angesicht aller Widrigkeiten seine strenge Linie durchzufahren. Letzten Endes würde Kyungtae ihm doch dankbar sein. Würde morgen, wenn sie in ihre maßgeschneiderten Anzüge für die morgige Performance schlüpfen, ein Stoßgebet gen Himmel senden, dass er Hyungmin geschickt hatte, um ihn vor den Dummheiten seiner Unmäßigkeit zu bewahren.

»Hyungmin, wir sind auf deiner Seite«, sagte Hosung von seiner misslichen Position auf dem Boden aus. »Wir machen das nicht, um dich zu nerven.«

»Das sag ich auch nicht, aber *ich* bin derjenige, der jeden verdammten Augenblick dafür arbeitet, dass wir nicht herunterstürzen von diesem Podest, das wir so hart umkämpft haben. *Ich* bin der, der sich selbst freiwillig bis auf die Knochen blamiert, um die ungewollte Aufmerksamkeit von Beomsoo in den Variety Shows wegzulenken, wenn er wieder einmal den Mund nicht aufkriegt. Der sich gemeinsam mit Changho die Nächte um die Ohren schlägt, um seine Raps runterzudummen, wenn er mal wieder zu gesellschaftskritisch für Enigmas Musikkatalog unterwegs ist, oder der tausend Ausreden für Kyungtae erfindet, wenn unsere Konzeptualisten wieder an seiner Figur herummeckern. Glaubt ja nicht, dass das leicht für mich ist.«

Niemand machte Anstalten, etwas auf seine Wutrede zu antworten, nachdem Hyungmin sich wieder tief in die Bank zurücklehnte. Changho starrte auf seine ineinander verschränkten Hände, Beomsoo würde den Blick sowieso nicht heben und auch Hosung und Kyungtae sahen beide voller Verlegenheit entweder zu Boden oder in das Feuer.

Hyungmin sog die Luft ein, die ihm abhandengekommen war und wünschte, irgendjemand würde etwas sagen. Solche

Auseinandersetzungen waren keine Seltenheit, aber der bittere Geschmack in seinem Mund war eine unwillkommene Neuheit. Er biss sich auf die Lippen, während seine rasenden Gedanken zu erwägen versuchten, ob er zu weit gegangen war.

Dass Changho seinem Blick partout auswich, machte die Sache nicht besser.

»Lasst uns einfach das Album anhören«, sagte er schließlich resigniert. »Dazu sind wir ja schließlich hier.«

30. November 2010

LIMITLESS – The Sixth Full-Length Album

Nichts Triumphierendes lag noch in der Art, in der Changho das Radio zwischen ihnen abstellte. Unterdrückter Zorn schwang in dem dumpfen Aufprall des Lautsprechers auf der Bank mit und Hyungmin hob seinen Blick nicht von seinen Händen.

»Ich krieg' das Feuer einfach nicht hin«, fluchte Hosung, der den beißenden Rauch mit einem abgerissenen Pappkarton von ihnen wegzutreiben versuchte. Die grauen Schlieren des Rauchs vermengten sich mit den Wolken im Himmel über ihnen. Immerhin war es nicht ganz so kalt. Nicht, dass sie Decken gehabt hätten.

»Lass es bleiben«, antwortete Hyungmin müde und ohne aufzusehen. »Es verseucht sowieso nur die Kleidung mit seinem ätzenden Gestank.«

Hosung gab der Feuerpfanne einen wütenden Tritt, sodass sie umkippte und die schwelenden Kohlen über die Feuerstelle verteilte. Dann ließ er sich auf der anderen Seite auf der Bank nieder und verschränkte die Arme vor der Brust.

Ihr sechster Titletrack drang blechern aus dem Radio und Changho massierte seine Schläfen, während er das Gesicht verzog, als würde man ihm besonders bittere Medizin einflößen. »Ich hasse dieses Lied. Fake-Plastikscheiße.«

Darauf wusste keiner etwas zu erwidern. Hyungmin selbst war kein großer Anhänger der EDM-Richtung, in die Limitless in den vergangenen zwei Jahren gedrängt worden war, aber er hatte Besseres zu tun, als sich mit seinen Kreativchefs darüber zu streiten.

»Und da waren's nur noch drei«, polemisierte Changho weiter, als niemand auf ihn einging.

»Kyungtae ist immer noch in der Band.« Hosungs Tonfall klang scharf und Hyungmin hob seinen Blick, nur, um den Zweitjüngsten mit wütendem Gesichtsausdruck zu Changho herüberstarren zu sehen.

»Wir wissen alle drei, dass Kyungtae raus ist, falls er sich jemals wieder erholt.« Changho zuckte mit den Schultern. »Ist ja nicht so, als hätte es keine Anzeichen gegeben. Unser werter Leader hat nur beschlossen, sie zu ignorieren.«

»Müssen wir das heute machen?«, fragte Hyungmin, die ewiggleichen Anschuldigungen müde. »Gerade heute? Ich dachte, diese Nächte wären etwas Besonderes.«

»Das waren sie«, stimmte Changho zu und zog eine Grimasse. »Mit dem alten Hyungmin. Nicht diesem unsympathischen, selbstzentrierten Wichser, der an seiner Stelle hier ist.«

»Weißt du, das ist genau der Grund, wieso Kyungtae den Verstand verloren hat«, erwiderte Hyungmin, während er sich aufrichtete. »Weil du diese Band zum Kriegsgebiet gemacht hast, sobald Beomsoo weg war. Channel deine Unzufriedenheit lieber in deine Scheißmusik, anstatt sie an uns auszulassen.«

»Ach, meine Schuld ist das also!« Changho klatschte in die Hände, kalter Hohn in seiner Stimme. »Natürlich findet Kim Hyungmin wieder einen Sündenbock. Bewahre, dass er einmal den Fehler bei sich sucht.«

Sie verfielen in ersticktes, wütendes Schweigen, das nur von der nächsten B-Side ihres Albums durchschnitten wurde. Hosung zog die Ärmel seiner Jacke enger um seine Handgelenke, während er Dampfschwaden in die eiskalte Nachtluft blies.

»Wir sollten das wirklich nicht heute Abend machen«, murmelte Hosung schließlich. »Einfach der Erinnerung wegen.«

»Ich fürchte, die ist für immer beschmutzt.« Changho zog die Schultern nach oben, während er mit seinen Schuhspitzen in der gefrorenen Erde herumzubohren begann. »Diese ganze Scheißsache war ein einziger verdammter Fehler.«

»Was?«, fragte Hyungmin. »Limitless?«

»Jemals auch nur irgendein Fünkchen Energie in diese Industrie investiert zu haben, die Menschen mit Haut und Haar verschluckt und halbtot wieder ausspuckt.«

Am liebsten wäre Hyungmin aufgestanden und hätte ihm ins Gesicht geschlagen, aber Changho überragte ihn um beinahe einen halben Kopf und einmal herausgefordert würde er sich garantiert nicht scheuen, seinem ehemals besten Freund auch am Vorabend einer Comeback-Stage noch ein blaues Auge zu verpassen.

»Ehrlich jetzt, Changho, deine leeren Reden können gerade ganz viel.«

»Unser Leader schwingt sie ja nicht. Hättest du auch nur ein einziges Mal angemerkt, dass Kyungtae sich praktisch zu Tode hungert, anstatt deinem Schönwetter-Image nachzujagen, sähe die Lage jetzt anders aus. Aber nein, nicht doch Koreas Liebling, Schwiegersohn einer ganzen Nation. Wenn sie wüssten, wie du hinter geschlossen Türen wirklich bist, Hyungmin, du wärst *erledigt*.«

»Wenn die da draußen wüssten, wie viel Gras du eigentlich konsumierst, wärst *du* erledigt.«

»Ach, mein Drogenkonsum passt dir nicht? Was ist mit den zwei Packungen Kippen, die du jeden Tag rauchst, weil du deine zitternden Hände sonst nicht mehr unter Kontrolle bekommst? Deine Scheißstimme klingt schon so rau, dass sie dich für unser nächstes Album wahrscheinlich in die Besinnungslosigkeit autotunen müssen.«

»Halt deine Fresse, du Möchtegern-Rapper-Verschnitt. Seit du so viel kiffst, ist deine Musik der letzte Scheißdreck und wir wissen es beide. Du hast es einfach nicht mehr drauf. Oder wieso glaubst du, schickt Enigma dich immer und immer wieder ins Studio zurück?«

Eine fassungslose Stille senkte sich über die Anhöhe und in diesem Augenblick wusste Hyungmin, dass er die Kontrolle verloren hatte, von Changhos andauernder Provokation breitgeschlagen, das Unsagbare in den Mund zu nehmen.

Changho bloßzustellen, wie nur er es vermochte.

Weil Hyungmins Meinung mehr zählte als die der Welt.

Weil er sein bester Freund war.

Gewesen war.

Changho war so blass wie noch nie, als er sich langsam erhob und einen Schritt aus ihrem kleinen Kreis machte. Er blickte sich nicht um, während er zu dem Motorrad ging, *floh*, das neben dem Truck auf dem Parkplatz stand, seinen Helm über die schwarzen Haare zog und sich in der nächsten Sekunde auf seine Maschine geschwungen hatte.

Hyungmin hörte nur noch das Aufheulen des Motors, das Knirschen des Schotters, und dann war er alleine.

Lange Zeit sagte niemand ein Wort und Hyungmin wartete nur darauf, dass Hosung ihm all das entgegenschleuderte, das er sich die gesamte Zeit mühsam verbot.

»Immerhin ist er nicht ohne ein Wort des Abschieds verschwunden«, sagte Hosung schließlich.

»Wäre vielleicht besser, als sich immer so anzukeifen.«

Hosung schüttelte bestimmt den Kopf. »Unsinn. Ihr bedeutet euch zu viel, um nicht so aufeinander loszugehen.«
»Changho sieht das, glaube ich, anders.«
»Darf ich offen sein?«
Hyungmin blickte ihn nicht an, aber er nickte. Hosung sog tief die Luft ein. »Du bist kein schlechter Mensch, Hyungmin, aber du bist erratisch geworden, hasserfüllt, höhnisch, *bitter*. Achtlos, nachlässig. Changho hat Recht.«
»Changho kann sich-«
»Lass mich ausreden«, bat Hosung ihn sanft und Hyungmin ließ ihn widerwillig gewähren. »Changho hat Recht, die Sache mit Kyungtae hätte verhindert werden können, wenn du dich nicht zu sehr von Enigmas Vorgaben hättest leiten lassen. Wenn du irgendwann einmal einen Schritt zurückgemacht hättest, um noch einmal zu reflektieren, *wer* Kyungtae eigentlich ist. Was ihm das alles antut.«
Hyungmin stützte seine Stirn gegen seine Handgelenke, während er seine Augen resigniert schloss, um dem beißenden Rauch des Lagerfeuers zu entgehen.
»Kyungtae ist nicht der Einzige, bei dem ich verkackt hab«, murmelte er und der plötzliche Schleier auf seinen Augen machte es ihm schwer, Hosungs Gesichtsausdruck richtig zu deuten. »Ich bin maßgeblich dafür verantwortlich, dass Enigma Beomsoo den Laufpass gegeben hat.«
»Nicht alles, was in dieser Band geschehen ist, ist automatisch deine Schuld.«
»Das schon«, gab er knapp zurück. »Irgendwann, nach dem hunderttausendsten Briefing zu Beomsoos inakzeptabler Schüchternheit, seiner Unfähigkeit sich im Scheinwerferlicht richtig zu präsentieren, hab ich was in die Richtung gesagt,

dass wir ihn vielleicht gar nicht brauchen. Dass er als Bürde zu schwer ist, um ihn die gesamte Zeit über mitzuschleppen.«

Hosung schwieg und Hyungmin kannte ihn gut genug, um zu wissen, dass er ihn ehrlich schockiert hatte.

»Dass er gleich rausfliegt, war nicht meine Intention. Aber offensichtlich haben die nur auf ein Wort in die Richtung gewartet. Dass jemand das aussprechen würde, was sich ohnehin schon jeder gedacht hat. Beomsoo hat einfach nicht zu uns gepasst.«

»Das ist unfair, Hyungmin. Das zu sagen. Er hat es wirklich versucht.«

»Ich weiß.« Er blickte Hosung an, der neben ihm auf der Bank saß und seine Hände nervös ineinander verschränkt hatte. »Es war so grausam von mir und doch glaube ich manchmal, dass ich ihm wahrscheinlich einen Gefallen getan habe. Oder ich hoff's wenigstens. Dass ich meiner Pflicht als Leader nachgekommen bin, indem ich ihn in die Freiheit entlassen hatte. Jetzt kann er tun, was er wirklich gerne macht: Produzieren, ohne, dass er jede Woche vor einer Kamera stehen muss und sich zur Bespaßung der Öffentlichkeit Socken über den Kopf stülpt.«

Gegen seinen Willen musste nun auch Hosung grinsen, schwach und eine Spur wehmütig, als erinnerte ihn dieser verhängnisvolle Tag an bessere Zeiten. »Das war wirklich erniedrigend.«

»Aber weißt du«, sagte Hyungmin schließlich nach einer längeren Schweigepause, »wenigstens hab ich sie beide so ruiniert, so dermaßen an die Wand gefahren, dass sie jetzt ganz genau wissen, wie viel besser sie ohne mich dran sind. Ohne mich und Enigma im Hintergrund.«

»Ruiniert?«, fragte Hosung ehrlich überrascht. »Du hast sie doch nicht ruiniert. Du hast keinen von uns ruiniert. Es gibt einen entscheidenden Unterschied darin, ob du jemanden ruinierst oder einfach nur nicht ausdrücklich alles in deiner Macht Stehende tust, um ihm zu helfen.«

»Aber als euer Leader wäre ich dafür verantwortlich gewesen, dass ihr alle nicht ... dort endet, wo ihr heute seid. *Wie* ihr heute seid. An dem Tag, an dem ich begonnen habe, unseren Ruhm über euch zu stellen, habe ich euch im Stich gelassen.«

Er seufzte tief auf, offensichtlich unfähig, seine Gedanken richtig zu artikulieren und Hosung biss sich nachdenklich auf die Lippen.

»Für mich hat das immer bedeutet, ein guter Leader zu sein«, fuhr Hyungmin schließlich fort. »Uns allen Widerständen zum Trotz an die Spitze zu führen. Aber *ihr* wart mein Team. Ich hätte sichergehen müssen, dass ich keinen gebrochenen Haufen auf das Podest geleite.«

»Niemand hat gesagt, dass es einfach werden würde«, murmelte Hosung. »Aber nur, weil wir jetzt in der Asche von Limitless sitzen, heißt das nicht, dass du nicht trotzdem ein guter Leader warst. Kyungtae, Beomsoo ... vielleicht waren sie nicht für diese Industrie gemacht. Das hat vorher niemand wissen können, erst recht nicht du. Du hast die Band weder zusammengestellt noch trainiert. Du wurdest uns nur an die Seite gestellt, um uns zu führen.«

Hyungmin blickte ungläubig zu seinem Dongsaeng. »Und was ist mit dir?«

»Ich hab's nie bereut, dir vertraut zu haben. Und ich bin noch hier, oder?«

Hyungmin vergrub das Gesicht in seinen Händen. »Wieso wollen sie auch so einen hohen Einsatz?«

»Wer, unsere Chefs? Oder die Aliengötter?«

Hyungmin musste gegen seinen Willen lachen. »Fuck, jetzt hör schon auf damit. Ich bin mir nicht mal sicher, ob Changho überhaupt weiß, was er tut. Am Ende hat er uns drei Jahre nur verarscht.«

»Hmm«, machte Hosung. »Würde ihm ähnlich sehen. Vielleicht waren es gar nicht die außerirdischen Gottheiten, die unseren Weg gesegnet haben. Vielleicht waren es wir, die ganze Zeit schon.«

Ein paar Minuten lang schwiegen sie in stummer Eintracht, während Hyungmin dem schwelenden Qualm beim Verenden zusah.

»Wie kann ich das alles jemals wieder gut machen?«, murmelte er schließlich und Hosung hob überrascht den Blick.

»Wer sagt, dass du das tun musst?«

»Mein Gewissen? Die Sterne über uns? Sie haben zugesehen, wie ich alles in den Sand setze, das mir jemals anvertraut wurde.«

»Vielleicht ist es ihnen egal.«

Die letzten Takte des Abschlusstracks auf ihrem Album versiegten just in diesem Augenblick und Hosung stand auf, um das Rauschen auszuschalten, das durch die nun unbelebte Frequenz schallte.

»Weißt du«, sagte Hosung, während er Hyungmin die Hand hinhielt, und er sich von ihm auf die Beine ziehen ließ. »Du hast dich geirrt. Wir hätten nie nach dem Zenit streben sollen.«

Das Echo seiner Worte legte sich über die Anhöhe und Hyungmin ließ zu, dass sie sich in seine Seele einbrannten.

»Weil es der höchste mögliche Punkt ist. Und in jede andere Richtung geht es bergab.«

»Das stimmt«, antwortete Hyungmin schließlich, während er den Kragen seiner Jacke nach oben klappte und sich von Hosung abwandte. »Aber ich bin noch nicht fertig damit. Vor allem nicht, wenn die Sonne dort oben noch unbeansprucht rumhängt.«

Ein schmales Grinsen erschien auf Hosungs Lippen, das er eilig genug zu verstecken suchte, das Hyungmin aber dennoch nicht entging. »Ich wusste, dass du dich nicht geschlagen geben kannst. Ich *wusste* es. Auch wenn Limitless am Ende ist, auch, wenn es nur noch eine Frage von Monaten ist, bis wir uns auflösen, ich *wusste*, dass du nicht einfach so sang- und klanglos von der Bühne gehen kannst.«

»Der Zenit war der Anfang. Der Traum höchstens unserer Band, von Limitless, für den wir ein wenig zu nah an die Sonne geflogen sind, okay, aber ...«

»Aber jetzt tauschst du deine Wachsflügel gegen gehärtete Metallschwingen, oder so?«

Hyungmin grinste, während er die Autotür öffnete und einen Augenblick mit dem Fuß auf der Schwelle verharrte. Der Gedanke gefiel ihm.

»... oder so, ja.«

3. Januar 2020

Es war fast, als wäre etwas Wohlwollen in das Glimmern der Sterne über ihnen zurückgekehrt, als Hyungmin geendet hatte. Eine halbe Ewigkeit schwiegen sie, jeder der beiden in seinen eigenen Gedanken versunken und Hyungmin trank seinen Tee aus, der inzwischen eiskalt geworden war.

Schließlich öffnete Minho den Mund. »Deshalb hast du dein Label *Zenith Entertainment* genannt. Und ich habe geglaubt, du würdest niemals wieder etwas mit dem Zenit zu tun haben wollen.«

Hyungmin machte eine Kopfbewegung, die entfernt als ein Nicken gewertet werden konnte. »Ich habe gehofft, dass ich Hosung damit zum Lachen bringen würde.«

»Fand er's lustig?«

»Die E-Mail, die er mir geschrieben hat, klang sehr amüsiert.«

Minho grinste. »E-Mails. Ihr seid wirklich alte Männer aus einer anderen Zeit.«

»Eine andere Zeit war sie wirklich.« Er nickte langsam, bedächtig.

Minho zupfte an der Decke herum und richtete dann seinen Blick auf die Stadt, die beleidigend unverändert vor ihnen dalag. Plötzlich war da diese Düsterkeit in seinen Augen, von der Hyungmin genau wusste, wie sie sich anfühlte. »Besonders viel hat sich leider noch nicht geändert.«

»Keine Sorge, Minho«, erwiderte Hyungmin und legte den Kopf wieder in den Nacken, um das Funkeln seiner Sterne zu betrachten. »Wir reißen es nieder. Wir reißen alles nieder.«

»Und mein Album morgen macht den Anfang.«

Das Radio war schon seit einer Weile stumm, nachdem auch die letzte Harmonie irgendwo hinter dem Mond verklungen war, und Minho legte seine Hand auf den Lautsprecher, als gelte es, Restwärme abzustauben.

»Es hat schon vor einer Weile begonnen, aber ich denke, es wird Zeit, dass wir den Rest der Welt einweihen.« Hyungmin erhob sich und zog die Schicht an Decken herunter, in die er sich während seiner Erzählung immer tiefer vergraben hatte.

Minho blieb sitzen. »Ich glaube wirklich, dass Changho stolz auf dich wäre. Du hättest es auch bleiben lassen können, weißt du? Niemand hätte es dir zum Vorwurf gemacht, wenn du dich nach Limitless' Auflösung irgendwohin abgesetzt hättest.« Er suchte Hyungmins Blick, der es nicht über sich brachte, ihn zu erwidern. »Und ... Kyungtae hat dir sicherlich verziehen. Wenn er dir überhaupt jemals irgendwas übelgenommen hat.«

»Du ... musst das nicht sagen.« Hyungmin räusperte sich, riss sich die Decke energisch von den Schultern und ballte sie vor seiner Brust zusammen. »Und so sehr es mich rührt, du kannst mich nicht an ihrer Stelle freisprechen. Ich tue das nicht für ihre Vergebung. Ich tue es, weil es das Richtige ist. Man kann euch nicht gegeneinander abwägen.«

Minho blickte auf seine Hände. »Das wollte ich auch gar nicht. Aber ich-«

»Bitte, Minho, lass gut sein. Ich hab dir das nicht erzählt, damit du mir das schlechte Gewissen nimmst.«

»Nein, du hast es mir erzählt, damit ich verstehe, wieso ich hier bin. Was meine Rolle in dieser Geschichte ist.« Er straffte die Schultern und diesmal wagte Hyungmin es nicht mehr, seinem Blick auszuweichen. Der Ausdruck darin war trotzdem mehr, als er ertrug. »Und ich sage dir, dass es dieses Mal nicht so weit kommen wird. Dass du durch Untätigkeit nicht noch jemanden verlierst, hörst du? So weit lassen wir es nicht mehr kommen.«

»Minho«, murmelte Hyungmin, gleichermaßen gerührt wie gequält. »Du musst nicht-«

»Für mich warst du gut, Hyungmin. Nur gut«, sagte Minho schlicht, während er sich von der Bank erhob, und nun mit Hyungmin auf einer Augenhöhe war. »Das ist alles, was ich dir sagen wollte.«

Wortlos half Minho ihm, die Decken zusammenzuraffen und zum Auto zu tragen, während Hyungmin den UKW-Sender aussteckte und seine Aluminiumhaube tätschelte. »Bis zum nächsten Mal, Kleiner.«

»Mein zweites Album, dann?«, fragte Minho vorsichtig.

»Vielleicht.«

»Oder deins?«

Er schnaubte. »Sicher nicht.«

»Ich werd' dich schon noch überzeugen. Die Leute wollen wissen, was aus dem Großen Kim Hyungmin geworden ist.«

»Der Große Kim Hyungmin will aber nichts mehr von den Leuten wissen.«

Minho warf ihm über das Autodach einen langen Blick zu und Hyungmin stöhnte innerlich auf, als er die eiserne Überzeugung darin ausmachte. »Das glaube ich nicht.«

»Los, fahren wir jetzt. Du hast morgen einen langen Tag vor dir.«

Als er den Motor anließ und Minho auf seinem Beifahrersitz Platz nahm, schien es eine Sekunde lang fast so, als sei sein Auto plötzlich wieder voll besetzt. Die Illusion zerschlug sich, als er den Rückspiegel adjustierte, aber er hatte es trotzdem gesehen.

Hyungmin musste sich ein Lächeln verkneifen.

#lightgrenades